ULLSTEIN

Das Buch

Fast zwei Jahre ist es her, seit Sir Richard Bolitho gefallen ist, niedergestreckt an Deck der *Frobisher* von einem einzigen Schuß. Die Erinnerung daran schmerzt seinen Neffen Adam, als wäre es gestern geschehen, während er wie viele Kapitäne der Royal Navy in dieser postnapoleonischen Zeit unter den Kriegsfolgen leidend fürchtet, ausgemustert zu werden. Doch da erhält er den strikter Geheimhaltung unterliegenden Befehl, sich zur Verfügung von Sir Graham Bethune zu halten. Flaggkapitän auf der *Athena*, heißt das Kommando, ein unglückliches Schiff, deren bisheriger Kommandant vors Kriegsgericht kam; keine Fregatte auf Kiel gelegt und fertig gestellt als Linienschiff dritter Klasse mit 74 Kanonen. Ziel: English Harbour, Antigua. Mit der Flagge des Vizeadmirals im Vortopp soll sie teilnehmen an der Jagd auf die skrupellosen, waghalsigen Sklavenhändler. Ein paar Beschlagnahmen, ein paar fette Prisen, und die Geldgeber für den so einträglichen Menschenhandel werden bald umdenken, glaubt man in London ...
Der dritte Band um den ehrgeizigen jungen Kapitän Adam Bolitho und der 28. Band dieser marinehistorischen Bestsellerserie.

Der Autor

Alexander Kent kämpfte im Zweiten Weltkrieg als Marineoffizier im Atlantik und im Mittelmeer und erwarb sich danach einen weltweiten Ruf als Verfasser spannender Seekriegsromane. Seine marinehistorischen Romanserien um Richard Bolitho und die Blackwood-Saga machten ihn zum meistgelesenen Autor dieses Genres neben C. S. Forester. Seit 1958 sein erstes Buch erschien (*Schnellbootpatrouille*), hat er über 50 weitere Titel veröffentlicht, von denen die meisten bei Ullstein vorliegen. Sie erreichten eine Gesamtauflage von mehr als 27 Millionen und wurden in 14 Sprachen übersetzt.

Alexander Kent, dessen wirklicher Name Douglas Reeman lautet, lebt in Surrey, ist Mitglied der Royal Navy Sailing Association und Governor der Fregatte *Foudroyant* in Portsmouth, des ältesten noch schwimmenden Kriegsschiffs.

Die deutschsprachigen Taschenbuchausgaben der
Werke Alexander Kents sind exklusiv bei
Ullstein versammelt.

Alexander Kent

Unter Segeln vor Kanonen

Adam Bolitho im Kielwasser von Sir Richard

Roman

Aus dem Englischen von
Jutta Wannenmacher

Ullstein

Besuchen Sie uns im Internet:
www.ullstein-taschenbuch.de

Umwelthinweis:
Dieses Buch wurde auf chlor- und säurefreiem Papier gedruckt.

Ullstein Verlag
Ullstein ist ein Verlag der
Ullstein Buchverlage GmbH, Berlin.
Deutsche Erstausgabe
1. Auflage Oktober 2004
© 2004 by Ullstein Buchverlage GmbH, Berlin
© der englischen Originalausgabe by Bolitho Maritime Productions Ltd. 2003
Titel der Originalausgabe:
Man of War
Übersetzung: Jutta Wannenmacher
Umschlaggestaltung: Buch & Werbung, Berlin
Titelabbildung: Geoffrey Huband
Gesetzt aus der New Baskerville
Satz: Pinkuin Satz und Datentechnik, Berlin
Druck und Bindearbeiten: Ebner & Spiegel, Ulm
Printed in Germany
ISBN 3-548-25906-5

*Für Dich, Kim, mit all meiner Liebe.
Die* Revenge *taucht auf aus dem Unwetter!*

Alles hat seine Stunde, und es gibt eine Zeit für jegliche Sache unter der Sonne:
Eine Zeit für die Geburt und eine Zeit für das Sterben, eine Zeit zu pflanzen und eine Zeit, das Gepflanzte auszureißen. Eine Zeit zu töten und eine Zeit zu heilen; eine Zeit einzureißen und eine Zeit aufzubauen.
Eine Zeit zu weinen und eine Zeit zu lachen, eine Zeit zu klagen und eine Zeit zu tanzen …
Eine Zeit zu lieben und eine Zeit zu hassen, eine Zeit des Krieges und eine Zeit des Friedens.

Prediger (Ecclesiastes) 3:1–8

Inhalt

I	Neue Horizonte	9
II	Auf Befehl Ihrer Lordschaften	30
III	Ferne Freunde	56
IV	Je höher wir steigen …	77
V	Eine letzte Zuflucht	98
VI	Schicksal	119
VII	Unter der Flagge	140
VIII	Sturmwarnung	161
IX	Ein Todesfall in der Familie	189
X	Schattenjagd	208
XI	Trick um Trick	231
XII	Catherine	258
XIII	Der einzige Verbündete	274
XIV	Loyalität oder Dankbarkeit?	297
XV	Sehnsucht	316
XVI	Keine Trommeln – keine Warnung	335
XVII	Die Abrechnung	357

I Neue Horizonte

Vom Vordeck hatte es achtmal geglast. Das untere Deck wurde aufgeklart, während das Schiff stetig – zielbewußt, hätten manche gesagt – auf die sich ständig weiter öffnenden Arme des Landes zuhielt, das sich zu beiden Seiten vor ihnen erstreckte. Dies waren die Augenblicke, mit denen sich jeder Seemann in Gedanken beschäftigt hatte: der Landfall. *Dieser* spezielle Landfall. In der Heimat.

Die Segel, von denen nur noch Bram- und Stagsegel standen, füllten sich kaum mit Wind. Aus der groben Leinwand sprühte so viel Nässe, als hätte es in der letzten Nacht geregnet. Im wäßrigen Sonnenlicht tauchte die hügelige Steilküste aus dem Schatten, der sie bisher verhüllt hatte. Landmarken wurden sichtbar, den älteren Matrosen wohlvertraut. Den jüngeren wurden ihre Namen von den Ausguckposten im Topp zugerufen, während das Land Gestalt und Farbe gewann: mancherorts dunkelgrün, anderswo noch winterlich braun. Denn man schrieb erst Anfang März 1817, und die kalte Luft schnitt messerscharf in die Lungen.

Acht Tage seit Gibraltar. Das war eine respektable Zeit für die Überquerung des Golfs von Biskaya bei dem Gegenwind, dem sie jede Meile hatten abtrotzen müssen, während sie Orte mit so altbekannten Namen wie Brest und Ushant passierten, die lange als Feindesland gegolten hatten. Es fiel immer noch schwer, zu glauben, daß der Krieg vorbei war. Zuviel hatte sich seither verändert, für jeden Mann an Bord dieser schnittigen, bedächtig segelnden Fregatte, Seiner Britannischen Majestät Schiff *Unrivalled*, mit 46 Kanonen und einer Besatzung von 250 Matrosen und Seesoldaten.

So viele waren es jedenfalls gewesen, als sie von Plymouth und ebendiesem Hafen aufgebrochen waren. Jetzt verspürten alle unterdrückte Erregung und Ungewißheit. Seit dem Auslaufen des Schiffs waren aus Jungen gestandene Männer geworden, auf die völlig andere Lebensumstände warteten. Die Älteren wie der Segelmeister Joshua Cristie oder der Stückmeister Stranace dachten wahrscheinlich an die vielen Schiffe, die ausgemustert worden waren, abgewrackt oder sogar verkauft an den früheren Feind.

Denn ein Schiff war alles, was sie hatten. Ein anderes Leben kannten sie nicht.

Der lange Wimpel im Topp hob sich plötzlich und versteifte sich in einer überraschenden Brise. Partridge, der beleibte Bootsmann, rief: »An die Brassen! Klar zum Manöver, Leute!« Doch selbst er, dessen Stimme die wütendsten Stürme und das Krachen der Breitseiten übertönt hatte, schien nicht gewillt, die gespannte Stille zu stören.

Nur die Schiffsgeräusche waren zu hören, das Knarren der Spieren und Blöcke, das gelegentliche Poltern des Ruderkopfes – ihre gewohnte Geräuschkulisse seit Jahren, seit *Unrivalled*s Kiel genau hier, in Plymouth, zum erstenmal Salzwasser geschmeckt hatte.

Doch niemand, der bis heute überlebt hatte, war sich so klar wie Kapitän Adam Bolitho der Herausforderung bewußt, die ihn erwartete.

Er stand an der Achterdecksreling und beobachtete, wie sich das Land vor ihm langsam zur endgültigen Umarmung öffnete. Einzelne Häuser und sogar eine Kirche nahmen Gestalt an, und ein Lugger näherte sich auf Konvergenzkurs; der Fischer kletterte ins Rigg, um der Fregatte zuzuwinken, während ihr Schatten über ihn hinweg glitt. Wie viele hundertmal hatte Adam schon hier gestanden? Wie oft war er an Deck auf und ab getigert oder bei dem einen oder anderen Zwischenfall aus seiner Koje gesprungen?

Wie zuletzt in der Biskaya, als ein Seemann über Bord gefallen war. Das war nicht ungewöhnlich: ein vertrautes Gesicht, ein Aufschrei in der Nacht – und dann Vergessen. Vielleicht hatte auch er schon an die Heimkehr gedacht. Oder an eine Abmusterung. Es brauchte nur eine Sekunde. Das Schiff übte keine Nachsicht, vergab keine noch so kurze Unachtsamkeit.

Sich straffend, tastete Adam unter dem Bootsmantel nach dem alten Säbel: auch eine dieser Gesten, die ihm nicht mehr bewußt waren. Dabei ließ er den Blick über sein Schiff gleiten: die ordentliche Batterie der Achtzehnpfünder, jede Mündung exakt in Linie mit der Gangway darüber ausgerichtet; die sauberen, aufgeklarten Decksflächen, jede unbenutzte Leine aufgeschossen auf ihrem Belegnagel, während die Buchten der Brassen und Schoten fürs Manöver bereits abgenommen wurden. Die Narben ihres letzten grausamen Gefechts vor Algiers, das schon eine Ewigkeit zurückzuliegen schien, waren sorgfältig beseitigt worden, überstrichen oder geteert, unsichtbar außer für das erfahrene Auge.

Ein Block quietschte, und ohne den Kopf zu wenden, wußte Adam, daß die Signalgasten die Erkennungsnummer der *Unrivalled* gesetzt hatten. Nicht daß viele Beobachter sie zur Identifizierung brauchen würden.

Erst jetzt fiel es ihm wieder ein: Ihr bisheriger Signalfähnrich war Roger Cousons gewesen, eifrig, engagiert und beliebt. Noch ein Gesicht, das er vermißte. Er fühlte den Nordwestwind wie eine kalte Hand über seine Wange streichen.

Eine Stimme meldete gedämpft: »Das Wachboot, Sir.« Gelassen und unaufgeregt wie eine beiläufige Bemerkung bei zufälliger Begegnung auf der Landstraße.

Adam Bolitho nahm von einem anderen Fähnrich

ein Teleskop entgegen, während sein Blick über vertraute Gesichter glitt, die ihm vorkamen wie ein Teil seiner selbst: die Rudergänger, zu dritt für den Fall, daß ihnen Wind oder Tide in letzter Minute einen Streich spielten; der Master, eine Hand auf der Karte, aber das Land nicht aus den Augen lassend; ein Trupp Seesoldaten, makellos wie bei der Parade und jederzeit bereit, die Achterdeckswache an den Besanbrassen zu unterstützen; der erste Offizier und ein Bootsmannsgehilfe; zwei Trommelbuben, die mächtig gewachsen waren, seit sie Plymouth zum letztenmal gesehen hatten.

Er richtete das Glas aufs Wachboot aus, das in der Ferne mit eingezogenen Riemen reglos im Wasser lag. Seine Wangenmuskeln arbeiteten. Dabei taten die Leute doch nur das, was sein Onkel *die Karte für uns markieren* genannt hatte.

Es wurde Zeit.

Nicht zu früh und niemals zu spät. »Aufschießen und ankern, Mr. Galbraith«, befahl er.

Fast konnte er den Blick des Ersten Offiziers im Nacken spüren. Überraschung? Einverständnis? Doch der Moment ging vorbei, die Formalitäten gewannen wieder die Oberhand.

»An die Leebrassen! Klar zum Anluven!«

»An die Bramsegelschoten!«

Schräg nach hinten gestemmt, hievten die Matrosen an den Leinen. Ein Bootsmannsgehilfe schob zwei zusätzliche Mann in ihre Reihe, zur Unterstützung, während die *Unrivalled* auf den Ankerplatz glitt.

»Leeruder!«

Ein kurzes Zögern, dann begann das große Doppelrad zu wirbeln, während die drei Rudergänger sich wie ein einziger Mann bewegten.

Adam Bolitho beschattete seine Augen vor den durch die Takelage stechenden Sonnenstrahlen, als das Schiff, sein Schiff, mit schlagenden Segeln langsam in den Wind drehte.

Er sah seinen Bootsführer das dicht bevölkerte Deck mustern, bereit für den Befehl, die Gig auszusetzen, aber auch für das Unerwartete.

»Laß fallen!« Der große Anker löste sich von seinem Kranbalken und fiel aufspritzend ins Wasser, die schöne Galionsfigur mit einem Schwall Gischt tränkend.

Nach all den vielen Meilen, nach all den Tragödien und Triumphen, zu Glück oder Unglück, war die *Unrivalled* endlich heimgekehrt.

Leutnant Leigh Galbraith spähte ins Rigg, um sich zu vergewissern, daß in der Aufregung über ihre Rückkehr keine Schlampereien eingerissen waren.

Doch jedes Segel war sauber aufgetucht, der Wimpel im Masttopp stand steif im ablandigen Wind, und die neue Nationale wehte hoch über dem Heckreling knatternd aus; ihre Farben leuchteten frisch vor dem ländlichen Hintergrund, denn noch vor Tagesanbruch hatte man sie anstelle der alten ausgeblichenen und zerfetzten Flagge gesetzt. Seesoldaten standen Wache, um unerlaubten Besuch zu verscheuchen, etwa Händler oder Huren, die alle ahnten, daß die Besatzung in den letzten Monaten kaum Gelegenheit gehabt hatte, ihren Sold auszugeben. Außerdem kursierten Gerüchte über Prisengeld und Prämien für die Befreiung von Sklaven.

Galbraith sah das Wachboot mit dem hochaufgerichteten Offizier im Heck näherkommen: seit Gibraltar ihr erster Kontakt mit der Autorität. Wahrscheinlich wurde die *Unrivalled* jetzt bald von Zimmerleuten und Riggern überschwemmt; einige von ihnen mochten schon vor zwei Jahren bei ihrem Bau geholfen haben.

Wieder schauderte es ihn, aber das lag nicht am beißenden Märzwind.

Er hatte die Reihen aufgelegter Schiffe bemerkt, groß oder klein, als sie über die Reede gekreuzt waren. Stolze Schiffe waren darunter, mit berühmten Namen. Manche hatten schon hier gelegen, als sie vor acht Monaten Richtung Mittelmeer und Algiers aufgebrochen waren.

Wer kam wohl als nächster dran?

Der Erste stellte sich dieser Frage so kühl, wie ein Vorgesetzter vielleicht die Chancen eines Untergebenen geprüft hätte. *Seine* Akte allerdings mußte makellos sein. Er hatte in Algerien und davor an jedem Gefecht teilgenommen. Kapitän Bolitho hatte ihn schriftlich dem Flaggoffizier hier in Plymouth als Kommandant empfohlen, schon vor ihrem Aufbruch. Doch angenommen, diese Empfehlung war verlorengegangen? Dann mochte er zum nächsten Einsatz wieder nur als Erster Offizier abkommandiert werden und danach schließlich ganz übergangen werden.

Verärgert verbot er sich diese Überlegungen. Er hatte ein Schiff, ein stattliches dazu, und das war mehr, als viele andere von sich sagen konnten.

Forsch trat er zur Eingangspforte und tippte grüßend an seinen Hut, als der Hafenoffizier an Bord geklettert kam.

Neugierig blickte sich der Besucher um. »Habe schon viel von Ihnen gehört«, sagte er. »Über Ihre Rolle im Gefecht von Algiers. Lord Exmouth war in der *Gazette* des Lobes voll.« Damit überreichte er Galbraith einen dicken, versiegelten Umschlag. »Für Kapitän Bolitho.« Mit dem Kopf zur Küste deutend, setzte er hinzu: »Vom Admiral.« Dann glitt sein Blick über die vielbeschäftigten Matrosen, vielleicht enttäuscht, daß er keine Verwundeten sah und keine Einschußlöcher in dem frisch schwarz-weiß gestrichenen Rumpf. »Gleich kommt ein anderes Boot, um Ihre Depeschen und Ihre Post abzuholen.« Nach den Manntauen greifend, schloß er mit einem Grinsen: »Ach, übrigens: Willkommen zu Hause!«

Galbraith verabschiedete ihn über die Seite und sah unten die Riemen schon das Wasser peitschen, kaum daß er sich hingesetzt hatte.

Der Erste machte sich auf den Weg nach achtern, ganz automatisch den Kopf unter dem Überhang der Poop einziehend. Dann durch die Offiziersmesse, in der nur ein einziger Kamerad saß. Alle anderen waren an Deck, um sich nichts entgehen zu lassen.

Der Seesoldat vor der Kapitänskajüte stampfte mit dem Fuß auf und bellte: »Erster Offizier, Sir!«

Das war etwas, an das er sich niemals gewöhnen würde, dachte Galbraith. Diese Seesoldaten führten sich alle so auf, als seien sie auf dem Paradeplatz und nicht auf einem engen Kriegsschiff.

Die Lamellentür öffnete sich, und vor ihm stand Napier, Diener des Kommandanten, in seinem besten blauen Rock.

Galbraith umfaßte alles mit einem Blick: die große Kajüte, die ihm so vertraut geworden war, wo sie beratschlagt und ihre Gedanken ausgetauscht hatten, so freimütig, wie das zwischen dem Kommandanten und seinem Ersten nur möglich und anderswo sehr selten war. Hier hatten sie Sorge und Zweifel geteilt, aber auch den Stolz.

Kleider lagen auf der Heckbank verstreut, die geflickte und ausgebleichte Alltagsuniform des Kommandanten. An einem Haken des Oberlichts schaukelte sein Paraderock.

Lächelnd sah Bolitho Galbraith an. »Ist meine Gig ausgesetzt?« Und dann mit einer halben Drehung: »Hier, David, hilf mir mit diesem Ärmel. Auf die paar Minuten kommt's jetzt auch nicht mehr an. Der Admiral wird wissen, daß wir geankert haben.«

Nach kurzem Zögern hielt Galbraith ihm den Umschlag hin. »Das hier kommt schon von ihm.«

Bolitho drehte und wendete das Schreiben in seinen sonnengebräunten Händen.

»Die Tinte hatte kaum Zeit zum Trocknen, Leigh.«

Aber sein Lächeln war verschwunden, und als er den Umschlag mit dem Messer öffnete, hätte die Kajüte ebensogut leer sein können. Über ihren Köpfen polterten Schritte, und Blöcke knarrten, weil die Bootsmannsgang die Gig zum Aussetzen vorbereitete: die unverzichtbaren Formalitäten bei der Rückkehr nach einem Einsatz. Galbraith hörte nichts davon, er sah nur, wie sich die Hand des Kommandanten um das Couvert krampfte, auf dem das aufgebrochene Siegel blutrot leuchtete.

»Stimmt was nicht, Sir?« fragte er.

Das Gesicht im Schatten, fuhr Bolitho herum. »Ich habe Ihnen doch gesagt ...« Dann riß er sich mit sichtlicher Anstrengung zusammen, wie Galbraith es im Laufe ihrer Bekanntschaft schon oft bei ihm gesehen hatte. »Tut mir leid ... Lassen wir das mit dem Ärmel«, sagte er zu Napier. »Die sollen mich so akzeptieren, wie ich bin.« Er berührte des Jungen Schulter. »Und schone dein Bein. Vergiß nicht, was der Doktor gesagt hat.«

Schweigend schüttelte Napier den Kopf.

»Das Schiff wird aufgelegt. Zur Reparatur und einer allgemeinen Generalüberholung. Genau wie Sie's erwartet haben.« Er streckte die Hand aus, als wolle er das weiß gestrichene Schott berühren, ließ dann aber den Arm sinken. »Das hat sie wirklich nötig nach den Prügeln, die sie in Algiers einstecken mußte.« Es klang, als spräche er mit dem Schiff und niemand anderem. Dann griff er nach seinem Paraderock. »Morgen erhalten Sie vom Flaggkapitän die nötigen Befehle. Nach meiner Rückkehr können wir alles besprechen.«

Er starrte auf den zerknüllten Umschlag nieder, den er noch in der Hand hielt, und bemühte sich, klar zu denken. Sich auf das Nächstliegende zu konzentrieren wie stets, wenn alles vorbei zu sein schien. Verloren. Die beiden hatte er seit Übernahme der *Unrivalled*, erst vor zwei Jahren hier in Plymouth, gründlich kennengelernt, er war ihr erster Kommandant gewesen. Galbraith: stark, zuverlässig, engagiert. Und der junge David Napier, der fast ums Leben gekommen wäre, als der große gezackte Splitter, der wie eine obszöne Waffe aus seinem Schenkel ragte, herausgeschnitten werden mußte. Er war so tapfer gewesen, damals und später, als die Wunde zu eitern begann. Wie er selber in diesem Alter …

Er glaubte, seine Hände zittern zu fühlen, und das laute Dröhnen in seinem Kopf schien die ganze Kajüte zu füllen. Doch als er sprach, klang seine Stimme ruhig. »Ich verliere die *Unrivalled*. Man enthebt mich des Kommandos.« So ruhig, obwohl etwas in seinem Inneren schrie: *Das kann doch nicht sein! Nicht dieses Schiff. Nicht schon so bald!*

Galbraith machte einen Schritt auf ihn zu, die kräftigen Züge von Unglauben und Zorn verzerrt. Die Nachricht schien ihn genauso zu erschüttern wie seinen Vorgesetzten.

»Das muß ein Irrtum sein, Sir. Irgendein dummer Schreiber der Admiralität …« Er spreizte die erhobenen Hände. »Doch nicht nach allem, was Sie geleistet haben! Sogar der Hafenoffizier schwärmte davon, wie Lord Exeter die *Unrivalled* in der *Gazette* gelobt hat!«

Adam schlüpfte in seinen Rock, den Napier ihm bereits hinhielt; der Junge wirkte erschrocken, schien aber die Konsequenzen noch nicht zu begreifen.

»Du bleibst bei mir, David. Ich habe viel zu tun.« Unvermutet fielen ihm wieder Napiers Worte ein, als Konteradmiral Thomas Herrick ihn ermahnt hatte, gut für seinen Kommandanten zu sorgen: *Hier sorgt jeder für den anderen, Sir.* So leichthin gesagt, aber in seiner Verwirrung gaben sie ihm Halt. »Informieren Sie die anderen,

Leigh. Ich spreche später zu ihnen, am besten hier in der Kajüte.« In seinen dunklen Augen stand zum erstenmal brennender Schmerz. »Solange ich noch kann.«

Galbraith sagte nur: »Die Gig wird inzwischen längsseits liegen, Sir.«

Nach kurzer Pause schüttelten sie einander wortlos die Hand. Der Wachsoldat vor der Tür stampfte mit den Stiefeln auf, als sie an ihm vorbei zum Niedergang schritten; in einer Stunde würde es bestimmt das ganze Schiff wissen. Jetzt aber sah der Seesoldat nur den Rücken seines Kommandanten und des Ersten Offiziers, gefolgt von dem Jungen im stolzen blauen Uniformrock.

Galbraith atmete tief ein, als das Licht des klaren blauen Himmels durch den Niedergang fiel, und fühlte sein Hemd an der Wunde scheuern, die eine Musketenkugel bei dem wahnsinnigen Gemetzel von Algiers in seine Schulter gerissen hatte. Einen Zoll weiter links, vielleicht sogar weniger, und er wäre jetzt nicht mehr am Leben gewesen.

Er sah den Kommandanten jemandem auf dem Achterdeck zunicken; dabei lächelte er sogar. Vielleicht erwartete ihn ein neues Kommando; hochrangiger und großartiger als dieses, als Belohnung seiner Verdienste unter Lord Exmouth. Doch in diesen Zeiten schien das unwahrscheinlich.

Sein Schiff war die *Unrivalled*. Damit war er verwachsen; wie sie alle.

Ach ja, übrigens: willkommen zu Hause!

Als er wieder aufblickte, stand Bolitho allein bei der Eingangspforte. Napier war bereits in die Gig hinab geklettert, die mit eingezogenen Riemen, so reglos wie weiße Walknochen, längsseits wartete.

Luke Jago, des Kommandanten Bootssteurer, würde darin sitzen, so wachsam wie immer, auch im Gefecht. Wahrscheinlich hatte er schon alles erraten, wie das so üblich war in der Navy, in der *Familie*, wie die alten Salzbuckel sagten.

Die Seesoldaten präsentierten das Gewehr, die Bootsmannspfeifen trillerten ihren Salut.

Als Galbraith den Hut wieder aufsetzte, war die Pforte leer.

Willkommen zu Hause.

Der Flaggleutnant des Admirals wirkte angespannt, sogar verlegen.

»Sir Robert bittet Sie, einige Augenblicke zu warten, Kapitän Bolitho.« Seine Hand ruhte auf der Türklinke. »Ein überraschender Besucher ... Sie kennen das ja, Sir.«

Adam trat in das helle, geräumige Nebenzimmer, an das er sich von früher so gut erinnerte. Damals war ihm *Unrivalled* anvertraut worden, frisch aus der Werft, die erste dieses Namens auf der Navyliste. Später hatte er hier Vizeadmiral Valentine Keen angetroffen. Und schließlich, im Juli letzten Jahres, war er Lord Exmouths Flotte für den unvermeidlichen Angriff auf Algiers zugeteilt worden. Soviel war in den vergangenen acht Monaten geschehen. Und hier in Plymouth saß nun ein anderer Admiral, Sir Robert Burch, wahrscheinlich auf seiner letzten Stelle.

Der Leutnant sagte: »Wir alle haben Sie beim Einlaufen beobachtet, Sir. Solche Zuschauermassen habe ich schon lange nicht mehr gesehen. Manche Leute müssen sich noch vor Tagesanbruch hier eingefunden haben.«

Adam legte seinen Hut auf einem Stuhl ab und trat zum Fenster. Der Flaggleutnant war nicht schuld daran, wie meistens. Er wußte Bescheid, war selbst einer gewesen. Unter seinem Onkel. Er biß sich auf die Lippe. Wie in einem anderen Leben, so schien es ihm jetzt. Inzwischen war sein Onkel ...

Fast zwei Jahre war es jetzt her, seit Sir Richard Bolitho

gefallen war, niedergestreckt an Deck seines Flaggschiffs *Frobisher* von einem einzigen Schuß. Die Erinnerung daran schmerzte so stark, als sei es erst gestern geschehen.

Der andere Mann ließ Adams Gesicht nicht aus den Augen, damit ihm nichts entging. Das also war der junge Fregattenkapitän, dessen Name sooft in der *Gazette* genannt wurde, weil er es immer wieder Mann gegen Mann mit jedem Gegner aufnahm. Bis der Krieg zu Ende gegangen war und die langjährigen Feinde sich in einer instabilen Allianz verbündet hatten. Wie lange würde sie halten? Und wozu war sie gut? Vielleicht würde man sich später an die Schlacht von Algiers als letztes großes Kräftemessen unter Segeln erinnern. Lord Exmouth war Fregattenkapitän gewesen, wahrscheinlich der berühmteste und erfolgreichste, den dieser endlose Krieg hervorgebracht hatte. Er mußte viele Zweifel beiseite gewischt haben, um das ungeschriebene Gesetz zu brechen, das er bisher immer eingehalten hatte: niemals ein Gefecht zu erzwingen, wenn seine Schiffe dabei gegen eine befestigte Küstenbatterie kämpfen mußten – in seinem Fall gegen tausend feindliche Kanonen.

Doch Wagemut und Geschick hatten obsiegt und die Schlacht fast den ganzen Tag lang getobt. Schiffe waren explodiert und verbrannt, Männer hatten bis zum letzten Atemzug gekämpft. Er dachte an die geschickt geführte Fregatte, die er morgens im ersten Tageslicht beobachtet hatte. Und an Lord Exmouths Worte. *Ich brauche Sie in der Vorhut.* Ebendieses Schiff. Und den Mann am Fenster, schlank, schwarzhaarig, mit feinziselierten, sensiblen Zügen. Ebendiesen Kapitän.

Adam spürte den forschenden Blick, doch daran war er gewöhnt. Und er wußte, wen sie vor sich zu sehen glaubten: den schneidigen Fregattenkapitän, mutig, sorglos, nicht an den Schürzenbändern der Flotte hängend. Dachten sie.

Er öffnete das Fenster einen Spalt breit und blickte hinunter auf den Trupp Seesoldaten, der auf dem Platz exerzierte. Neue Rekruten aus der nahen Kaserne, recht steif und ihrer roten Uniformen noch sehr bewußt. Der Sergeant wippte vor ihnen auf den Hacken und belehrte sie: »Ihr befolgt jeden Befehl ohne zu fragen, kapiert? Wenn eure Zeit kommt, werdet ihr an Bord kommandiert, auf ein Linienschiff vielleicht oder auf eine Fregatte wie die, die heute morgen eingelaufen ist.« Er drehte sich leicht seitwärts, damit das Licht besser auf seine glänzenden Rangabzeichen fiel. »Aber denkt daran: Es ist nicht der Oberst, auch nicht der Adjutant, der darüber entscheidet. Das bin ich, kapiert?«

Adam schloß das Fenster vor dem kalten Wind.

Er dachte an Korporal Bloxham, jetzt zum Sergeanten befördert, den Scharfschützen mit seiner »Bess«, wie er die Muskete liebevoll nannte. Der mit einem einzigen Schuß seinem Kommandanten das Leben gerettet hatte. Und das des hilflosen Jungen, dem ein riesiger Splitter das Bein an die Decksplanken genagelt hatte. Noch ein vertrautes Gesicht, das er vermissen würde.

Hastig meldete sich der Flaggoffizier: »Ich glaube, der Besucher geht jetzt, Sir.« Sie wandten sich einander zu. »Es war mir eine Ehre, Ihre Bekanntschaft zu machen, Sir«.

Adam hörte Stimmen, Türen schlagen und jemanden rennen, vielleicht um nach einer Kutsche zu rufen. Er nahm seinen Hut auf. »Ich wollte nur, es wäre unter günstigeren Begleitumständen geschehen.« Er streckte die Hand aus. »Trotzdem vielen Dank. Sie haben keine leichte Aufgabe, das weiß ich aus Erfahrung.«

Als irgendwo eine Klingel läutete, schien der Flaggleutnant einen Entschluß zu fassen.

»Die *Unrivalled* geht ins Trockendock, Sir. Wie es heißt, wird es diesmal keine so schnelle Überholung wie die letzte.«

Fast hätte Adam gelächelt. »Wie die letzten beiden.« Er griff nach des anderen Arm, als sie zur Tür schritten, was ihn an die Kriegsgerichtsverhandlung nach dem Untergang der *Anemone* erinnerte: *der Delinquent und sein Bewacher.*

»Dann werde ich also nicht ersetzt?«

Der Leutnant mußte schlucken, denn er war schon zu weit gegangen. »Mein Vater«, sagte er, »hatte einen Spruch, wenn sich alles gegen ihn zu verschwören schien: *Halte Ausschau nach neuen Horizonten.*«

Als Adam zu ihm herumfuhr, errötete er. Den Ausdruck dieser Augen würde er nie vergessen.

Er öffnete die Tür und meldete: »Kapitän Adam Bolitho, Sir Robert!«

Adam packte den alten Säbel und drückte ihn gegen seinen Schenkel. Die Geste erinnerte ihn wieder daran: Er war nicht allein.

Luke Jago, der Bootssteurer des Kommandanten, trat an die Pierkante und kickte einen Kiesel ins Wasser. Er war unruhig, emotional im Zwiespalt und konnte keinen klaren Gedanken fassen, was bei ihm selten vorkam.

Als rechte Hand des Kommandanten hatte er eine Vertrauensstellung inne, die ihm mehr bedeutete als ursprünglich gedacht. Manchmal konnte er sich schon gar nicht mehr daran erinnern, wie es vor jenem Tag gewesen war, vor jenem Handschlag, der alles verändert hatte. Seine Wut und Verbitterung waren Teil eines anderen Lebens geworden. Damals war er auf Befehl eines Kommandanten von ganz anderem Charakter zu unrecht ausgepeitscht worden, obwohl ein Offizier für ihn gutgesagt und seine Unschuld bewiesen hatte: zu spät, um die Bestrafung noch zu verhindern. Trotz der Entschuldigungen danach blieb sein Rücken lebenslang von den Narben der »siebenschwänzigen Katze« gezeichnet. So war es Jago zur zweiten Natur geworden, allen Offizieren zu mißtrauen, und je jünger sie waren, desto schwerer fiel es ihm, dies zu verbergen. Ein Fähnrich oder Kadett, noch nicht trocken hinter den Ohren, der vielleicht eben noch auf seinen Rat gehört hatte, auf seine in vielen Fahrensjahren erlernten Tricks, mochte plötzlich herumwirbeln und ihn anblaffen wie ein verzogener Welpe, wenn er sich an seinen höheren Rang erinnerte.

Er beschattete die Augen und spähte hinüber zu der verankerten Fregatte, die seit über zwei Jahren sein Heim gewesen war. Eigentlich sollte er daran gewöhnt sein; Tage wie diesen hatte er schon öfter erlebt.

Die ganze Strecke von Gibraltar her hatte er sich das anhören müssen. Vom ausgebufften Jan Maaten ebenso wie von hoffnungsvollen Jungspunden, die voller Vorfreude auf die Heimkehr darüber schwadronierten, was sie mit dem ihnen zustehenden Prisengeld anfangen wollten. Dabei war es doch in der Navy immer gefährlich, sich zuviel zu erhoffen oder für selbstverständlich zu nehmen. Als sie Plymouth vor acht Monaten verlassen hatten, waren ihm all die aufgelegten Schiffe aufgefallen, die Hulken, die einst der Stolz einer ruhmreichen Flotte gewesen waren. Und als die *Unrivalled* tags zuvor hier vor Anker gegangen war, hatten sie noch genauso dagelegen.

Er hörte den jungen Napier nervös an dem Gepäck nesteln, das sie erst vor einer Stunde an Land geschafft hatten. Dabei leistete ihm der stämmige, rundschultrige Daniel Yovell Gesellschaft, der sich angeblich nach dem Tod des Schreibers freiwillig als sein Nachfolger gemeldet hatte. Jago wußte es inzwischen genauer: Yovell war erst Schreiber bei Sir Richard Bolitho gewesen und dann sein Sekretär auf dem Flaggschiff. Und er war mit ihm befreundet gewesen, was auf einem Kriegsschiff selten vorkam. Gebeugt, von sanftem und devotem Gehabe, hatte er neben dem alten großen Haus der Bolithos in Falmouth eine eigene Kate bewohnt und bei der Gutsverwaltung geholfen – wovon Jago keinen Schimmer besaß. Doch dann hatte es Yovell wieder auf See hinaus getrieben, und er hatte Freiwillige mitgebracht, als Kapitän Adam knapp an erfahrenen Leuten gewesen war. Manche davon kamen von Sir Richards letztem Schiff und hatten im letzten Krieg lange unter ihm gedient. Jago kickte noch einen Kieselstein ins Wasser. In dem verfluchten Krieg, in dem so viele ihre Todfeinde gewesen waren, die sie jetzt angeblich als Verbündete behandeln sollten.

Und der junge Napier, was der jetzt wohl dachte. Wie so viele vor ihm, war er von seiner Mutter in die Marine gesteckt worden. Sie hatte wieder geheiratet und lebte jetzt in Amerika mit ihrem neuen Ehemann, falls er das überhaupt war. Jago kannte viele solcher Fälle: Sobald der Nachwuchs erst sicher untergebracht war, schwand das Interesse. Napier war dem Kommandanten treu ergeben, der immer Zeit zu finden schien, um ihm etwas zu erklären. Egal was die Narren im Mannschaftslogis auch glaubten, niemand war auf einem Kriegsschiff einsamer als der Kommandant.

Napier meldete plötzlich: »Das Boot stößt ab!«

Das klang nervös, fast ängstlich. Der Junge war eben von der ernsthaften Sorte, sagte sich Jago, der als Bootssteurer des Kommandanten nach Belieben kommen und gehen konnte; er kannte das Leben in der großen Achterkajüte, jenseits der Lamellentür und des rotberockten Wachtpostens und fühlte sich als ein Teil davon.

Er hörte das ferne Aufklatschen der Riemen und das vertraute Knarren der Dollen und merkte, daß er die Fäuste ballte. Sein Mund wurde trocken.

Was wird aus mir? dachte er. Yovell konnte in seine Kate heimkehren, und der Junge würde beim Kommandanten bleiben. Wieder wanderten seine Blicke zu der verankerten Fregatte. Und die *Unrivalled* ging wie vorausgesehen ins Trockendock. All diese Treffer, die sie hatten erzittern lassen, die vielen feindlichen Kugeln, oft unterhalb der Wasserlinie eingeschlagen, hatten den Rumpf zu sehr mitgenommen.

Vor allem letztes Mal bei Algiers, wo die Luft unter dem Kanonenfeuer und dem Splitterhagel gebebt hatte und so viele gefallen waren – hatten die Narren auch das schon vergessen? Und daß auf ihrer letzten Überfahrt die Pumpen Tag und Nacht, während jeder Wache, gearbeitet hatten?

Die *Unrivalled* würde wahrscheinlich ausgemustert und verkauft werden ... Das hatten jene zu entscheiden, die noch nie eine volle Breitseite gehört oder ihr Leben riskiert hatten, um die Hand eines Kameraden zu halten, während das Leben aus ihm verströmte.

Am besten, er steckte seinen Sold und seine Prämien ein und machte eine Weile Urlaub. Vielleicht in weiblicher Gesellschaft, falls sich das so ergab. Möglicherweise bekam Kapitän Bolitho kein neues Schiff, dann würde er auch keinen Bootsteurer mehr brauchen.

Schmerzlich fiel ihm wieder der Gesichtsausdruck des Kommandanten ein, als dieser vom Hafenadmiral zurückgekehrt war. Er runzelte die Stirn; war das wirklich erst gestern gewesen? Jago hatte ihn mit der Gig an ebendieser Pier erwartet, mit einer Bootscrew, die ihr bestes Zeug trug. *Ein Schiff wird immer nach seinen Booten beurteilt*, hatte ihm mal jemand gesagt. Wer das auch gewesen war, er hatte recht. Allerdings war dies nicht die reguläre Kommandantengig der *Unrivalled*, denn die hatten Schrotkugeln und Musketenfeuer irreparabel zerschossen. Wie manche aus ihrer ursprünglichen Crew.

Plötzlich sah Jago wieder das Bild vor sich, wie Kapitän Bolitho ebendiese Steintreppe zu ihm herab gestiegen war. Schon Millionen von Seeoffizieren mußten über diese Stufen gegangen sein, zur Beförderung, zu einem neuen Schiff, neuen Einsatzbefehlen oder dem Kriegsgericht. Und gestern hatte ihn der Kommandant beiseite genommen und ihm eröffnet, daß er seines Kommandos enthoben war und neue Befehle erwartete. Nicht dem Ersten Offizier oder einem anderen aus der Schiffsführung, nein, *ihm* hatte er es als erstem mitgeteilt.

Unvermittelt fragte er: »Was macht das Bein, David?«

Überrascht blickte der Junge auf, wohl weil er ihn mit Vornamen angeredet hatte. Wie der Kommandant.

»Ist schon besser.«

Vorsichtig trat er an die Pierkante und sah in die Gig hinab, mit der sie gekommen waren. Darin stand Yovell und beobachtete Jago. Ihm fiel ein, wie sie sich letztes Jahr kennengelernt hatten. Jago hatte gemeint, daß auch er eigentlich schon zu alt wäre für einen neuen Einsatz auf See. Danach waren sie Freunde geworden, obwohl keiner den anderen ganz verstand. Außer heute.

Yovell war auch zugegen gewesen, als Kapitän Adam Bolitho die letzten Formalitäten vor seinem Abschied erledigt hatte: Formulare unterzeichnet, mit Leutnant Galbraith als Zeugen, der nun den zeitweisen Befehl über die *Unrivalled* übernahm, wahrscheinlich das einzige Schiff, das er jemals befehligen würde. Dabei wußte Yovell aus den diktierten Briefen, daß der Kommandant nie aufgehört hatte, ein eigenes Kommando für Galbraith zu fordern.

Yovell hatte auch den privaten Teil der Übergabe erlebt, als die Kurierbrigg Post für sie gebracht hatte, Briefe, die sie im Mittelmeer mehrmals verfehlt hatten. Aber nichts war darunter für den Käpt'n, das er sich vielleicht erhofft hatte. Wie der kleine Zettel, den er stets bei sich trug, von dem Mädchen, dem er bei ihrem letzten Besuch in Plymouth begegnet war.

Ihren Namen hatte er niemals erwähnt. Doch Yovell

hatte sie einmal gesehen, im alten Haus der Familie Bolitho in Falmouth, als ein Kurier mit Befehlen für die *Unrivalled* und ihren Kommandanten gekommen war. Bolitho hatte neben ihr gesessen in der kleinen, von einem Pony gezogenen Kutsche, bevor sie allein und ohne ihn davongefahren war. Da hatte der Käpt'n mit den Lippen sein eigenes Handgelenk berührt, auf das eine Träne von ihr getropft war. Wie ein Liebespaar, erinnerte sich Yovell. Vielleicht nur ein Traum?

Jago sah die Gig langsam dem Fuß der Treppe zustreben. Früher wäre sie vielleicht ausschließlich von den Kommandanten der Flotte oder des Geschwaders bemannt gewesen. Jetzt aber wurden nur die leeren Hulken Zeugen des Abschieds.

Verächtlich verzog Jago den Mund. »Was für 'ne Crew!« Fast hätte er aufs Pflaster gespuckt. »Offiziere!«

Bolithos Gig wurde gepullt von den Leutnants Galbraith, Varlo und dem jungen Bellairs, der bei *Unrivalled*s Indienststellung noch Fähnrich gewesen war. Außerdem von Luxmore, dem Hauptmann der Seesoldaten, Bootsmann Partridge und Old Blane, dem Zimmermann. Dazu einige Kadetten, darunter Deithon an der Pinne, dicht neben Bolitho.

Der Buggast, ein weiterer Kadett, stellte seinen Riemen senkrecht und kletterte mit dem Bootshaken ganz nach vorn, wo er fast das Gleichgewicht verlor.

»Riemen hoch!«

In der plötzlichen Stille war Jubel zu hören, lang andauernd, aber schwach bei dem kalten, ablandigen Wind. Jago spürte, daß des jungen Napiers Schulter unter seiner Hand erbebte. Er war ein phantasievolles Kerlchen: Vielleicht dachte er das gleiche wie er: daß das Hurrageschrei von den stillgelegten, leeren Hulken kam.

Kapitän Adam Bolitho sah und hörte nichts davon. Vorsichtig erhob er sich und wartete darauf, daß die Gig an der Treppe festmachte. Ihm kam alles vor wie ein wirrer Traum, auch wenn einige Bilder darin scharf hervortraten: Hände, die seine schüttelten, Gesichter, die aus dem Nebel auftauchten, um ihm etwas zuzurufen, eine Faust, die an der Pforte nach ihm griff. Sogar das Zwitschern der Bootsmannspfeifen hatte so fremd geklungen, als sei er nur ein Zuschauer.

Wenn er sich gehen gelassen hätte ... Fest umklammerte er seinen Säbel. Er hatte gesehen, wie andere das gleiche erlebt hatten, und nun war eben er selbst an der Reihe.

Er warf einen letzten Blick auf das Schiff. Sein Schiff. Das ferne Hurrageschrei hörte nicht auf. All diese Gesichter ... Doch er mußte sich abwenden, durfte nicht zurückschauen. Wenn man in der Navy überleben wollte, dann war Rührseligkeit der ärgste Feind.

Er setzte den Fuß auf die Pier. Niemand sprach. Das Boot stieß wieder ab.

Nur nicht zurückblicken. Und dann tat er es doch. Schwenkte den Hut – zu spät, um seine Augen vor dem Sonnenglast zu schützen. Sie brannten ohnehin. *Nicht zurückblicken.* Er hätte es wissen müssen.

Jago trat vor. »Du hast dich also entschieden, Luke?«

Ungerührt erwiderte Jago Bolithos Blick, dann streckte er die Hand aus. »Wie früher, Käpt'n, was?«

Adam nickte den anderen zu. Bald mußte die Kutsche aus Falmouth eintreffen. Das hatte der Admiral veranlaßt, der sichtlich erleichtert gewesen war, als ihr kurzes Treffen zu Ende ging.

Wieder blickte er seewärts, doch die Gig wurde jetzt von der Kaimauer verdeckt. Heute abend würde Galbraith in der großen Achterkajüte allein bei einem Glas Wein sitzen.

Oder auch nicht.

Adams Blick fiel auf Napier, dessen sichtlicher Jammer

ihn rührte. Er packte ihn an der Schulter. »Besorg uns ein paar Träger fürs Gepäck, ja?« Er sah Yovell eine Hand heben wie immer, wenn er ihn an etwas erinnern wollte. »Nein, ich hab's nicht vergessen.«

Aber hatte er denn wirklich erwartet, daß dieses wunderschöne Mädchen namens Lowenna irgendwie hier auftauchen würde, um sein Schiff vor Anker gehen zu sehen? So wie sie ihn beim Auslaufen beobachtet hatte? Glaubte er denn nach all den Monaten und den vielen Schlachten noch an Wunder?

Er merkte, daß Napier ihn ansah und etwas gefragt hatte. Er versuchte, sich auf ihn zu konzentrieren, hörte im Geist aber nur die Worte des Flaggleutnants.

Leise sagte er: »Wir müssen gemeinsam nach neuen Horizonten ausschauen.«

Damit begann er die Treppe zu erklimmen. Jago wartete, bis einige Matrosen herab gelaufen kamen, um das Gepäck und die Seekiste des Kommandanten zu holen. Erst danach wandte er der See den Rücken zu. Und dem Schiff.

II Auf Befehl Ihrer Lordschaften

Nancy Lady Roxby stand reglos an der offenen Tür zur Bibliothek, obwohl sie sich danach sehnte, Adam entgegenzulaufen; doch andererseits scheute sie sich davor, ihn zu berühren, und fürchtete Gefühlsausbrüche.

Wie lange war es her, daß die Kutsche in die Auffahrt gerattert kam, mit Pferden, die nach dem Weg von Plymouth her dampften? Sie wußte es nicht mehr. Nun stand die Kutsche wie vergessen im Hof, während die Pferde sich im vertrauten Stall erholten. Es regnete, der Himmel über der Reihe kahler Bäume wirkte düster und drohend. Ihr Neffe war immer noch im Mantel, mit vor Nässe schwarzen Schultern und schlammigen Stiefeln. Den Hut noch in der Hand, wirkte er wie auf Stippvisite und unfähig, das Geschehen zu akzeptieren.

Sie wartete, während er vor sein Porträt trat, das jetzt an einem neuen Platz hing, neben dem Fenster und gegenüber der breiten Treppe. Hier fing es besser das Licht ein, war aber geschützt vor Sonnenglut und Feuchtigkeit. Ob ihm die Veränderung überhaupt auffiel? Sie bezweifelte es.

Unvermittelt bat er: »Erzähl's mir noch einmal, Tante Nancy. Ich habe ja nichts Näheres gehört und keine Briefe bekommen außer deinen. Und du merkst dir immer alles so genau, ganz gleich, wie sehr es dich belastet.«

Er griff nach oben und berührte das Porträt, tastete über die einzelne gelbe Rose, die der Maler hinzugefügt hatte, nachdem sie ihm von Lowenna an den Uniformrock geheftet worden war. Nähertretend, musterte Nancy ihn genauer. Immer noch diese innere Unruhe, die ihren Bruder Richard an ein junges Fohlen erinnert hatte.

Auch die Jugendlichkeit war noch zu spüren, der Abglanz des jungen Fähnrichs und Marineoffiziers, der sein erstes Schiff, eine Brigg, mit 21 Jahren bekommen hatte. Doch sie sah auch die Furchen, welche Verantwortung, Autorität, Gefahren, vielleicht sogar Furcht in sein Gesicht gegraben hatten. Nancy war die Tochter eines Seefahrers und die Schwester eines berühmten Seehelden. *Beliebten* Seehelden. Ohne sich umzuwenden, sah sie vor sich die vielen vertrauten Gesichter, die Porträts, die sie von der Treppe her und aus der dunklen Diele beobachteten. Als wollten sie das neue Konterfei dieses jüngsten Bolitho begutachten.

»Es geschah vor einem Monat, Adam«, begann sie. »Ich habe dir das wenige geschrieben, was ich erfahren konnte. Wir wußten ja alle, was du durchgemacht hattest, bei Algiers und vorher. Ich hätte dir so sehr eine glücklichere Heimkehr gewünscht.« Mit flehendem Blick wandte er sich ihr zu. »Dieser Brand im Old Glebe House … Wurde sie …?«

Nancy hob beruhigend die Hand. »Nein. Ich habe sie inzwischen gesehen. Hatte ihr versichert, daß sie sich jederzeit an mich wenden könne, wenn sie eine Freundin brauche.« Sachlicher fuhr sie fort: »Sir Gregory hatte an dem alten Gebäude einige Arbeiten ausführen lassen, am Dach seines Ateliers. Es war ein windiger Tag, die Böen von der Bucht … Die Arbeiter schmolzen Blei für die Dachrinnen, hat man mir erzählt. Dabei begann es zu brennen. Und bei dem starken Wind griffen die Flammen so schnell um sich wie bei einem Lauffeuer im Sommer.«

Er sah es wieder vor sich: Das alte Glebe-Haus hatte lange leer gestanden und war dann von einer kirchlichen Behörde in Truro zum Verkauf angeboten worden. Als Sir Gregory Montagu es erwarb, hatten viele der Einheimischen ihn für verrückt erklärt. Doch er hielt sich nur selten dort auf, da er sowohl in London wie in Winchester Immobilien besaß. Adam erinnerte sich daran, als wäre es gestern gewesen: Der berühmte Maler hatte ihn eilends durch die kahlen, vollgerümpelten Zimmer geführt, um die Begegnung mit einem anderen Besucher, seinem Neffen, zu vermeiden. Damals hatte er das Mädchen zum erstenmal gesehen, wie erstarrt in ihrer Pose, nackt an einen aus grauen Tüchern improvisierten Felsen gekettet, als Opfer dem Meeresungeheuer preisgegeben. Wie ein Standbild schien sie nicht einmal zu atmen. Nur ihr Blick traf den seinen und glitt dann gleichgültig weiter.

Lowenna.

Er hatte ihr geschrieben in der Hoffnung, daß seine Briefe sie irgendwie erreichen würden. Daß sie etwas für ihn empfand, berührt durch Emotionen oder Erinnerung daran, wie das Pferd ihn abgeworfen hatte und seine Wunde erneut aufgeplatzt war. Sie war zu ihm gekommen, und irgend etwas hatte die Barriere zwischen ihnen eingerissen. Vielleicht hatte sie ihm inzwischen geschrieben; es geschah nur zu häufig, daß Briefe verloren gingen, daß Postschiffe einander verfehlten oder fehlgeleitet wurden.

Er hatte sich selbst dafür verspottet, daß er den Zettel als kostbar gehütet hatte, den sie ihm auf die *Unrivalled* gesandt hatte, als sie von Plymouth aufgebrochen waren, um sich Lord Exmouths Geschwader anzuschließen.

Ich war da. Ich habe Dich gesehen. Gott schütze Dich.

Nancy sagte: »Sir Gregory war ein Dickkopf, sturer als die meisten. Du hast ihn ja erlebt. Er bestand darauf, nach London gebracht zu werden.«

»Wurde er schwer verletzt?«

»Ja, bei dem Versuch, Lowenna zu helfen, durch die starke Rauchentwicklung. Sie blieb nicht lange bei uns, wollte ihn auf seiner Reise nach London begleiten.«

Adam legte den Arm um seine Tante, gerührt durch

den vertraulichen Ton, in dem sie Lowennas Namen ausgesprochen hatte. So viele Jahre. So viele Jahre waren vergangen seit dem Tag, an dem er von Penzance zu Fuß hier aufgetaucht war, ausgerüstet nur mit Nancys Adresse und einem Brief seiner sterbenden Mutter. Nach all den Jahren war Nancy immer noch eine Zuflucht für ihn, ein sicherer Hafen.

Arm in Arm betraten sie die Bibliothek, in deren Kamin ein munteres Feuer brannte, das Schatten über die Ölgemälde und die deckenhohen Bücherregale tanzen ließ. Nancy registrierte zufrieden, daß alles sauber und frisch poliert glänzte, nicht sosehr wegen häufiger Benutzung, sondern dank der Pflege durch das Hauspersonal. Sie liebte dieses Zimmer, eines von vielen in diesem Haus, wo sie, ihre zwei Brüder und eine Schwester aufgewachsen waren. Sie dachte an die vielen Frauen, die schon hier am Fenster auf ein Schiff gewartet hatten, auf *sein* Schiff, von dem sie wußten, daß es eines Tages vielleicht nicht zurückkehren würde. Die ernsten, aufmerksamen Gesichter an der Wand erzählten die ganze Geschichte.

Adam nahm ihre Hand. »Du mußt wissen, Tante Nancy, daß ich mich in dieses Mädchen verliebt habe.«

Sie zögerte, flehte innerlich darum, daß er nicht wieder eine Enttäuschung erleben möge.

Draußen im Treppenhaus erklangen Schritte: Der junge David Napier, der Adam schon bei seinem letzten Besuch begleitet hatte, wirkte freudig erregt trotz des Verlusts der *Unrivalled*. Seine Heldenverehrung für Adam hatte sie tief gerührt. Besonders nach dem, was Daniel Yovell ihr im Flüsterton eines Verschwörers mitgeteilt hatte, als Adam fast wie ein Blinder suchend aus dem Haus gestürmt war, ohne ihren Bericht akzeptieren zu können.

Es war geschehen, noch bevor die Kutsche der Bolithos, mit dem jungen Matthew auf dem Bock, Plymouth überhaupt verlassen hatte.

Blinzelnd hatte ihr Yovell die Szene beschrieben, die goldgerahmte Brille wie sooft hoch auf die Stirn geschoben. »Es war bei einem Uniformschneider in der Fore Street. Dort hat Käpt'n Adam einen prächtigen Uniformrock für den Jungen bestellt ... Schon Sir Richard hatte da ein Konto.« Seine plötzliche Trauer überwindend, fuhr Yovell fort: »Der Schneider erscheint also händereibend und fragt eifrig bemüht: ›Was soll's denn diesmal sein, Kapitän Bolitho?‹ Der Käpt'n legt dem Jungen eine Hand auf die Schulter und sagt gelassen: ›Ihre Dienste für den jungen Herrn hier. Messen Sie ihm eine Fähnrichsuniform an.‹ Mit Augen so groß wie Suppentassen starrt Napier ihn an, kann nicht glauben, was er da hört, was der Käpt'n sich ausgedacht, ja, schon seit Monaten geplant hat.«

Nancy hatte sofort verstanden, Napier gegenüber aber nichts davon erwähnt. Trotz der Außerdienststellung von *Unrivalled* hatte Adam auf diesem Schritt bestanden. Sir Richard hätte wahrscheinlich genauso gehandelt. Der Gedanke trieb ihr das Wasser in die Augen.

Leichthin fragte sie: »Und wann wirst du von deiner neuen Verwendung hören?«

Dankbar für die Ablenkung, lächelte Adam. »Man hat mir gesagt, daß mir der Bescheid der Admiralität hierher nach Hause zugestellt wird.« Wieder ließ er den Blick über die Familienporträts an der Wand gleiten: Alle Bolithos hingen da, alle außer Hugh, seinem eigenen Vater.

Er schob den Gedanken beiseite. »Das heißt, ich bekomme wohl ein Schiff.«

»Eine Fregatte?«

»Ich bin nun mal ein Fregattenkapitän.«

Sie wandte sich ab und ordnete einen Strauß Primeln in der Vase neu. Die gute Grace hatte es noch immer geschafft, bei der Heimkehr eines Bolitho frische Blumen aufzutreiben, selbst jetzt im März.

Adams Worte klangen in ihr nach. Genau dasselbe hatte damals auch Richard gesagt, als er aus der Südsee zurückgekehrt war, mit dem Fieber im Leib, das ihn fast umgebracht hätte. Und Ihre Lordschaften hatten ihm keine Fregatte gegeben, sondern die alte *Hyperion.*

Am Schreibtisch nahm Adam ein Skizzenblatt zur Hand, eine Meerjungfrau, die einem vorbeikommenden Schiff nachblickte. Ein kalter Schauder überlief ihn: Sie ähnelte Zenoria, die sich von den Klippen in den Tod gestürzt hatte ... Die kleine Zeichnung hatte ihm seine Base Elizabeth geschickt, Richards Tochter. Es deprimierte ihn, auch nur daran zu denken. Die Liebe, dann der Haß – und ein Kind dazwischen, hin und her gerissen.

Abrupt fragte er: »Wie geht's Elizabeth? Ich wette, sie gedeiht prächtig in deiner Obhut.«

Nancy antwortete nicht. Adam und die junge Tochter des Volkshelden – *Englands Admiral* hatte Catherine ihn genannt – hatten etwas gemeinsam.

Sie waren beide ganz allein.

An der anderen Seite des Hauses, mehr dem Hof zu gelegen, stand Bryan Ferguson am Fenster und sah zu, wie Daniel Yovell einen Teller Suppe leerte, die Grace zubereitet hatte.

»Das sollte dich warmhalten, mein Freund. Außerdem brennt in deiner Kate ein tüchtiges Feuer ... Wir halten ein Auge auf alles, seit du dich freiwillig zur Marine gemeldet hast.« Yovell ließ den Löffel sinken. »Das war ein prima Empfang, Bryan.« Er deutete auf einen Stoß Aktenordner. »Vielleicht kann ich dir damit nachher ein bißchen zur Hand gehen?«

Ferguson seufzte. »Da würde ich nicht nein sagen.« Das Thema wechselnd, fuhr er fort: »Wir erfuhren schon vor einigen Tagen, daß ihr auf dem Heimweg wart. Die Kurierbrigg brachte Nachricht von euch, und Neuigkeiten verbreiten sich schnell hierzulande.«

Yovell knöpfte seine Jacke auf. »Als wir noch in Gibraltar waren, sahen wir sie auslaufen.« Er runzelte die Stirn. »Sie hat auch den Schadensbericht über die *Unrivalled* nach Plymouth gebracht. Ich glaube, der Käpt'n wußte schon damals Bescheid, insgeheim. Er hat's nur verdrängt, weil die *Unrivalled* ihm so viel bedeutet. Ich hab's zu verstehen versucht, aber für einen Kommandanten sieht die Sache natürlich anders aus.«

Ferguson warf einen Blick auf die Aktenordner. Als Gutsverwalter tat er sein Bestes, bemühte sich um Gewissenhaftigkeit, war aber kein junger Mann mehr. Dabei dachte er nicht einmal an seinen leeren, hochgesteckten Ärmel oder an die Schlacht bei den Saintes, wo er vor fünfunddreißig Jahren seinen Arm verloren hatte. Grace hatte ihn gepflegt, bis er wieder gesund war, und Kapitän Richard Bolitho hatte ihm die Stelle als Gutsverwalter angeboten. Als hätte er seine Gedanken gelesen, fragte Yovell: »Siehst du John Allday noch oft?«

»Er kommt jede Woche auf einen Schluck von Fallowfield herüber. Manchmal wandern wir auch zusammen zum Hafen, er sieht sich gern die Schiffe an. Vermißt die See immer noch sehr.« Ferguson trat zum Kamin und stocherte im Feuer. Zischend fielen Regentropfen durch den gedrungenen Schornstein in die Flammen.

Er hielt inne, um die Katze zu streicheln, die wie üblich auf dem Sims döste, und schloß: »Käpt'n Adams Bootssteurer scheint ein harter Knochen zu sein.« Es klang wie eine Frage.

Yovell lächelte. »Wie Kalk und Käse, würden manche sagen, aber sie kamen sofort gut miteinander aus. Trotzdem – ein zweiter Allday ist er nicht.«

Verständnisinnig lachten beide.

Draußen stand David Napier im Schutz des Dachüberhangs und wandte den Kopf hin und her, um besser hören zu können. Es dunkelte bereits. Ihm war klar, daß er nach der Fahrt von Plymouth hierher eigentlich müde hätte sein sollen und ausgelaugt. Aber er konnte das Gefühl ungläubiger Verwirrung einfach nicht abschütteln. Er war mit ehrlicher, überwältigender Herzlichkeit empfangen worden. Grace Ferguson hatte ihn fast erdrückt, fragte ihn aus über sein verwundetes Bein und zeigte sich fast noch besorgter als bei seinem ersten Besuch. *Auf Verlangen seines Kommandanten.* Er hatte es sich immer wieder vergegenwärtigt. Wie seine zweite Beinoperation, die der irische Chirurg O'Beirne auf See vorgenommen hatte, kurz vor der blutigen Schlacht von Algiers. Die Wunde hatte sich entzündet und hätte ihm andernfalls den Tod gebracht. Daß er sich nicht gefürchtet hatte, wunderte ihn immer noch. Die plötzliche Agonie unter dem Messer, die vielen Hände, die ihn auf dem Tisch festhielten, der immer intensivere Schmerz, seine immer lauteren Schreie, bis er an dem Knebel zwischen seinen Zähnen fast erstickte und gnädige Dunkelheit sein Bewußtsein auslöschte.

Die ganze Zeit, so fiel ihm wieder ein, hatte des Käpt'ns Arm seine nackte, schweißnasse Schulter gepackt. Und seine Stimme irgend etwas von einem Pferd gemurmelt. Napier wandte sich um und spähte im Stall nach Jupiter, dem temperamentvollen Pferd, das seinen ungeschickten Reitversuchen mit solcher Verachtung begegnet war – damals bei seinem ersten Besuch in diesem großen Haus, an das er allmählich als an sein Heim zu denken wagte.

Jupiter stampfte schnaubend, und Napier zog seine Hand zurück. Der Kutscher, den sie alle den jungen Matthew nannten, obwohl er bestimmt viele Jahre älter war als der Käpt'n, hatte ihn gewarnt: Jupiter biß gern zu, wenn er Gelegenheit dazu bekam. Was würde seine

Mutter denken, wenn sie ihn jetzt sehen könnte? dachte Napier, verdrängte den Gedanken aber gleich wieder. Wahrscheinlich wäre es ihr egal.

Der Regen hörte auf. Er wollte die Küche suchen und die Köchin fragen, ob er irgendwie helfen könne.

Er leckte sich die Lippen. Dieses Bild wurde er einfach nicht los: Wie die Kutsche vor dem Laden schwankend zum Stehen gekommen war und der Käpt'n ihm befohlen hatte: »Komm mit. Es dauert nicht lange.«

Da hatte er noch geglaubt, daß der Kommandant sich um sein Schiff grämte, noch einmal die Minuten des Abschieds durchlitt, das letzte Händeschütteln, das Abstoßen der Gig. Das hätte er nur zu gut verstanden.

Doch als der Käpt'n den grinsenden Schneider in bunter Weste, mit seinem baumelnden Zollstock, angewiesen hatte, *für diesen jungen Herrn* Maß zu nehmen, war es sein Ernst gewesen. Das schien auch der offensichtlich entzückte Yovell zu begreifen. Eine Fähnrichsuniform.

Eine Szene wie im Traum. So unwirklich. Vielleicht überlegte der Käpt'n es sich ja noch anders. Und woher nahm er das Selbstvertrauen zu glauben, er könne dieser phantastischen Chance gerecht werden?

»Du dort drüben – ist jemand zu Hause?«

Napier fuhr herum, seine Augen im wäßrigen Abendsonnenschein mit dem Unterarm beschattend. So tief war er in Gedanken gewesen, daß er das Pferd nicht kommen gehört hatte.

Es war eine junge Frau im Damensattel und ganz in Rot gekleidet. So dunkelrot wie der Wein, den er manchmal seinem Kommandanten eingeschenkt hatte. Ihr dunkles Haar war mit einem Tuch zusammengehalten und tropfnaß vom Regen.

Mit einer ungeduldigen Kopfbewegung fragte sie: »Willst du mir nun endlich behilflich sein, oder werde ich nur angestarrt?«

Eine Tür schlug, und der alte Jeb Trinnick – der, wie Napier gehört hatte, seit Menschengedenken für die Pferde sorgte – kam über das Pflaster herbei gehinkt. Von sich aus schon ein Riese von Mann, wirkte er mit seinem einen Auge noch wilder, seit er das andere bei einem Kutschunfall verloren hatte – vor so langer Zeit, daß es schon als Legende galt.

Gereizt funkelte er die Reiterin an und sagte: »Lady Roxby wird das aber gar nicht gefallen, daß Sie hier ganz allein auftauchen, Missy. Was ist denn aus dem jungen Harry geworden?«

Wieder diese trotzige Kopfbewegung. »Der konnte nicht mithalten.« Sie deutete auf einen Tritt. »Helfen Sie mir runter, ja?«

Napier griff nach ihr, als sie aus dem Sattel glitt, und der alte Jeb, immer noch mißbilligend vor sich hin murmelnd, führte das Pferd davon.

Die junge Frau trat vor Napier hin. »Neu hier, wie?« fragte sie.

Eigentlich gar keine Frau. Eher nur ein Mädchen. Napier hatte nicht viel Erfahrung mit dem anderen Geschlecht, aber er schätzte sie auf nicht mehr als 15, im gleichen Alter wie er selbst. Und sie war sehr hübsch. Dem dunklen Haar, das er zuerst für schwarz gehalten hatte, setzte der Abendschein kastanienrote Lichter auf, wo es zu trocknen begann.

»Ich gehöre zu Kapitän Bolitho, Miss.«

Er war sich sehr bewußt, wie sie dastand oder sich bewegte, selbstsicher und ungeduldig. Von der Erwähnung des Kommandanten schien sie nicht beeindruckt zu sein.

»Aha, der Diener.« Sie nickte. »Ja, ich glaube, ich habe von dir gehört. Ein Besuch im letzten Jahr? Du wurdest von einem Esel abgeworfen.«

»Ich kann Sie zu ihm bringen, wenn Sie wollen, Miss.«

»Ich finde schon allein hin.« Dabei starrte sie durch

die offene Stalltür in die nächste Box, in der ein mächtiges Pferd stand und den näherkommenden Stalljungen mit heftigem Kopfschütteln empfing.

»Eine prachtvolle Stute«, sagte Napier. »Sie heißt Tamara.«

Das Mädchen hatte sich schon zum Gehen gewandt, drehte sich jetzt noch einmal um und blickte ihm direkt ins Gesicht. Zum erstenmal sah er ihre Augen: graublau wie die See.

»Ich weiß«, sagte sie. »Sie hat meine Mutter getötet.«

Der alte Jeb Trinnick kam vorbei und sah ihr nach, als sie zum Haus ging. »Von der bleibst du besser weg, mein Sohn. Hält sich für zu gut für unseresgleichen.«

Napier wandte den Blick nicht von der großen Stute, die jetzt den Stalljungen mit dem Eimer beobachtete.

»Stimmt das mit ihrer Mutter?«

»Selbst schuld.« Der Blick seines Auges fixierte einen zweiten Stallburschen, der Stroh aufgabelte. »Sie war Lady Bolitho, Sir Bolithos Witwe.« Ein Lächeln glitt über seine groben Züge. »Schön, daß der junge Käpt'n wieder mal daheim ist. Aber ich nehme an, ihr müßt bald wieder weg? Wie das bei Seeleuten so ist?« Er ging davon, als jemand seinen Namen rief.

In diesem Augenblick traf die Erkenntnis Napier wie ein Blitz. Als hätte er eine Tür geöffnet und stünde jetzt einem Albtraum gegenüber. An Bord der *Unrivalled* hatte er manch einen Fähnrich und Kadetten gesehen, die zum erstenmal angemustert hatten: jung, eifrig und hoffnungslos unerfahren. Er hatte gehört, wie sie dem Kommandanten vorgestellt wurden. Hilfesuchend griff er nach der Stalltür.

Falls er Fähnrich werden sollte, dann mußte er sich dem ganz allein stellen, ohne Adam Bolitho. Denn sie würden nicht zusammen segeln. Nicht diesmal. Und vielleicht niemals.

Seine eigenen Worte fielen ihm wieder ein. *Hier sorgt einer für den anderen.*

»Immer noch auf den Beinen? Ich dachte, du liegst längst irgendwo in einer warmen, weichen Koje und pennst, solange du die Chance dazu hast.«

Schuldbewußt fuhr Napier herum, als hätte er seine Gedanken laut ausgesprochen. Aber es war nur Luke Jago mit einer schweren Seekiste auf der Schulter. Als sei das ein Leichtgewicht, rauchte er mit der anderen Hand seine Tonpfeife.

Ohne eine Antwort abzuwarten, fuhr Jago fort: »Sie haben mir ein Zimmer in Bryan Fergusons Kate gegeben. Und Grace kocht heute abend was Besonderes, extra für mich.«

Napier war immer wieder überrascht, wie schnell Jago sich überall zurechtfand. Er sprach von dem Verwalter und seiner Frau, als kenne er sie seit Jahren. Er war ein harter Mann und gefährlich, wenn man ihm in die Quere kam, aber immer fair. Ein furchtloser Mann, den man aber nie ganz durchschaute.

»Ich sehe mir die Pferde an«, sagte Napier.

Jago zog an seiner Pfeife. »Bryan und ich machen einen Spaziergang zu einer kleinen Kneipe, von der er mir erzählt hat. Vielleicht kommt auch Mr. Yovell mit.« Die Idee schien ihn zu amüsieren. »Obwohl die Bibel wahrscheinlich eher nach seinem Geschmack ist.«

Sie wandten sich beide um, als ein neues Pferd aus dem Stall geführt wurde.

Jago bemerkte: »Scheußliches Wetter für'n Ausritt.«

Der Pferdeknecht richtete die Zügel und zog den Sattelgurt fest, während das Pferd ungeduldig das Pflaster stampfte. Selbst in dem schwachen Licht erkannte er die dunkelblaue Satteldecke mit dem goldgestickten Wappen in der Ecke.

»Das Pferd des Käpt'ns.« Das Mädchen im weinroten

Reitkostüm fiel ihm wieder ein. Keine gute Zeit für einen Ausritt, wenn seine Tante und seine junge Kusine ihn daheim willkommen heißen wollten.

»Er macht sich eben große Sorgen«, murmelte Napier. »Der Verlust seines Schiffes ...«

Jago musterte ihn mit seltsamem Blick. »Nicht nur darum sorgt er sich, mein Junge.« Er grinste. »'tschuldigung. Nicht mehr lange, und wir werden dich mit ›Mister‹ anreden müssen. Wie gefällt dir das, he?«

Napier reagierte nicht auf die Frotzelei. »Ich will nichts falsch machen, weißt du ...« Jago wußte, daß es ihm ernst damit war. Die überstandenen Gefahren und seine Wunde, die ihn fast das Bein gekostet hätte, jedenfalls bei den meisten ihm bekannten Bordquacksalbern – das alles war nichts im Vergleich mit der nächsten Herausforderung.

Er legte dem Jungen die Hand auf die Schulter. »Halt deine Nase sauber und behandle sie anständig, die Burschen, die bald zu dir aufschauen müssen, Gott steh ihnen bei.« Er schüttelte ihn leicht. »Bevor du dich's versiehst, stehst du auf'm Achterdeck«, schloß er.

Stiefeltritte auf dem Pflaster, und dann stand Adam Bolitho, unterwegs zu seinem unruhigen Pferd, plötzlich bei ihnen.

Der Knecht rief herüber: »Sie halten besser die Augen offen, Käpt'n. Krieg oder kein Krieg, Wegelagerer sind auf der Landstraße immer zugange, Sir.« Adam lächelte, aber in seinen Augen stand Ärger. Zu Napier sagte er: »Hast du Lust, mal Jupiter auszuprobieren, David? Am besten schon morgen? Vielleicht reite ich hinüber nach Fallowfield, um John Allday und seine Familie zu besuchen.«

»Ich könnte Sie jetzt gleich auf Jupiter begleiten, Sir.« Doch er wußte, der Kommandant hörte ihn gar nicht, er war in Gedanken anderswo.

Dann saß er im Sattel, und sein alter Bootsmantel

flatterte wie ein Banner im nassen Wind. Noch einmal drehte er sich um und blickte zu einem Fenster hinauf. »Ich bin rechtzeitig zurück«, rief er. »Sag der Küche Bescheid.« Dann galoppierte er davon, daß die Funken stoben.

Jeb Trinnick war herangetreten, ziemlich geräuschlos für einen so großen Mann mit Gehbehinderung. Als er Jagos Pfeife gewahrte, zog er einen Tabaksbeutel unter seiner Lederschürze hervor.

»Probier mal 'n bißchen hiervon. Hab' ich letzte Woche von einem holländisches Händler gekriegt. Scheint ganz anständig zu sein.«

Jagos Gesicht hellte sich auf. Wieder einen Schritt näher gekommen. »Danke, das is' nett von dir«, sagte er.

Napier fragte: »Hat der Käpt'n weit zu reiten?« Er wischte sich Regentropfen aus dem Gesicht.

»Wenn ich richtig liege«, antwortete Jeb Trinnick grantig, »dann will er zum alten Glebe-Haus.« Der Blick seines einzigen Auges folgte dem Rauchfaden aus Jagos Pfeife. »Is'n übler Platz. Mein jüngster Bruder, der in Truro lebte, bevor er nach Kampenduin über Bord fiel, sagte immer, dort spukt's. Sogar die Kirche war froh, das Haus an den ersten besten verscherbeln zu können, der sich meldete. Das war der alte Montagu.«

Jago paffte Rauchwolken. »'n gutes Kraut, Jeb.«

Napier ahnte, daß die Frau im Ponywagen dahintersteckte. Er erinnerte sich noch genau an den Gesichtsausdruck des Kommandanten, als er den kleinen Zettel gelesen hatte, den sie ihm vor *Unrivalled*s Auslaufen an Bord geschickt hatte.

Jeb Trinnick fällte eine Entscheidung. »Wie dem auch sei, ich schicke ihm jedenfalls einen Knecht nach.« Er grinste. »Nur um ganz sicher zu gehen.«

Napier sah ihm nach, wie er hinkend im Schatten verschwand: ein Mann, der mit jeder Situation fertig wurde.

Wieder packte ihn Verzweiflung. Oh, so abgeklärt zu sein wie Trinnick oder Jago ...

Plötzlich hörte er ein Knacken. Es kam von Jagos Tonpfeife, die er bisher so sorgsam gehütet hatte. Zerbrochen lag sie am Boden, und der Regen löschte die letzten Aschenreste.

Also ging die Sache auch Jago nahe, mehr als er sich anmerken ließ. Er hatte sich nur eine dicke Haut zugelegt, vielleicht wegen seiner schlechten Erfahrungen mit anderen Kommandanten.

Aber dieser hier war ihm wichtig. Und für David Napier, der erst fünfzehn Jahre zählte, war er sein Lebensinhalt.

Der Kurier erschien gegen Mittag in dem alten grauen Haus, fast auf die Stunde genau eine Woche, nachdem die *Unrivalled* in Plymouth vor Anker gegangen war.

Ferguson stand im Hof und sah zu, wie Napier den kleinen Jupiter bewegte, langsam, aber voll Selbstvertrauen, immer im Kreise reitend, um ein »Gefühl dafür zu kriegen«, wie Grace es ausgedrückt hatte.

Wie vielen Marineoffizieren in der Gegend von Falmouth war der Kurier auch Ferguson bekannt. Er streckte die Hand aus, um für den versiegelten Leinenumschlag zu quittieren, doch der Kurier wehrte kurzangebunden ab. »Diesmal nicht. Nur für Kapitän Bolitho persönlich, und wenn ich bis zu seiner Rückkehr hier warten muß.«

»Sag dem Käpt'n Bescheid, Grace«, rief Ferguson seiner Frau zu. Sie würde nicht von Adams Seite weichen, bis sie im Bilde war.

Der Kurier entspannte sich und stieg von seinem schlammbespritzten Pferd. War wohl den ganzen Weg von Plymouth geritten, dachte Ferguson, oder noch viel weiter. Die Mühlen hatten wahrscheinlich schon angefangen zu mahlen, als das Wachschiff oder ein scharfsichtiger Küstenwächter die Annäherung der *Unrivalled* gemeldet hatte.

Grace Ferguson fragte: »Haben Sie Zeit für 'n heißen Schluck oder 'n Teller Suppe?«

Der Kurier schüttelte den Kopf. »Nein, Madam. Trotzdem vielen Dank. Ich muß noch zum alten Käpt'n Masterman in Penryn. Mit schlechten Nachrichten, fürchte ich. Sein Sohn wird vermißt, seit sein Schiff auf einem Riff gestrandet ist.«

Ferguson wandte den Kopf nach den Schritten, die auf dem Pflaster näherkamen. Eine Geschichte wie diese hörte man in Cornwall nur allzu oft.

Adam Bolitho erfaßte die Lage mit einem Blick: den Kurier neben seinem Pferd, der junge Matthew an der Longe zu Napiers Jupiter, Ferguson mit seiner Grace und Yovell, der am Tor zum Rosengarten erstarrt war. Zu Catherines Rosengarten. Wie Schauspieler in einem Drama, das sie nicht ganz verstanden.

Der Kurier hatte Schreibzeug unter seinem schmutzigen Umhang hervorgeholt und die Feder bereits in die Tinte getaucht. Ob auch Lowenna für ihren Zettel so etwas benutzt hatte?

Er dachte daran, wie das alte Glebe-Haus in der Nacht seines Besuchs ausgesehen hatte. Wie sein Pferd wiehernd gescheut hatte, vielleicht wegen der Brandgeruchs, den die verkohlten Balken verströmten – oder wegen noch Schlimmerem? Die Fensterhöhlen des Zimmers, in dem sie ihre Harfe aufgestellt hatte, gähnten leer vor den dahinrasenden Wolken. Und das Atelier, in dem sie nackt an den Felsen gefesselt gewesen war, ein Opfer für das Meerungeheuer, hatte kein Dach mehr ...

Bei Tageslicht war er noch einmal dort hingeritten, aber der Anblick war eher noch schlimmer. Er wäre lieber allein gewesen, doch die fürsorgliche Nancy hatte sich nicht abschütteln lassen.

Das Haupthaus war für eine Besichtigung zu baufällig. Überall Asche, Scherben und wie schwarze Zähne gebleckte Balken. Hier und da eine angesengte Leinwand, leer oder erst teilweise fertig, als die Feuersbrunst über das Atelier hereingebrochen war.

Oder ein zur Reparatur gegebenes Ölbild wie das von Catherine. Vor Jahren hatte sie es selbst bestellt, um es neben das von Sir Richard zu hängen, in »ihrem« Zimmer, wie das Personal es nannte. Darauf trug sie ein Matrosenhemd und nicht viel mehr, wie sie es in dem offenen Boot nach ihrem Schiffbruch getragen hatte. Wenn man Allday gut zuredete, erzählte er seine Version von Catherine und Bolitho im Rettungsboot, von ihrem Mut und ihrem Vorbild bei dem verzweifelten Überlebenskampf, mit dem sie die Herzen ihrer Landsleute gewonnen hatte.

»Sie hat mich sogar zum Singen überredet«, berichtete er mit einem stolzem Auflachen.

Nancy hatte mit ihren Gedanken noch nie hinter dem Berg gehalten. Auf der überwucherten Auffahrt, mit der geschwärzten Ruine als grimmigem Hintergrund, wandte sie sich jetzt Adam zu. »Es war Mary, das Zimmermädchen, die es entdeckte«, berichtete sie. Sie war schreiend in die Küche gerannt gekommen, als sie Catherines Porträt von Messerstichen aufgeschlitzt vorfand, immer und immer wieder zerfetzt, nur nicht das Gesicht. Als ob der Täter wollte, daß alle Welt sie erkannte. Sir Gregory Montagu war nicht sehr optimistisch gewesen, hatte aber das beschädigte Bild immerhin in sein Atelier übernommen. Jetzt würden sie es niemals mehr erfahren.

Die Frage nach dem Täter war Adam seither nicht aus dem Kopf gegangen. Er haßte sich selbst dafür, weil er dabei an Belindas Tochter Elizabeth dachte. Sie mußte Catherine für den Feind halten, der die Ehe ihrer Eltern zerstört hatte. Aber Elizabeth hatte damals eine weit entfernte Freundin in Devon besucht.

Adam merkte, daß er geistesabwesend für den Umschlag quittiert hatte und daß der Kurier wieder aufsaß. Und daß Yovell und Ferguson ihm ins Haus folgten.

In der Bibliothek griff er nach dem Brieföffner, der neben Elizabeths skizzierter Meerjungfrau lag. Darüber fiel ihm die Uhr ein, an der einst eine Musketenkugel abgeprallt war; ihr Deckel wies ebenfalls eine eingravierte Meerjungfrau auf. Inzwischen war sie nur eine leere Hülle, doch der junge Napier trug sie trotzdem wie einen Talisman immer bei sich.

Einen Augenblick zögerte der Brieföffner über dem Siegel der Admiralität. Er hatte einst Kapitän James Bolitho gehört. Seinem Porträt im Treppenhaus hatte Sir Gregory Montagu seinerzeit nachträglich einen leeren Ärmel gemalt, weil Käpt'n James in Indien einen Arm verloren hatte. Vielleicht beobachtete er jetzt den letzten der Bolithos, den Sohn des Mannes, der seinen Vater hintergangen hatte. Und sein Land.

Der aufgeschlitzte Briefumschlag fiel zu Boden, sein schön und gestochen scharf beschrifteter Inhalt klang völlig emotionslos.

Adressiert an *Adam Bolitho, Esq.* Nach *Empfang dieser Befehle haben Sie sich ohne jede Verzögerung zu begeben nach* ... Adams Blick glitt weiter: Kein Schiffsname, kein Titel sprang ihm entgegen. Vielmehr hatte er sich zur Verfügung von *Sir Graham Bethune zu halten, Ritter des Bathordens, Vizeadmiral der Blauen Flagge,* und in seinen Diensten weitere Anweisungen abzuwarten. In einem Anhang waren Details über seine Reise und Unterbringung aufgeführt, nebst anderen Einzelheiten, die er im Moment als völlig bedeutungslos empfand.

Yovell sprach als erster. »Gute Neuigkeiten, Sir?«

Ferguson war dabei, irgend etwas in ein Glas zu gießen. Seine Hand zitterte. *Noch etwas, das mir erst jetzt auffällt.*

»Von der Admiralität, Daniel. Ihre Lordschaften wünschen mich zu sehen. Es ist ein Befehl, keine Bitte. Und kein Schiff«, schloß er verbittert.

Das schwere Dokument war neben seinen Umschlag zu Boden gefallen. Trotz seiner Beleibtheit hob Yovell es schnell auf. »Haben Sie gesehen, Sir?« fragte er. »Da steht noch was auf der Rückseite.«

Adam griff danach. Also ein Kapitän ohne Schiff. Es gab weiß Gott viele, denen es so erging wie ihm. *Ohne Schiff.*

Er starrte auf die Schrift nieder, sah aber im Geiste nur das Gesicht dahinter. Von Vizeadmiral Bethune. Mit ihm war er schon mehrfach zusammengetroffen, das letzte Mal auf Malta. Bethune hatte seinen Dienst als junger Kadett auf der kleinen Korvette *Sparrow* begonnen, Sir Richard Bolithos erstem Kommando. Ein beliebter, leicht zu respektierender Vorgesetzter und seinerzeit der jüngste Vizeadmiral seit Nelson. Einst selbst Fregattenkapitän, dann Beförderung und zuletzt die Admiralität.

Alles weitere binnen kurzem brieflich, stand da. *Es geht um diverse Vorschläge, die man mir gemacht hat. Sie werden alle Instruktionen mit strikter Geheimhaltung behandeln. Darauf verlasse ich mich.* Darunter die Unterschrift und ganz unten der Nachsatz: *Vertrauen Sie mir.*

Adam stellte das leere Glas zurück. Hatte er nun Weißwein oder Cognac getrunken? Er wußte es nicht mehr.

»Also nach London, Sir«, sagte Yovell mit einem Kopfschütteln. Er lächelte betrübt. »Sir Richard hat die Stadt nie gemocht. Nicht, bis ...«

Im Vorbeigehen tätschelte Adam ihm den plumpen Arm. »Ich weiß, Daniel.«

Er verließ die Bibliothek und merkte, daß er vor einem anderen Kamin stand und in die Flammen starrte. Fürsorgliche Hände hielten die Feuer hier immer in Gang.

»Für die erste Etappe bis Plymouth werde ich den jungen Matthew brauchen. Danach ...« Er trat näher und streckte die Hände nach der Wärme aus. »Aber das steht sicherlich in den näheren Anweisungen.« Eine lange, ermüdende und unbequeme Reise. Und an ihrem Ende? Vielleicht nichts weiter. Oder man verlangte lediglich von ihm, *Unrivalled*s Rolle beim Angriff auf Algiers und ihren schließlichen Sieg zu beschreiben. »Ich werde mehr Garderobe als sonst benötigen. Das muß ich Napier sagen ...«

Abrupt unterbrach er sich. Napier würde nicht mit ihm nach London reisen. Bethunes so beiläufig scheinende Notiz war aus gutem Grund angefügt worden. Sein Blick suchte die füllige Gestalt Yovells auf der anderen Seite der Halle. »Senden Sie dem Schneider eine Nachricht von mir, ja?« Dann sah er Napier, der ihn vom Flur zur Küche aus beobachtete. Er ahnte es schon. Sein Blick besagte alles.

Adam dachte wieder an Bethune. Seine Worte waren alles, was er hatte.

Vertrauen Sie mir.

Vizeadmiral Sir Graham Bethune schichtete auf seinem breiten Schreibtisch einige Papiere um und starrte dabei zu der mit Putten und Windfahne reich geschmückten Uhr an der Wand gegenüber auf.

Er war zu Fuß durch den Park zur Admiralität gegangen und hatte es abgelehnt, die Kutsche zu nehmen oder sein eigenes Reitpferd, wie es sonst seine Gewohnheit war. Das geschah nicht aus Dünkel, sondern aus der Zielstrebigkeit heraus, die auch sonst sein Tagewerk charakterisierte.

Überrascht, daß die körperliche Bewegung seine Nerven nicht beruhigt hatte, erhob er sich. Es war absurd. Er hatte doch nichts zu befürchten.

Quer durchs Zimmer trat er vor das Gemälde einer Fregatte, die mit zwei schweren spanischen Fregatten im

Gefecht lag. Es war seine eigene. Damals hatte es schlecht gestanden für den wagemutigen jungen Kommandanten. Trotzdem hatte er den einen Gegner zur Strandung gezwungen und den anderen erbeutet. Unbewußt berührte er die Goldlitzen an seinem Ärmel. Danach war er sehr schnell in den Stabsrang befördert worden, dem bald die Admiralität folgte. Die brachte Routine, lange Sitzungen und Konferenzen mit seinen Vorgesetzten und manchmal mit dem Ersten Seelord. Sogar dem Prinzregenten hatte er schon diverse Pläne und Operationen erläutern müssen.

Doch das hatte ihm zugesagt, genau wie die Uniform und der Respekt, der ihr gezollt wurde.

Bei seinem Weg durch den Park hatte es leicht geregnet, aber das hatte die üblichen Reiter nicht abgeschreckt. Halb erwartete er, wie sooft, Catherine zu sehen, entweder selbst im Sattel oder in der Kutsche mit dem Sillitoe-Wappen auf dem Wagenschlag. Wie bei diesem letzten, verabredeten Treffen. Er biß sich auf die Lippen. Dem endgültig letzten.

Vom Fenster aus blickte er auf das Gewühl der Kutschen, Lastkarren und Pferde hinunter. Er hatte sich an dieses Leben gewöhnt und führte es mit einer Begeisterung, die seine Zeitgenossen oft überraschte. Dabei schlug er nie über die Stränge, obwohl er guten Wein und anregende Gesellschaft schätzte. Aber er achtete peinlich genau auf Mäßigkeit, denn er kannte zu viele höhere Stabsoffiziere, die vor ihrer Zeit aus dem Leim gegangen und gealtert waren. Unmöglich, sie sich mit dem Säbel in der Hand auf ihrem eigenen Achterdeck vorzustellen, während um sie herum der Kampf tobte und der Tod Ernte hielt.

Noch unruhiger als zuvor, kehrte er an den Schreibtisch zurück. Und was wird aus mir? dachte er.

Manche seiner Kollegen stellten sich niemals diese Frage, vielleicht in dem Glauben, daß Rang und höheres

Dienstalter sie für immer unangreifbar machten. Er griff nach der Akte, die als oberste auf dem Stapel lag. Und auf seiner Seele.

Ende vergangenen Jahres hatte die Navyliste zweihundert Admiräle und achthundertfünfzig Kapitäne aufgeführt. Kapitänleutnants und Leutnants hatten die Zahl auf fünftausend erhöht. Inzwischen waren die großen Flotten und zahlreichen Geschwader empfindlich ausgedünnt worden, selbst solche, die von höchst erfolgreichen und berühmten Offizieren kommandiert wurden. Ganze Wälder waren für den Bau dieser Schiffe abgeholzt worden, doch jetzt hatten jede Reede und jeder Flußlauf ihre traurig untätigen Ankerlieger.

Und was wird aus mir?

Es gab keinen einzigen Admiral mehr, der unter sechzig gewesen wäre, und alle Beförderungen waren zum Stillstand gekommen. Ein Kapitän, falls er überhaupt das Glück hatte, noch im aktiven Dienst zu sein, konnte dreißig Jahre lang auf diesem Rang verharren, ohne höher zu steigen. Oder mit Halbsold verkümmern wie diese schattenhaften Gestalten, welche die Kais bevölkerten und von ihren Erinnerungen zehrten.

Unvermittelt dachte er an seine Frau. Lady Bethune. Es fiel bereits schwer, sie sich ohne Adelstitel vorzustellen. *Du kannst jederzeit in den Ruhestand treten, Graham, wenn du das möchtest. Schließlich bist du nicht gerade arm. Und du würdest mehr von den Kindern sehen.* Ihre beiden »Kinder« waren längst erwachsen, und sie gingen mit ihren Eltern so höflich um wie mit Fremden. Doch seine Frau hatte das alles im Griff. Wie damals bei dem abendlichen Empfang, als sie lächelnd Catherine Somervells Demütigung zugesehen hatte. Als Catherine beinahe vergewaltigt worden oder ums Leben gekommen wäre, hätten Sillitoe und seine Männer nicht eingegriffen.

Bethune vergegenwärtigte sich das Erlebnis immer

und immer wieder. Hier in diesem opulenten Zimmer im Zentrum der Admiralität hatte er Catherine bewirtet: die Frau, über die sich die Gesellschaft empörte, weil sie in aller Öffentlichkeit mit Sir Richard Bolitho zusammenlebte. Er blickte zu dem Stuhl hinüber, in dem sie gesessen hatte, und erinnerte sich an ihr nach Jasmin duftendes Parfüm. An ihre Augen, wenn sie lächelte. Oder lachte – damals noch.

Vielleicht konnte er wie Valentine Keen einen Posten in einer der Werften ergattern. Außerdem hatte er unter Richard aktiv als Fähnrich gedient. Doch welche Aussichten bot schon eine Kriegsmarine ohne Schiffe? Die alten, langjährigen Feinde waren jetzt zweifelhafte Verbündete, jedenfalls offiziell. So offiziell wie die Kampagne gegen Sklaverei, von der viele geglaubt hatten, daß sie mit Exmouths Sieg bei Algiers erfolgreich ausgemerzt worden sei.

Dem Stuhl den Rücken kehrend, versuchte er, ihn und Catherine aus seinen Gedanken zu verdrängen. Sillitoe war jetzt ihr Beschützer, und es ging das Gerücht, daß er auch ihr Liebhaber war. Er selbst hatte einen Narren aus sich gemacht, als er ihr seinerzeit seine Liebe und seine Sorge um sie gestanden hatte.

Er rief sich seine Besprechung mit dem Ersten Seelord in Erinnerung.

»Der Sklavenhandel verschwindet nicht schon deshalb, weil das Parlament ein Gesetz erlassen hat, Graham. Zu viele Leute sind mit Sklavenhandel reich geworden und leben immer noch davon ... Ihre Lordschaften und ich haben oft und gründlich darüber nachgedacht. Es braucht eine neue Mission, auch wenn sie schwierig und potentiell gefährlich ist. Eine Demonstration der Stärke, energisch genug, um unsere Entschlossenheit zu beweisen, aber gleichzeitig so flexibel, daß wir unsere neuen Verbündeten nicht vor den Kopf stoßen. Sie sind sich bestimmt klar darüber, Graham, daß sich viele um diese Aufgabe bewerben.« Der Erste Seelord machte eine Pause, um seine Worte einwirken zu lassen. »Aber ich würde es vorziehen, wenn Sie das übernehmen würden.«

Bethune stand wieder am Fenster und blickte auf das Gewühl der Passanten, Pferde und eisenbeschlagenen Wagen hinunter. In dieser Welt würde er bald ein Fremder sein. Und ein anderer würde in diesem Zimmer sitzen.

Seine Weste zurechtzupfend, starrte er sein Spiegelbild in der regennassen Scheibe an und dachte wieder an Richard Bolitho. Als ob es gestern gewesen wäre: der Ausdruck seiner Augen, wenn er einem anrückenden Feind entgegenblickte, der Schmerz darin, wenn er an die Menschenleben dachte, die das Gefecht kosten würde; und dann der entscheidende Befehl, mit ruhiger Stimme erteilt. *So sei es denn.*

Ein Klopfen an der reich verzierten Doppeltür, pünktlich auf die Minute.

»Was gibt's, Tolan?«

»Kapitän Adam Bolitho ist jetzt hier, Sir Graham.«

Die Gestalt überquerte den dicken Teppich und wirkte wie eine jüngere Ausgabe von Sir Richard. Seinerzeit hatten die Leute sie oft für Brüder gehalten.

Mehr als einmal hatte Adam Bolitho seinen Wert bewiesen, sein Geschick und seinen Mut. Dafür nannten ihn die Lehnstuhl-Strategen in der Admiralität manchmal skrupellos. Wie nicht anders zu erwarten.

Warum hatte er auf die Rückseite der Order *Vertrauen Sie mir* geschrieben? Weil er selbst einst diesem dunklen jugendlichen Mann geglichen hatte? Ein Fregattenkapitän. Doch das war lange vorbei.

Diese Besprechung noch länger aufzuschieben, die eine von vielen zukünftigen oder auch die letzte sein konnte, wäre für alle beide eine Zumutung gewesen. Also sagte er, abrupter als beabsichtigt: »Man hat mir einen neuen Auftrag erteilt, Adam, und ich möchte dabei Sie als meinen Flaggkapitän haben.« Als der Jüngere antworten wollte, hob er warnend die Hand. »Sie haben eine Menge geleistet und die Wertschätzung meiner älteren Kollegen errungen, ebenso wie das uneingeschränkte Lob von Lord Exmouth. Ich selbst habe Sie schon im Gefecht erlebt, deshalb möchte ich ...« Er verbesserte sich. »Deshalb brauche ich Sie als meinen Flaggkapitän.«

Adam registrierte, daß der ältliche Diener einen Stuhl für ihn bereitgestellt und sich zurückgezogen hatte. Mühsam brachte er die letzten Ereignisse in die korrekte Reihenfolge: die endlose Reise, die Ankunft hier, die ausdruckslosen Gesichter, die lauschend geneigten Köpfe, als hätte er sich einer Fremdsprache bedient. Irgendwo draußen vor den Fenstern begann eine Uhr zu schlagen, und mit lautem Flügelschlag flatterten erschreckte Vögel auf, obwohl sie das gleiche Geräusch doch jede halbe Stunde hören mußten ...

Adam massierte sich die Augenlider, um klaren Kopf zu bekommen, aber die Bilder wurde er trotzdem nicht los. Er hatte den jungen Matthew einen anderen Weg nach Plymouth einschlagen lassen, wo er angewiesen worden war, die Kutsche zu wechseln.

Wie mit Blut geschrieben, sah er die Worte vor sich: *Niemals zurückblicken.*

Im Teleskop hatte er schließlich die *Unrivalled* entdeckt, nicht weit von ihrem ursprünglichen Ankerplatz entfernt. In dieser einen Woche hatte sie sich fast bis zur Unkenntlichkeit verändert. Maststengen und stehendes Gut waren verschwunden, die Decks mit abgeschlagenen Leinen und Spieren übersät, Kisten und Fässer nahmen die Stelle der stolzen Achtzehnpfünder ein, die dort einst in Reih und Glied gestanden hatten. Nur die Galionsfigur war noch die alte und unbeschädigt: zurückgeworfener Kopf, vorgereckte Brüste, stolz und trotzig. Und jetzt wie das Mädchen im Atelier: hilflos

Niemals zurückblicken. Er hätte es wissen müssen.

Ruhig und gelassen wie stets, fuhr Bethune fort: »Sie waren jetzt lange im Einsatz, Adam, ohne jede Ruhepause. Aber die Zeit arbeitet gegen mich. Sie treten Ihren neuen Posten an, sobald Ihre Lordschaften das für richtig halten.«

Adam kam auf die Füße, als drängten unsichtbare Hände ihn zum Aufbruch. Statt dessen fragte er ebenso ruhig: »Welches Schiff, Sir?«

Bethune lächelte. »Die *Athena,* ein Linienschiff mit vierundsiebzig Kanonen. Sie beendet gerade ihre Ausrüstung in Portsmouth.« Sein Blick wanderte zu dem Wandgemälde. »Keine Fregatte, fürchte ich.«

Er streckte die Hand aus, und sie wechselten einen Händedruck. War es so einfach, den wichtigsten Augenblick im Leben eines Kapitäns zu besiegeln? Mit einem Blick in Bethunes Gesicht korrigierte er sich: der wichtigste Augenblick in ihrer beider Leben.

»Vielleicht keine Fregatte, Sir«, sagte er. »Aber immerhin ein Schiff.«

Ein gekühltes Weinglas wurde ihm in die Hand gedrückt.

Athena – der Name sagte ihm nichts. Wahrscheinlich ein alter Zweidecker wie der, mit dem für ihn alles begonnen hatte. Aber immerhin ein Schiff.

Unwillkürlich tastete er nach dem Säbel an seiner Seite.

Er war nicht allein.

III Ferne Freunde

Als die Bremsen angezogen wurden, ruckte die Kutsche heftig und kam dann schaukelnd zum Stehen; die Pferde stampften das Pflaster und spürten anscheinend, daß ihre Fahrt nach Portsmouth zu Ende war. Adam Bolitho rutschte auf seinem Sitz nach vorn, wobei all seine Muskeln und Gelenke schmerzhaft protestierten. Doch daran war er selbst schuld. Er hatte darauf bestanden, sein Interimsquartier am Vorabend zu einer Stunde zu verlassen, zu der die meisten Leute an einen späten Imbiß oder ans Zubettgehen dachten.

Die bei der Admiralität beschäftigten Kutscher waren allerdings daran gewohnt: an Nachtfahrten wie diese, bei denen die Räder durch tiefe Spurrillen taumeln oder die Pferde auf überfluteten Landstraßen waten mußten. Nach Portsmouth war es ein langer Weg gewesen, mit zwei Aufenthalten für den Pferdewechsel und einer längeren Verzögerung, als ein Bauernwagen mit gebrochenem Rad beiseite geräumt werden mußte. Und schließlich hatten sie in einem Ort namens Liphook in einem kleinen Landgasthaus pausiert, um bei Kerzenschein ihren Tee zu trinken, ehe sie zur letzten Etappe aufbrachen.

Adam ließ das Fenster herunter und schauderte, als die bitter kalte Luft über sein Gesicht strich. Bald mußte der Tag anbrechen, und er fühlte sich hundeelend.

Sein Begleiter drehte sich neben ihm um und meinte gutgelaunt: »Mir scheint, man erwartet uns schon, Sir!«

Leutnant Francis Troubridge wirkte kein bißchen müde. Der jugendliche, aufgeweckte Offizier schien immer bereit, Adams viele Fragen zu beantworten, und war weder überrascht noch verärgert gewesen, als man ihn zu der nächtlichen Kutschfahrt befohlen hatte. Als Vizeadmiral Bethunes Flaggleutnant war er derlei wahrscheinlich gewohnt.

Adams Blick wanderte zu dem hohen Tor, dessen Flügel weit offen standen. Zwei Seesoldaten warteten davor mit einem Gepäckkarren, und ein Offizier im Bootsmantel musterte die Kutsche geduldig.

Wie auf dem Dach der Admiralität oberhalb von Bethunes stattlichem Amtszimmer gab es auch hier einen optischen Telegraphen als Teil der Nachrichten-Übermittlungskette. Von London aus konnte so ein Signal zum Turm der St.-Thomas-Kirche befördert werden, noch bevor ein berittener Bote sein Pferd gesattelt und bestiegen hätte. Früher hatten sich Neuigkeiten mit der Geschwindigkeit des schnellsten Reiters verbreitet, aber das war vorbei. Bei guter Sicht übermittelten die acht optischen Telegraphenstationen die neuesten Nachrichten schneller als jeder Kurier.

Adam stieg aus der Kutsche und spürte, daß der harte Erdboden sich ihm entgegen hob. Es ging ihm wie einem Seemann, der in rauhem Seegang lange im offenen Boot gesessen hatte. Wieder schauderte es ihn, weshalb er den dicken Umhang fester um sich schlang. Er war erschöpft, und sein Kopf dröhnte von der langen Fahrt: Falmouth, Plymouth, London und jetzt Portsmouth.

Er hätte unterwegs schlafen sollen, statt seine Befehle zu studieren oder seinen hellwachen Begleiter auszufragen.

Jetzt fühlte er sich von dem jungen Leutnant beobachtet, der wohl aus unerfindlichen Gründen etwas an ihm zu erspüren suchte. Jedenfalls hatte er keine Mühe gescheut, soviel wie möglich über den ihm anvertrauten Kapitän herauszufinden. Bei einem der Pferdewechsel hatte Troubridge beiläufig bemerkt: »Ich habe ganz vergessen, Sir, daß Sie vor einigen Jahren ebenfalls Flaggleutnant gewesen sind.« Das kam nicht als Frage, sondern als bloße Tatsachenfeststellung. Adam war sicher, daß der andere auch das genaue Jahr hätte nennen können, in dem er seines Onkels Adjutant gewesen war.

Der wartende Offizier hatte seinen Umhang so geöffnet, daß Adam die Epauletten eines Vollkapitäns erkennen konnte, die gleichen wie seine eigenen.

»Willkommen, Bolitho!« Ein fester Händedruck. Es war der Werftkapitän, der wahrscheinlich mehr von Schiffen und den Erfordernissen der Flotte verstand als jeder andere.

Sie fielen nebeneinander in Schritt, während die Seesoldaten wortlos das Gepäck von der Kutsche abzuladen begannen. Dabei hatten sie für die Neuankömmlinge keinen Blick übrig.

Der Werftkapitän berichtete: »*Athena* liegt vor Anker und wartet noch auf Vorräte und mehr Ballast. Mein Kanzlist hat eine lange Liste für Sie zusammengestellt.« Er warf Adam einen schnellen Seitenblick zu. »Haben Sie das Schiff schon kennengelernt?« Keine abwegige Frage, denn bei der Marine war es durchaus üblich, daß ein Seemann im Lauf seiner Karriere mehrfach auf demselben Schiff stationiert wurde.

»Nein.« Adam vergegenwärtigte sich wieder das Gekrakel, das er im Licht der schaukelnden Laterne gelesen hatte: Erbaut 1803 in Chatham, zwei Jahre vor Trafalgar. Nach Marinemaßstab also kein altes Schiff. Er lächelte. Vielleicht hatte Troubridge auch das bemerkt: 1803 war das Jahr gewesen, in dem er sein erstes Kommando erhalten hatte, die kleine 14-Kanonen-Brigg *Firefly*. Damals war er gerade dreiundzwanzig Jahre alt gewesen.

Auf Kiel gelegt und fertig gestellt als Linienschiff dritter Klasse mit vierundsiebzig Kanonen, hatte *Athena* doch mehrmals die Rollen gewechselt, ebenso wie ihre Stationen. Sie hatte im zweiten Krieg mit Amerika gedient, später im Mittelmeer, in der Irischen See und dann wieder bei der Kanalflotte.

Nun sollte sie also aus unerfindlichem Grund Sir Graham Bethunes Flaggschiff werden. Ihre Bewaffnung war um zehn Kanonen reduziert worden, um mehr Wohnraum zu schaffen. So hieß es jedenfalls.

Selbst Bethune war nicht konkreter geworden. »Wir müssen mit unseren neuen Verbündeten kooperieren, Adam. Sie sollen mein Flaggschiff nicht als Bedrohung empfinden, sondern als Vorbild.« Das schien ihn zu amüsieren, obwohl Adam vermutete, daß der Vizeadmiral ebenso im Dunkeln tappte wie er selbst.

»Ihre Besatzung ist komplett?« fragte er jetzt.

Der Werftkapitän lächelte. »Bis auf ein paar Mann. Aber heutzutage sind Leute ja nicht schwer zu finden.«

Adam beschleunigte den Schritt. Selbst zu dieser unchristlichen Stunde herrschte hier Betrieb: Pferde zogen schwere Lastwagen, beladen mit Tauwerk und Kisten jeder Größe; Werftarbeiter wurden für die Aufgaben des neuen Tages eingeteilt, für Reparaturen und vielleicht sogar Neubauten. Welch ein Unterschied zu den leeren Stückpforten in Plymouth! Und zur *Unrivalled* ...

Sein Begleiter fuhr fort: »Sie sind vielleicht eher einen Fünftkläßler gewöhnt, Bolitho. Aber die *Athena* ist ein tüchtiges Schiff und stark gebaut. Aus den besten Eichen Kents – vielleicht den letzten, nach allem, was man so hört.«

Am Kopf einer Steintreppe blieben sie stehen, und wie auf Befehl löste sich ein Boot aus dem Haufen vermurter Kähne weiter draußen. Gleichmäßig hoben und senkten sich seine Riemen, während Nebelschwaden wie durchsichtiger Tang an ihren Blättern klebte.

Adam sah seinen eigenen Atemwolken nach und verfluchte innerlich diese Kälte. Er war wohl zu lange an der Sklavenküste stationiert gewesen oder an den Gestaden

Algeriens ... Doch daran lag es nicht. Es war das neue Schiff und seine so vage definierte Aufgabe. Eine Aufgabe in Westindien, mit der Flagge eines Vizeadmirals im Vortopp. Wahrscheinlich wurde es Bethunes letzter Einsatz, bevor er die Kriegsmarine verließ, um irgendwo auf einem neuen Posten zu glänzen, wo es keine Kämpfe und keine Gefahr mehr gab. Bei ihrem Halt in Liphook hatte Troubridge erzählt, daß sein eigener Vater, ausgeschieden als Admiral, in den wachsenden Reihen der Ostindienkompanie eine wichtige Rolle übernommen hatte. Zweifellos mit der Hoffnung, daß sein Sohn ihm folgen würde, sobald er diese letzte Sprosse auf seiner Karriereleiter erklommen hatte.

Heutzutage sind Leute nicht schwer zu finden. Die Worte des Werftkapitäns schienen noch in der Luft zu hängen wie sein Atem. Dazu gehörten wohl auch viele von den Leuten der *Unrivalled*, die früher die eiserne Disziplin verwünscht hatten oder zumindest die Engstirnigkeit von Vorgesetzten, die es in den beschränkten Verhältnissen eines Kriegsschiffs hätten besser wissen müssen. Ebendiese Männer mochten jetzt wieder ein Schiff suchen, das ihnen die vertrauten Lebensumstände bot, die einzigen, die sie kannten.

»Natürlich hatten wir ein oder zwei Unfälle, aber das läßt sich bei einer Überholung nicht vermeiden, wenn jede Reparatur in der Hälfte der Zeit beendet sein soll.« Der Kapitän zuckte mit den schweren Schultern. »Männer gingen über Bord, zwei kamen von oben, und ein Rigger war zu betrunken, um sich im Dunkeln aus dem Wasser zu retten. So etwas passiert eben.«

Adam warf ihm einen Blick zu. »Der Kommandant wurde abgelöst. Wie ich höre, kommt er vors Kriegsgericht.«

»Ja.« Sie beobachteten, wie das Beiboot unten an der Treppe anlegte und zwei junge Matrosen heraussprangen, um es abzuhalten.

Adam merkte, daß er den Atem anhielt. Sein Onkel hatte ihm bei der Übernahme eines neuen Schiffes als Kommandant zur Vorsicht geraten: *Sie werden deinetwegen viel beunruhigter sein als umgekehrt, Adam.* Darüber fiel ihm der alte Schreiber ein, der sich in Bethunes Zimmer herumgedrückt hatte, nachdem der Vizeadmiral zu einem Vorgesetzten gerufen worden war.

»Ihr Onkel, Sir Richard, war ein anständiger Mensch, Sir. Ein großer Mann, wenn sich ihm die Chance dazu bot.« Er starrte die Tür an, als fürchte er etwas, und platzte dann heraus: »Seien Sie vorsichtig, Sir. Die *Athena* ist ein unglückliches Schiff.« Damit schlurfte er hastig davon, bevor Bethune zurückkehren konnte.

Ein makellos uniformierter Leutnant lüftete elegant den Hut und meldete, den Blick starr über Adams linke Epaulette gerichtet: »Barclay, Sir, Zweiter Offizier, zu Ihren Diensten.«

Ein offenes Gesicht, das im Moment allerdings keine Regung verriet. Eines von vielen, die er noch kennenlernen würde, gründlich kennenlernen würde, falls er in all den Jahren seit der *Firefly* seine Lektion begriffen hatte.

Halb erwartete er, bei seinem Rundblick den jungen Napier im blauen Rock zu sehen, dienstbereit wie immer, oder den wachsamen Zyniker Luke Jago, die Bootsgasten mit scharfem Blick musternd und daraus seine Rückschlüsse auf das Schiff ziehend. Auf *sein* Schiff. Troubridge kletterte schon ins Boot, korrekterweise vor Adam. Der Werftkapitän trat einen Schritt zurück und salutierte.

Adam erwiderte den Gruß und nickte dem Leutnant zu. Stirnrunzelnd besann er sich auf seinen Namen: Barclay.

Die Bootsgasten, alle in den gleichen Hemden und geteerten Hüten, blickten stur nach achtern, die Augen auf den neuen Kommandanten gerichtet. Abschätzend.

Voller Fragen. Adam ließ sich auf der Heckducht nieder, den alten Säbel fest an die Hüfte gepreßt.

Jedes Schiff taugte nur so viel wie sein Kommandant. Nicht mehr und nicht weniger.

»Abstoßen!« befahl er.

Er drückte sich den Hut tiefer in die Stirn, als das Boot vom Pier weg in den kalten Wind draußen vorstieß. Bei ähnlichen Gelegenheiten war er früher nur zu gern in Gedanken versunken, während die Bootsgasten auch ohne seine Aufsicht ihr Bestes gaben. Doch diesmal war alles anders. Als er die *Unrivalled* in Portsmouth übernahm, war er schon während der letzten Arbeiten an Bord gewesen und hatte die Crew eintreffen gesehen. Hier jedoch war es umgekehrt. Auf einem zwischen zwei Transportern patrouillierenden Wachboot wurden die Riemen zum Salut für ihn senkrecht gestellt, und der Offizier im Heck lüftete grüßend den Hut. Adam ließ den Umhang von seinen Schultern gleiten, damit seine beiden Epauletten sichtbar wurden. Das Wachboot hatte also mit seinem Eintreffen gerechnet. Vielleicht wurde er auch von allen anderen schon erwartet, denn der »Familie« blieb nichts verborgen.

Zum erstenmal rührten sich die Augen des Schlagmanns und folgten seiner Bewegung, während sein Riemen sich ohne Eile stetig hob und senkte. *Einer meiner Männer. Was denkt er wohl jetzt?* Oder der junge Troubridge – war er sich der Wichtigkeit dieses Tages bewußt? Ahnte er, was er für den Fregattenkapitän an seiner Seite bedeutete? Für den Offizier, der für sein Verhalten bei Algiers von Lord Exmouth persönlich belobigt worden war?

Adam straffte sich, Kälte und Unbequemlichkeit vergessend. Denn langsam und dann immer deutlicher im ersten Tageslicht nahm das Schiff vor ihm Gestalt an. Das Gespinst aus Spieren und stehendem Gut hob sich schwarz von den Takelagen benachbarter Ankerlieger ab. Noch hatte niemand sie ihm bezeichnet, aber er wußte, es war die *Athena.*

Der Buggast hatte seinen Riemen eingezogen und stand nun hochaufgerichtet da, den Bootshaken in der Hand, das Gesicht nach vorn gewandt. Der Bootssteurer riß die Pinne herum, wurde aber von der erhobenen Hand des Leutnants gebremst. Nervös und übereifrig hatte er wohl danach getrachtet, auf den neuen Kommandanten einen guten Eindruck zu machen.

Adam merkte, daß sich der Mann in seine Gedanken drängte, den abzulösen er im Begriff war: Er hieß Stephen Ritchie, ein Seniorkapitän auf der Navyliste, der die *Athena* drei Jahre lang kommandiert hatte, im Krieg und im Frieden, und dem jetzt die Aufmerksamkeit des Kriegsgerichts galt, wie die *Gazette* es beschönigend ausgedrückt hatte. Troubridge hatte mit Auskünften gegeizt, aber immerhin angedeutet, daß Ritchie bis über beide Ohren verschuldet war, was in der Navy nicht selten vorkam; aber er hatte den gravierenden Fehler begangen, seine Abrechnungen zu fälschen, um sich weitere Kredite zu verschaffen. Nur ein verzweifelter Mann ging solche Risiken ein. Und jetzt bezahlte er dafür.

Adam blickte zum Bugspriet und dem langen Klüverbaum hoch, der ihr Boot wie eine Lanze überragte. Die Galionsfigur im Brustpanzer verbarg sich noch im Schatten.

Ihm entging nicht die winzige Bewegung, als sich ein Gesicht hinters Schanzkleid zurückzog: hier postiert, um als erster Alarm zu schlagen. Prompt kam denn auch der Anruf: »Boot ahoi?«

Der Leutnant hatte sich schon erhoben, beide Hände trichterförmig um den Mund gelegt. *»Athena!«*

Das Warten war vorbei.

Adam spürte die hohe Bordwand über sich aufragen,

deren frischer Anstrich sich in der trägen Strömung als schwarzweißer Streifen spiegelte, unterbrochen vom Karomuster der Stückpforten. Masten und stehendes Gut, die Hängemattsnetze an der Reling, alles war wohl verwahrt und ordentlich verstaut. Lange vor der Morgendämmerung mußten sie hier alle Mann aufgescheucht haben. Als Kadett war es ihm selbst so ergangen, daß er ohne Frühstück zum Aufklaren befohlen wurde, damit irgendein hohes Tier beim ersten Schritt an Bord alles zu seiner Zufriedenheit vorfand.

Mit tropfenden Riemen legte sich das Boot längsseits, während der Buggast und einige schattenhafte Gestalten die lange Jakobsleiter zur Pforte ausrollten. Auch nicht viel länger als auf der *Unrivalled*. Doch die *Athena* war ein Zweidecker und türmte sich hoch wie eine Klippe über ihm auf.

Er hatte sich den Kopf mit Zahlen vollgestopft, die jetzt nur sinnlos darin umherzuwirbeln schienen. Hundertsechzig Fuß Länge und tausendvierhundert Tonnen. Wenn sie voll bemannt war, hatte sie eine Besatzung von fünfhundert Matrosen, Offizieren und Seesoldaten.

Plötzlich trat Stille ein. Der Leutnant wandte sich ihm erleichtert zu, weil seine Aufgabe fast erledigt war. Adam blickte an der gewölbten Bordwand zur Eingangspforte hoch und dachte an seinen Besuch auf Lord Exmouths Flaggschiff *Queen Charlotte* in Plymouth. Weil er verwundet gewesen war, hatte der Admiral ihm befohlen, einen Bootsmannstuhl zu benutzen, und die Besatzung hatte ihn dafür hochleben lassen. »Stolz ist das eine«, hatte Exmouth gesagt, »aber Hochmut ist ein Feind.«

Er griff nach den Manntauen, wandte sich aber noch einmal um und ließ den Blick über den weiten, heller werdenden Hafen von Portsmouth gleiten. Einige vermurte Schiffe lagen verschwommen vor dem Hintergrund des Landes. Das mußte Gosport sein. Immer noch trug er, in seiner Tasche gefaltet, den Zettel von ihr. *Ich war da. Ich habe dich gesehen. Gott segne dich.*

Er merkte, daß ihn einer der weißbehandschuhten Schiffsjungen, ihm zur Hilfe entgegen gesandt, mit halb offenem Mund anstarrte. Adam nickte ihm zu und begann zu klettern. Lowenna. Wenn sie nur …

Das Klatschen der präsentierten Musketen und das Bellen der Befehle brachten ihn wieder in die Gegenwart zurück. Dann folgte das langgezogene Trillern der Bootsmannspfeifen. Ein Salut für den neuen Kommandanten. An diesem neuen Tag.

Von den Minuten, als er durch *Athena*s Eingangspforte getreten war und vor dem Achterdeck und der träge über der Heckreling auswehenden Flagge den Hut gezogen hatte, blieben ihm nur verschwommene Erinnerungen. Die Seesoldaten standen stramm wie auf dem Kasernenhof, während der Pfeifenton von ihren Brustriemen noch in Wolken über ihren Lederhüten stand und ihr Hauptmann den gezogenem Säbel präsentierte. Dazu das verklingende Gezwitscher der Pfeifen – Spithead-Nachtigallen nannten die Matrosen sie – und das Gerassel einer einzelnen Trommel.

Ein Leutnant, größer und älter als Adam erwartet hatte, trat aus der Reihe wartender Offiziere und sagte: »Stirling, Sir. Ich bin hier der Dienstälteste.« Ein kurzes Zögern, dann: »Willkommen an Bord der *Athena*.«

Sie tauschten einen Händedruck, während die Seesoldaten wie ein Mann ihre Musketen bei Fuß abstellten.

Langsam schritt Adam an den Versammelten entlang und reichte jedem einzelnen die Hand. Die *Athena* verfügte über insgesamt sechs Leutnants, meist in jugendlichem Alter, und für Adam im Moment noch unbeschriebene Gesichter. Außerdem standen da zwei rotberockte Marineoffiziere, ein Hauptmann und ein Leutnant, der die Ehrengarde befehligte. Die acht Offiziersanwärter – Fähnriche und Kadetten – wurden von einer Reihe Unteroffiziere in Schach gehalten. Mehr als einmal hatte er von seinem Onkel gehört, daß die Unteroffiziere das Rückgrat jedes Schiffes bildeten.

Er spürte, das Troubridge sich dicht hinter ihm hielt, vielleicht verunsichert durch die vielen Fremden.

Stirling, der hochgewachsene Erste Offizier, stellte jeden einzeln vor, dabei die jeweilige Funktion erwähnend.

Adam dachte an Leigh Galbraith, den Ersten Offizier der *Unrivalled*. Auch er war hochgewachsen gewesen, aber leicht auf den Füßen, ob nun auf See oder im Gefecht. *Niemals zurückblicken*. Die Worte schienen ihn zu verhöhnen.

Er wußte, daß Stirling wie der in Ungnade gefallene bisherige Kommandant seit drei Jahren auf der *Athena* gedient hatte. Er war zu alt für seinen Rang und bei Beförderungen übergangen worden, teilweise deshalb, weil er Gefangener in Spanien gewesen war, offenbar aber auch mangels Ehrgeiz. Im Unterschied zu Galbraith ...

Er merkte, daß ihn jemand angesprochen hatte. Es war der Segelmeister, ein Mann mit so stark verwittertem Gesicht, daß die Augen fast verschwanden zwischen den Krähenfüßchen und den Falten, die viele Seemeilen auf den Ozeanen dieser Welt hinterlassen hatten. Ein starkes Gesicht, mit strahlend blauem Blick, das jetzt breit grinste.

Adam packte die Hand des Mannes und fühlte sich um Jahre zurückversetzt.

»Fraser, nicht wahr?«

Das Grinsen wurde noch breiter. »Daß Sie sich noch an mich erinnern, Sir!« Beinahe hätte er den anderen Unteroffizieren einen Blick zugeworfen. Aber nur beinahe. »Ist schon viele Jahre her, daß ich Mastersgehilfe auf der alten *Achates* war, vierundsechzig Kanonen, Kommandant Käpt'n Valentine Keen.«

»Sie haben sich gut gehalten, Mr. Fraser.«

»Ich habe gesehen, wie Sie *Achates* verließen, um Ihr erstes eigenes Schiff zu übernehmen, Sir. Daran muß ich oft denken.«

Adam ging weiter, spürte aber immer noch Frasers Händedruck. War das alles, was sie erwarteten?

Sie standen jetzt auf dem Achterdeck, und seine Schuhe klebten an den frisch geteerten Plankenstößen. Er sah, wo Werkzeug und Farbpinsel hastig unter alten Leinwandfetzen versteckt worden waren. Farbe, Pech und Teer, Hanf und Werg: die Alltagslasten der Matrosen.

Er musterte das große Doppelrad, jetzt reglos und unbemannt. Daneben schimmerte das Kompaßhaus im zunehmenden Tageslicht. Seesoldaten, Pfeifer und Trommler, Matrosen und Unteroffiziere, Kadetten und Schiffsjungen, alle drängten sich zusammen in diesem ihm noch fremden Rumpf.

»Danke, Mr. Stirling. Lassen Sie die Leute bitte achtern antreten.«

Ein Kadett mußte niesen und duckte sich, um seine Verlegenheit zu verbergen. Wahrscheinlich in Napiers Alter. Plötzlich sah er David wieder vor sich, wie ihm in der altmodischen Schneiderwerkstatt Maß genommen worden war, wohl zum erstenmal in seinem Leben. Das Bild hatte sich ihm eingeprägt. Er glaubte, sich selbst zu sehen, ein Halbwüchsiger in seiner ersten Uniform.

Er blickte sich um und musterte die versammelte Besatzung. Auf den Seitendecks zu beiden Seiten der Kuhl, über der Batterie schwarzer Achtzehnpfünder, klammerten sie sich an Wanten und Webeleinen oder standen auf den Lagerbalken neben den frisch gestrichenen Beibooten. Kaum vorstellbar, daß all diese Männer und Jungen an Bord genug Platz fanden, um als Individuen zu leben und zu hoffen.

Vorn konnte er gerade noch die gepanzerte Schulter

der Göttin Athene erkennen. Der Anblick der Galionsfigur verunsicherte ihn, weil ihm darüber die reizvolle Skulptur am Steven der *Unrivalled* einfiel: nackt wie das Mädchen im Atelier.

»Alle Mann – Mützen ab!«

Offiziere wie Matrosen gehorchten, während sich die Kameraden in der Takelage vorbeugten, damit ihnen keines der Worte entging, die diesen Mann zu ihrem Kommandanten machen würden. Zu dem einen, der die Macht besaß, über Leben und Tod, Elend und Glück jedes einzelnen an Bord zu entscheiden.

Adam klemmte sich den Hut unter den Arm, holte die altbekannte Pergamentrolle hervor und starrte auf ihre schöne, wie gestochen scharfe Beschriftung herab. Die Worte eines anderen und scheinbar auch die Stimme eines anderen, die sie verlas.

Es war seine Ernennung zum Flaggkapitän der *Athena*, in der er aufgefordert wurde, unverzüglich an Bord zu gehen und das Kommando zu übernehmen ...

Manche dieser Formulierungen kannte er fast auswendig. Auch viele der hier Versammelten mußten sie schon mehrfach gehört haben, falls sie lange genug in der Navy dienten. Er räusperte sich und war sich bewußt, daß Stirling ihn unverwandt anstarrte.

... *Wohingegen über jede Dienstverfehlung Rechenschaft abzulegen ist* ...

Wie auf *Unrivalled* und auf *Anemone*. Oder auf der kleinen Brigg, die sein erstes Schiff gewesen war und die ihm nach des Segelmeisters hartem Händedruck wieder so lebhaft vor Augen stand. Stirling nickte, beobachtete jedoch weiterhin einige der Versammelten, wie um die wahre Einstellung des Schiffes zu erfühlen. *Seines* Schiffes in den letzten drei Jahren.

Troubridge murmelte: »Ich kann Sie in Ihr Quartier führen, Sir. Dort ist alles für Sie vorbereitet.« Anscheinend hakte er im Geiste eine Liste ab. »Ihr Steward erwartet Sie, er hat auch dem vorigen Kommandanten gedient.« Ein Stirnrunzeln, weil jemand zu jubeln begann. »Er hat darum ersucht, an Bord zu bleiben.«

Adam wandte sich Stirling zu, während die Reihen der Matrosen und Seesoldaten sich in kleinen Gruppen auflösten.

»Eine Portion Rum wäre jetzt wohl nicht verkehrt, Mr. Stirling«, sagte er.

Der Erste biß sich auf die Lippen. »Ich weiß nicht, ob der Zahlmeister darauf eingerichtet ist, Sir.«

Der Zahlmeister. Der Mann, der gewöhnlich jede Kaffeebohne, jeden Zwieback zählte, als wären sie sein persönliches Eigentum. Vage erinnerte sich Adam an einen schlaffen Händedruck und einen irischen Namen. Er würde ihm schon wieder einfallen.

Er sagte: »Dann bitte ich darum, daß Sie ihn entsprechend anweisen.« Er hielt den Blick auf eine Barkasse mit Werftarbeitern gerichtet, von denen einige jubelten, als sie querab vorbeifuhren.

Ein neuer Anfang für das Schiff. Er folgte Troubridge nach achtern und in den Schatten des Hüttendecks. Ein größeres Schiff, und trotzdem mußte er den Kopf einziehen, um nicht gegen den ersten Decksbalken zu stoßen.

An der Lamellentür stand kein Wachtposten, und die abgestandene Luft roch schal. Die Kajüte wirkte geräumig, aber unbewohnt. Als er eines der schrägen Heckfenster öffnen wollte, blieb frische Farbe an seinen Fingern kleben.

Die Zuflucht des Kommandanten. Er musterte den neuen, schwarz-weiß gewürfelten Bodenbelag unter seinen Schuhen. Nur daß Bethune und sein Stab ebenfalls anwesend sein würden, direkt unter ihm. Also kein Privatleben.

In etwa einem Tag mußte Luke Jago mit seinem Gepäck aus Falmouth eintreffen. Dann würde sein Lehnstuhl gleich neben der Bank stehen, welche die ganze Breite des Hecks einnahm. Er blickte durch das dicke Fensterglas auf den schimmernden Hafen hinaus. Vorausgesetzt, Jago hatte es sich nicht anders überlegt, Prisengeld und Prämien eingesteckt und irgendwo den Anker geschluckt.

Er zog den Galarock aus und hängte ihn an einen Haken am Oberlicht, wo er zu den im Hafen geringen Schiffsbewegungen schaukelte. Wie damals auf der *Unrivalled*, als er den Befehl gelesen hatte, der ihm sein Schiff nahm. Begehrte er dagegen auf? Empfand er Zorn darüber? Nein, keins von beiden.

Unvermittelt sagte er: »Ich hätte gern eine Rasur und etwas ähnliches wie ein Bad.«

Troubridge meinte: »Ich fürchte, darauf ist man an Bord nicht eingerichtet, Sir.« Doch als Flaggleutnant wußte er sich zu helfen: »Ich könnte ein Boot kommen lassen und Sie jederzeit im *George* am Portsmouth Point unterbringen.«

Adam trat vor den Paravent, der die Kajüte vom Schlafraum trennte. »Zu viele Gespenster.« Ohne nähere Erklärung fuhr er fort: »Treiben Sie den Steward auf, den Sie vorhin erwähnten, und dann ...«

Troubridge öffnete eine Schranktür und holte einen schön geschliffenen Kristallpokal heraus. Dabei lächelte er etwas verlegen. »Immerhin habe ich einen Willkommensschluck für Sie vorbereitet, Sir.«

Vor der Lamellentür erklang ein Stampfen, und der Korporal las dem aufziehenden Wachtposten die Stehenden Befehle vor. Noch ein Stampfen, dann wieder Stille.

Als schließlich draußen ferne Hurrarufe ertönten, mußte Troubridge lächeln. »Aha. Der Rum wird ausgegeben, Sir.«

Adam nahm den gefüllten Pokal entgegen und musterte den Zwölfpfünder in seiner Kajüte. Wenn das Schiff klar zum Gefecht gemacht hatte, würde er als einer der ersten feuern.

Es war Cognac, wahrscheinlich aus Bethunes Vorrat.

»Trinken Sie einen Schluck mit?« Er stand auf und hob das Glas. »Auf das Schiff!«

Troubridge war noch jung, doch er lernte schnell. Schon glaubte er, diesen Vorgesetzten besser zu kennen, als nach so kurzem Kontakt zu erwarten gewesen war.

Auch er hob sein Glas und sagte einfach: »Und auf ferne Freunde, Sir.«

Der Anfang war gemacht.

Bryan Ferguson stand am Fenster seines überfüllten Verwalterbüros und sah zu, wie die Pferde vor die mitten im Hof wartende Kutsche gespannt wurden. Der Himmel war von klarem Blau und die Luft eiskalt, so versprach das Wetter wenigstens, für die Fahrt nach Plymouth trocken zu bleiben. Der junge Matthew und seine Helfer hatten die Kutsche auf Hochglanz gebracht. Im Lack konnte man sein Gesicht gespiegelt sehen, und selbst das Geschirr glänzte wie schwarzes Glas.

Es war ein besonderer Tag, aber auch ein trauriger. Er hörte Yovell im Flur mit jemandem sprechen und war plötzlich froh darüber, daß der stämmige Sekretär von Plymouth wieder auf das Gut zurückkehren würde. Yovell war angenehm um sich zu haben und eine große Hilfe mit der endlosen Papierarbeit. Und überdies, so hatte ihm Ferguson frank und frei erklärt, war er zu alt für ein Leben auf See.

Ferguson musterte seinen leeren Ärmel. Er empfand Dankbarkeit, was er zuvor niemals zugegeben hätte, nicht mal seiner geliebten Grace gegenüber. In Wahrheit wurde nämlich *er* allmählich zu alt für seine Verwaltertätigkeit auf dem Gut, und die Pächter nutzten seine Schwäche aus. Yovell war zwar eine gute Seele, aber blitzschnell von Begriff und ließ sich von keinem übers Ohr hauen. Auf jeden Fall ...

Er wandte sich dem Eintretenden zu. Yovell trug seinen schweren Mantel mit angeknöpftem Cape, ohne den er sich nur selten blicken ließ. Heute würde er ihn wirklich brauchen.

»Der Schneider ist gegangen, Daniel. Endlich.«

»Den nehme ich mir vor, wenn ich in Plymouth bin«, sagte Yovell ernst. »Muß sowieso ein paar Dinge für Käpt'n Adam erledigen. Und du hast hier genug um die Ohren.« Er zählte die Posten auf seinen plumpen Fingern ab. »Sein persönliches Gepäck ist schon vorausgefahren.« Leise lächelnd, fügte er hinzu: »Mit dem Lehnstuhl natürlich. Kann sein, er macht's sich darin etwas zu bequem mit seiner neuen Verantwortung. Aber wie ich ihn kenne, besteht da keine Gefahr.«

Fergusons Blick kehrte zur Kutsche zurück. Die angeschirrten Pferde warteten friedlich, ein Stallbursche striegelte sie zum letztenmal vor der Abfahrt. Die Einheimischen würden die Kutsche an ihrem vertrauten Wappen erkennen und sich wundern: Diesmal saß kein Bolitho darin; das große graue Haus war wieder leer.

Als er Luke Jago draußen vorbeigehen sah, merkte er, daß er auch ihn vermissen würde. Jago mit seiner seltsam direkten Art, Freundschaften zu schließen. Doch ein gefährlicher Feind, wenn man ihm in die Quere kam.

So wie ihn stellte sich jeder Landlubber einen Seemann vor: smartes Jäckchen mit Goldknöpfen, flatterndes Halstuch und Nankingbreeches. Darin wirkte er überaus vertrauenswürdig. Ferguson dachte an John Allday und an den Moment, als die beiden Bootssteurer einander zum erstenmal begegnet waren.

Allday war sein bester Freund und gehörte untrennbar

zu seiner Vergangenheit, auch wenn Fergusons Seefahrerleben geendet hatte, als er im Gefecht seinen Arm verlor. Viele beneideten vielleicht den großen, schlaksigen Mann, der Sir Richards Bootssteurer gewesen und bis zum Ende bei ihm geblieben war, ihn in seinen Armen gehalten hatte, als er starb. Jetzt lebte Allday in glücklicher Ehe mit seiner hübschen Unis und führte gemeinsam mit ihr eine gutgehende Kneipe namens The Old Hyperion, drüben im Dorf Fallowfield. Sie hatten eine kleine Tochter namens Kate. Nicht viele an Land gebliebene Seeleute hatten es so gut getroffen.

Und doch hatte Ferguson die Wahrheit in diesen blauen ehrlichen Augen gelesen, die nur selten ein Geheimnis verbergen konnten: Allday beneidete Jago um sein Leben auf See, das ihm selbst für immer verschlossen war.

Polternd schob sich Jago durch die Tür und ließ seine Seekiste zu Boden krachen.

»Na denn, Zeit zum Abmarsch.« Er nickte Ferguson zu. »Danke für die Unterkunft.«

Der Verwalter fuhr herum. »Keine Besucher! Nicht jetzt!«

Yovell tätschelte ihm den Arm. »Immer mit der Ruhe, Bryan. Ich glaube, es ist Lady Roxby. Mit ihr habe ich fast gerechnet.«

Eine andere Kutsche bog in den Hof ein, und ein Junge lief ihr entgegen, um die Pferde zu übernehmen. Auch Grace eilte herbei, um Nancy zu begrüßen, der man jetzt aus der Kutsche half. Ferguson sah, daß sie von dem Mädchen Elizabeth begleitet wurde.

Er hörte Jago murmeln: »Die wird noch viele Herzen brechen, merkt euch meine Worte.«

Ferguson fiel auf, daß seine Frau verweinte Augen hatte. Aber das war zu erwarten gewesen.

Jetzt lächelte sie tapfer und winkte die beiden Besucherinnen ins Haus. »Kommt näher, ja? Ich wollte nur, Käpt'n Adam wäre noch hier!«

Sie erklommen die breite Treppe und betraten die Halle voller Familienporträts, eine sehr gemischte Gruppe: der einarmige Verwalter und der stämmige Yovell, der schon zur Familie gehörte; dazu der lässige, aber nie ganz entspannte Jago, der bald zu seinem Kommandanten stoßen würde. Und schließlich die beiden älteren Frauen und das schlanke, sehr aufrechte Mädchen mit dem kastanienroten Haar.

Nancy hörte einen Diener begeistert in die Hände klatschen und danach einen Ausruf von der breiten Galerie her. Schnell traf sie ihre Entscheidung.

Sie wandte sich Jago zu, der sie überrascht anblickte, diesmal ohne die sonst übliche Reserviertheit, ja Ablehnung. Sie packte seine Hand. Vielleicht war es genau das Falsche, aber ... Abrupt sagte sie: »Ich kenne dich, Luke Jago. Mein Neffe vertraut dir, und das muß ich auch tun.« Damit drückte sie ihm einen Briefumschlag in die Hand und spürte, wie sich seine Finger fest darum schlossen. »Gibt das dem Käpt'n und sag ihm ...«

Sie unterbrach sich, weil Ferguson ausrief: »Wie schön! Eine Augenweide!«

Jago starrte vorbei an der Frau, die er als Adam Bolithos Tante kannte. Doch sie war dem Käpt'n weit mehr als das, wie er sehr wohl wußte. Also barg er den Briefumschlag sicher in seiner Jackentasche.

»Wird gemacht, Mylady.«

Nancy wandte sich ab, um die Tränen zu verbergen, die ihr in die Augen stiegen. Schnell lief sie zum Fuß der Treppe und breitete die Arme aus. Fest drückte sie Napier an sich, so wie sie es einst mit Adam getan hatte, vor einer halben Ewigkeit.

Der Junge, den Elizabeth als des »Käpt'ns Diener« bezeichnet hatte, war verschwunden. In seiner neuen

Fähnrichsuniform mit der taillierten, einfach geknöpften Jacke und den weißen Aufschlägen war er ein anderer Mensch.

Sie umarmte ihn und glaubte dabei Grace Ferguson schluchzen zu hören, als hätte auch sie ein Liebstes verloren.

»Er wäre so stolz auf dich, David.« Seine schmalen Schultern unter dem neuen blauen Tuch fühlten sich verkrampft an. »Genau das hat er sich für dich gewünscht.«

David Napier schluckte trocken und starrte über alle hinweg zu dem großen offenen Portal, um sich das Bild gut einzuprägen: die Mauer, die geschwungene Auffahrt, die Reihe Bäume. Und dahinter die See.

Mit einem fremden Schiff. In seiner Tasche konnte er das steife Dokument fühlen, den gefalteten Marschbefehl. Er blickte auf die vergoldeten Knöpfe an seinen Ärmeln nieder und sah darin sein Spiegelbild wie eben noch im Dielenspiegel. Er hatte den Eindruck, daß seine Hände zitterten, doch als er sie ins Sonnenlicht hielt, wirkten sie ganz ruhig.

Auch wenn er eigentlich gar kein Recht hatte, dieses Haus als sein Heim zu betrachten, so wollte doch das entsprechende Gefühl einfach nicht verschwinden. Nacheinander blickte er in die Gesichter, damit er sie nicht vergaß: Grace, die sich die Augen trocknete, aber zu lächeln versuchte, ihr Mann, der sein Möglichstes getan hatte, damit er sich hier heimisch fühlte, und Yovell, der ihn auf der *Unrivalled* an so vielem hatte teilhaben lassen, der ihn Dinge gelehrt hatte, die er ohne ihn niemals begriffen hätte. Und die Lady, die ihn soeben umarmt hatte. Alle Mitglieder einer großen Familie. *Wie könnte ich sie jetzt verlassen?*

Es war Luke Jago, der das Band zerschnitt.

»Na denn, *Mister* Napier«, mahnte er, »wir sollten jetzt besser aufbrechen, wenn wir Sie noch heute an Bord abliefern wollen.«

Als er in die Kutsche stieg, warf Napier noch einen letzten Blick auf das Haus und winkte, obwohl er in dem grellen Licht nur wenig sehen konnte.

Wieder mußte er an seine Mutter denken. Hätte auch sie jetzt Stolz auf ihn empfunden?

IV Je höher wir steigen …

Der kleine Arbeitstrupp hatte sich aus der Kajüte verzogen und die Lamellentür hinter sich geschlossen. Adam Bolitho stand an den Heckfenstern und ließ sich die Schultern von den Sonnenstrahlen wärmen, die durch das dicke Glas fielen. Draußen an Deck allerdings, das wußte er, war es immer noch empfindlich kalt.

Er ignorierte den Berg Kisten und Koffer, die gerade hereingebracht worden waren, wobei jeder Matrose sich schnell und heimlich in der Kajüte umsah, dem Quartier des Mannes, der seit fast vier Tagen ihr Kommandant war.

Nach kurzem Zögern ging Adam langsam zu dem Lehnsessel aus Mahagoni, mit hohem Rücken und grüner Lederpolsterung, in dem man dösen, ja sogar schlafen konnte, aber auch planen und nachdenken. Die eine Armlehne wies ein paar Kratzer auf, dennoch war es derselbe Sessel, den sie ihm geschenkt hatte, nachdem Sir Richard auf *Frobisher* gefallen war.

Er verrückte ihn um wenige Zentimeter. Inzwischen hatte er selbst auf *Unrivalled* viele Male darin gesessen.

»Darf ich etwas vorschlagen, Sir?«

Adam fuhr herum, denn er hatte vergessen, daß er nicht allein war.

John Bowles war in den letzten drei Jahren Kapitän Ritchies Steward gewesen und hatte auch dessen Vorgänger gedient, bis dieser in einem heftigen Gefecht mit einem französischen Blockadebrecher gefallen war.

Auf den ersten Blick wirkte Bowles für seine Aufgabe nicht sehr geeignet. Er war so hochgewachsen, daß er sich leicht gebeugt halten mußte, weil die Stehhöhe für ihn nicht ganz ausreichte. Das graue Haar trug er in einem altmodischen Zopf und mit langen Koteletten. Sein ernstes, ziemlich melancholisches Gesicht wurde von einer großen Hakennase beherrscht, so daß seine auffallend hellen, strahlenden Augen fast wie Fremdkörper wirkten. In der Musterrolle wurde er als vierzig Jahre alt geführt, war aber immer noch leichtfüßig und behende, was bei seiner Größe überraschte.

»Ja?« fragte Adam in Gedanken an Napier und seine klickenden Hacken, seinen oft todernsten Eifer.

Bowles umrundete den Lehnsessel, ohne ihn zu berühren. Dann bückte er sich und hob ein kleine Klappe im Bodenbezug an.

»Hier, Sir.« Er deutete auf den bronzenen Ringbolzen darunter. »Hier kann der Sessel sicher befestigt werden, wenn die See hoch geht.« Zum erstenmal blickte er Adam direkt an. »Die *Athena* kann schon bei halbem Sturm arg temperamentvoll werden, wenn ihr danach ist.« Fast hätte er gelächelt.

Er sprach mit Londoner Akzent, und von Stirling wußte Adam, daß er in einer Taverne am Themseufer gearbeitet hatte, wo er in eine Schlägerei verwickelt worden war, gerade als eine Preßgang vorbei ging. Der Rest war ein damals altbekannter Vorgang: Der Leutnant der Zwangsrekrutierer war nur zu froh, ein paar Männer, Seeleute oder nicht, in die Finger zu kriegen.

Seltsamerweise hatte Bowles keinen Versuch unternommen, die Navy zu verlassen, als der Krieg mit Frankreich und seinen Verbündeten endlich vorbei war. Adam merkte, daß er den Lehnsessel gepackt hielt. *Und als mein Onkel niedergeschossen wurde.*

»Das klingt vernünftig.« Er deutete auf den Haufen Gepäck, doch noch ehe er etwas sagen konnte, meinte Bowles: »Das kann ich bis zur Hundewache verstauen, Sir. Ich bin informiert worden, daß Sie mit den Offizieren speisen, also werde ich bis dahin alles erledigt haben, Sir.«

Ursprünglich hätte Adam gern einen jüngeren Diener gehabt, doch jetzt schien ihm das nicht mehr wichtig zu sein. Bowles gehörte zum Schiff, er war ein Teil davon. *Und ich bin sein dritter Kommandant.*

Unvermittelt äußerte Bowles: »Das ist aber ein schöner alter Säbel, Sir. Ich habe ein Spezialöl, das ihm guttun wird.« Er schien nur laut zu denken. »Obwohl ich bezweifle, daß wir bei diesem Einsatz viel Hauen und Stechen erleben werden.« Grinsend entblößte er unregelmäßige Zähne. »Wo wir doch ein Flaggschiff sind!«

Der Wachtposten stieß seinen Musketenkolben mehrmals auf die Gräting vor der Lamellentür und meldete: »Fähnrich der Wache, Sir!«

Bowles schoß quer durch die Kajüte zur Tür, drehte sich aber noch einmal um und flüsterte verschwörerisch: »Das ist Mr. Vincent, Sir.«

Adam wandte sich der Tür zu. Er hatte Vincent, *Athena*s dienstältesten Fähnrich, schon kennengelernt, bezweifelte jedoch, daß er sich an seinen Namen erinnert hätte. Der Mann war fast fällig für sein Leutnantsexamen, den ersten größeren Karriereschritt aufs Achterdeck. Und zum Offizier des Königs.

Den Hut unterm Arm, trat der Fähnrich schneidig in die Kajüte. Er war knapp achtzehn, wirkte aber älter und sehr selbstsicher. Er war *Athena*s Signalfähnrich, und Adam hatte gehört, wie er einen seiner nur wenige Schritte entfernten Untergebenen anbrüllte, als wäre der Mann stocktaub oder ein Trottel. Stirling war in der Nähe gewesen, hatte aber geschwiegen. Darüber fiel Adam der verhaßte Fähnrich Sandell auf der *Unrivalled* ein, der eines Nachts unauffindbar über die Seite gegangen war.

»Ja, Mr. Vincent, was gibt's?«

»Da ist ein Mann, der Sie unbedingt sprechen will, Sir.«

Seine schmalen Nüstern blähten sich vor selbstgerechter Entrüstung. »Er besteht darauf, Sir!«

Adam blickte an ihm vorbei und sah Jago wartend bei einer offenen Stückpforte stehen; in der Faust schwenkte er einen Beutel hin und her.

»Das ist mein Bootssteurer, Mr. Vincent. Er hat jederzeit freien Zugang zu mir.«

Für einen dummen Irrtum war Vincent nicht der Mann. Zumal Jagos voraussichtliche Ankunftszeit seit Tagen in den Schiffsbüchern angekündigt war. Jetzt sagte er: »Aber nur den Offizieren ist jederzeit freier Zugang gestattet, Sir.«

Trotz seiner Abneigung lächelte Adam. »Das wäre alles, Mr. Vincent. Sie dürfen wieder an Ihre Arbeit gehen.«

Die Tür schloß sich hinter ihm, und Adam stand seinem Bootssteurer gegenüber, leicht verlegen wegen der Umgebung, die ihnen beiden fremd war.

Dann griff er nach Jagos Hand. »Freut mich, daß du da bist, Luke.« Unwiderstehlich breitete sich ein Grinsen über sein Gesicht, an dem er merkte, wie sehr ihn die Einsamkeit bisher bedrückt hatte. Während der Nachtwachen hatte er schlaflos in seiner Koje gelegen und in die Dunkelheit gestarrt, lauschend auf den Schritt des Wachhabenden und jedes noch unbekannte Geräusch wie das Knarren im Rigg und das Plätschern der Wellen an der Bordwand, jetzt zwei Decks tiefer als gewohnt.

Auch Jago grinste. »Freut mich ebenfalls, Käpt'n. Wie ich sehe, ist der Sessel wohlbehalten angekommen.«

»Schenk dir ein Glas ein und erzähl mir alles.« Die Hände zwischen den Knien verschränkt, ließ er sich auf der Heckbank nieder, wieder ganz der junge Kapitän.

Jago hob die Faust. »Zwei Finger Rum und einen Finger Wasser, wenn's sauber ist«, wies er den Diener an.

Adam lächelte. »Sie werden sich bald an meinen Bootssteurer gewöhnt haben, Bowles.«

Der Diener nickte reserviert. »Und einen Cognac für Sie, Sir.«

Die Tür zur Pantry klickte ins Schloß.

Jago musterte den Lehnsessel, die breit gewölbten Decksbalken und den glänzenden Farbanstrich. Fühlte die trägen Schiffsbewegungen.

»Kein Fünftkläßler, Sir. Größer als wir gewohnt sind.« Er lauschte dem fernen Zwitschern der Bootsmannspfeifen und dem Klappern der Flaschenzüge, mit denen mehr Vorräte an Bord gehievt wurden. »Aber sie tut's für uns. Bis sich was Besseres findet, Sir.«

Adam spürte, wie er sich entspannte. So sehr hatte ihn der Wechsel mitgenommen? Das war ihm bisher nicht bewußt geworden.

»Und wie ist es Jung-David ergangen? Ist ihm der Abschied nicht zu schwer gefallen? Wie gerne wäre ich dabeigewesen!«

Jago erinnerte sich an den letzten Händedruck und die plötzliche Nervosität, als Napiers neues Schiff hoch über dem Boot aufgeragt hatte, das er für die Überfahrt eigenmächtig requiriert hatte. Irgendwie konnte er selbst kaum glauben, wie sehr ihn das alles angerührt hatte. Und immer noch anrührte. Es strafte all seine bisherigen Erfahrungen Lügen.

Mit fester Stimme hatte er auf den Anruf von oben geantwortet: »Fähnrich Napier zum Dienstantritt, Sir!«

Neu, aber doch nur ein weiterer der »jungen Gentlemen«.

Jetzt sagte er: »Ich war stolz auf ihn, und das nicht zu knapp.« Dem über sie gebeugten Diener das Grogglas abnehmend, schloß er: »Und so hat er schließlich seine Fregatte gekriegt. Was mehr ist, als manche von sich behaupten können.«

Bowles kehrte in seine Pantry zurück, während die Kajüte hinter ihm von Gelächter widerhallte. Beim Gläserpolieren sinnierte er darüber, wie sehr sich die Atmosphäre an Bord zu ändern schien. Das war auch bitter notwendig.

In der Kajüte wischte Jago sich den Mund mit dem Handrücken. »Beinah hätt' ich's vergessen, Sir.« Er wühlte in seinen Jackentaschen. »Lady, äh, Roxby hat mir'n Brief für Sie mitgegeben.«

Adam stellte sein Glas ab, von einer eiskalten Vorahnung gepackt.

Jago fuhr fort: »Wie ich höre, wollen Sie demnächst wieder rauf nach London?«

Adam strich den Brief glatt und begann langsam zu lesen. Jemand hatte in Großbuchstaben eine Adresse darauf geschrieben. Fast eine Kinderhand.

Er hörte sich selbst antworten: »Ja, in zwei Tagen. Zur Admiralität um die endgültigen Befehle.« Es fiel ihm schwer, sich zu konzentrieren. Selbst Nancys hingekritzelte Worte ergaben keinen Sinn für ihn.

Das ist alles, was man mir gegeben hat. Ich bin mir immer noch nicht sicher, daß ich Dir damit einen Gefallen tue.

Ohne es zu merken, war Adam aufgestanden und hielt sich an der Sessellehne fest.

»Ich kenne mich in London noch immer nicht aus. Ein Wunder, daß sich die Leute in diesem Straßengewirr zurechtfinden«. Er hatte den Eindruck, daß er einen Narren aus sich machte. »Wo liegt dieser Stadtteil, den sie Southwark nennen? Ich kenne da nur ein Gasthaus namens The George. Dort habe ich eine Kutsche nach dem George hier in Portsmouth genommen. An mehr kann ich mich nicht erinnern.«

Bowles erschien aus der Pantry, den Kopf gesenkt, als lausche er auf ein Geräusch draußen. »Ich kenne Southwark, Sir. Ich kenne es gut.« Mit abwesendem Blick rückte er die Gläser zurecht, denn er dachte an die Taverne, in der er einst gearbeitet und ein eigenes Zimmer bewohnt hatte. Und er dachte an den Lärm, an die Prügeleien, wenn die Matrosen auf Landgang über sie hereinbrachen, nach Schnaps und Mädchen brüllend. An die in diesem Viertel so häufigen Verbrechen und an die zerfledderten Leichen, die zur Abschreckung an den Galgen in Wapping und Greenwich hingen. »Southwark hat sich verändert, Sir. Nicht gerade zu seinem Vorteil.« Selbst die Preßgangs waren dort auf Zehenspitzen geschlichen. »Da geht man besser gar nicht hin und jedenfalls nicht allein oder unbewaffnet.«

Angerührt von soviel ernsthafter Besorgnis, nickte Adam bedächtig. »Danke, Bowles. Ich will's mir merken.« Er trat an die Fenster und blickte hinab in einen Leichter, der unter dem Heck vorbei gewarpt wurde. Gesichter blickten zu ihm auf, darunter eine grinsende Frau mit entblößten Schenkeln, einen Korb bunter Tücher im Schoß. Für ihn hätte sie genausogut unsichtbar sein können.

Nancy fürchtete sich davor, ihm Hoffnungen zu machen. Aber angenommen, ihre Nachricht beruhte auf Wahrheit, und Lowenna brauchte seine Hilfe?

An diesem Abend hatten ihn seine Offiziere eingeladen, auf seinem eigenen Schiff, wie es seit altersher der Brauch war. Doch in zwei Tagen würde er in London sein, bei Bethune. Dort erwartete ihn also ein Geheimnis, das Jago nicht lange verborgen bleiben würde.

Er wandte der glitzernden Wasserfläche den Rücken zu und hielt seinem Diener den Brief hin. »Können Sie das lesen, Bowles?«

»Sir?« fragte dieser blinzelnd, und es klang wie *natürlich*.

Adam verfluchte seine Gedankenlosigkeit. »Das war nicht als Mißachtung gemeint.«

Die große Nase schnüffelte. »Hab's auch nicht so aufgefaßt, Sir.« Mit dem Anflug eines Lächelns fuhr er fort:

»Die Kaufleute, mit denen ich in meinem früheren Job zu tun bekam, haben jeden nach Strich und Faden betrogen, der ihre Rechnungen nicht lesen und überprüfen konnte.« Er hielt den Brief ans reflektierte Sonnenlicht. »Ich kenne diese Straße, Sir. Früher lebten da reiche Leute, aber sie sind jetzt verarmt. Alles hat sich verändert. Jetzt soll dort ein neues Dock gebaut werden.« Er reichte Adam den Brief zurück und schloß wie entschuldigend: »Falls Sie nicht unbedingt hinfahren müssen, Sir ...«

Er ließ den Satz unvollendet.

Unruhig tigerte Adam durch die Kajüte. Angenommen, Bethune hätte ihn nicht sowieso nach London zitiert? Niemand konnte voraussagen, wann die *Athena* für die Überfahrt nach Westindien bereit sein mußte. Oder ob ihre Befehle noch geändert wurden.

Eine zweite Chance würde es nicht geben, den Wahrheitsgehalt dieser kleinen, grob hingekritzelten Notiz zu erfahren. Er wußte, was Nancy befürchtete: daß sein Besuch bei Lowenna mehr schaden als nutzen würde. Schließlich waren sie einander immer noch ziemlich fremd. Er tastete über seine Rockaufschläge, als suche er die gelbe Rose, die sie ihm geschenkt hatte. Ob mit Bethune oder ohne, er wußte, daß er auf jeden Fall nach London fahren würde.

Falls Sie nicht unbedingt hin müssen ...

Jago unterbrach seine Gedanken. »Ich komme auf jeden Fall mit, Käpt'n.«

Das klang wachsam und fast wie eine Warnung.

Adam sah ihn an und wußte, er hätte ihm das eigentlich abschlagen müssen. Die Angelegenheit war zu privat und kein Grund, Jago in etwas Ungesetzliches, Gefährliches zu verwickeln. Ihn, der Offiziere und jeden Machtmißbrauch haßte, der unschuldig ausgepeitscht worden war und die Narben davon für immer tragen würde. Der aber auch dafür gesorgt hatte, daß David Napier auf seinem neuen Schiff im Rang eines Fähnrichs sicher anmusterte, obwohl er Offiziersanwärter sonst verachtete. Er hätte sich auszahlen lassen und ein bequemes Leben an Land führen können und hatte statt dessen dies hier gewählt.

Jetzt sagte er: »Kann auch nicht schlimmer werden als Algiers, Sir.«

Adam lächelte. »Ich setze zu viel als selbstverständlich voraus, Luke. Danke.«

Bowles meldete sich. »Der Erste Offizier wird binnen kurzem hier erscheinen, Sir.«

Adam nickte. Er wollte mit Stirling das Musterbuch durchgehen, ebenso die Dienstpläne und das rote Strafregister, oft das aussagekräftigste Dokument über ein Schiff und besonders über seine Offiziere.

Stirling konnte ihn auch auf die Abendeinladung vorbereiten, auf die Individuen unter der Uniform, die ihn erwarteten.

Ihm fiel der andere Zettel ein, den er so sorgsam gefaltet in der Brusttasche trug; er war schon zerfleddert, aber das einzige, was er von ihr besaß. Was hätte der unfehlbare Stirling zu den Befürchtungen seines Kommandanten gesagt? Adam mußte lächeln. Kein Wunder, daß Nancy sich um ihn sorgte.

»Der Erste Offizier, Sir!«

Bolitho wandte sich der Tür zu, jeder Zoll wieder der Flaggkapitän.

Leutnant Francis Troubridge lächelte entschuldigend. »Das hier dauert bestimmt nicht lange, Sir«, sagte er. »Ich fürchte, hier herrscht ein chaotischer Zustand.«

Adam Bolitho warf seinen Hut auf einen leeren Stuhl und blickte sich in dem großen Raum um, an den er sich von seinem letzten Besuch noch gut erinnerte. Jetzt sah er aus, als hätte ein Wirbelsturm darin gewütet. Alle Bilder, auch das mit Bethunes Fregattengefecht gegen einen Spanier, standen an einer Wand aufgereiht, bereit für den Umzug in sein Privathaus oder in ein anderes Büro. Kisten und Aktenschränke, sogar Bethunes elegantes Weinkabinett waren mit schmierigen Tüchern verhängt.

Troubridge beobachtete Adam, eine Hand noch auf dem Türknauf. »Je höher wir steigen, Sir, desto riskanter ist wohl der Sitzplatz.«

Bethune mußte gehen, war auf einen wichtigen Posten in Westindien versetzt, und schon nahm ein anderer seinen Platz ein. Als wäre eine Tür zugefallen.

Troubridge war hier in seinem Element, dachte Adam. Gewandt im Umgang mit den ranghöheren Offizieren und stets bereit, Bethune an jedes winzige Detail zu erinnern, das ein anderer vielleicht übersehen hatte.

Ein ziviles Mitglied des Marinedirektoriums und laut Troubridge ein persönlicher Freund des Ersten Seelords hatte ihnen einige der Probleme auseinandergesetzt, welche die Gesetze zur Abschaffung des Sklavenhandels mit sich brachten. Es gab einen anglo-portugiesischen Vertrag, der es Portugal immer noch gestattete, Sklaven in seinen eigenen Häfen zu verladen. Ein anderer Vertrag zwang Portugal, den Handel nördlich des Äquators zu ächten, ließ ihm aber freie Hand südlich davon. Für Spanien galt das gleiche, was nach Adams Ansicht die ursprünglichen Beschlüsse ad absurdum führte. Spanien und Portugal durften nach wie vor südlich des Äquators ungehindert Sklavenhandel betreiben, obwohl auch der simpelste Matrose wußte, daß beider Indien und der südamerikanische Kontinent die reichste Sklavenernte boten.

In England galt Sklavenhandel als Verbrechen, doch wer wagemutig und skrupellos genug war, konnte damit immer noch ein Vermögen scheffeln, falls er Beschlagnahmung und Strafe nicht fürchtete.

Bethunes Mission sollte flexibel sein. Es war seine Aufgabe, mit den Schiffen anderer Nationen zu kooperieren und sicherzustellen, daß regelmäßige Patrouillen die wahrscheinlichsten Handelsrouten überwachten, damit jedes Schiff, das Sklaven geladen hatte oder die dafür nötige Ausrüstung besaß, aufgebracht und der Eigentümer oder Skipper vor Gericht gestellt werden konnte.

Troubridge waren zwei Schreiber zugeordnet, die über alles ausführliche Notizen machen sollten. Auf sie wartete ein ganz anderes Leben, wenn sie erst in Portsmouth an Bord der *Athena* gingen.

Auch hatte Adam eine Akte mit der Aufschrift *Konteradmiral Thomas Herrick* gesehen. Das war ein alter Freund seines Onkels, der ihn auf der *Unrivalled* in Freetown besucht hatte, diesem Zentrum der Patrouillen gegen den Sklavenhandel. Schreckliche Szenen hatten sich dort abgespielt, wenn überladene Sklavenschiffe in den Hafen eskortiert wurden, mit einer mehr toten als lebendigen menschlichen Fracht, angekettet an Folterkäfige der Vorhölle.

Land- und Seekarten, Signalbücher und ausführliche Informationen: Nur zu leicht konnte man sich da in den Details verlieren. Adam versuchte, die Übersicht zu behalten. Die Gesichtspunkte der Schiffsführung hatten Priorität: Zeit und Entfernung, die günstigsten Routen, Ankerplätze und Durchfahrten, dazu die Frage der Verläßlichkeit von Karten in Gewässern, wo ein unkartographiertes Riff durch den Schiffsboden schneiden konnte wie ein Messer durch Butter. Außerdem Trinkwasser, Proviant, Medikamente und ein Dienstplan, der die Besatzung körperlich in Form hielt, damit sie kämpfen konnte, wenn es notwendig wurde.

So beeindruckend der Kartenraum der Admiralität auch war, es fiel Adam nicht ganz leicht, diese Aspekte im Auge zu behalten. Falls Bethune irgendwelche Zweifel plagten, so ließ er sich doch nichts anmerken. Sein Benehmen blieb leutselig und gelöst, aber vielleicht kam auch das mit dem Stabsrang. Eine andere Tür öffnete sich, durch die zwei Arbeiter vorsichtig ein Ölgemälde trugen. Ein Konteradmiral folgte ihnen und trat zu Bethune. Adam kannte ihn. Es war Konteradmiral Philip Lancaster, dessen Erfolge im zweiten amerikanischen Krieg ihn der Aufmerksamkeit Ihrer Lordschaften empfohlen hatten.

»Ich hoffe, Sie werden sich hier wohl fühlen, Philip«, sagte Bethune.

Er warf einen Blick auf das Seestück mit seiner Fregatte, und zum erstenmal sah Adam darin einen Hauch von Unsicherheit, ja Kummer. Er mußte diese gesicherte Welt gegen das Unbekannte eintauschen, seine bürokratische Machtstellung gegen schwankende Schiffsplanken.

Lancaster deutete auf die Wand gegenüber, zufällig oder absichtlich dorthin, wo Bethunes Fregatte mit rauchenden Kanonen und flatternden Flaggen gegen die beiden Spanier gekämpft hatte. »Da hängt es am besten, denke ich«, sagte er.

Das Bild zeigte ihn in ganzer Größe, ein durchaus ähnliches Porträt mit ruhig entschlossenem Ausdruck und einer anonymen Seelandschaft als Hintergrund.

Bethune befeuchtete sich die Lippen und lächelte. »Sie müssen es bald auf den neuesten Stand bringen lassen, nicht wahr, Philip?« Denn auf dem Porträt trug Lancaster noch die Uniform eines Vollkapitäns.

»Das hatte ich auch vor, Sir Graham. Es war schon alles arrangiert.« Stirnrunzelnd hielt er inne, weil ein Diener eintrat und meldete: »Der Erste Seelord kann Sie jetzt empfangen, Sir.«

Bethune entspannte sich, fühlte sich wieder als Herr der Lage. »So, so. Und was ist dazwischengekommen?«

Ihre Hüte aufnehmend, blickten sie sich in dem unordentlichen Zimmer um; nur die prunkvolle Wanduhr hing noch an ihrem alten Platz.

Lancaster ordnete seinen Galarock und zuckte die Schultern. »Es stand in der *Times*: Der Maler ist kürzlich gestorben, ganz überraschend.« Damit schritt er an dem wartenden Diener vorbei. »Ziemlich rücksichtslos, meinen Sie nicht?« schloß er lachend.

»Sind Sie fertig, Sir?« fragte der wartende Troubridge, doch Adam hörte ihn nicht. Er trat dichter vor das Porträt, dessen Signatur er nicht gebraucht hätte. Denn er kannte den Strich. Es war dieselbe Hand, die auch den leeren Ärmel im Porträt von Kapitän James Bolitho gemalt hatte und das Ölbild von Sir Richard. Er tastete über seine Uniformaufschläge. *Oder die gelbe Rose bei mir.*

Plötzlich sah er wieder *Athena*s Offiziersmesse vor sich, hell funkelnd von Kerzenlicht und Silbergeschirr. Dazu die schwitzenden Gesichter und das laute Gelächter über einen Witz von Tarrant, dem jungen Dritten Offizier. Oder die gravitätische Ansprache Stirlings. Im nachhinein wirkte sie mehr wie eine Homage an den vorigen Kommandanten, nicht wie ein Willkommensgruß an den jetzigen.

Danach die lange Fahrt von Portsmouth zur Admiralität in London, mit Jago neben sich in der Kutsche. Er schien sich so unbehaglich zu fühlen wie noch nie.

Und jetzt hier. Diese Neuigkeiten.

Troubridge war herangetreten. »Wenn ich irgendwie helfen kann, Sir?« An den Admiral dachte er nicht mehr, der gegenwärtige Moment erschien ihm plötzlich wichtiger, obwohl er nicht wußte, warum.

»Der Maler, von dem er sprach«, sagte Adam. »Wissen Sie seinen Namen?«

»Jawohl, Sir. Er hat auch meinen Vater porträtiert. Montagu, Sir Gregory Montagu. Sein Tod kam sehr überraschend, glaube ich.«

Ein Diener räusperte sich höflich, und Troubridge mahnte: »Jetzt müssen wir aber gehen, Sir. Der Erste Seelord wartet nicht gern.«

Ihr Schritte waren das einzige Geräusch in dem langen Korridor. Gelegentlich kamen sie an einem Fenster vorbei, mit Kutschen davor und einmal einem Trupp Dragoner. Zeichen der Normalität.

Also war sie wirklich in diesem Haus, hilflos und allein. Wie Andromeda.

Sie näherten sich der hohen Flügeltür, hinter der die geschichtsträchtigen Nachrichten ihren Ausgang nahmen: Trafalgar. Waterloo. Und Algiers.

Unvermittelt sagte Troubridge: »Sie können mir vertrauen, Sir.«

Später wurde ihm klar, daß ihm Adams Augenausdruck für immer im Gedächtnis bleiben würde. Er konnte ihn einfach nicht vergessen. Und wollte das auch nicht.

Die Flügeltür öffnete sich wie auf ein heimliches Signal, doch Adam blieb plötzlich stehen und packte den Arm des Flaggleutnants, als sei alles andere unwichtig.

»Ich weiß ja nicht mal, ob ich mir selbst vertrauen kann!«

Die Fahrt schien kein Ende nehmen zu wollen. Adam verlor angesichts der unzähligen Straßen und Plätze und trotz des gelegentlichen Ausblicks aufs Wasser völlig die Orientierung. Es war schon spät und stockfinster, dennoch waren noch überall Passanten unterwegs, und als er das Fenster öffnete, hörte er das Geklapper der Wagenräder und Pferdehufe, roch Holzrauch und gelegentliche Essensdünste, wenn sie an einer der vielen Tavernen vorbeikamen. Schlief die Hauptstadt denn niemals?

Der Kutscher jedoch schien seiner Sache sicher zu sein und war diese zweifelhaften Ausflüge offenbar gewohnt. Troubridge hatte erzählt, daß er ranghohe Offiziere oft unter dem Siegel der Verschwiegenheit hierher kutschierte.

Adam dachte an Jago, der draußen auf dem Bock saß. Bedauerte er schon, daß er unbedingt hatte mitkommen wollen?

»Wir sind bald da.« Troubridge spähte durch das andere Fenster. »Das sieht aus wie die Kirche.« Er zögerte. »Ich war schon einmal hier.«

Um ein paar glühende Kohlebecken neben der Straße drängten sich dunkle Gestalten auf der Suche nach Wärme und Gesellschaft. Kutscher, Pferdeknechte, Diener, die auf ihre Herrschaften warteten und darauf, daß diese ihres Amüsements müde wurden.

Die Häuser wurden jetzt höher und wiesen mehrere Stockwerke auf, hinter deren Fenster Kandelaber helles Kerzenlicht verströmten und an die alten luxuriösen Zeiten des Viertels erinnerten. Genau wie es Bowles so bedächtig geschildert hatte. Andere Häuser lagen mit ihren geschlossenen Läden in völliger Dunkelheit da, und von ihren vernachlässigten Mauern fiel der Putz.

Troubridge murmelte: »Da ist die Nummer achtzehn, Sir. Wir fahren gerade daran vorbei.«

Adam verspürte Enttäuschung, denn das Haus unterschied sich nicht im geringsten von seinen Nachbarn.

»Sieht verlassen aus«, meinte Troubridge, sich vorbeugend. »Nur ganz oben brennt noch etwas Licht, Sir.«

Der Kutscher war schweigend vom Bock geklettert und kümmerte sich um seine Pferde.

»Was sind das für Bewohner, frage ich mich ...«

Troubridge zuckte die Schultern, und Adam glaubte, Stahl klirren zu hören. »Glücksspieler.« Wieder das Zögern. »Bordellkunden. Ich habe gehört, daß Künstlerinnen sich hier ihren Lebensunterhalt verdienen.«

Lautlos war Jago zur Tür gehuscht. »Da kommt jemand, Sir«, sagte er.

Es war eine Gruppe Männer, etwa sechs in allem, von denen einer sich umdrehte und offenbar einem Kutscher zurief, er solle auf jeden Fall warten. Eine laute, befehlsgewohnte Stimme. Sie gingen auf Nummer achtzehn zu. Einer lachte laut, ein anderer meinte: »Steck das weg, John, da drin gibt's so viel zu trinken, wie du willst.«

Der Türklopfer polterte laut genug, um die ganze Straße zu wecken. Die Tür öffnete sich einen Spalt, noch mehr Stimmen erklangen, diesmal zornig, eine gereizter als die anderen.

»Was soll das, Mann? Dann habe ich mich eben ein wenig verspätet. Du tust jetzt besser, was dir von deinen Vorgesetzten gesagt wird, und zwar *pronto!*«

Die Tür öffnete sich weiter, Gelächter scholl heraus, dann trat wieder Stille ein, und die Straße war leer.

Adam sagte: »Ich gehe hinein. Ihr wartet besser hier draußen.« *Angenommen, ich irre mich?*

Schon stand er auf dem Pflaster. Die Pferde wandten die Köpfe, um ihn zu beobachten.

Ohne sich umzublicken, wußte er, daß Troubridge ihm folgte, während Jago sich nach links verdrückte, als hätte er sich's anders überlegt.

Troubridge mahnte: »Ich glaube, Sie sollten berücksichtigen ...«

Doch Adam hatte schon den Türklopfer gepackt. »Ich muß mich einfach vergewissern.« Der Lärm des Klopfers brachte Troubridge zum Schweigen.

Die Tür öffnete sich ein paar Zoll breit.

»Was wollt ihr ...« Doch dann wich die schattenhafte Gestalt zurück, riß die Tür ganz auf, und ihre Stimme verlor plötzlich alle Feindseligkeit. Statt dessen stammelte sie: »Gott sei Dank, Sie haben die Nachricht erhalten!«

Der hohe Eingang wurde nur von zwei Kerzen erleuchtet. Sie zeigten Adam die hellen Flecken an der Wand, wo früher Bilder gehangen hatten. Das erinnerte ihn an das Zimmer, aus dem Bethune ausgezogen war.

Er fuhr herum und starrte den Mann ungläubig an. Er hatte ihn bei seinem ersten Besuch im alten Glebe-Haus gesehen, ein sauertöpfisches Gesicht, das eher an einen Priester denken ließ als an einen Diener. Es war derselbe Mann.

Adam packte seinen knöchernen Arm. »Berichten Sie, was passiert ist. Und lassen Sie sich Zeit dabei.« Er versuchte, das Drängende seines Tons zu unterdrücken, damit der andere die Ruhe behielt.

Im Haus war es plötzlich so still, daß er Troubridges schnellen Atem hören konnte. Oder war es sein eigener?

Langsam begann der Bedienstete: »Sir Gregory ist unerwartet verstorben, Sir. Er hat jeden Lebenswillen verloren. Seine Wunden nach dem Brand ... Aber was die Miss betrifft, so bin ich nicht sicher ...«

Irgendwo über ihnen wurde eine Tür aufgerissen, Rufe und Gelächter erklangen, darunter das hysterische Kreischen einer Frau. Die Tür schlug wieder zu, Stille trat ein. Die späten Besucher hatten ihr Ziel erreicht.

Adams Augen gewöhnten sich allmählich an die schwache Beleuchtung. Er beugte sich vor und konnte gerade eine nach oben führende Wendeltreppe mit vergoldetem Geländer erkennen, deren Stufen hier und da von Wandkerzen oder einer geöffneten Tür beleuchtet wurden. Das Haus war geräumiger als gedacht. Troubridge hatte wohl recht: Spielsalon und Bordell.

Wieder griff er nach dem Arm des Dieners. »Ist sie noch da?«

»Im ersten Stock, Sir. Sie wollte gerade aufbrechen, als ...«

Der Schrei einer Frau erschütterte die Stille und brachte im ersten Moment alles zum Erstarren.

Dann rannte Adam die Treppe hinauf, nicht achtend des zerfetzten Teppichs, der nach seinen Schuhen griff, und ließ sich nur von dem Schrei leiten. Unvermittelt brach er ab, gefolgt von einem lauten Krachen, als sei jemand zu Boden gestürzt, und dem Klirren von Glasscherben. Auf dem Korridor im ersten Stock öffneten sich jetzt mehrere Türen, und viele Stimmen vereinten sich zu einem irrwitzigen Chor. Wie auf dem Höhepunkt eines Albtraums.

Adam sah Licht unter der fraglichen Tür hervordringen und warf sich mit der Schulter dagegen. Nach dem dunklen Flur wurde er fast geblendet, trotzdem erschloß sich ihm die Szene auf einen Blick. Wie bei einem Nahkampf, wenn der erste Schuß fiel und das Gemetzel begann.

Ein Atelier, schmutzige Laken mit Farbflecken, dazu Säulenattrappen und klassische Büsten, eine mit echtem Lorbeerkranz. Und ein so langer Diwan wie der, den er im alten Glebe-Haus gesehen hatte. Wo Lowenna für Montagus talentierteste Studenten Modell gesessen hatte.

Ein hoher Spiegel war in tausend Scherben zerplatzt, und ein Mann drückte ein blutiges Laken an sein Gesicht, während er auf die Füße zu kommen suchte.

Adam sagte: »Sie bleiben, wo Sie sind!«

Er hatte den Eindruck, daß er dabei nicht die Stimme erhob, aber der Mann sank auf den Diwan zurück, als hätte er ihn geschlagen. Er war vom gleichen Alter wie er selbst und kam ihm irgendwie bekannt vor. Woher und warum, das kümmerte ihn jetzt nicht. Bei der kleinsten Bewegung hätte er ihn getötet.

Das Mädchen stand ihm zugewandt, so starr und still, als stünde sie Modell. Nur das schmerzhafte Wogen ihrer Brust strafte ihre Beherrschung Lügen. Sie hielt eine Hand auf die Schulter gepreßt, wo ihr Kleid zerrissen war und die nackte Haut darunter Schrammen aufwies.

In der anderen Hand hielt sie einen bronzenen Kerzenleuchter.

Fast unhörbar hauchte sie: »Adam.« Und wiederholte seinen Namen, als hätte sie sich geirrt. »Woher wußtest du ...«

Der Mann auf dem Diwan rief aus: »Fast hätte sie mich umgebracht!« Er duckte sich, als sie den Leuchter abermals hob.

Doch sie warf ihn nur auf die Laken. »Ich wollte gerade gehen«, sagte sie. »Er versuchte, mich aufzuhalten. Dann wollte er ...«

Sie wäre zu Boden gesunken, hätte Adam sie nicht aufgefangen. Er beruhigte sie mit Worten, die er selbst kaum verstand und später bald vergaß. Hinter sich hörte er, daß eine Pistole wieder gesichert wurde. Troubridge hatte sich bereitgehalten.

Er streichelte ihren Rücken, drückte sie mit abgewandtem Blick an sich und spürte ihr Widerstreben, den drohenden Zusammenbruch. Ihm fielen die Geheimnisse ein, von denen Montagu ihm erzählt hatte und die Nancy auf eigene Faust entdeckt hatte. Der Albtraum, die brutalen, lüsternen Gestalten. Ihr Leidensweg und die Schande.

Er drückte die Wange an ihr langes, seidiges Haar und sagte so leise, als ging es nur sie beide etwas an: »Ich habe dir geschrieben, Lowenna. Ich wollte, daß du's weißt. Daß du daran glaubst ...«

Im ersten Moment dachte er, sie hätte ihn nicht gehört, doch dann fühlte er, daß sie langsam nickte, wobei ihr dunkles Haar an seinem Gesicht hängen blieb.

»Ich habe mich nicht getraut. Ich war meiner selbst nicht sicher. Und darüber, wie ich mich verhalten würde. Es schien mir dir gegenüber nicht fair zu sein. Uns gegenüber ...«

Der Mann auf dem Diwan rührte sich, seine Schuhe

scharrten über Glasscherben. Adam hörte Troubridges sanfte Warnung: »Schön vorsichtig jetzt. Keinen Mucks, ja?«

Wieder klickte der Hammer, dann Stille. Auch aus den Nachbarzimmern drang jetzt kein Geräusch mehr.

Leise sagte Adam: »Von dem Brand hab ich erst gehört, als ich wieder in Falmouth war.« Weil sie zu zittern begann, drückte er sie fester an sich. »Ich bringe dich in Sicherheit.«

»Ich habe Freunde in der Nähe.«

Sie fuhr zusammen, als der Mann schrie: »Huren!«

»Wozu du sie erst gemacht hast«, sagte sie. »Und mich machen wolltest.« Sie trat etwas zurück, aber so, daß seine Hände immer noch ihre Taille umfaßten. »Das ist Sir Gregorys Neffe. Ich glaube, du hast ihn schon mal getroffen.«

Das sagte sie ruhig, aber er fühlte unter seinen Händen, wieviel Beherrschung es sie kostete.

»Ich hatte meine Sachen schon gepackt. War bereit zum Aufbruch.« Sie schüttelte den Kopf, wie um die Erinnerung zu vertreiben. »Er sagte schreckliche Dinge, verhöhnte mich und versuchte ...« Sie schloß die Augen. »Ich wollte ihn stoppen, ihn umbringen ...«

Ein hoher, bemalter Paravent wurde beiseite gerückt, und Jago trat dahinter hervor.

»Durch die Hintertür, Käpt'n«, sagte er. »Dachte mir schon, daß sie noch einen Fluchtweg haben.« Wie beiläufig ergriff er den anderen Mann am Arm. »Bleib sitzen, Kumpel. Ich mag keine Überraschungen, schon gar nicht von Abschaum wie dir.« Er hob nicht einmal die Stimme. Das war auch nicht nötig.

Adam führte sie zu dem leeren Kamin, weil ihm plötzlich die Kälte bewußt geworden war. Er löste seinen Umhang und legte ihn ihr um die Schultern. »Ich habe eine Kutsche unten«, sagte er.

Sie hatte ihn nicht gehört. »Sir Gregorys Haus ist verschlossen, bis gesetzlich alles geregelt ist. Sein Bruder ist Anwalt, mußt du wissen.«

Adam konnte sich die Probleme vorstellen, die Montagus plötzlicher Tod verursacht hatte. Und Lowenna war mutterseelenallein.

Troubridge sagte: »Ich weiß ein Haus, wo sie eine Weile bleiben könnte. Sie braucht jemand, der ...«

Sie wandte sich ihm zu, als hätte sie bisher nicht bemerkt, daß sie nicht allein waren. Langsam nickte sie.

»Geh ein paar Schritte mit mir.«

Wie damals im Garten, als sie ihm die gelbe Rose geschenkt hatte. Eingehakt verließen sie das schäbige Atelier, und Troubridge folgte ihnen, die Pistole noch in der Hand. In dieser kurzen Zeit hatte er eine Menge dazugelernt. Über seinen Kommandanten und über sich selbst.

Jago schloß krachend die Tür und rief dem Mann auf dem Diwan etwas zu, der das blutige Laken wieder ans Gesicht drückte. Das hier hätte verdammt schiefgehen können, sagte sich Troubridge. Er hätte selbst umkommen können oder vielleicht jemand anderen töten müssen. Das hätte für ihn den Ruin bedeutet und Schande für seinen Vater, den Admiral. *Trotzdem hatte ich keine Angst. Keine Spur Angst.*

Ihm fiel auf, daß weder der Kommandant noch die in seinen Umhang gehüllte wunderschöne Frau auch nur einmal zurückblickten. *Geh mit mir.*

Alles, was er empfand, war Neid.

V Eine letzte Zuflucht

»Riemen auf!«

Noch ein Zug, dann hoben sich die zwölf Riemenblätter des Kutters tropfend aus dem trüben Wasser und verharrten reglos zu beiden Seiten wie ausgebreitete Flügel. Der Tag war klar und kalt, und der Atem der Bootsgasten stieg auf wie Dampf, als der Kutter an Fahrt verlor und sanft schaukelnd in der Strömung lag.

Adam Bolitho stand im Heck und beobachtete, wie der vermurte Zweidecker über ihnen emporwuchs, wie die frisch vergoldete Galion und der Bugspriet quer über sie hinweg schwang, als sei die *Athena* selbst und nicht nur der Kutter in Bewegung.

Auch die Galionsfigur war frisch bemalt, ihre grauen Augen blickten starr nach vorn, und das Gesicht unter dem federgeschmückten Helm war weniger hübsch als männlich-schön, so wie die griechische Sage es verlangte.

Er spürte, daß die Bootsinsassen ihn beobachteten. Der Erste Offizier Stirling hockte schwer atmend neben dem Bootssteurer und dem Fähnrich, dessen eine Hand fast die Pinne berührte, als fürchte er einen Fehler des Bootssteurers in Gegenwart ihres Kommandanten. Ihnen gegenüber saß viel entspannter der Segelmeister Fraser, dessen hellblauen Augen nichts entging, während die Strömung sie langsam in *Athena*s Schatten schob.

Schon zweimal hatten sie das Schiff umrundet, wobei Stirling gelegentlich auf die von den Werftarbeitern oder der eigenen Besatzung ausgeführten Reparaturen hinwies. Dabei sprach er sachlich und präzise, drückte aber nur selten eine Meinung aus.

Fraser andererseits hatte fast ununterbrochen über das Schiff schwadroniert. Über *sein* Schiff. Etwa darüber, wie es sich im Seegang verhalten würde, seit der Ballast mehr achtern gestaut worden war, um den Trimm zu verbessern. Das hätte eigentlich der Werft und vor allem Stirling auffallen müssen, dachte Adam: Wenn die Hälfte der Vierundzwanzigpfünder entfernt und durch bemalte Attrappen ersetzt worden war, mochte der Trimm leiden und ihre Fähigkeit, hoch am Wind zu segeln, ernsthaft beeinträchtigt werden.

Fraser fuhr fort: »Jetzt sieht sie besser aus, Sir. Und fühlt sich auch besser an, wette ich.« Als des Käpt'ns Landsmann aus Penzance in Cornwall, wo Adam seinen ersten Atemzug getan hatte, versuchte er gar nicht erst, seine Begeisterung zu unterdrücken oder seine Freude darüber, daß es wieder auf See hinaus ging. »Sie ist ein tüchtiger Segler, Sir, halten zu Gnaden. Selbst unter Sturmbesegelung und hart angeknallt kann sie's jederzeit mit 'ner Fregatte aufnehmen.«

Stirling hatte dazu geschwiegen.

Adam beschattete die Augen und blickte hinüber zur Bastion und der Stadt im Hintergrund. Noch in dieser Woche sollten sie Portsmouth verlassen. Dabei gab es noch so viel zu tun, zu überprüfen, zu hinterfragen und, falls nötig, zu verändern. Wie an diesem Vormittag. Ein Matrose sollte wegen Ungehorsams bestraft werden, wegen ungebührlichen Verhaltens gegenüber einem Offizier.

Adam hatte mehr Auspeitschungen erlebt, als er sich erinnern wollte, manche zu Recht verhängt, manche nicht, und meistens verursacht durch den problematischen Charakter des fraglichen Offiziers. Er war sogar Zeuge geworden, wie ein Delinquent durch die Flotte gepeitscht wurde, diese barbarischste aller Strafen, welche die Kriegsartikel vorsahen. Dabei war der Gefangene von Schiff zu Schiff gerudert worden, um dort jeweils eine bestimmte Anzahl Hiebe zu erhalten, während die gesamte Besatzung zur Abschreckung zusehen mußte. Wie gekreuzigt an eine quer über das Boot gelegte Grätig gebunden, wurde er zum Klang des Rogue March, des Schurkenmarsches, auf jedem verankerten Kriegsschiff ausgepeitscht, bis er kein menschliches Wesen mehr war, sondern ein zerfetztes, blutiges Bündel, mit schwarz verbranntem Fleisch und bloßgelegten weißen Knochen. Nur ganz wenige überlebten diese brutale Bestrafung.

Jago zum Beispiel hatte nur ein einziges Mal über seine eigene ungerechte Auspeitschung gesprochen. Als sei die Demütigung schlimmer gewesen als der Schmerz. Und im Hafen, umgeben von anderen Schiffen und neugierigen Augen, war der Vorgang noch schwerer zu ertragen.

Falls ein Offizier sich nur beliebt machen wollte, brachte er sich um allen Respekt. Falls er andererseits seinen Willen unter allen Umständen durchzusetzen suchte, war er ungeeignet für seine Position. Aber die letzte Entscheidung lag immer beim Kommandanten.

Adam sagte: »Kehren Sie bitte zurück.« Der Name des Fähnrichs war ihm entfallen. Aber nächstes Mal ...

Vielleicht wäre es nicht passiert, wenn er nicht einen Tag länger in London geblieben wäre. Wenn er nur daran dachte, wurde er wieder wütend. Das Strafregister der *Athena* hatte ihn bereits gewarnt: zu viele Bestrafungen und die trivialsten Ursachen. Etwa zwei Dutzend Hiebe für Trödeln an Deck nach der Ermahnung durch einen Unteroffizier. Oder drei Dutzend Hiebe für Trunkenheit und lose Reden bei der Feier eines Geburtstags oder einer Beförderung.

Der letzte Kommandant hatte die Vorfälle offenbar niemals hinterfragt oder näher untersucht. Drei Jahre hatte er das Schiff befehligt, aber kein Beispiel hinterlassen, nach dem sich andere richten konnten. Und nun saß er im Arrest und erwartete ein Gerichtsverfahren. So ausgeräumt und neu gestrichen, wie sein Quartier war, schien er nie existiert zu haben.

Adam blickte zur Steuerbord-Gangway hoch und sah einige Matrosen eifrig beim Spleißen: Neuzugänge, die sich freiwillig gemeldet hatten. Vor einem Jahr wäre das noch undenkbar gewesen.

»Sie haben doch den Strafvollzug nicht vergessen, Sir?« fragte Stirling.

Der Blick des Schlagmanns huschte blitzschnell zwischen ihnen beiden hin und her, während er sich gegen seine Fußstütze stemmte. Mehr Stoff für die Gerüchteküche: *Der Käpt'n kümmert sich einen Dreck darum.*

»Auch die da oben werden sich das hoffentlich einprägen, Mr. Stirling.«

Die *Athena* sollte also in Plymouth einen Zwischenaufenthalt einlegen. Das widerstrebte ihm, er hatte es noch nicht akzeptiert.

Lowenna hatte er so viel gesagt, wie er vertreten konnte. Das Schiff operierte unter Geheimbefehl, aber daß es nach Plymouth bestimmt war, hatte in der *Times* gestanden und war nun öffentlich bekannt. Troubridge hatte ihm eine Ausgabe besorgt, in der auch ein Nachruf auf Sir Gregory Montagu enthalten war.

Adam hatte sie zur Annahme von Nancys Einladung zu überreden versucht, damit sie in Cornwall unter Freunden warten konnte, bis er zurückkehrte. Doch warum sollte sie das tun? Auch er selbst verspürte ja die gewohnte Unsicherheit. Die *Athena* mochte monatelang auf See bleiben. Sogar jahrelang, falls Ihre Lordschaften dies für angebracht hielten.

Am Ende hatten sie nur eine knappe Stunden miteinander verbracht, in einem Haus ihrer Freunde in Whitechapel. Einem Haus, das der beeindruckendsten Frau gehörte, die ihm jemals begegnet war. Und die mit ihm ausgesprochen streng umgegangen war.

»Sie bleiben, wo Sie sind, Leutnant. Auf dem Posten, den Sie inne haben. Und Sie benehmen sich anständig.« Die kräftigen Arme vor der Brust verschränkt, stand sie vor ihm. »Oder Sie lernen mich kennen, junger Mann.«

Er hatte Lowenna umarmt, während Troubridge und Jago ihr weniges Gepäck ins Haus trugen. Dann war sie ihm zur Haustür gefolgt und hatte seine Hand ergriffen.

»Nimm deinen Umhang, Adam.«

Sie wandte den Blick nicht von ihm, während er die Schließe löste. »Ich liebe dich, Lowenna. Ich muß dich wiedersehen. Um dir zu beweisen und mit dir zu teilen ...« Weiter kam er nicht.

Sie hatte gelächelt, obwohl sie am ganzen Leibe zitterte, und das nicht nur deshalb, weil sie den Umhang nicht mehr trug. Mit eiskalten Fingern berührte sie seine Lippen.

»Ich möchte dich ja auch lieben.«

Damit trat sie zurück in die erleuchtete Diele und hob die andere Hand an ihre eigenen Lippen. Vielleicht hatte sie noch mehr gesagt, aber die Haustür schlug zu, und seine Begleiter saßen schon in der Kutsche.

»Bemannt die Seite! Der Kommandant kommt an Bord!«

Stirling stand schon aufrecht, mit gezogenem Hut, als Adam zu klettern begann. Mit senkrecht gestellten Riemen, den Blick nach achtern gerichtet, saßen die Bootsgasten reglos, während ihnen das Wasser von den Riemenblättern über die Beine rann.

Adam blickte auf den Fähnrich hinab. Vicary. Richtig, das war sein Name.

Selbst wenn sie Nancy besuchen kam, mochten sie einander verfehlen. Vizeadmiral Bethune wollte erst in Plymouth seine Flagge setzen. Weil es bequemer war? Oder hatte er andere, private Gründe? Troubridge wußte es nicht oder wollte nichts sagen. Adam erinnerte sich an den Ton seiner Stimme: *Sie können mir vertrauen.* Und an das Knacken, mit dem er in jenem schrecklichen Zimmer seine Pistole entsichert hatte. Inzwischen kannte er ihn etwas besser.

Die Pfeifen schrillten, und ein Leutnant trat zur Begrüßung vor. Stirling kletterte schwerfällig hinter ihm an Bord und lüftete den Hut vor dem Achterdeck und der Flagge.

Ihre Blicke trafen sich. Fremde.

»Also gut, Mr. Stirling. Lassen Sie alle Mann antreten.«

Adam trat vor die Finknetze an der Reling und musterte die in der Nähe liegende Schiffe.

Plymouth. Vielleicht konnte er dort auch die *Unrivalled* sehen, wenn ...

Er drehte sich um, das Gesicht dem scharfen Wind zugekehrt, während die Bootsmannsgehilfen mit zwitschernden Spithead-Nachtigallen durch die Decks rannten.

»Alle Mann! Alle Mann nach achtern als Zeugen eines Strafvollzugs!«

Matrosen kamen durch die Luken gekrabbelt oder rutschten aus der Takelage, wo sie gearbeitet hatten, an Deck.

Der Waffenmeister Scollay, seine Gehilfen und der Korporal Henry Mudge, den verhaßten roten Stoffbeutel mit der »Katze« in der Hand, begleiteten den Gefangenen, einen jungen Matrosen namens Hudson. Als letzter kam George Crawford, der Arzt.

Stille trat ein. Adam musterte mit festem Blick die dicht gedrängten Gestalten und Gesichter, die alle darauf warteten, daß er das Urteil verlas. Eine einsame Möwe umkreiste die Nationale, der Geist irgendeines alten Jan Maaten. Er räusperte sich und begann zu lesen.

Nur einmal hielt er inne, als der Schatten eines Segels rasch übers Achterdeck glitt: ein Lugger mit Fässern voll gepökeltem Fleisch, der auf einen anderen verankerten Zweidecker zuhielt. Die Besatzung des Luggers starrte zum dicht bevölkerten Oberdeck der *Athena* hinauf und begriff genau, was hier geschah. Sich ein kariertes Hemd an der Gangway holen, nannten es die alten Salzbuckel.

Was hätte Lowenna wohl von ihm gedacht, hätte sie ihn jetzt sehen können?

Mit einem Knall klappte er das Buch zu. Das hier war kein Traum. Es war die Realität.

»Bootsmannsgehilfe!« Seine Stimme klang ihm selbst fremd. »Tun Sie Ihre Pflicht!«

Vizeadmiral Sir Graham Bethune setzte seine Unterschrift unter das letzte Dokument und blickte sich, in den ungewohnten Stuhl zurückgelehnt, im ganzen Zimmer um, das man ihm für diesen Anlaß zur Verfügung gestellt hatte.

Gespannt hatte er diesem Moment entgegengesehen, seit ihn der Erste Seelord für den Einsatz in Westindien vorgeschlagen hatte. Er war eine Herausforderung, vielleicht sogar ein Risiko, bedeutete aber in jedem Fall, daß er vorwärtskam und nicht wie so viele seiner Kollegen auf seinem Posten sitzenblieb, das Unvermeidliche erwartend. Für alles gab es ein letztes Mal, und er wunderte sich selbst über das Gefühl, das ihn daran hinderte, noch einen Blick in sein altes Büro am anderen Ende des Flurs zu werfen.

Von allen, die ihm nahe standen, hatte er sich bereits verabschiedet. Das war eine peinliche Erfahrung gewesen, fast so, als verließe er ein Schiff. Und am Abend erwartete ihn noch Schlimmeres in seinem Haus am Rande Londons. Einige hohe Offiziere, sogar der Erste Seelord selbst, hatten sich angesagt, um ihm Respekt zu erweisen und alles Gute zu wünschen, vielleicht erleichtert darüber, daß sie selbst in diesen schwierigen Zeiten im Schutz der Admiralität verbleiben konnten.

Er hörte Stimmen im Korridor, wo Kisten hin und her geschoben wurden. Seine Kisten. Sein neuer Flaggleutnant Francis Troubridge kümmerte sich um die letzten Verpflichtungen. Ein noch junger Mann, der sich aber schon als sehr tüchtig erwiesen hatte. Er lächelte schmal. Und als diskret.

Er merkte, daß er am Fenster stand, ohne sich daran erinnern zu können, daß er seinen Stuhl verlassen hatte. Der April war erst wenige Tage alt. Und wetterwendisch wie jener andere April vor drei Jahren. War es tatsächlich schon so lange her, daß der Telegraph auf dem Dach der Admiralität das unglaubliche Signal empfangen hatte, die Nachricht von Napoleons Kapitulation und Abdankung? Damit war der endlose Krieg endlich vorbei – hatten sie jedenfalls gedacht.

Innerhalb einer Stunde war die Auffahrt voll fröhlicher, jubelnder Menschen gewesen. Jungen, die zu Männern herangewachsen waren oder bei Trafalgar mit Nelson auf der *Victory* gekämpft hatten, hatten den scheinbar unmöglichen Traum wahr gemacht.

Er beobachtete den Verkehr und die Passanten, den gelegentlichen Farbfleck einer vorbeikommenden Uniform. Nun hatte es sich ausgeträumt.

Bethune war politisch nicht engagiert, aber der allgemeine Mangel und die steigenden Preise blieben ihm zwangsläufig nicht verborgen. Die Hälfte des Nationaleinkommens floß in die Rückzahlung der Kriegsschulden. Die Männer, die ihr Land vor der Tyrannei gerettet hatten, sahen sich bei der Heimkehr mit Arbeitslosigkeit konfrontiert, oft sogar mit Armut.

Er dachte an seine Frau. An diesem Abend würde sie in ihrem Element sein und wie immer als vorbildliche Hausherrin ihre Gäste umschmeicheln. Was hielt sie wohl davon, daß er an diesem Abschnitt seiner Karriere wieder auf See ging? Als einer der jüngsten Stabsoffiziere auf der Navy-Liste.

»Du mußt ja nicht gehen, Graham. Aber wenn es so sein soll, dann soll es eben so sein.«

War das alles, was sie dazu zu sagen hatte?

Der ältliche Schreiber sammelte die Papiere zusammen. Ihn kannte Bethune besser als einige der Gäste dieses Abends.

Gebeugt, mit wäßrigen Augen, stand er kurz vor der Pensionierung. Vor dem Vergessenwerden. Kaum glaublich, daß er schon auf Black Dick Howes *Queen Charlotte* gedient hatte, damals bei diesem großen Sieg, den man immer noch den Glorreichen Ersten Juni nannte.

Innehaltend sagte er: »Ich schließe ab, wenn Sie gegangen sind, Sir Graham.«

Bethune hatte ihn noch nie verlegen gesehen. Es überraschte und rührte ihn. Vizeadmiral der blauen Flagge. Erfolgreich und sicher, ganz gleich, was danach kam.

Die Tür öffnete sich. Es war Tolan, sein Diener.

»Die Kutsche ist da, Sir Graham. Alles verstaut.« Er mußte die Atmosphäre, die Unsicherheit zwischen Admiral und Schreiber gespürt haben. »Mr. Troubridge fährt schon voraus.«

»Ja. Ich habe ihn gebeten, nicht zu warten.« Solange er denken konnte, war Tolan sein Diener gewesen, auf See und an Land; er würde ihn auch auf die *Athena* begleiten.

Als er wieder aufblickte, war der Schreiber gegangen. Eine Erinnerung mehr.

Bethune griff nach dem Brief auf dem Tisch. Vielleicht war das jetzt der Moment der Entscheidung. Er hatte mehrmals zum Schreiben ansetzen müssen, hier und auf Admiralitätspapier, damit der Brief nicht unziemlich und allzu privat wirkte. In seinem alten Büro wäre es ihm vielleicht leichtergefallen. Wo sie ihn besucht hatte, »über die Hintertreppe«. Er hatte in ihren Scherz mit eingestimmt, um ihre alte Freundschaft nicht zu gefährden.

Lady Catherine Somervell. Wie stets war es leicht, sie vor seinem geistigen Auge herauf zu beschwören. Ihr Lächeln, die Berührung ihrer Hände. Seine Wut und Verzweiflung, als sie damals fast vergewaltigt worden wäre, in jenem kleinen Haus in Chelsea. Seitdem war er mehrmals daran vorbeigekommen, zu Fuß oder zu Pferde, obwohl er wußte, daß es gefährlich war für seine Sicherheit; daß seine Zukunft und das einzige Leben, das er sich wünschte, auf dem Spiel standen.

Auch ihr letztes Treffen hatte sich in sein Gedächtnis eingebrannt. Wie sie ihm mit verächtlich blitzenden Augen ihre Frage zugerufen hatte, während sie zu ihrer Kutsche ging.

»Liebst du mich etwa, Graham?«

An seine Reaktion konnte er sich nicht erinnern, zu sehr hatte ihn die Direktheit ihrer Frage schockiert. Doch immer noch hörte er im Geiste ihre wegwerfende Antwort.

»Dann bist du ein *Narr*!«

Es war Wahnsinn, aber seither hatte er fast an nichts anderes mehr denken können. Als hätte ihm der Vorfall eine neue Zielstrebigkeit und neuen Ehrgeiz für die Zukunft verliehen. Wahnsinn ...

Und doch, als sich ihm die Chance bot, hatte er nicht gezögert. Hatte nicht gezweifelt.

Meine geliebte Catherine ...

Die Reue mochte später kommen.

»Kümmere dich darum, Tolan.«

Der Diener nahm den Brief und steckte ihn in seine Tasche. Nur kurz trafen sich ihre Blicke.

»Wird erledigt, Sir Graham.«

Zusammen gingen sie hinaus in den Korridor. Zum Glück war er leer und ungewöhnlich still. Als ob das ganze Haus den Atem anhielte und lauschte.

Plötzlich war Bethune froh über seinen Aufbruch.

Leichtfüßig sprang Leutnant Francis Troubridge aus der Kutsche und blickte an dem Haus empor. Im hellen Tageslicht entsprach es so gar nicht seinen Erwartungen und dem Bild, das er sich bei seinem einzigen Besuch mit Kapitän Bolitho und dessen reizender Begleiterin gemacht hatte.

Er spürte, daß der Kutscher ihn musterte. Für einen jungen Leutnant, ob nun Adjutant eines Admirals oder nicht, machte er sich nicht die Mühe, vom Bock zu steigen und ihm die Tür aufzuhalten.

Troubridge sah sich die Nachbarhäuser an, die sich alle dicht aneinander drängten und einen stillen kleinen Platz bildeten, ganz anders als die belebten Straßen, durch die sie unterwegs gekommen waren.

Whitechapel unterschied sich sehr von dem London, das er kannte. Florierende Märkte, Straßen voller Lastwagen und Gemüsekarren, Marktschreier, die ihre Waren anpriesen oder mit den Hausmädchen und Passanten schäkerten. Ihr Lärm drang bis zu diesem stillen Platz und der Kirche, deren Turm dem Kutscher in dem ganzen Gewirr den Weg gewiesen hatte.

»Bleiben Sie lange, Sir?«

Seltsam, sich vorzustellen, daß es für ihn nach diesem Tag keine Gratisfahrt mit Admiralitätskutschen mehr geben würde, keine Kutscher, die es gewöhnt waren, hohe Offiziere und ihre Adjutanten zu so ausgefallenen Plätzen wie Whitechapel zu bringen.

»So lange wie nötig. Warten Sie hier.« Er blickte zu ihm auf. »Bitte.«

Troubridge war vierundzwanzig Jahre alt, aber schon

erfahren genug, um zu wissen, daß er ohne den guten Ruf und Einfluß seines Vaters den Posten eines Flaggleutnants niemals errungen hätte. Bethune hatte seinen Adjutanten loswerden wollen, einen entfernten Verwandten seiner Frau. Er lächelte. Damit war die Sache geritzt.

Falls er die Admiralität nur einige Augenblicke später verlassen hätte, wäre der versiegelte Brief vielleicht nicht in seine Hände gelangt. Tolan, Bethunes Diener, hatte ihn ausgehändigt. Um seinen Herrn zu schützen oder einen neuen Bundesgenossen zu gewinnen? So genau konnte man das bei Tolan nie sagen.

Vor der Haustür stehend, analysierte er seine Gefühle. Erwartete er eine List oder eine Art Falle? Er dachte daran, wie Kapitän Bolitho in das grell erleuchtete Zimmer voller Spiegel geplatzt war. An die Frau mit dem schweren Kerzenleuchter in der Hand und die hingestreckte, wimmernde Gestalt zwischen den Scherben. An die nackte Haut, wo ihr das Kleid von der Schulter gerissen worden war. Das Gesicht des Kapitäns, als er sie in die Arme genommen hatte. *Und die entsicherte Pistole in meiner Hand. War ich das wirklich gewesen?*

Er fuhr zusammen, als der Türklopfer durch das Haus dröhnte. Ohne es zu merken, hatte er ihn betätigt.

Eine kleine blasse Magd öffnete ihm die Tür.

»Wen darf ich melden?« Eine Einheimische. Er hatte den gleichen Akzent auf den Straßen gehört und in manchen Häusern, wohin er höhere Offiziere zu ihrem Amüsement gebracht hatte.

»Troubridge. Ich möchte zu ...«

Weiter kam er nicht. Das zierliche Persönchen knickste hastig. »Sie werden erwartet, Sir.« Ihr Lächeln ließ sie noch jünger aussehen. »Hier entlang, bitte.«

Das Zimmer lag an der Rückseite des Hauses und wurde offenbar selten benutzt. Es hatte hohe Fenster, die auf eine Art Garten hinausgingen. Davor stand eine Staffelei, verhängt mit einem Tuch, an das einige bekritzelte Blätter geheftet waren. Ein fast erloschenes Feuer glimmte im Kamin, und in der Ecke stapelten sich einige noch ungeöffnete Kisten, die sie von Southwark mitgebracht hatten.

Aber das Seltsamste war eine Harfe, die neben einem umgefallenen Stuhl stand. Sie war stark verbrannt, schwarz vor Rauch, und die meisten Saiten waren gerissen.

Er hörte, daß die Tür hinter ihm geschlossen wurde. Kaum vorstellbar, daß er noch vor kurzem durch lärmerfüllte Straßen gefahren war. Jetzt war es so still, daß er zusammenzuckte, als ein verglühtes Holzscheit im Kamin umfiel.

Sie hatte ihm geschrieben. Es überraschte ihn, daß sie noch seinen Namen wußte. Ihnen war so wenig Zeit geblieben. Und doch ...

Er trat vor die Staffelei und hob die Leinwand an. Die eine Seite des Gemäldes war angesengt, der hölzerne Rahmen gesprungen und geschwärzt. Wie die Harfe.

Doch das Bild selbst war intakt oder sorgfältig gereinigt worden. Er trat etwas beiseite, damit das gefilterte Sonnenlicht es zum Leben erwecken konnte.

Das bezaubernde Mädchen war, den Kopf zurückgeworfen, im Gesicht Todesangst und Schmerz von den Ketten, an einen überhängenden Felsen gefesselt. Ihre prallen Brüste und nackten Glieder benetzte die gischtende See, in der ein schattenhaftes Monster lauerte.

Kein Wunder, daß der Kommandant sich in sie verliebt hatte. Wem wäre es nicht so ergangen?

Er ließ die Leinwand wieder sinken. Lowenna. So einfach hatte sie ihre Nachricht unterschrieben. Gereizt wandte er sich ab von der Staffelei, als wäre er über ein fremdes Geheimnis gestolpert. Hätte eine Indiskretion begangen, einen Vertrauensbruch.

»Ich bin froh, daß Sie kommen konnten, Leutnant.«

Er fuhr herum und sah sie an der Tür stehen, von Kopf bis Fuß in ein loses, blaugraues Gewand gehüllt. Bei jeder Bewegung wirbelte es um ihre Glieder, so daß sie kaum noch etwas Körperhaftes an sich hatte. Ihm fiel auf, daß ihre Füße auf dem dicken Teppich nackt waren, trotz der Kälte im Zimmer. Als sie sich umwandte, um nach der Asche im Kamin zu sehen, bemerkte er zum erstenmal ihr taillenlanges Haar, das in der hellen Frühlingssonne wie Glas glänzte. Wie auf dem Bild, wo es über die verkrampften Schultern, die nackten Brüste fiel.

Unwillkürlich rief er aus: »Andromeda!« Und errötete verlegen. »O Gott, bitte vergeben Sie mir. Sie müssen wissen ...«

Lächelnd griff sie nach seiner Hand, und alle Verlegenheit war vergessen.

»Also haben Sie das Bild gesehen, Leutnant? Sie stecken voller Überraschungen.«

Er stammelte: »Mein Vater ist Admiral, aber sein Bruder wählte den Klerus. Was ich an Erziehung mitbekam, war deshalb von der Klassik beeinflußt.«

Es fiel ihm nicht schwer, über seine unbeholfene Erklärung und seine Verwirrung zu lachen. »Ich kam, so schnell ich konnte«, startete er einen zweiten Versuch.

Sie blickte auf ihre Hände nieder. »Ich bekam einen Brief von Kapitän Bolitho.« Fast trotzig hob sie das Kinn. »Von Adam. Ich müßte eigentlich tapfer sein und vernünftig. Oder versuchen, es ihm zu erklären.« Sie trat von ihm weg zu der Harfe und hob die Hand, wie um sie zu berühren. »Sein Schiff hat Portsmouth verlassen?«

Troubridge nickte und merkte, daß seine Lippen strohtrocken waren. »Die *Athena* wird morgen in Plymouth einlaufen, wenn der Telegraph Recht behält.« Er sah, daß sie nicht verstand – oder vielleicht nicht verstehen wollte –, und fuhr hastig fort: »Sir Graham Bethune wird dort in zehn Tagen seine Flagge hissen, falls der Straßenzustand es erlaubt.« Es war ein schwacher Versuch, sie wieder zum Lächeln zu bringen. Er mißlang.

Sie sagte: »Vielleicht sehe ich ihn nie wieder. Er könnte für lange Zeit auf See bleiben. Und vergessen ...«

Troubridge besaß wenig Erfahrung mit Frauen, schon gar nicht mit einer wie Lowenna. Doch er wußte, sie wiederholte insgeheim immer wieder dieselben Argumente, vielleicht sogar Befürchtungen, die sie veranlaßt hatten, ihm diese Notiz zu senden. Bevor er antworten konnte, sagte sie unvermittelt: »Ihr Kommandant ist immer noch im Krieg. Auch im Krieg mit sich selbst, glaube ich.« Sie schüttelte den Kopf, wobei ihr loses Haar um die Schultern wirbelte.

Flehend griff sie nach seinem Handgelenk.

»Uns bleibt so wenig Zeit.« Ihre Augen blieben trocken, doch in ihrer Stimme schwangen Tränen mit. »Und ich habe ihm so viel zu sagen. Damit er nicht verletzt wird, nicht meinetwegen Schaden nimmt.«

Beruhigend griff Troubridge nach ihrer Hand und spürte, daß sie sich sofort versteifte. War es das, was ihr widerfahren war? Durch den Mann auf dem Atelierdiwan und andere vor ihm? Wieder fiel ihm Adam Bolithos Gesichtsausdruck ein. Er hätte für sie einen Mord begangen. Sie war Sir Gregory Montagus Mündel gewesen und schien keinen Beschützer mehr zu haben. Über Montagus Vermögen hatten jetzt Anwälte zu bestimmen – Geier, hätte sein Vater gesagt –, wohin also konnte sie sich wenden? An sogenannte Künstler, um ihnen Modell zu stehen wie auf dem verhüllten Bild?

Ruhig sagte er: »Ich könnte Ihnen eine Kutsche bestellen. Das Geld dafür können Sie mir ja zurückzahlen, wenn es Ihnen besser geht.« Er sah ihre plötzliche Verärgerung, die sich jedoch so schnell verzog wie eine dunkle Wolke. »Wenigstens für den ersten Teil der Reise.«

Sie hob die Hand und berührte sanft sein Gesicht.

»Verzeihen Sie, ich bin heute etwas empfindlich.« Damit wandte sie sich ab. »Aber Sir Gregory hat mich gut versorgt. Mit Geld, meine ich.« Unter dem losen Gewand schien sie zu zittern. »Wenn ich daran denke, wie ich an Land stand und sein Schiff auslaufen sah ... Wie er mir entglitt und ich nichts tun konnte ...« Um ihre Beherrschung schien es geschehen zu sein. »Ich will neben ihm stehen, voller Stolz und nicht voll Schuldbewußtsein und Angst, weil ich ihm Schlimmes antun könnte. Ihm und uns.«

Troubridge kam zu einem Entschluß, obwohl ihm die Worte eines älteren Vollkapitäns einfielen: »Ein Flaggleutnant trifft keine Entscheidungen«, hatte dieser ihn gewarnt. »Er handelt lediglich gemäß der Entscheidungen, die seine Vorgesetzten treffen.«

Er sagte: »Die *Athena* kann ohne ihren Admiral nicht auslaufen. Und Sir Graham geht frühestens in zehn Tagen an Bord. Selbst danach wird es noch viel zu erledigen geben, ehe wir den Anker lichten können.«

Die Augen schienen ihr ganzes Gesicht auszufüllen. Sie kam ihm so nahe, daß er ihren schnellen Atem, ihren Duft spüren konnte.

»Was muß ich tun?« fragte sie.

»Ich fahre Sir Graham nach Plymouth voraus.« Er mußte schlucken. *Was rede ich da?* »Mit drei Kutschen und einem Gepäckwagen.« Im Geiste sah er die Kavalkade vor sich. Das Risiko würde er erst später sehen.

»Das wollen Sie für mich tun?«

Er spürte, daß die Anspannung aus ihm herausströmte – wie Sand. »Für Sie beide.«

Sie begann, im Zimmer auf und ab zu gehen. »Und Sie erwarten dafür keinen Gefallen von mir?« fragte sie mit abgewandtem Blick. »Nein? Sir Gregory hätte Sie gemocht.« Eine Hand auf die Brust gepreßt, schien sie sich zu wappnen. Wie für eine Aktsitzung. *Einen Feind.*

Troubridge blickte auf seine feuchten Hände nieder und sah überrascht, daß sie nicht zitterten. Lahm meinte er: »Es wäre besser, wenn Sie zur Gesellschaft ein Mädchen mitnehmen würden.«

Später dachte er, daß ihr abschließendes Gelächter wohl das erste gewesen war, das dieses Zimmer seit langem gehört hatte.

Im Vorbeigehen nickte Adam Bolitho dem Wachtposten vor seiner Kajüte zu. Es war ein kalter, strahlender Morgen, und alles wirkte vertraut – und doch so fremd. Das Ankeraufgehen war für alle eine Herausforderung, für den Kommandanten ebenso wie für die neu Angemusterten. Dabei wurde das Schiff wieder zum Leben erweckt, bis jeder Block und jedes Tau eine Einheit bildeten, in Erwartung neuer Befehle.

Bowles' hohe, gebeugte Gestalt glitt in das schräg durch die Heckfenster einfallende Sonnenlicht.

»Etwas zum Aufwärmen, Sir?«

Adam lächelte und spürte dabei, wie verkrampft sein Mund und Kinn gewesen waren. Seit seinem dreiundzwanzigsten Lebensjahr kommandierte er Schiffe, da gab es bestimmt nichts Unvorhergesehenes, das ihn unvorbereitet überfallen konnte. Er hatte viele kritische Blicke gesehen, die dem neuen Kommandanten galten, und gelegentlich auch eine geballte Faust, wenn der eine oder andere gerügt wurde, weil er an den Brassen oder am Ankerspill getrödelt hatte. Es gab sogar einen Fiedler an Bord, obwohl man seine Melodien über dem Knallen der befreiten Leinwand kaum hören konnte. Das Rigg knarrte, als der frische Nordost die Segel füllte und die *Athena* über ihrem eigenen Spiegelbild krängen ließ.

Die Hafeneinfahrt war immer eine Herausforderung, die für langes Überlegen keine Zeit ließ. Selbst Fraser, der Segelmeister, hatte bemerkt: »Die ist nicht mal breit genug für einen Vierspänner!« Dabei blieb er wie immer äußerlich gelassen, ein Hort der Ruhe für die umstehenden Neulinge.

Adam drehte den Kaffeebecher in beiden Händen und entspannte sich ganz allmählich, während sein Gehör immer noch das Poltern des Ruderkopfes, das Getrappel nackter Füße über seinem Kopf und das gelegentliche Kommandogebell registrierte.

Der Kaffee war stark und entstammte seinem Privatvorrat, den Grace Ferguson beim Abschied eingepackt hatte, schluchzend und schnüffelnd vor Kummer. Außerdem war er mit etwas noch Kräftigerem gewürzt, und er sah Bowles' heimliches Lächeln, als er ihm anerkennend zunickte.

Darüber fiel ihm Stirling ein, der Erste Offizier. Er hatte das Chaos beim Ankerlichten und Segelsetzen anscheinend gelassen und selbstsicher dirigiert und war mit seiner dröhnenden Stimme schnell bei der Hand gewesen, eine Ungeschicklichkeit, einen Fehler oder Gleichgültigkeit zu rügen. Doch nur selten äußerte er Ermutigung oder Lob, auch dann nicht, wenn das verdient gewesen wäre.

Der Zweite Offizier Barclay, der Adam bei seinem Dienstantritt als erster empfangen hatte, war das genaue Gegenteil von Stirling und niemals still. Er hatte die Aufsicht über den Vormast mit seinem komplizierten Rigg und den stets neu zu trimmenden Vorsegeln, einer wichtigen Station beim Ein- oder Auslaufen. Adam stellte den Becher ab und starrte hinein. *Oder beim Gefecht.*

Die *Athena* mochte, wie die meisten der umliegenden Schiffe, nie wieder in einer Schlachtlinie kämpfen müssen. Doch der Algiers-Feldzug und die vorhergehenden Ereignisse hatten ihn Lektionen gelehrt, die er nie wieder vergessen durfte. Es brauchte mehr als eine Flagge, um zu entscheiden, wer ein Feind war oder nicht.

Als nächstes also Plymouth. Wie würde es ihn empfangen? Was würde er dort vorfinden?

Im Geiste sah er die Seekarte vor sich. Eine Distanz von hundertfünfzig Meilen – vorausgesetzt, der Wind blieb günstig. Sobald sie die Insel Wight und das Riff der Needles passiert hatten, konnten sie ...

Er hörte den Ruf des Wachtpostens: »Der Erste Offizier, Sir!«

Noch etwas, das er inzwischen an Stirling kannte: Er war immer pünktlich, pünktlich auf die Minute, ganz gleich, was an Deck geschah.

Den Kopf unter die Deckenbalken gebeugt, stand er nun mit ausdruckslosem Gesicht vor ihm.

»Ich denke, wir sollten die Crews vor dem Wegtreten an den Achtzehnpfündern exerzieren lassen.« Ihm fiel auf, daß Stirling das rot eingebundene Strafregister bei sich trug, und er wappnete sich dafür. Nach der in seiner Abwesenheit befohlenen Auspeitschung hatte er Stirling in die Achterkajüte rufen lassen. Eine Bestrafung zur Aufrechterhaltung der Disziplin, darauf hatte Stirling beharrt.

Adam hatte die Prügelstrafe immer gehaßt und war fast ohnmächtig geworden, als er zum erstenmal zusehen mußte. Sie war notwendig, aber nur als letztes Mittel ... Ungebührliches Verhalten gegenüber Blake, einem der acht Offiziersanwärter, war beim letzten Mal der Grund gewesen. Der junge Matrose, Großtoppgast Hudson, war in seiner Freizeit an Deck gerufen worden, um für einen Kameraden einzuspringen, der sich plötzlich krank gemeldet hatte. Hudson hatte benebelt in seiner Hängematte gelegen, weil er sich bei einer Geburtstagsfeier einen Rausch angetrunken hatte.

So etwas kam vor; und als Großtoppgast war Hudson ein ausgebildeter Seemann, kein Herumtreiber aus einer zwielichtigen Kneipe. Adam hatte entdeckt, daß Blake allgemein unbeliebt, aber der Sohn eines Seniorkapitäns war und wie die meisten anderen »jungen Herrchen« überfällig für sein Leutnantsexamen.

»Was gibt's, Mr. Stirling?« Wieder dachte er an Galbraith auf der *Unrivalled*, an ihr gegenseitiges Verständnis, das keine Worte brauchte, trotz des Rangunterschieds. Der Vergleich traf ihn unvorbereitet. Würde er Stirling jemals beim Vornamen nennen, seine Probleme hier in der großen Achterkajüte mit ihm besprechen können?

Stirling schob die Unterlippe vor.

»Der Profoß hat gerade einen Todesfall gemeldet, Sir. In der Hauptlast, die vor Anker bekanntlich immer offen ist, damit Frischproviant gestaut werden kann. Wir konnten nichts mehr für ihn tun.«

»Es ist Hudson, nicht wahr?« Er sah Stirling vor Überraschung kurz zusammenzucken. »Berichten Sie.«

Stirling zuckte die Schultern. »Hat sich erhängt. Ich habe den Arzt gerufen.«

Adam kam auf die Füße, ging zu seinem Ledersessel und ließ die Finger über seine Lehne gleiten, als müsse er sich irgendwo festhalten.

»Hudson war zweiundzwanzig Jahre alt, ein Freiwilliger und ausgebildeter Vortoppgast. Er wollte bald heiraten. Und dann wurde er zur Peitsche verurteilt.« Adams Stimme blieb ruhig, kaum hörbar über den Bordgeräuschen, aber er sah, daß Stirling bei jedem Wort zusammenfuhr, als hätte er ihn verflucht.

»Ich hatte die Aufsicht, Sir. Er benahm sich aufsässig einem meiner Fähnriche gegenüber. Außerdem hatte er getrunken.«

»Und Sie verurteilten ihn zu zwei Dutzend Peitschenhieben. War das nicht extrem viel für einen normalerweise anständigen und gut disziplinierten Matrosen?« Er wartete eine Antwort nicht ab. »Sie haben seinen Rücken gesehen, nachdem die Peitsche ihre Arbeit getan hatte.

Er sollte heiraten, und das ist weiß Gott selten bei dem Leben, das wir führen. Würde sich irgend jemand mit einem so zerfetzten Rücken zu seiner jungen Braut legen wollen?«

Stirling zupfte an seinem Halstuch herum, als sei es ihm plötzlich zu eng geworden.

»Sie waren in London, Sir ...« Er ließ den Satz unvollendet.

»Und ich habe Ihr Urteil gedeckt, *Mister* Stirling, wie es meine Pflicht war.« Er stieß sich von dem Sessel ab. »Aber in Zukunft, falls Sie im Zweifel sind, dann fragen Sie mich!«

Damit trat er vor die Heckfenster, sich schräg gegen die Krängung des Schiffes stemmend.

»In zehn Minuten exerzieren wir mit der oberen Batterie. Ich habe vor, die Zeit zwischen den Abschüssen zu stoppen.«

Ohne ein weiteres Wort verließ Stirling die Kajüte, und Adam wußte, er hatte bei ihm nichts erreicht. Stirling würde sich niemals ändern. Vielleicht wäre er damit auch überfordert gewesen.

Ein Todesfall. Wie ausgestrichen im Logbuch, und jetzt auch in der Musterrolle. *D. D. Discharged – Dead.* War das alles, was von diesem Leben blieb?

Er trat auf die Achtergalerie hinaus und ließ sich von dem nassen Wind Gesicht und Haar zausen.

Ein schlechter Anfang.

Im Geist hörte er wieder die Stimme des alten Schreibers. Wie einen Fluch.

Die Athena, *Sir? Ein Unglücksschiff!*

An Deck schrillten die Bootsmannspfeifen, und viele Füße rannten über die Planken, um die leewärtigen Achtzehnpfünder für den Drill vorzubereiten.

Aber die Stimme in seinem Kopf wollte nicht verstummen.

VI Schicksal

Kapitän Adam Bolitho stand an der Achterdecksreling, und nur seine Augen bewegten sich, während sie einer vorbeigleitenden Landmarke folgten oder einem Fahrzeug auf Kollisionskurs. Unterdessen dehnte sich das Land um sie herum immer mehr aus, als wolle es das ganze Schiff verschlingen. In der Nacht und am frühen Morgen hatte der Wind etwas rückgedreht und *Athena*s Annäherung an Plymouth verlangsamt. Noch vor der Morgendämmerung war Adam an Deck erschienen, um sich gemäß seiner Verantwortung auf diesen Moment vorzubereiten, in dem jede Nachlässigkeit oder Ungeduld eine Katastrophe heraufbeschwören konnten.

Während er einen Becher Kaffee nach dem anderen trank, dachte er daran, wie oft er schon in Plymouth ein- oder ausgelaufen war, als junger Offizier oder als Kommandant eines eigenen Schiffes. Trotzdem schien diesmal alles anders zu sein, und der sich weitende Sund wirkte fremd, sogar feindselig.

»Kurs Nordwest liegt an, Sir.«

Das war Segelmeister Fraser, der mit einem seiner Gehilfen wachsam neben der Seekarte stand, eine Hand unter die Knopfleiste gehakt, während die lautlos auf den Stoff trommelnden Finger seine Besorgnis verrieten. War er seiner selbst wegen besorgt oder um seinen Kommandanten? Aus seinem verwitterten Gesicht ließ sich das nicht ablesen.

Adam unterdrückte den Drang, nach oben zu blicken, als das Großbramsegel laut knatterte. Sie verloren den Wind, weil das Land sie abschirmte.

Der Bootsmann Mudge bellte einige Befehle, woraufhin

viele nackte Füße gehorsam über die nassen Planken schlitterten. Blöcke quietschten und Spray wurde aus den Kardeelen gepreßt, als mehr Männer sich mit ihrer ganzen Kraft in die Brassen warfen, um die mächtige Großrah dichter zu holen. So hart wurde sie angebraßt, daß es für einen Beobachter an Land aussehen mußte, als stünde sie längsschiffs. Adam erinnerte sich an Frasers Lob: Ein tüchtiger Segler, selbst unter Sturmsegeln geht sie hoch an den Wind.

Ein schwacher Sonnenlichtreflex an Land fiel ihm ins Auge. Wie vor knapp zwei Monaten in ebendiesem Hafen, als er die *Unrivalled* verloren hatte. Wie war das möglich?

»Einen Strich abfallen, Mr. Fraser«, befahl er und streckte die Hand aus.

Ein Fähnrich drückte ein Teleskop hinein.

Er richtete es auf das Land an Steuerbord voraus und hörte Fraser den Befehl weitergeben, erleichtert darüber, daß der Kommandant die leichte Abdrift bemerkt hatte. Im Glas fing Adam den großen Dreidecker ein, der noch genauso an seinem Ankerplatz lag wie damals, als er ihn zum erstenmal besucht hatte, um den berühmten Admiral zu treffen. Lord Exmouth persönlich. Es schien eine Ewigkeit her zu sein. Jetzt wehte eine Konteradmiralsflagge vom Besanmast der *Queen Charlotte*, und ihre glorreiche Zeit war vorbei. Wie bei der *Unrivalled*.

»Wachboot, Sir!«

Eine rauhe Stimme, die er inzwischen als die von Samuel Petch kannte, dem Stückmeister, der seit seinem neunten Lebensjahr zur See fuhr. Über seine verschiedenen Schützlinge, von den schweren 24-Pfündern bis zu den leichten Drehbassen sprach er wie über lebendige Individuen mit ganz speziellen Stärken oder Schwächen. Schon in Collingwoods alter *Bellerophon* war Petch Stückführer gewesen, als sie in der leewärtigen Schlachtlinie bei Trafalgar gekämpft hatte. Das machte ihn zu etwas Besonderem. Und die alte *Billy Ruffian*, wie sie liebevoll genannt wurde, gehörte immer noch der Flotte an. Ein Veteran wie Petch.

In seiner Linse fing Adam kurz einige Gestalten ein, die auf dem Vordeck arbeiteten. Es waren der Zweite Offizier Barclay mit seinen Ankergasten, die auf das Zeichen vom Achterdeck warteten, um den großen Backbordanker fallen zu lassen.

Barclay war ein tüchtiger Offizier, das hatte Adam schon erkannt, der sowohl mit dem Vormast und seinem komplizierten Rigg als auch mit den vorderen Kanonen gut zurecht kam. Und vor allem mit seinen Leuten.

Er hörte, wie Stirling einem Kadetten etwas zurief, der auf der Steuerbord-Gangway entlang rannte. Der Erste schien niemals einen Sprechtrichter zu benutzen; es genügte, wenn er seine großen Hände um den Mund legte, dann trug seine Stimme mühelos so weit wie ein Nebelhorn.

Außer über dienstliche Angelegenheiten hatten sie seit der Auffindung des Erhängten kaum noch miteinander gesprochen. Für Stirling schien die Sache erledigt. Das war eine verbreitete Einstellung unter Seeleuten, die Adam seit langem kannte. Vom Augenblick der Anmusterung an galt einer als Bordkamerad, doch wenn er das Schiff verließ, entweder aus freiem Willen, durch Zwang oder durch Tod wie der arme Hudson, dann war er abgeschrieben. Nur niemals zurückblicken – und niemals zurückgehen.

Adam sah zum Wimpel im Großtopp auf, um sich über Richtung und Stärke des Windes hier in Landnähe zu vergewissern. Sonnenstrahlen stachen durch das schwarze Gewirr der Takelage und ließen seine Augen tränen.

Es liegt am Schiff. Ich bin der Fremde hier.

Eine Fregatte war etwas viel Lebendigeres. Man konnte

jede ihrer Launen spüren und mit dem eigenen Können messen. Doch dann verbot er sich die Zweifel. Jedes Schiff war so gut wie seine Besatzung. Und sein Kommandant.

Fraser wandte sich an einen seiner Gehilfen. »Recht so, würde ich sagen. Oder, Simon?«

Adam warf ihm einen schweigenden Blick zu. Es brauchte keine Worte zwischen ihnen.

»Bemannt die Brassen – bringt das Schiff durch den Wind!« Stirlings Stimme durchbrach die Stille. »An die Bramsegel-Gordings! Notieren Sie den Namen dieses Mannes, Mr. Manners!«

Wieder hob Adam das Glas, um zwei langsame Fischtrawler zu beobachten und einen schnittigen Schoner, der immer mehr Segel setzte, die Landspitze rundete und dann kreuzend auf den grauen Ärmelkanal zuhielt. Hinter dem verankerten Flaggschiff, wo der Rest der Flotte lag, verhüllte Dunst das Land. Die Schiffe mit den großen Namen, bekannt für ihre Tapferkeit in der Schlacht, wirkten wie Schatten ihrer selbst mit ihren leeren Stückpforten, ihren gelegten Maststengen und vollgerümpelten Decks.

Er gab das Teleskop zurück. Plötzlich sah er sie alle scharf und lebensgroß vor sich, die wartenden Gesichter. Da hob er die Hand, bis Barclay bestätigend auch die seine hochriß.

»Laß fallen!«

Gischt prasselte über die vergoldete Galion, als der Anker ins Wasser klatschte. Unter Barclays wachsamem Blick wurde die Trosse kontrolliert ausgesteckt. Die *Athena* verlor an Fahrt, kam zur Ruhe und törnte über ihrem riesigen Schatten ein.

Männer rannten polternd übers Deck, holten an den Leinen oder schossen sie auf, damit sie für das nächste Kommando bereit lagen. Hoch über ihren Köpfen waren die großen Mars- und Bramsegel bereits mit Fäusten und

Fußtritten gebändigt und ordentlich zusammengerollt oder lose zum Trocknen aufgegeit worden.

Bald würden Boote aller Art auf den Neuankömmling zustreben. Mehr Vorräte mußten gebunkert und Rekruten angeheuert werden, um die Lücken in der Musterrolle zu füllen. Um neue Befehle zu erwarten und ihren Admiral.

Unwillkürlich blickte Adam zum Vormasttopp, von dem bald Bethunes Flagge wehen würde. Dann waren sie nicht länger ein privates Schiff. Wie würde es werden?

Jago stand unten bei den Bootsdavits und deutete für einen Kadetten erklärend auf eine Talje. Dachte er dabei an den jungen Napier? Wünschte er sich, er hätte sich für das Land entschieden, solange er noch die Chance hatte?

Adam ließ den Blick übers Wasser schweifen, über den Hamoaze, wo der Tamar, sein heimatlicher Fluß, die Grenze zwischen Cornwall und dem restlichen England bildete. Und doch fühlte er sich so fremd wie auf dem Mond.

Wieder beschattete er seine Augen. Dort hatte sie gewartet, um die *Unrivalled* ankerauf gehen und auslaufen zu sehen, hinaus zu Lord Exmouths Flotte. Von dort hatte sie den kleinen Brief geschickt, der jetzt in seiner Innentasche steckte. Wie eine letzte Umarmung.

»Offizier der Hafenwache kommt an Bord, Sir!«

»Sehr schön, Mr. Truscott. Ich empfange ihn in der Kajüte.«

Kurz berührte er das große Doppelrad, das jetzt unbemannt war, aber wegen der Strömung tief unten noch leicht vibrierte. Wenn er weiterhin fleißig seinen Aufgaben nachging, würde sich schon alles zurechtrücken. Ein Kommandant hatte gar keine andere Wahl, außerdem war er noch gut dran. Es gab so viele andere, die arbeitslos von Land Ausschau nach den Geisterschiffen hielten und nach der See, die sie zurückgewiesen hatte. Obwohl es das einzige Leben war, daß sie kannten und sich wünschten.

Stirling kam nach achtern und meldete salutierend: »Alles gesichert, Sir.«

»Danke. Das war gute Arbeit.«

Wortlos trat Stirling beiseite, um ihm den Vortritt durch den Niedergang zu lassen.

Vorbei am Wachtposten, durch die Lamellentür, die in frischem Weiß erstrahlte, und in die große Achterkajüte.

Dort öffnete Bowles gerade die Tür zur Heckgalerie, um den Raum zu lüften. Mit traurigem Lächeln drehte er sich zu ihm um. »Wird wohl lange Zeit dauern, bis wir England wiedersehen, Sir.«

Adam nickte. »So sei es denn.«

Das klang, als hätte sein Onkel für ihn gesprochen.

George Tolan, Kammerdiener bei Vizeadmiral Sir Graham Bethune, stand in einer Ecke des Wirtshaushofs und sah zu, wie die Kutsche näher an den überdachten Eingang heran manövrierte. Es war früher Morgen. Zu früh eigentlich, dachte er, nach dieser langen und gemächlichen Reise von London her.

Jetzt war sie fast zu Ende, denn Plymouth lag nur noch fünfzig Meilen entfernt. Er warf einen Blick auf das Wirtshausschild: The Royal George von Exeter, Kreisstadt der Grafschaft Devon. Wie es sich für den Bediensteten eines Admirals gehörte, hatte er hier ein bequemes Zimmer bekommen, gutes Essen und ein riesiges Bett. Das hätte er vielleicht sogar mit jemandem teilen können, wäre da nicht Bethunes plötzlicher Drang zur Eile gewesen.

Es war ihr letzter Tag auf der Landstraße und außerdem Sonnabend. In Exeter herrschte hektischer Betrieb wegen des Bauernmarkts am einen Ende der Stadt und einer öffentlichen Hinrichtung am anderen.

Tolan rückte seine smarte blaue Jacke zurecht und stampfte mit den Füßen, um die Blutzirkulation anzuregen. Oder vielleicht wurde er wie sein Herr allmählich nervös, beunruhigt darüber, daß es wieder auf See hinaus ging.

In seiner Stellung war er gut aufgehoben und konnte auch nicht klagen über den Mann, dem er diente. Trotzdem ließen ihn die bohrenden Gedanken nicht los. Eigentlich war es nicht mal Angst. Die hatte er mit all ihren Varianten in den letzten zwanzig Jahren gründlich genug kennengelernt, um das beurteilen zu können. Ausgenommen ... Sein Blick glitt zur Haustür, wo ein Mädchen einen Eimer Wasser auf den kleinen Vorgarten kippte. Sie bemerkte ihn und lächelte zurück. Hätte Bethune seinen Aufenthalt im Royal George nur etwas verlängert, wäre das ein vielversprechender Anfang gewesen.

Einige Gäste überquerten den Hof und warfen der blau gekleideten Gestalt neugierige Blicke zu. Daran war Tolan gewöhnt. Nicht groß, aber sehr aufrecht, mit gestrafften Schultern, strahlte er eine ständige Wachsamkeit aus, die er schon für selbstverständlich hielt. Manche mochten ihn für einen Soldaten halten. Und das war George Tolan, neunundreißig Jahre alt, früher auch gewesen.

Geboren und aufgewachsen war er in der alten Stadt Kingston an den Ufern der Themse, der einzige Sohn eines ständig betrunkenen, brutalen Lebensmittelhändlers. Dessen Wutanfälle hatten seine Mutter bis zur Selbstaufgabe eingeschüchtert, und der kleine George war so oft verprügelt worden, bis er Haß als seine einzige Gegenwehr empfand.

Doch er wußte noch den Tag, an dem sich das alles geändert hatte. Sein Vater hatte ihn aus dem Laden gejagt, damit er eine besondere Sorte Bier von einem seiner Zechgenossen holte, und ihm wie immer anschaulich gedroht, was ihn erwartete, falls er sich verspätete.

Auf dem Marktplatz waren ihm die Werber begegnet. Während ein Trommelbube seine langsamen Wirbel schlug, nagelte ein vierschrötiger Sergeant ein Plakat an eine Stalltür, und danach hielt ein junger Offizier eine kurze Rede über Ehre, Pflicht und Englands Erwartung, daß seine Söhne vortraten und sich freiwillig zur Fahne meldeten.

Diesmal mußte sein Vater auf sein Spezialbier verzichten, denn der 16jährige George Tolan machte sein Kreuzchen und wurde dafür vom Sergeanten und dem Offizier mit Schulterklopfen beglückwünscht. Er war an diesem Tag ihr einziger Freiwilliger.

Trotz des Drills und der Gewaltmärsche, trotz des rauhen, oft brutalen Humors und der rituellen Prügelstrafen fühlte sich der junge George Tolan beim Militär pudelwohl.

Als sich der Krieg mit den alten Feinden Frankreich und seinen Verbündeten ausweitete und an Intensität zunahm, änderten sich Tolans Lebensumstände abermals. Bei den wachsenden Flotten bestand Mangel an Seesoldaten, dem Rückgrat jedes Kriegsschiffes im Nahkampf, ob auf See oder an Land. Außerdem wurden sie zur Disziplinierung der Besatzung gebraucht, die hauptsächlich aus Zwangsrekrutierten bestand, die zum Kämpfen und notfalls zum Sterben auf Seiner Majestät Schiffe gezerrt wurden, und das ohne jedes Recht auf Widerspruch.

Tolans Surrey-Regiment wurde der Kanalflotte zugeteilt und er selbst einem alten Zweidecker nicht unähnlich der *Athena*. Nach den Zeltlagern und trostlosen Kasernen war der Alltag an Bord eine Herausforderung und gipfelte bald in einem Wettbewerb zwischen den Seesoldaten und den überfüllten Mannschaftsquartieren. Es war das erste Mal, daß Tolan der See ansichtig wurde, doch wie schon das Corps selbst lernte er, sie zu akzeptieren.

Allerdings spürte er die unsichtbare Barriere zwischen

den Seesoldaten und der zahlenmäßig weit überlegenen Masse der Seeleute oder zwischen dem Vorschiff und dem Achterdeck. Sie wurde besonders spürbar bei der Musterung, beim Verlesen der Kriegsartikel, bei Auspeitschungen oder beim Wachdienst vor der Kapitänskajüte, vor den Laderäumen mit schwindendem Proviant, besonders Trinkwasser, vor den Niedergängen im Gefecht oder an der Gangway im Hafen, wenn Drückeberger oder Fahnenflüchtige abgeschreckt werden mußten. Nur in der Schlacht, wenn die Luft voll Pulverdampf war und die Flagge des Feindes hoch über ihnen drohte, dann fielen diese Barrieren, und sie wurden zu einer verschworenen Gemeinschaft.

Aber dann, vor zwanzig Jahren, war das Undenkbare geschehen und hatte das ganze Land in Angst und Schrecken versetzt. Die Kriegsmarine, von der Admiralität und dem Klerus gleichermaßen als *unser sicherer Schild gegen alle Gefahren* bezeichnet, hatte an der Nore und in Spithead gemeutert. Fast täglich wurde mit einer französischen Invasion gerechnet. Trotzdem bekam – allerdings viel zu spät – die Admiralität die Quittung für die unmenschlichen Lebensumstände, für die grausamen Strafen und die oft tyrannische Disziplin, die in der Flotte eingerissen waren.

Tolan war wieder daran erinnert worden, als er dem betagten Schreiber in der Admiralität zuhörte, der unter Black Dicks Kommando auf der alten *Queen Charlotte* gekämpft hatte. Als die Meuterei ausbrach, war Howe selbst in London gewesen, aber die Besatzung seines alten Flaggschiffs hatte seine Fairness und Popularität nicht vergessen. So konnten er und andere ranghohe Offiziere mit den Meuterern verhandeln, bis eine viel stärkere Kraft als Disziplin und Befehlsgewalt die Oberhand gewann. Viele Offiziere wurden versetzt, manche entlassen. Meuterer, die gegen Vorgesetzte und Kameraden gewalttätig geworden waren, wurden abgestraft oder sogar gehenkt. Die Ordnung wurde wiederhergestellt, und das Land wandte sich abermals gegen den Feind jenseits des Kanals.

Auf Tolans Schiff allerdings ging es nicht ohne Blutvergießen ab. Der Kommandant war ein Zuchtmeister der alten Schule, und als seine Besatzung dafür stimmte, es dem Beispiel der Flotte gleich zu tun und keinem Befehl von achtern mehr zu gehorchen, konnte er es nicht glauben und geriet vor Wut außer sich.

Die Waffenkiste war aufgebrochen worden, und die Meuterer hatten die meisten Offiziere und die loyalen Matrosen vom Oberdeck vertrieben. Nur die Reihe der Rotröcke wich und wankte nicht, hatte die Musketen geladen und die Bayonette aufgepflanzt. Ihr junger Offizier stand mit erhobenem Säbel da.

Einen Augenblick sah es so aus, als sei die Gefahr vorbei. Dann befahl der Kommandant, auf die Meuterer zu feuern. Als sei es gestern gewesen, erinnerte sich Tolan an die Totenstille, die danach eintrat.

Die Männer starrten einander an, nur um wenige Fuß getrennt. Es waren Matrosen, die gespottet und gekichert hatten, als die Soldaten das Seemannshandwerk lernen mußten, um bei Manövern zu helfen.

Wie ein Messer zischte der Säbel herunter. *Feuer!* Einem Befehl war widerspruchslos zu gehorchen, das war alles, was der junge Offizier gelernt hatte.

Totenstille.

Dann vollführte ein junger Korporal am rechten Ende der Reihe eine halbe Drehung, so schneidig, als gehorche er einem Befehl, und rief: »Kommando zurück! Die Waffen nieder!«

Einige legten ihre Musketen ab, andere starrten verwirrt über den schnellen Ablauf der Ereignisse in die Runde. In der Stille wirkte der Knall des einzelnen Pistolenschusses so laut wie das Krachen einer Breitseite.

Tolan kannte den jungen Korporal näher und hatte viele Dinge von ihm gelernt. Zum Beispiel, wie man in der Enge an Bord sein Zeug sauber und ordentlich hielt, wie man im Feld kochte und wie man eine Kanone lud und richtete. Eben wie man überlebte.

Jetzt lag der Junge ausgestreckt auf den Planken, die Augen weit aufgerissen im Schock über den Schuß, der ihn getötet hatte.

Wenn Tolan daran dachte, fühlte er sich immer noch wie in einem Albtraum. Fühlte den Druck des eigenen Musketenkolbens an der Schulter und sah den Offizier mit rauchender Pistole zu ihm herum wirbeln. Ein Knall, und der Hut des Offiziers flog hoch in die Luft, begleitet von den Blutspritzern aus seinem zerschossenen Gesicht.

Wie viele andere war Tolan an diesem Tag desertiert. Und so war es weitergegangen, mit Flucht und Verstecken, während im ganzen Land fieberhaft nach Schuldigen gesucht wurde.

In seiner Verzweiflung hatte er sich bei den Zwangswerbern einer Fregatte gemeldet, deren Kommandant Bethune war. So war er Matrose geworden: die perfekte Tarnung, das ideale Versteck. Da er bei der Infanterie eine Zeitlang Offiziersbursche gewesen war, wurde er bald zum Diener Bethunes bestimmt.

Doch ohne heikle Momente ging es nicht ab. In der Werft von Portsmouth hatte er einmal Auge in Auge einem hochgewachsenen Leutnant gegenübergestanden, den er trotz der vielen dazwischenliegenden Jahre sofort erkannte: Er war Fähnrich gewesen an Bord des Schiffes, auf dem er den Offizier erschossen hatte. Doch sie tauschten nur einen Blick, das war alles. Ein anderes Mal hatte er Bethune nach London begleitet und am Ufer der Themse, eine halbe Meile von seinem Elternhaus entfernt, ein bekanntes Gesicht gesehen. *Kennen wir uns nicht?*

Doch geschehen war nichts weiter. Für diesmal ...

Tolan straffte den Rücken und lockerte den Rock über der Brust. Er schwitzte. Würde er das denn niemals vergessen?

Bethunes kleinwüchsiger Sekretär Edward Paget kam die Treppe herunter auf ihn zu, eine gewichtige Aktentasche unter den Arm geklemmt. Er war eine argwöhnische Schnüffelnase, das hatte Tolan schon vor langer Zeit festgestellt; fragte einem ein Loch in den Bauch und machte sich dauernd Notizen, war aber tüchtig in seiner Arbeit. Fast hätte Tolan gelächelt. Andernfalls wäre er von Bethune längst an die Luft gesetzt worden. Wenn ihm danach war, konnte Bethune gut zuhören und über alles diskutieren. Ein gutaussehender Mann, schneidig, mit einem Auge für hübsche Frauen. Einer, der sich nie gehenließ. Fünfzig mochte er sein oder sogar älter, sah aber viel jünger aus. Ein Mann, den Tolan verstand und mochte, der aber einen Kern aus Stahl besaß, wie er sehr genau wußte.

Inzwischen war die Kutsche beladen und offenbar bereit zum Aufbruch. Es wurde auch Zeit. Immer noch wunderte es ihn, daß das Flaggschiff in Plymouth *Queen Charlotte* hieß. Es war nicht dasselbe Schiff, das im Mittelpunkt der Großen Meuterei gestanden hatte, aber der Name war nach Art der Navy am Leben erhalten worden. Für ihn war es ein ständiges Memento, eine Warnung. Als hätte er eine gebraucht.

»Ah, da bist du ja, Tolan!« Bethune warf einen Blick zum Himmel und dann zum Kirchturm, dessen Uhr zu schlagen begann. »Gut geschlafen?« Er nickte. »Um so besser – ich fürchte, das wird keine leichte Fahrt.«

Wie meistens wartete er die Antwort nicht ab. Schweigend gingen sie nebeneinanderher zur Kutsche.

Und erst jetzt merkte Tolan, daß Bethune, der sonst vor guter Laune und Selbstsicherheit strotzte, der Abschied schwer fiel.

Aufrecht und sehr still stand sie am offenen Tor, von Kopf bis Fuß in einen Umhang gehüllt. Sie hatte sich sogar die Kapuze über den Kopf gezogen, so daß ihr langes Haar den Blicken verborgen blieb.

Die Mittagszeit war lange vorbei. Vor einer halben Ewigkeit hatte sie gehört, wie eine Turmuhr die zwölfte Stunde schlug.

Sie schauerte zusammen, froh über den Umhang. Ein frischer Südostwind blies von See her, doch sie wußte, daran lag es nicht, wenn sie fror. Am Fuß des Abhangs blinkte der Tamar durch die Bäume. Auf seinen Wellen tanzten einige vermurte Boote, als lägen sie im offenen Kanal.

Wieder dachte sie an den kurzen Brief, den der Postbote im Haus hinter ihr abgegeben hatte: *Liebste Lowenna, morgen mittag sind wir zusammen.*

Also heute. Aber vielleicht war etwas dazwischen gekommen. Vielleicht hatte er es sich anders überlegt. Seit der ernsthafte junge Leutnant, ihr Begleiter und Beschützer auf dem ganzen Weg von London, seinen Kommandanten ins Bild gesetzt hatte, waren ihr alle Möglichkeiten durch den Kopf gegangen. Vielleicht hatte er Witze darüber gemacht, hatte mit seinen Offizierskameraden auf der *Athena* über seine Abenteuer mit dem »Liebchen« des Kommandanten gespottet. Doch im selben Augenblick wußte sie, daß Francis Troubridge dies niemals tun würde. Er war zwar einige Jahre jünger als sie, schien aber einer anderen Generation anzugehören, so höflich, freundlich und fürsorglich, wie er war; nicht ein einziges Mal hatte er eine Intimität versucht.

In den Gasthäusern, wo ihre kleine Wagenkavalkade unterwegs gerastet hatte, waren ihr die neugierigen Blicke, die Ellbogenstöße und grinsenden Gesichter aufgefallen. Doch Troubridge war immer in der Nähe geblieben, um dafür zu sorgen, daß sie und ihr Mädchen nicht belästigt wurden.

Wieder blickte sie auf den Fluß hinab. Am anderen Ufer lag Cornwall, wo sie geboren war. Bei dem Gedanken ballte sie die Fäuste. Cornwall hatte sie nie als ihre Heimat empfunden. Für sie war es nur die Gegend, wo sie bekannten Gesichtern ausweichen mußte, wo man sich vielleicht an sie erinnerte. Erst durch Montagu hatte sich alles geändert, sonst wäre sie verrückt geworden. Einmal hatte sie sogar versucht, sich das Leben zu nehmen.

Zusammenschauernd drückte sie beide Hände an die Brust und staunte darüber, daß ihr Atem so gleichmäßig ging. Wieder sah sie Sir Gregory Montagu an seinem Todestag vor sich, als er mit derselben Würde gestorben war, wie er gelebt hatte. Er hatte ihr noch etwas sagen wollen, aber die beiden Ärzte, seit langem mit ihm befreundet, hatten darauf bestanden, daß sie für einige Minuten das Zimmer verließ. Danach war er nicht wieder zu Bewußtsein gekommen. Sie wußte, daß sein Sterben mit dem Brand begonnen hatte. Er hatte versucht, einige Gemälde zu retten, besonders das eine, wodurch Adam in ihr Leben getreten war. Ein brennender Balken war auf ihn herab gestürzt, hatte ihn zu Boden geworfen und seine rechte Hand zertrümmert, so daß sie bis zur Unkenntlichkeit verbrannte. Die Hand, der er seinen Ruhm verdankte und die alle seine Modelle berühmt gemacht hatte. Und die Adams flüchtiges Lächeln nach ihrer Beschreibung so meisterhaft wiedergegeben hatte.

Es ist wie vorherbestimmt, mein Kind. Schicksal. Das waren fast die letzten Worte gewesen, die er zu ihr gesagt hatte.

Was hatte er damit gemeint? Machte sie sich immer noch etwas vor?

Sie dachte an die Leute, die das Haus hinter ihr bewohnten, einen Bootsbauer und seine Frau. Bei ihnen hatte Montagu früher öfter gewohnt, wenn er in Ruhe und ohne Aufsehen arbeiten wollte. Vielleicht hätte sie Troubridges Hilfsangebot niemals annehmen dürfen und in London bleiben sollen. Und von einem Atelier zum andern tingeln, stets auf der Hut vor Übergriffen.

Wie damals, als sie Montagus Neffen fast getötet hätte. *Ich wollte ihn umbringen.* Alles andere verschwamm im Nebel. Außer Adams Händen, die sie gehalten hatten. Wie an dem Tag, als das Pferd ihn abgeworfen hatte und seine Wunde wieder aufgeplatzt war. Benommen vom Delirium, hatte er sich an sie geklammert, und sie hatte neben ihm gelegen, steif und verkrampft, ihr Geist ein einziger Protestschrei, weil der Albtraum wiedergekehrt war. Der Albtraum der gierigen Hände, die an ihr zerrten und sie zwangen, unsägliche Gewalt zu erdulden. Und den Schmerz, immer und immer wieder ... Dazu die Stimme ihres Vaters, der irgendwo im Nebel schluchzte und flehte.

Lange hatte sie sich gegen Adams Freundschaft gewehrt, gegen das einzige echte Gefühl, das sie sich gestattete. Wieder hörte sie ihre Stimme in der Nacht: *Es ist Liebe, was ich mir wünsche, nicht Mitleid. Verstehst du das nicht?*

Sie fuhr herum. Ein Pferd. Da schob sie die Kapuze aus der Stirn. Zwei Pferde. Plötzlich war sie so atemlos, als wäre sie gerannt. Das mußte er sein, niemand anderer benutzte die Straße zu dieser Tageszeit. Vielleicht ließ er sich von Troubridge begleiten, um ihren guten Ruf zu wahren. Als Zeuge ...

Das Pferd kam um die Straßenbiegung, mit einem zweiten Reiter einige Meter dahinter.

Sie wollte auf ihn zulaufen, seinen Namen rufen, aber sie konnte sich nicht rühren. Im einen Augenblick war Adam über ihr, im nächsten lag sie in seinen Armen, eng an ihn gepreßt, gefangen in ihrem Umhang.

»Die Verspätung tut mir so leid, Lowenna. Aber das Flaggschiff hat uns signalisiert. Ich kam so schnell ich konnte. Wenn doch nur ...« Den Rest hörte sie nicht mehr, weil er ihr den Arm um die Schultern legte und ihr Gesicht an seines drückte.

Sie murmelte: »Jetzt bist du ja da.« Die Unsicherheit in seinen Augen entging ihr nicht. »Das ist die Hauptsache.«

Der andere Reiter sagte: »Ich wart' vorn an der Weggabelung, Sir. Rufense einfach, wennse mich brauchen.« Das klang verlegen, aber auch irgendwie erfreut.

Adam führte sie zu dem weißen Haus über dem Fluß. Ihre Schultern fühlten sich fest an in seinem Griff, ihr dunkles Haar wehte im Wind wie Seide. Lebhaft stand ihm Troubridges Erregung vor Augen, als er nach der Fahrt von London her an Bord geklettert kam. Er hatte sich gefreut, daß er ins Vertrauen gezogen worden war, aber auch gefürchtet, zu weit gegangen zu sein.

Ein Bootsmannsgehilfe an der Eingangspforte hatte sich umgewandt und sie angestarrt, als Adam Troubridges Hand ergriff und ausrief: »Aber damit haben Sie mir doch das Leben gerettet! Wissen Sie das nicht?«

Nun hatte er keinen Blick übrig für das Zimmer, in dem sie ihn zu einem ledergepolsterten Stuhl mit hoher Lehne führte und ihn beobachtete, wie er Hut und Umhang abwarf, denselben, den er getragen hatte, als er in das Londoner Haus gestürmt war. Dann nahm er ihre beiden Hände. Sie waren eiskalt.

»Sind wir allein?« Ihre Antwort wartete er nicht ab, sondern traf Anstalten, sich wieder zu erheben.

Sie legte ihm die Hände auf die Schultern und drückte ihn zurück. »Wieviel Zeit hast du? Meine Gastgeber sind in Saltash am anderen Flußufer. Ich glaube, sie kommen erst bei Sonnenuntergang zurück.« Sanft strich sie über sein Gesicht, seine Wangen, seine Lippen. »Ich hatte solche Angst. Ich mußte so viel an dich denken. Vielleicht zu viel.« Ein Kopfschütteln. »Aber ich rede Unsinn.«

»Bis zur Hundewache muß ich wieder an Bord sein.«

Er lächelte. Damit entspannte sich sein Gesicht, und er sah plötzlich sehr jung aus. »Das ist ebenfalls bei Sonnenuntergang.«

Sie trat etwas zurück, öffnete ihren Umhang und ließ ihn fallen. Dann gestattete sie sich wieder, ihn anzusehen.

»Sir Gregory hat's dir verraten.« Beschwichtigend hob sie eine Hand. »Er muß dir vertraut haben, sonst hätte er nichts gesagt.«

»Ich brauche dich, Lowenna. Du bist alles, was ich mir wünsche und worauf es mir ankommt. Wenn du Zeit brauchst, dann nehmen wir uns eben die Zeit. Und ich will dich sicher aufgehoben wissen, während ich fort bin.«

»Sicher?« Sie blickte einer Möwe nach, die am Fenster vorbeitrieb. »Bald bist du nicht mehr da.«

»Du kannst in dem Haus in Falmouth wohnen so lange du willst. Grace und Bryan Ferguson werden dich herzlich willkommen heißen.«

»Adam, du weißt doch, was die Leute sagen werden. Sie versteckt sich unterm Dach der Bolithos – womit revanchiert sie sich?« Ihr Gesicht hellte sich auf. »Aber ich kann deine Tante besuchen, sie war sehr freundlich zu mir. Und sie liebt dich über alles, das habe ich gemerkt.«

Wieder nahm er ihre Hand, mied aber ihren Blick.

»Wirst du das Modellsitzen aufgeben?«

»Möchtest du das? Wirst du die See für mich aufgeben?«

Sie erwiderte seinen Händedruck. »Oh, das war unfair von mir. Das würde ich nie von dir verlangen.«

Adam bemerkte ihre plötzliche Sorge. »Wenn wir uns das nächste Mal sehen ...«, begann er.

Weiter kam er nicht.

»Nein. Nicht das nächste Mal, Adam. Vielleicht gibt es gar kein nächstes Mal, wer weiß?«

Sie sagte es ruhig und gelassen, nur ihre Augen verrieten den Druck, unter dem sie stand.

»Als ich dich das erste Mal sah ... Sir Gregory hat mich darin bestärkt. Bis dahin hatte ich mich ganz auf die Arbeit konzentriert und alles andere an den Rand geschoben. Die Blicke, das Anstarren, selbst die lüsternen Gedanken – sie machten mir nichts aus. All das hat er mir beigebracht. Doch als du ins Zimmer kamst und mich ansahst, spürte ich – etwas ganz anderes.« Sie wiederholte: »Nicht nächstes Mal, Adam. Sonst warten wir vielleicht vergeblich.« Leicht wandte sie den Kopf, als hätte sie etwas gehört. »Ist es Schicksal?«

»Ich würde dir niemals weh tun, Lowenna«, sagte Adam.

Sie ließ seine Hand sinken und ging zur anderen Ecke des Zimmers.

»Es muß jetzt sein, Adam. Ich muß es wissen, um unser beider willen.« Damit war sie verschwunden, und Adam sah nur einen Schuh fallen, als sie eine enge Treppe hinauf rannte, die ihm bisher entgangen war.

Sein Blick blieb an Hut und Umhang haften, die noch so dalagen, wie er sie hingeworfen hatte.

Geh jetzt, und du zerstört etwas, das dir nie gehört hat. Eine andere Stimme beharrte: *Geh jetzt, und du siehst sie nie wieder.*

Später wußte er nicht mehr, wie er die ungewohnten Stufen erklommen hatte, nur daß er den zweiten Schuh aufhob, der vor ihrer Tür lag. Er stieß sie auf und sah Lowenna dahinter auf dem Bett sitzen. Das Haar fiel ihr über die Schultern und das Laken, in das sie sich gehüllt hatte. Mit einer Hand hielt sie es am Hals zusammen, als säße sie für ein neues Bild Modell, für einen neuen Anfang.

Das Zimmer war nur schwach beleuchtet, aber er konnte ihre Kleider erkennen, wo sie die hingeworfen hatte, mit derselben verzweifelten Entschlossenheit wie ihre Schuhe.

Wieder sagte er: »Ich könnte dir niemals weh tun, Lowenna.«

Langsam nickte sie, und ihre Augen blieben dabei so dunkel, daß sich ihre Gedanken unmöglich erraten ließen.

Er begann seinen Rock aufzuknöpfen, doch sie schüttelte den Kopf.

»Nein. Bleib so, wie du bist. Nicht erst beim nächsten Mal, sondern jetzt gleich!«

Damit legte sie sich zurück und hob die Arme über den Kopf, die Handgelenke gekreuzt, als wäre sie eine Gefangene. Wie eine Fessel wand sich ihr Haar darum.

Er beugte sich vor und legte ihr eine Hand auf die Schulter. Sie zuckte nicht zurück, sondern starrte nur wie hypnotisiert seine Hand an.

Dann blickte sie zu ihm auf und flüsterte: »Ganz gleich, was ich tue oder sage, wie sehr ich auch protestiere, nimm mich. Bring es mir bei. Ich muß es wissen, um unser beider willen!«

Sie stieß einen Schrei aus, als er das Laken wegriß, so daß sie nackt dalag, die Arme so verkrampft, als wären sie tatsächlich gefesselt.

Er merkte, daß er sie behutsam streichelte, beruhigend und gleichzeitig forschend, bis das Blut in seinem Kopf dröhnte wie im Fieber.

Keuchend riß sie weit die Augen auf, als seine Hand die Stelle fand, wo es geschehen sein mußte, wieder und immer wieder.

Mitgefühl, Liebe, Verlangen – es war von allem etwas und doch viel mehr. Er küßte sie. Ihre Arme waren jetzt frei und umklammerten seine Schultern. Er fühlte ihre Tränen, konnte sie schmecken. Wie damals ...

Er spürte, wie sich ihr Körper unter seiner Hand wölbte, und hörte ihre Stimme, leise und scheinbar weit entfernt.

»Jetzt, Adam ... mein Liebster. Nimm mich.«

Die Kirchturmuhr riß sie aus ihrer Verzauberung, aber nicht ganz.

Nackt lag sie quer über dem Bett, auf ihre Ellbogen gestützt, und sah zu, wie er sich in seine Uniform kämpfte. Sie wirkte dunkler, doch das war eine Illusion, verursacht durch Freude und Schuldbewußtsein.

Dann erhob sich Lowenna, legte ihre Arme um ihn, und er hielt sie fest, streichelte sie und küßte die Druckstellen seiner Knöpfe auf ihrer Haut.

»Du mußt gehen.« Sie strich sich das Haar aus dem Gesicht. »Hinaus auf See. Sie wird immer meine Rivalin sein, aber nicht meine Feindin.«

Die beiden Pferde standen schon am Tor, denn ihr Betreuer machte sich zweifellos Sorgen wegen der Uhrzeit. Aber er sagte nichts, sondern sah zu, wie sich Adam in den Sattel schwang. Ihm fiel auf, daß der jugendliche Kapitän nach seiner Hüfte faßte, bevor er die Zügel ergriff; aber er wußte nicht, daß es eine alte Wunde war, die sich wieder bemerkbar machte.

Mit einem letzten Blick zum Haus wandte Adam sein Pferd der Straße zu. Die Fenster waren jetzt dunkel wie schlafende Augen, aber er wußte, sie war da in diesem stillen Zimmer, wo das Schicksal ihr Leben verändert hatte. Immer noch konnte er sie spüren, ihre Angst und ihre Zweifel, die der Raserei wichen und dann der Unterwerfung. *Ich kann dich immer noch fühlen.* Später würde auch der Schmerz kommen. Aber die Furcht war besiegt, vielleicht für immer.

Er merkte, daß sein zerknittertes Hemd an der Wunde scheuerte, und erinnerte sich, wie ihre Lippen die Narbe liebkost hatten.

Eine Frau kam vorbei, ein Bündel Holz auf dem Rücken. Ohne nachzudenken, zog er den Hut vor ihr und lächelte sie an. Sie starrte ihnen nach, bis ihre Pferde in Trab fielen.

Plötzlich erinnerte er sich mit aller Lebhaftigkeit an seine Kindheit, als man ihn das Schwimmen im Meer gelehrt hatte. Das war an Cornwalls Nordküste gewesen, wo die See manchmal grollte und die Brandung laut auf den harten Sand donnerte. Sein Lehrer war ein Freund seiner Mutter gewesen. Nein, er wollte sich nichts vormachen: einer ihrer Liebhaber.

Kein Grund unter den Füßen, und dazu eine Strömung, die mit aller Kraft an seinem kindlichen Körper zerrte. Er hörte den Mann rufen, er solle zum Strand zurückkehren. Statt dessen hatte er gegen seine Tiefenangst und gegen die Strömung zugleich gekämpft. Und irgendwie hatte er überlebt, fast von Sinnen vor Erschöpfung und Schreck.

Doch stärker als alles andere war das Gefühl des Triumphes gewesen und die Freude.

Wieder drehte er sich nach dem Haus um, sah aber nur mehr die Bäume und den Fluß.

Laut sagte er ihren Namen vor sich hin. Und wußte, sie würde ihn hören, denn er wurde ihr zugetragen vom Wind.

Wie ihre Bestimmung. Ihr Schicksal.

Und wie der nächste Horizont.

VII Unter der Flagge

Steward John Bowles trat zu den schrägen Heckfenstern, hielt den geöffneten Galarock, den er gerade gebügelt hatte, ins grelle Sonnenlicht und vergewisserte sich, daß er wieder makellos war. Jenseits der Lamellentür und unter seinen Fußsohlen herrschte ausnahmsweise Ruhe. Manchmal konnte man kaum glauben, daß dieser Rumpf an die 500 Menschen beherbergte. Bowles grinste verhalten. *Wenn man manche davon so bezeichnen kann.* Früher am Tag, im Morgengrauen, hatte es an Bord noch ganz anders ausgesehen, weil alle Mann an Deck gerufen wurden, um das Schiff auf die Ankunft des großen Mannes vorzubereiten. Besondere Mühe wurde an das stehende und laufende Gut gewandt und jede Lasching überprüft, damit keine losen Enden, von den Jan Maaten »irische Wimpel« genannt, des Vizeadmirals Auge beleidigten. In der Luft hing noch ein schwacher Duft nach Essen und Rum, auch »Nelsons Blut« genannt. Aber sonst war das Schiff für den hohen Gast gewappnet.

Bowles hatte auch schon einen Blick in die geräumige Kajüte unterhalb der seines Kommandanten geworfen und festgestellt, daß sie in so etwas wie einen Palast verwandelt worden war. Wie durch Zauberkraft waren kostbare Möbel erschienen, und sogar einige Ölbilder hingen im Schlafraum des Admirals. Falls das Schiff jemals gefechtsklar machte, dann mußte jemand ein scharfes Auge darauf halten, wenn das alles nach unten geschleppt und die *Athena* mit gelegten Schotten in ihr wahres Ich verwandelt wurde, nämlich in ein Kriegsschiff. Er hatte gesehen, daß der Diener des Admirals jeden Vorgang scharf beobachtete, ein smart aussehender

Mann, den das wirre Gewusel um sich herum offenbar völlig kalt ließ. Bowles hatte versucht, ein Gespräch mit ihm zu beginnen, doch Tolan schien nicht bereit, sich ablenken zu lassen.

Zum letzten Mal inspizierte Bowles den Uniformrock. *Der erste Eindruck.* Darauf hatte der vorige Kommandant, Kapitän Ritchie, großen Wert gelegt. Ihm hatte er lange gedient, aber in der Rückschau glaubte er, ihn nie richtig gekannt zu haben. Jetzt erwartete er eine Gerichtsverhandlung, aber auch Adam Bolitho hatte vor etwa einem Jahr vor Gericht gestanden, wie es hieß. Nachdem er sein Schiff an einen Yankee verloren hatte und gefangengenommen worden war. Noch einmal schüttelte Bowles den Rock aus. Bei seinem neuen Herrn gab es noch vieles, was er nicht wußte. Warum beispielsweise war er in seiner besten Uniform über Land galoppiert, als hätte er nichts anderes zu tun?

Jetzt saß er drüben an seinem Schreibtisch, Kinn in die Hand gestützt, und schrieb immer noch. Ausgerechnet heute, an dem Tag, an dem die *Athena* das Flaggschiff eines Admirals werden sollte, von dem die meisten nicht das Geringste wußten, da fand der Kommandant die Zeit, seine Gedanken zu Papier zu bringen.

Im offenen Hemd, das dunkle Haar zerwühlt, benahm er sich, als sei es ein ganz gewöhnlicher Tag. Das Büchlein, das er immer in der Rocktasche trug, lag offen auf dem Schreibtisch und daneben der abgegriffene Brief, der sonst gefaltet darin steckte. Im einen Moment ein Träumer, im nächsten rastlos und hellwach, trat er schnell dazwischen, wenn Stirling seiner Meinung nach etwas übersehen hatte. Dabei war der Erste im Gefecht oder im Toben des Sturms wie ein Fels, und die Pflicht ging ihm über alles.

Adam Bolitho war als Fregattenkapitän für seinen Unternehmungsgeist bekannt gewesen. Von der Besatzung hatten früher einige unter ihm gedient, vereinzelte sogar noch unter seinem berühmten Onkel. Vielleicht würde *Athena*s nächster Einsatz sie doch nicht auf ein Abstellgleis führen ...

»Boot ahoi!«

War das schon der Admiral, früher als angekündigt? Bowles konnte sich die Panik vorstellen, die jetzt an Deck ausbrach. Er spitzte die Ohren, um die Anwort zu hören.

»Aye, aye!« Also ein Offizier, aber nicht besonders wichtig. Vielleicht Post für die *Athena*, früher als sonst, um nicht dem Admiral zu begegnen.

Erschrocken merkte er, daß der Kapitän sich ihm zugewandt hatte.

»Nervös, Bowles?«

Wieder schüttelte Bowles den Uniformrock. »Ich hab' mich gefragt, Sir ...« Dunkelblaue Seide schimmerte im gefilterten Sonnenschein: das Strumpfband einer Dame. Darum also war es dem Kommandanten gegangen, deshalb seine plötzliche Eile.

Adam erhob sich. Es war fast soweit: Alle Mann an Deck, Musiker und Ehrengarde an der Reling. Die Kapelle würde aus kleinen Trommelbuben und Pfeifern bestehen, sie hatten schon exerziert, als er vorhin an Bord gekommen war. Er trat vor die Heckfenster und stützte sich auf den Rahmen, der noch warm war vom Sonnenschein. War es erst gestern gewesen? Das Schiff war vor Anker herumgeschwojt, aber er sah im Geiste immer noch die Landstraße und die abfallenden Hügel mit dem Tamar. Er dachte an ihre letzten gemeinsamen Minuten oder Sekunden. An die letzte Berührung.

Und morgen oder in einigen Tagen würde das Schiff ankerauf gehen und nach See auslaufen wie schon so oft. Nur daß es diesmal ganz anders war.

»Ich mache mich besser bereit, Bowles.« Wie war es

wohl Bethune an diesem Tag zumute? Kamen ihm Zweifel? Empfand er Bedauern?

Der Wachtposten draußen stieß seinen Musketenkolben auf. »Bootsführer des Kommandanten, Sir!«

Jago demonstrierte sein Privileg, daß er kommen und gehen konnte, wie er wollte, zweifellos weil er sauer war, daß nicht *Athena*s Gig, seine Gig, dazu benutzt wurde, um den Vizeadmiral abzuholen.

Wenn wir unser eigenes Boot hätten, hätte ich sie binnen einer Woche auf Zack, Sir.

Das war das Äußerste, was er sich an Stolz erlaubte.

Jetzt trat er durch die Tür, den Hut in der Hand, auf dem sonnengebräunten Gesicht ein unwiderstehliches Grinsen.

»Besuch für Sie, Sir.« Forsch trat er beiseite.

Da standen sie einander gegenüber, der Kommandant in Hemdsärmeln, mit zerzaustem Haar, und der junge Fähnrich, sehr aufrecht, aber unsicher, ob sein Entschluß richtig gewesen war.

»Guter Gott, David, wo kommst du her? Komm ans Licht und laß dich ansehen!«

»Wir ankern seit heute morgen hier, Sir.« Napier deutete auf die Heckfenster. »Am unteren Ankerplatz. Ich habe um Erlaubnis gebeten ...« Er vollendete den Satz nicht, weil Adam ihn an den Schultern packte und ausrief: »Wer hätte das gedacht?« Und mit einem Blick auf den glänzenden Fähnrichsdolch: »Es steht dir, David.« Er schüttelte ihn. »Es steht dir prächtig!«

Napier nickte. »Zu meinem fünfzehnten Geburtstag. Sie haben daran gedacht. Ich hätte das niemals erwartet.«

Einen Arm um seine Schultern, führte Adam ihn zu den Heckfenstern.

»Ist alles in Ordnung, David? Das Schiff? Und alles andere?«

Der Junge sah zu ihm auf. Ein langer Blick, dann sagte er mit gezwungenem Lächeln: »Ich hab' mich eingelebt, Sir. Der Käpt'n erinnert sich schon an meinen Namen.« Doch er konnte die Fassade nicht aufrecht halten. »Ich würde mich soviel lieber um Sie kümmern, Sir.«

Jago meldete sich: »Ich glaube, Ihr Boot wartet, Sir.«

»Ich begleite dich zur Pforte, David.«

Napier schüttelte den Kopf. »Lieber nicht, Sir. Sie wissen doch, dann heißt es gleich, daß Sie mich favorisieren.«

»Ja, so hat's mir mein Onkel beigebracht.« Sie standen vor der offenen Tür, und Jago, Bowles, das Schiff schienen einer anderen Welt anzugehören.

Adam sagte: »Wenn du jemals etwas brauchst, David, dann schreib mir. Eines Tages werden wir wieder auf demselben Schiff dienen.«

Napier blickte sich langsam in der großen Kajüte um, als wolle er sich jede Einzelheit einprägen.

Jago räusperte sich. »Ich bringe Sie an Deck, *Mister* Napier, Sir!«

Doch diesmal achtete niemand auf ihn.

Schweigend beobachtete Bowles die Szene. Ganz gleich, welche Aufgabe ihnen bevorstand und wie dieser noch unbekannte Kapitän sie erfüllen würde, er wußte schon jetzt: Dies war der Mann, den er nie vergessen würde.

Bowles merkte, daß die Tür wieder geschlossen war und der Kommandant am Schreibtisch stand, sich das Hemd glättend. Er sagte: »Ein schmucker junger Mann, Sir.«

Doch Adam hörte ihn nicht. Ihm war, als hätte er sich soeben selbst gesehen.

Die Riemen hoben und senkten sich wie weiße Knochen, während sich die Admiralsbarkasse zielstrebig zwischen den verankerten Schiffen hindurch wand. Wurden andere Boote auf Kollisionskurs gesichtet oder wollten sie ihren Kurs kreuzen, dann hob der scharfäugige Leutnant, der neben dem Bootsführer stand, nur eine Hand, und die Pinne blieb, wo sie war.

Auf der Heckducht sitzend, fühlte Leutnant Francis Troubridge die Erregung in allen Gliedern, die er jetzt, so nahe bei seinem Vorgesetzten, nur mühsam beherrschen konnte. Das alles war völlig neu für ihn. Selbst die Bootsgasten waren smart herausgeputzt, alle in gleichen Hemden und geteerten Hüten; die Augen nach achtern gerichtet, aber niemals auf ihren hohen Gast, stemmten sie sich energisch in die Riemen.

Manchmal passierten sie ein Marineboot, das dann anhielt, um sie ungehindert vorbei zu lassen. Dabei wurden drüben alle Riemen senkrecht gestellt, und der Offizier erhob sich, den Hut zum Gruß lüftend. Einheimische Boote mit Passagieren oder Werftarbeitern bezeugten ihnen ebenfalls Respekt. Ihre Hochrufe schollen übers aufgewühlte Wasser, und auf einem Hafenboot schwenkten Händlerinnen begeistert ihre Kopftücher und Schürzen, während ihr Jubel vom Knarren der Riemen übertönt wurde. Heimlich warf Troubridge dem Vizeadmiral einen Blick zu. Endlich ging es auf See hinaus, nicht mehr ins Büro oder zur Besichtigung eines Kriegsschiffes. Das hatte er sich immer gewünscht. Und diesmal hatte er sogar den Status und den ehrenvollen Posten eines persönlichen Adjutanten inne.

Bethune saß sehr aufrecht auf seinem Kissen, während er mit dem Fuß lautlos auf die Bodenplanken tippte. Sein attraktives Profil wirkte völlig entspannt, nur um den Mund spielte jedesmal die Andeutung eines Lächelns, wenn ein anderes Boot ihnen Platz machte.

Daß sich Bethune immer unter Kontrolle hatte, war Troubridge schon früh aufgefallen. Anders als so viele, die er in der Admiralität oder bei festlichen Anlässen erlebt hatte, ließ er sich Trunkenheit niemals anmerken. Der Hafenadmiral beispielsweise hatte geschwankt, als er an der Steintreppe wartete, während Bethune fast beiläufig in die Barkasse gesprungen war. Das war Selbstdisziplin oder etwas noch Stärkeres.

»Ah, da liegt sie ja!« Bethune warf einen Blick auf seine dekorative Taschenuhr. »Und wir sind genau pünktlich, nicht wahr, Flags?«

Troubridge errötete. Eigentlich hatte er die *Athena* für seinen Vorgesetzten identifizieren wollen, aber der Admiral war ihm zuvorgekommen.

»Sie sieht schmuck aus, Sir Graham.«

Wieder das leichte Lächeln. Wie eine Zurechtweisung.

Schon ragte die *Athena* turmhoch über ihnen auf, als hätten sie für die letzte Strecke nur Sekunden gebraucht. Das stehende Gut frisch geteert, alle Rahen und Spieren perfekt ausgerichtet, den neuen Farbanstrich wie Glas in der Sonne glänzend, zeigte das Schiff stolz die weiße Flagge achtern und die Nationale am Bug.

Troubridge mußte plötzlich an seinen Vater denken, der seinen jüngsten Sohn jetzt voller Stolz gesehen hätte. Genau das hatte er sich immer für ihn gewünscht. Erleichtert spürte er, wie die Anspannung langsam von ihm wich.

»Boot ahoi?«

Trotz des feierlichen Anlasses mußte er ein Lächeln unterdrücken. Jedermann in Plymouth kannte doch diese Barkasse und ihre heutige Aufgabe. Aber die Navy blieb sich eben immer gleich.

Der große Bootssteurer blickte schnell Bethunes Rücken an und rief durch die gewölbten Hände: »Flaggoffizier – *Athena*!«

Troubridge beobachtete die scharlachrote Reihe der Seesoldaten und die blau-weiße Gruppe der Offiziere an der Pforte. Das Gros der Besatzung drängte sich im Batteriedeck und auf den Seitendecks, andere standen auf dem Vorschiff oder hoch oben auf den Marsen, in der Takelage – wo immer sich noch Platz finden ließ. Als die Barkasse den Kurs änderte, auf die Großrüsten und die frisch vergoldete Eingangspforte zuhielt, sah er hinter den Stückpforten mehrere Gesichter schnell außer Sicht gleiten.

Der wachhabende Leutnant gab seine Befehle, aber Troubridge hörte ihn nicht, starrte nur den schwarz-weißen Rumpf an, der sich über ihnen hob und senkte. Die Buggasten hatten ihre Riemen beigeklappt und standen mit gezückten Bootshaken bereit. Auf den untersten Stufen der Jakobsleiter warteten Schiffsjungen, um die Leinen anzunehmen oder die Barkasse abzufendern.

Oberhalb der Reling kam ein Bootsmannstuhl gerade noch in Sicht. Auf dem Ankerplatz herrschte unruhiger Seegang, und es wäre für einen hochrangigen Offizier nicht ungewöhnlich gewesen, wenn er sich lieber dieser Hilfe bedient hätte, als unrühmlich über Bord zu fallen.

Ein weiterer Befehl, und die Riemen hoben sich in zwei tropfenden Reihen. Die Barkasse hatte festgemacht.

Troubridge mußte an die Geschichten denken, die er als Kind von seinem Vater und dessen Freunden gehört hatte. Geschichten über Nelson, wie er auf seiner *Victory* England zum letzten Mal verlassen hatte; wie er mit seinem jungen Adjutanten Pasco an Deck auf und ab gegangen war, während die feindliche Streitmacht den ganzen Horizont füllte. Gemeinsam hatten sie das Flaggensignal formuliert, das jeder echte Engländer immer noch auswendig kannte.

»Sind Sie soweit, *Mister* Troubridge?« Bethune stand schon aufrecht und hielt ihm seinen teuren Bootsmantel hin. Dabei stützte er sich trotz der Schaukelei nicht einmal auf die Schulter eines Bootsgasten. »Man wartet auf uns, wie Sie sehen!« Jetzt lachte er unverhohlen.

Beim Griff nach der Leiter zögerte er kurz. »Sie haben meine Anweisungen befolgt?« fragte er.

Troubridge mußte schlucken. »Jawohl, Sir Graham.« Er hätte nicht ziellos in die Gegend starren sollen, sagte er sich. Im nächsten Moment würde sich ihm der Magen umdrehen.

Dann erbebte die Luft unter dem Befehlsgebrüll, dem Klatschen der präsentierten Musketen, dem Schrillen der Pfeifen und Wirbeln der Trommeln. Wolken von Pfeifenton trieben durch die Doppelreihe der funkelnden Bajonette, während die alte Weise von den »Herzen aus Eiche« erklang.

Troubridge kletterte über die stark gewölbte Bordwand hinauf und wäre fast kopfüber durch die schön geschnitzte Eingangspforte gestürzt. Er riß sich zusammen und lüftete salutierend den Hut. Das Getöse der Pfeifen und Trommeln verstummte. In der plötzlichen Stille gellte laut ein einzelner Befehl, worauf Bethunes Wimpel zum Topp des Großmasts aufstieg und sich dort entfaltete.

Der Kommandant trat aus der Gruppe wartender Offiziere hervor. Ein plötzlicher Handschlag entspannte die steife Atmosphäre, gefolgt von Bolithos Lächeln, das Troubridge inzwischen so gut zu kennen glaubte.

Bethune wollte gerade die üblichen Vorstellungen über sich ergehen lassen, bevor er sich in die friedliche Privatsphäre seines neuen Quartiers zurückzog, da zögerte er und deutete auf einen Seemann in der Nähe.

»Der Mann da! Ja, du!«

Erschrocken fuhren alle zu dem Matrosen herum, der dem Admiral aufgefallen war, während ein Leutnant schon herbei eilte, um den Stein des Anstoßes zu beseitigen.

Troubridge entspannte sich Muskel um Muskel. Er hatte die Musterrolle und die Logbücher studiert und darin den einen Fahrensmann gefunden, der schon gemeinsam mit Bethune gedient hatte. Der fragliche Matrose stand nun genau dort, wohin man ihn plaziert hatte, und wußte nicht, wie ihm geschah.

Bethune deutete auf ihn und rief: »Grundy? Tom Grundy, nicht wahr? Von der alten *Skirmisher*, weißt du noch?«

Der Mann grinste breit, während sich die Umstehenden vorbeugten, um sich ja nichts entgehen zu lassen.

»Jawohl, Sir, der bin ich! Gott mit Ihnen, Sir!«

Bethune tätschelte ihm den Arm. »Freut mich, dich wiederzusehen, Grundy!« Lächelnd schritt er weiter und nickte den versammelten Offizieren zu.

Troubridge beobachtete, wie sich die Reihen auflösten und seine Kameraden sich um den erstaunten Grundy drängten, um ihm auf die Schultern zu klopfen und ein Grinsen oder einen Witz mit ihm zu teilen, dem einzigen Besatzungsmitglied, das der Admiral erkannt hatte.

Nachdenklich blickte Troubridge zu dem neuen Wimpel auf, der knatternd im Topp auswehte. Über den Mann, dem er gehörte, gab es für sie alle noch eine Menge zu lernen.

Vizeadmiral Sir Graham Bethune lehnte sich, die Finger im Nacken verschränkt, in seinem Stuhl zurück und ließ den Blick durch seine geräumige Tageskajüte schweifen. An einem kleinen Tisch ihm gegenüber saß sein Sekretär Edward Paget mit gezückter Feder vor einem Stoß bereits fertiger Briefe.

»Der letzte ist nur für die Augen des Ersten Seelords bestimmt«, sagte Bethune. »Du weißt, was du zu tun hast, Paget.« Er runzelte die Brauen, weil oben etwas ratternd über Deck gezogen wurde, begleitet vom Quietschen eines Blocks. Der Krach schien kein Ende nehmen zu wollen. Daran würde er sich noch gewöhnen müssen. Über seine Schulter warf er einen Blick zum dunstverhüllten grünen Horizont. Wie die Rückenflosse eines Hais glitt ein Segel zwischen dem Land und dem verankerten Flaggschiff vorbei.

Eine Liste in der Hand, betrat sein Diener Tolan die Kajüte.

»Der Wein ist verstaut, Sir Graham. Getrennt von der Sonderlieferung, die wir in Portsmouth übernommen haben.«

Wichtigtuerisch blickte Paget auf.

»Ist auch alles abgezählt? Ein guter Wein bekommt nämlich in einem Schiff dieser Größe leicht Beine.«

Tolan ignorierte ihn. Aber auf seinem Gebiet mußte Paget recht tüchtig sein, sonst hätte er nicht schon so lange für Bethune gearbeitet. Allerdings sah er in Tolans Augen aus wie ein Frosch: klein, mit niedriger Stirn und einem ungewöhnlich breiten Mund.

Er meldete: »Der Kommandant kommt gleich, Sir Graham.«

»Ich weiß. Wir sind fertig.« Und zu seinem Sekretär: »Alle diese Briefe müssen noch heute an Land gehen, ganz gleich, wie spät es wird.«

Pagets breiter Mund öffnete und schloß sich lautlos. An diesen Zeitdruck war er gewohnt.

Seufzend rieb sich Bethune den Magen.

»Na, Tolan, tut's dir schon leid?« Eine Antwort wartete er nicht ab. »Morgen laufen wir aus, egal, was kommt. Wieder mal nach Westindien. Antigua.« Im Geiste sah er es vor sich: keine Spaziergänge mehr im Park, keine Ausritte auf seinem Lieblingspferd zum Fluß hinunter. Wo er Catherine Somervell zum letzten Mal getroffen hatte und sich wie ein Verschwörer vorgekommen war. Künftig mußte er vorsichtiger sein, viel vorsichtiger.

Die Tür öffnete sich, und Kapitän Adam Bolitho stand vor einer leeren Stückpforte, die bis vor kurzem einen Achtzehnpfünder beherbergt hatte. Viel war bei *Athena*s letzter Überholung verändert worden, um mehr Platz für das Admiralsquartier und für Vorräte zu schaffen.

»Ah, Adam. Ich nehme doch an, Sie haben die Neugierde der Offiziersmesse inzwischen gestillt? Bei Hochwasser gehen wir ankerauf. Ihr Segelmeister ...« Ungeduldig schnippte er mit den Fingern.

»Fraser, Sir Graham«, ergänzte Adam.

»Ach ja, richtig.« Und mit einem Grinsen zu Troubridge: »Noch so ein Grundy, wie?«

Adam fuhr fort: »Gerade habe ich das über Kapitän Ritchie gehört. Das Urteil des Kriegsgerichts ...«

»Ich wollte es Ihnen längst sagen. Aber seit ich gestern an Bord gekommen bin, blieb einfach keine Zeit dafür.« Er preßte die Fingerspitzen gegeneinander und legte den Kopf schräg. »Beunruhigt Sie das?«

»Der Freispruch erging aus Mangel an Beweisen, Sir Graham. Das heißt, Ritchie könnte völlig unschuldig sein.«

Er sah, daß Troubridge eine Hand hob, als wolle er ihn warnen. Bethune lächelte.

»Anderseits könnte er auch schuldig sein im Sinne der Anklage.«

»Aber auf jeden Fall hätte er jetzt noch das Kommando über dieses Schiff«, beharrte Adam.

»Während Sie, Adam, ohne jedes Schiff an Land säßen.«

»Das habe ich damit nicht gemeint, Sir Graham.«

Mühelos erhob sich Bethune, wobei sein Haar fast die Decksbalken streifte.

»Als mir diese Mission anvertraut wurde, brauchte ich einen guten Flaggkapitän. Dazu fallen mir ein oder zwei andere ein, aber ich wollte *Sie*, verstehen Sie? Ihr Führungsbericht allein wäre schon Grund genug gewesen, aber es gibt noch andere Gründe. Ich werde Sie nicht in Verlegenheit bringen, indem ich sie hier alle aufzähle.« Er hatte die Stimme leicht erhoben, wirkte aber immer noch ruhig, sogar entspannt. »Was Kapitän Ritchie betrifft, so kann er meinetwegen ...«

Er fuhr herum, weil Tolan meldete: »Bitte um Vergebung, Sir Graham, aber da will jemand den Kommandanten sprechen.«

Bethune nickte langsam, wieder ganz beherrscht. »Soll eintreten.«

Es war Evelyn, der Sechste und jüngste Offizier. Den Hut unterm Arm, bemühte er sich, weder den Admiral noch die prunkvolle Einrichtung allzu auffällig anzustarren.

»Entschuldigung, Sir.« Er schluckte. »Aber man hat mir gesagt, daß Sie sofort verständigt werden wollen, wenn die *Audacity* den Anker aufholt.«

Bethune schmunzelte. »Die alte Fregatte *Audacity* – ich dachte, sie wäre längst beim Abwracker. Ihr Kommandant ist Kapitän Munro. Ein Freund von Ihnen?« Er wedelte mit der Hand. »Ach nein, ich vergaß. Sie haben dort einen Fähnrich gesponsort. Irgend jemandes Lieblingssohn, wie?«

Im gleichen beiläufigen Ton antwortete Adam: »Er hat unter mir auf der *Unrivalled* gedient.«

Trotzdem fühlte er sich wie in einer Falle. Bethune wußte ganz genau Bescheid, ebenso wie über den letzten Kommandanten der *Athena*.

Der Vizeadmiral wandte sich der nächsten Akte zu. »Machen Sie weiter, Adam. Heute abend essen Sie bei mir, ja?«

»Vielen Dank, Sir Graham.«

Troubridge folgte ihm in den Vorraum hinaus.

»Das eben tut mir sehr leid, Sir.«

Adam berührte seinen Arm. »Lassen Sie sich deshalb keine grauen Haare wachsen.«

Nach der Admiralskajüte wirkte die Luft an Deck kühler. Er lockerte sein Halstuch und nahm einige tiefe

Atemzüge. Das war ein Bethune gewesen, den er so noch nicht gekannt hatte.

Er blickte zur Flagge am Fockmast auf und nahm vom Fähnrich der Wache ein Teleskop entgegen. Kurz trafen sich ihre Blicke: ein junges Gesicht mit Schmollmund und Himmelfahrtsnase ... Dann erinnerte er sich: Das war Blake, der Enkel eines Admirals. Wahrscheinlich hatte er Hudsons Auspeitschung verursacht. Und damit seinen Tod.

Ich hätte es wissen müssen. Und verhindern.

Leutnant Evelyn rief: »An Steuerbord achteraus, Sir!« Von seiner Verlegenheit in der Admiralskajüte schien er sich völlig erholt zu haben.

Adam wartete darauf, daß sich sein Atem beruhigte, und sah die anderen Schiffe vorbeigleiten, als er den Ankerplatz absuchte. Zuerst entdeckte er keinen Unterschied, doch dann gab es eine leichte Bewegung, weil sich die Peilung von Masten verschob, weil Rahen und stehendes Gut plötzlich hinter Wolken aus Segeltuch verschwanden: Die *Audacity* mit ihren vierundzwanzig Kanonen brach den Anker aus und nahm Fahrt auf. Drüben mußten jetzt alle vollauf beschäftigt sein, zu beschäftigt, um nach den größeren Schiffen Ausschau zu halten, während sie auf die freie See hinaus kreuzten.

»Signal an *Audacity*«, befahl er. »*Viel Glück!*« Das würde ihnen etwas zu raten geben. Und vielleicht erzählte jemand David davon. Schließlich handelte es sich um ein kleineres Schiff, eine Fregatte ...

»Vom Admiral, Sir?«

Adam behielt das Glas am Auge. »Nein. Machen Sie: *von Athena.*« Die bunten Flaggen knatterten im Wind. Er stellte sich vor, wie das Signal dem Kommandanten drüben gemeldet wurde und allgemeine Neugier auslöste.

Die Fregatte hatte ihr Manöver fast vollendet, als Leutnant Evelyn rief: »Signal wird bestätigt, Sir!«

Adam gab das Fernrohr zurück und schlenderte auf die andere Seite des Achterdecks hinüber. Er wußte, daß Stirling am Kompaßhaus ihn beobachtete. »Ich mache meine Runde während der ersten Wache, Mr. Stirling«, sagte er und sah die sofortige Reaktion des Ersten: mißtrauische Vorsicht. »In der letzten Nacht im Hafen ist das ein Vorrecht des Kommandanten. Oder sollte es wenigstens sein.«

Stirling zögerte. »Dabei würde ich Sie gerne begleiten, Sir.«

Adam lächelte. »Danke. Das paßt mir gut.« Noch einmal musterte er den Ankerplatz, sah aber keine Bewegung mehr.

Wenn ich mich geirrt habe und er sein neues Leben verabscheut, dann wird er mich hassen lernen. Er dachte an das seidene Strumpfband, das jetzt in einem Schrank seiner Kajüte eingeschlossen war. *Und wenn ich ihr Böses angetan habe, werde ich mir das niemals verzeihen.*

Als er durch den Niedergang verschwand, spürte er immer noch Stirlings Blick.

Der erste kleine Schritt war getan. Wenigstens etwas.

Luke Jago hielt das Rasiermesser ans Licht und prüfte die Schneide mit dem Daumen, ehe er es zusammenklappte und in sein abgewetztes Etui legte.

Der Kommandant hatte eine gründliche Rasur nur selten nötig. Wenn er dagegen sein eigenes Gesicht einen Tag lang unrasiert ließ, glich es mehr einer Fußmatte als menschlicher Haut. Er blickte zu Adam Bolitho hinüber, dessen Stimmungen er inzwischen genau kannte. Früher hätte er nicht gedacht, daß ihm dies wichtig sein könnte. Nicht bei einem Offizier.

Nun sah er all die verräterischen Zeichen. John Bowles' Kaffee war nur zur Hälfte getrunken und das Frühstück nicht angerührt.

Er konzentrierte sich auf die Geräusche in seiner Umgebung. Männer schlurften durch den Rumpf, hier und da wurde ein Keil eingeschlagen und loses Gerät verstaut. Die Beiboote wurden auf ihren Lagern verzurrt bis auf eines, das sie nachschleppen würden, sobald die *Athena* auf See war. Als letzte Chance für einen über Bord Gefallenen. Jagos Mund verzog sich zu einem schiefen Lächeln. So etwas kam vor, besonders nach einer Nacht wie der letzten, mit ihren aufgesparten Rumvorräten und dem überraschend ausgegebenen roten Landwein.

Schließlich war es ihr letzter Tag im Hafen.

Wieder schielte er zum Kommandanten hinüber, der immer noch in Hemd und Hose dasaß, während sein Rock von der Tür des Schlafraums baumelte. Wenn sie erst auf See waren, würde er eine seiner wettergegerbten Jacken anziehen und dazu eine weiße Hose, wie sie die meisten Offiziere bevorzugten. Darüber fiel ihm der Admiral ein. Man konnte sich kaum vorstellen, wie er früher gewesen war. Aber wenigstens sprach er mit seinen Bediensteten – im Gegensatz zu vielen anderen.

Jago dachte an die Tage und Wochen, die vor ihnen lagen. Antigua kannte er seit langem. Ein freundlicher Ort, aber das war im Krieg gewesen. Eine Zuflucht vor den alten Feinden, den Franzosen und Spaniern, sogar den Holländern. Bis Antigua jedoch war es noch weit, fast viertausend Meilen weit. Auf dieser Strecke würde sich die Spreu vom Weizen trennen, die Seeleute von den »Passagieren« und die Großmäuler von den Kameraden mit Grips.

Und er dachte an Napier, jetzt *Mister* Napier. Friß Vogel oder stirb, hieß es. Doch er würde schon klarkommen, wenn ihn solche Stinkstiefel wie Fähnrich Blake und der hochmütige Vincent in Ruhe ließen. Leider gab es Blakes und Vincents auf jedem Schiff, das wußte Jago. David war ein guter Kerl, aber es brauchte mehr als eine schicke neue Uniform und einen smarten Dolch, um Offizier zu werden ... Draußen ertönten Stimmen und dann der Ruf des Wachtpostens: »Fähnrich der Wache, Sir!«

Bowles hatte die Tür schon halb geöffnet, als sei auch er sich der Stimmung des Kommandanten genau bewußt.

Jago sog an seinen Zähnen. Wenn man vom Teufel spricht ... Es war der vermaledeite Mr. Vincent.

»Das Wachboot liegt längsseits, Sir. Fragt nach der letzten Post.« Er hielt sich kerzengerade, nur seine Augen bewegten sich und beobachteten den Kommandanten, dessen Silhouette jetzt vor den Heckfenstern stand, eine Hand auf der hohen Sessellehne.

»Liegt auf dem Schreibtisch.« Wie unentschlossen drehte sich Adam danach um. Doch jetzt war es zu spät. »Nur die beiden Briefe. Danke.«

Er hatte das Wachboot schon um die verankerte *Athena* pullen gesehen und den Offizier darin erkannt, auch ohne Fernglas. Es war derselbe, der ihm seine neuen Befehle auf die *Unrivalled* gebracht und mitgeteilt hatte, daß er sein Schiff verlor.

Zwei Briefe. Einer an seine Tante Nancy, ausführlicher diesmal. Nicht wie sonst immer wieder unterbrochen und neu begonnen. Und der andere ... Ob er die richtigen Worte gefunden hatte? In wenigen Stunden mußte er auslaufen und würde monatelang auf See bleiben. Oder noch länger. Was hatte er ihr schon zu bieten? Weshalb sollte sie auf ihn warten? Das Leben hatte sie schon um genug betrogen.

Als Vincent gegangen war, nahm er das kleine Notizbuch zur Hand und blickte sich nach seinem Rock um. Der hing nicht länger still, sondern schwankte leicht hin und her. Also war Wind aufgekommen. Er stellte sich vor, wie die Leute an Deck, die er inzwischen ganz gut kannte, darauf reagieren würden: Fraser, der Segelmeister, beobachtete wohl den Wimpel im Topp, schätzte die Windstärke ab und ihren Einfluß auf seine und des Kommandanten Berechnungen. Stirling behielt die Rahen, die anderen Spieren und das stehende Gut im Auge und stellte sich die Gefahren vor, die den Toppgasten beim Segelsetzen dort oben drohten. Der Stückmeister Sam Petch würde sich vergewissern, daß jede Kanone gut gesichert war und sich bei Wetterverschlechterung auf hoher See nicht losreißen konnte.

Er hörte, daß Bowles ihm neuen Kaffee eingoß. Hoffentlich nicht mit zuviel Brandy darin.

Er dachte an seinen Rundgang am vergangenen Abend, der ihn vom einen Ende des Schiffs bis zum anderen geführt hatte. Mit einem Fähnrich vor sich und Stirlings schwerfälligem Schritt hinter sich, aber ohne die übliche formelle Begleitung durch den Korporal oder den Profoß. Ihm war der Ausdruck der Gesichter aufgefallen, wenn er beim Betreten jeder Messe oder beim Gang durch die überfüllten Mannschaftsquartiere jedesmal grüßend den Hut gelüftet hatte: Überraschung, Befriedigung, Belustigung – schwer zu sagen. Aber er vergaß sie nicht, die Lektion, die ihm sein Onkel Richard Bolitho eingebleut hatte, als er noch ein grüner Anfänger gewesen war, so grün wie jetzt David Napier: *Behandle sie mit Respekt. Das Schiff ist auch ihr Heim, denk daran.* Er hatte gemerkt, daß Stirling seinem Beispiel folgte, vielleicht zum erstenmal in seinem Leben.

In der Unteroffiziersmesse waren alle locker geblieben, auch in Gegenwart ihres Kommandanten. Immer bereit, eine beiläufige Frage zu beantworten oder selbst eine zu stellen. *Vermissen Sie die* Unrivalled, *Sir?* Ohne sich lange zu besinnen, hatte er geantwortet: *Mir fehlt ein Teil von jedem Schiff, auf dem ich früher gedient habe.* Seltsamerweise war es das erstemal gewesen, daß er dafür Worte gefunden hatte.

Dann das Messedeck der Seesoldaten, die »Kaserne«. Hier lag alles ordentlich auf seinem Platz, und es herrschte eine Kameradschaftlichkeit, die sich von all den überfüllten Quartieren rundum unterschied.

Das Fähnrichslogis wirkte schlampig trotz hastiger Versuche, es vor seinem Besuch noch aufzuräumen. Hier lebten sie in den Tag hinein wie alle jungen Leute und träumten davon, die letzte Stufe der Karriereleiter zu erreichen, das Leutnantsexamen. Kaum einer machte sich klar, daß der Schritt auf das Achterdeck nicht mehr war als ein neuer Anfang.

Hätte Luke Jago ihn begleitet, hätte er sie vielleicht mit anderen Augen gesehen, die potentiellen Tyrannen und Leuteschinder, die Kriecher und Versager. Und darunter, ganz vereinzelt, den einen, der zuhören und lernen konnte und seiner neuen Autorität würdig war. Luke hatte mit seinem Urteil meistens recht.

Und dann das Krankenrevier im Orlopdeck, tief unter der Wasserlinie, wo der Bordarzt George Crawford und seine Gehilfen mit jeder Art Gebrechen oder Verletzung fertig werden mußten, von der Schußwunde bis zur Knochenfraktur nach einem Sturz von oben, vom Tropenfieber bis zur Spur der Peitsche.

Crawford war ein drahtiger, ziemlich wortkarger Mann mit klaren Augen und einer Stimme, die weder sarkastisch noch gefühllos wurde, wenn er über seinen Beruf sprach. Der genaue Gegensatz zu dem bulligen, witzigen Arzt der *Unrivalled*, einem Iren.

In einer Stunde wollte Adam dem Vizeadmiral Bericht erstatten. Sie hatten zusammen gespeist, auch Troubridge und Henry Souter, der Hauptmann der Seesoldaten. Die Unterhaltung hatte sich auf leichte Themen beschränkt und den Dienst möglichst wenig gestreift. Und der Wein war, wie von Adam erwartet, ausgezeichnet gewesen. Alle hatten zuviel getrunken, nur dem Vizeadmiral war nichts anzumerken. Als Adam zu seinem Rundgang gerufen wurde, war er fast erleichtert aufgestanden.

Er fragte sich, ob Bethune seit dem Abendessen in der Koje geblieben war. Dann lächelte er. Auch darauf wußte Jago wahrscheinlich die Antwort.

Der Türposten rief: »Offizier der Wache, Sir!«

Es war Barclay, der Zweite Offizier. »Der Hafenoffizier brachte ein Paket, Sir. Es trägt weder Anschrift noch Absender. Ich war nicht sicher, daß ich es annehmen sollte.«

»Wer hat es im Wachboot abgegeben, Mr. Barclay?«

Der Leutnant unterdrückte ein Schulterzucken. »Jemand von der Bootswerft ...«

Adam sah das Haus vor sich, so weiß vor den Bäumen am Ufer des Tamar. Leer bis auf zwei Bewohner.

»Geben Sie's mir.«

Jago nahm es entgegen und trug es zum Tisch. »Wollen Sie es hier öffnen, Sir?«

»Nein, Luke. Auf dem Sessel, bitte.«

Jago stellte das Paket aufrecht gegen die Sessellehne und musterte es mißtrauisch. Bowles beugte sich vor, um es zu öffnen, aber Adam sagte: »Das mache ich selbst.«

Zuerst der Rahmen. Er mußte neu angefertigt worden sein, vielleicht vor ein oder zwei Tagen, aus glattem, unbemaltem Holz. Von der Bootswerft.

Er wußte nicht mehr, wie lange er zum Auspacken gebraucht hatte. Jetzt trat er zurück und starrte das Porträt an, fast ohne zu atmen. Immerhin merkte er, daß Jago und Bowles sich zurückgezogen und die Tür hinter sich geschlossen hatten.

Er fühlte sich an jenen Tag zurückversetzt. Diese Augen – und die an den Fels geketteten Arme ... Und das angedeutete Seeungeheuer, kurz davor, die Oberfläche zu durchbrechen. Er griff nach der Leinwand, um sie zu betasten, und sah, daß die Rauchspuren entfernt worden waren.

Er hatte ihr geschrieben, aber diesen Brief würde sie erst nach dem Auslaufen der *Athena* in Händen halten.
Und doch hatte sie ihm schon geantwortet.
Andromeda!

VIII Sturmwarnung

Adam Bolitho stützte sich auf den Kartentisch und musterte das Logbuch des Segelmeisters. Es wirkte so gewissenhaft und detailliert wie der Mann selbst. Ein Stechzirkel aus Messing begann, über die oberste Karte zu rutschen, worauf Adam ihn in eine kleine Schublade legte. Rundum erwachte das Schiff wieder zum Leben: Der hölzerne Rumpf knarrte, loses Gerät klapperte, die Segel füllten sich bretthart. Er war an Deck gewesen, als beide Wachen zum Vergrößern der Segelfläche gerufen worden waren, hatte die See zunächst mit langen weißen Gischtmähnen anstürmen gesehen und danach als steile Brecher. Die geschwellten Segel legten die *Athena* weit über, so daß die Toppgasten wie Affen im Rigg herumklettern mußten; doch sie waren froh, daß sie nach den umlaufenden Flauten und dem sintflutartigen Regen wieder etwas Sinnvolles zu tun bekamen.

Ohne einen weiteren Blick auf Frasers Berechnungen, die er ohnehin auswendig kannte, stieß er sich vom Tisch ab. Es war ihr neunter Tag auf See. Sie hatten bisher kaum tausendvierhundert Meilen geloggt und nach dem Verlassen der Küstengewässer Cornwalls kein anderes Fahrzeug mehr gesehen. Dadurch wirkte der Atlantik noch grenzenloser und ließ die Neulinge sich so einsam fühlen, wie sie es bisher noch nicht gekannt hatten. Als die Sonne aufging, schien sie hell, aber ohne Wärme. Das und die nassen Klamotten der Crew trugen wenig zu Wohlbefinden oder Disziplin bei.

Er hörte einige Seesoldaten zum Drill oder zur Inspektion übers Deck stapfen. Hauptmann Souter, ihr befehlshabender Offizier, hatte seine Leute zu Schießübungen in zwei Abteilungen eingeteilt, die miteinander wetteiferten. Aufgereiht standen sie auf dem Seitendeck und feuerten auf Treibholz, das vorn über Bord geworfen wurde. Das war nicht nur gutes Training, sondern auch eine willkommene Ablenkung für die wachfreien Zuschauer, die zweifellos auf die Ergebnisse gewettet hatten. Seeleute wetteten praktisch auf alles, ob legal oder illegal.

Allerdings ging die Sache nicht lange gut. Vizeadmiral Bethune ließ ausrichten, daß die Schießerei sofort aufhören müsse, denn sie störe ihn in seiner Konzentration.

Adam hatte eigentlich achtern vorbeischauen wollen, doch jetzt überlegte er es sich anders. Er hatte keine Ahnung, womit Bethune seine Tage zubrachte, jedenfalls erschien er nur selten an Deck. Wenn Adam ihm seinen täglichen Bericht erstattete, dann las er meist vertrauliche Papiere oder diktierte seinem Sekretär. Auch sein smarter, stets gleichmütiger Diener war fast immer zugegen, als könne Bethune Einsamkeit nicht ertragen.

Adam schlenderte zur Luvseite des Achterdecks. Um seinem Kommandanten nach alter Tradition einen Anschein von Privatheit zu lassen, wich Barclay, der Offizier der Wache, auf die andere Decksseite aus.

Es war fast Mittag. Der Kombüsenschornstein stieß schon die üblichen fettigen Rauchwölkchen aus, und bald würde die gewohnte Grogration ausgegeben werden. Adam beobachtete den haifischblauen Horizont, der schräg vor dem Bugspriet und seinen Stagsegeln lag. Keine scharfe Kante, sondern eine Andeutung von Dunst. Er warf Fraser einen Seitenblick zu. Der hatte es bestimmt längst bemerkt: also Regen noch vor der Hundewache, was mehr nasse Kleidung und feuchte Hängematten bedeutete.

Die Offiziersanwärter hatten sich um den Segelmeister geschart, jeder mit seinem eigenen Sextanten, um die Mittagshöhe und damit den Standort des Schiffes zu ermitteln. Adam beobachtete ihre Gesichter. Sie waren ernst, konzentriert oder nervös, zumindest die jüngeren. Wer den Aufruf zum Leutnantsexamen erwartete, war schon selbstsicherer, wie etwa Vincent, der sehr gerade dastand und seinen Sextant nonchalant in einer Hand hielt, wahrscheinlich sich der Anwesenheit seines Kommandanten sehr bewußt. Ein anderer, Roxley aus einer alten Seefahrerfamilie, sah sehr gut aus – solange er nicht lächelte. Denn ihm fehlten zwei Schneidezähne, die ihm noch vor Adams Zeit bei Sturm von einem Block ausgeschlagen worden waren.

Darüber fiel ihm wieder Napier ein, der sich jetzt gegen derlei Zwischenfälle und noch viel mehr behaupten mußte.

Fraser sagte: »Fertig!«, und all die Sextanten schwenkten herum, als die Glocke auf dem Vorschiff acht Glasen schlug. Die Sonne benahm sich an diesem Tag recht fügsam, doch man konnte seiner Sache nie ganz sicher sein. Manchmal kam es vor, daß jemand die 30-Minuten-Sanduhr verfrüht umdrehte, um die Wache zu verkürzen, dann war der Sand noch nicht ganz ausgelaufen. Dieses »das Glas anwärmen« machte jede nautische Berechnung sinnlos.

Fraser und einer seiner Gehilfen machten sich Notizen, bis einer der jüngsten Kadetten fragend eine Hand hob, als ginge er noch zur Schule. In Plymouth würde jetzt bald die Mittagskanone krachen und alle Möwen aufscheuchen, die mit Gekreisch und Gekrächz aufflogen, als erlebten sie das zum erstenmal. Adam schritt zu den Finknetzen mit den Hängematten und griff haltsuchend nach einer Lasching, als das Deck wieder stärker krängte.

Auch sie mußte den Schuß hören. Vielleicht stellte sie sich dabei das Schiff vor, wie es weiter und weiter hinaus segelte. Vielleicht bereute sie es schon. Und angenommen ...

»Verzeihung, Sir.«

Abrupt fuhr Adam herum und fragte sich im ersten Moment erschrocken, ob er seine Befürchtungen laut ausgesprochen hatte.

Es war Tolan, der Diener des Admirals, so adrett wie immer, das ruhige Gesicht ausdruckslos.

Adam hatte immer das Gefühl, daß Tolan nichts entging und Bethune sich völlig auf ihn verließ. Ständig dienstbereit, bewohnte Tolan sogar eine eigene kleine Kabine, die von der Pantry des Admirals abgeteilt worden war.

»Sir Grahams Empfehlung, und ob Sie ihn während der letzten Hundewache besuchen können?«

Das war keine Frage, sondern ein Befehl.

Sie wandten sich beide um, als auf dem Batteriedeck plötzlich ein Tumult entstand. Ein Mann, in dem Adam einen Küchenhelfer zu erkennen glaubte, rannte aufgelöst einem Huhn hinterher, das aus dem Verschlag im unteren Batteriedeck, dem »Farmhof«, entkommen sein mußte. Offenbar war es für Bethunes Abendbrottisch vorgesehen.

Es wurde gejohlt und gebrüllt vor Lachen, als der Mann um das hintere Ende eines Achtzehnpfünders schlidderte und der Länge lang hinfiel, weil sich seine Füße in der eigenen Schürze verfangen hatten.

In einem letzten Fluchtversuch flatterte der unselige Vogel, der nicht richtig fliegen konnte, die Treppe zum Achterdeck hinauf.

Ein Seesoldat der Achterdeckswache, die gerade ihren Drill beendet hatte, warf seine Muskete gegen die Finknetze und packte das Huhn an den Beinen.

»He, Kumpel«, rief er dem Küchenhelfer zu, »nächstes Mal paß besser auf, ja?«

Die Wache wechselte bereits, und der Vierte Offizier Fitzroy war dabei, Barclay abzulösen. Doch Adams Blick galt Tolan, der den Seesoldat am Arm packte und herumriß, als sei er ein Fliegengewicht.

»Daß du mir nie wieder eine Waffe so behandelst, du Bastard!« Den Mann beiseite stoßend, riß er die Muskete an sich und drehte sie so um, daß der Lauf nur zollbreit vom Gesicht des Seesoldaten entfernt war. »Siehst du das, du verdammter Idiot? Wenn sie umgefallen wäre, hättest du jemanden töten können!«

Scharf befahl Adam: »Schluß damit!« Er glaubte, die Wunde in seiner Seite wieder schmerzen zu fühlen, gerissen von der Kugel aus einer geladenen Muskete, die ein sterbender Seesoldat fallen gelassen hatte. Einen Zoll weiter daneben, hatte der Chirurg gesagt, und …

»Machen Sie weiter, Tolan. Richten Sie Sir Graham aus, daß ich mit Freuden komme.«

Seltsam, daß der Mann nach diesem Zornesausbruch so schnell seine Beherrschung wiedergefunden hatte.

»Alles in Ordnung, Sir?« Das war Stirling, der sich durch die Masse der Zuschauer drängte, als wären sie Luft.

Adam zuckte die Achseln. »Alles vorbei.« Der Küchenhelfer hastete mit dem Huhn davon, verfolgt von den spöttischen Kommentaren seines Publikums.

Leutnant Fitzroy hatte die Wache übernommen. Hoch oben im Rigg waren schon neue Ausguckposten aufgezogen. Vom Achterdeck aus gesehen, schienen sie an der Kimm entlang zu rutschen.

Pflichtschuldigst meldete Fitzroy: »Der Kurs liegt an, Sir. Südwest zu West, voll und bei.« Er tippte an seinen Hut. »Erlaubnis für den Küfer, neue Fässer an Deck zu bringen?«

»Erteilt.« Adam wandte sich ab. Wieder einmal war ihm die Routine zu Hilfe gekommen.

Wobei? Er sah, daß der Sergeant der Seesoldaten wütend seinen Untergebenen anfunkelte, der so sorglos mit seiner Muskete umgegangen war. Doch es waren Tolans Zorn und blitzschnelle Reaktion, die Adam beschäftigten.

Stirling meinte: »Ziemlich geistesgegenwärtig von dem Burschen, Sir. Würde man von einem Diener gar nicht erwarten.« Er straffte sich, als sei er schon zu weit gegangen. »Mir kommt es die ganze Zeit so vor, als hätte ich ihn irgendwo schon gesehen.« Dann blieb sein Blick an etwas hängen, und er rief: »Thompson, schieß diese Leine dort auf und mach deine Arbeit zur Abwechslung mal ordentlich!«

Aus ihm sprach wieder der Erste Offizier.

Dugald Fraser, der Segelmeister, verschränkte die Arme und starrte in den harten Sonnenglast, als wolle er ihm trotzen. Er fuhr schon sein ganzes Leben lang zur See und hatte auf Schiffen jeder Größe und Klasse gedient. Als Segelmeister hatte er die Spitze seiner Laufbahn erreicht, aber das schien ihn nicht sonderlich zu beschäftigen.

Er sah zu, wie die See kochend an der Luvseite entlang schoß und gelegentlich bis übers Schandeck schäumte, die Speigatten füllte und die Kanonen auf ihren hellbraunen Lafetten schwarz glänzen ließ.

Jetzt war der Horizont fast verschwunden, die Grenze zwischen See und Himmel von Dunst und Spritzwasser verwischt.

»Der Wind hat etwas geschralt, Sir«, sagte er mit einem Blick zu Leutnant Fitzroy an der Reling, der sich steil gegen die Schräglage des Achterdecks stemmte. Auch die beiden Rudergänger hingen mit ganzer Kraft an den Speichen des großen Rades, um die Kräfte der aufs Ruderblatt einwirkenden Seen aufzufangen. Fraser schmeckte den Salzbelag auf seinen aufgesprungenen Lippen. Fitzroy war noch jung, hatte aber schon Erfahrung. Er hätte längst reagieren müssen.

Fitzroy warf einen Blick über die Schulter, als sich die *Athena* wie im Krampf schüttelte, noch mehr Wasser übers Schandeck einstieg und die an Deck arbeitenden Männer umspülte. Die Nachmittagswache war noch nicht vorbei, aber bei diesem Wetter würde es früh dunkel werden.

»Man muß den Käpt'n informieren.« Das klang wie eine Frage.

»Aye«, antwortete Fraser und verzog das Gesicht, weil ihm Wasser in den Kragen spritzte. Fast Juni – und so kalt wie im Winter. »Wir sollten etwas Segel wegnehmen und einen Strich abfallen.«

Fitzroys Ausdruck der Erleichterung brachte ihn fast zum Grinsen. Ein Bootsmannsgehilfe warnte: »Der Käpt'n kommt an Deck, Sir.«

Fraser beobachtete eine Arbeitsgang, die auf dem Vordeck taumelnd und stolpernd irgend etwas festmachte und dabei mit bloßen Füßen auf dem nassen Deck ausrutschte, die glänzenden Körper bis auf die Haut durchnäßt.

Der Kommandant war ohne Hut, sein Haar wehte ungebändigt im Wind, und er trug einen seiner alten Dienströcke, geflickt und gestopft wie der eines gewöhnlichen Matrosen. Fraser war es zufrieden. Trotzdem sah jeder, dachte er, daß dies der Kapitän war, ganz gleich in welchem Aufzug.

Adam musterte den Himmel und den steif wie ein Speer nach Lee auswehenden Masttoppwimpel. Das Schiff arbeitete schwer im Seegang und schaufelte bei jedem Durchsacken die gischtenden Roller weit zur Seite.

»Wir ändern den Kurs um zwei Strich und steuern jetzt Südwest.« Lächelnd wischte er sich das Gesicht mit dem Ärmel trocken. »Wir können nicht dagegen an, also machen wir's uns zunutze.« Er wartete auf den rechten Moment, um vor das Kompaßhaus zu treten. »Könnt ihr sie noch halten?« fragte er die Rudergänger. »Vielleicht braucht ihr noch einen dritten Mann?«

Der eine Mann riß den Blick vom knatternden Vorsegel los und rief: »Noch nicht, Sir! Sie hält sich prächtig.«

Beide lachten laut auf, als hätte er einen guten Witz gemacht. Fraser hörte sie und vermerkte ihre Reaktion wie in einem inneren Logbuch.

Unter Kapitän Ritchie war die Stimmung auf dem Achterdeck ganz anders gewesen. Nicht daran zu denken, daß er mit seinen Leuten geflaxt hätte. Zwar hatte man ihn respektiert, aber Adam Bolitho besaß einen Wesenszug, den Ritchie niemals auch nur erkannt hätte. Die beiden Rudergänger waren harte und erfahrene Jan Maaten und hielten sich für abgebrüht. Aber unter Deck würden sie vor ihren Messekameraden damit angeben, wie der Kommandant sie nach ihrer Meinung gefragt, sogar gescherzt hatte ... Adam Bolitho schien sich seit der alten *Achates* keinen Deut verändert zu haben.

Fraser hörte den Kommandanten rufen: »Mr. Fitzroy, Sie brauchen mehr Leute an Deck, und zwar schleunigst. Ich bin nämlich kein Gedankenleser, wissen Sie.«

Bootsmannspfeifen schrillten, und die Matrosen hasteten auf ihre Stationen, jederzeit bereit, ein Reff einzustecken und das Schiff wieder unter Kontrolle zu bringen.

»Und sagen Sie Mr. Mudge, er soll das Beiboot an Bord hieven. Es läuft sonst voll.«

Sein Ton war nicht vorwurfsvoll, trotzdem antwortete Fitzroy beleidigt: »Ich hab's erst vor einer Stunde lenzen lassen, Sir.«

Adam musterte ihn nachdenklich. »Falls Sie jetzt einen Mann zum Lenzen runterschicken, haben wir als nächstes eine Seebestattung auf dem Hals, fürchte ich.«

Der Horizont war endgültig verschwunden, eine seltsame Dunkelheit kroch unter einer alles verhüllenden Wolkenbank hervor.

»Kurs Südwest liegt an, Sir!«

Ein Mastersgehilfe murmelte: »Der vermaledeite Wind flaut ab, Mr. Fraser!«

Fraser zog seinen Wachmantel enger um den Hals. »Und es gibt wieder Regen, wie ich merke.«

Selbst über dem Grollen der See und dem Schlagen der Leinwand hörte man die dicken Tropfen wie Schrotkörner auf die Planken prasseln.

Mit blitzenden Augen wirbelte der Kommandant herum und wischte sich die nassen Haare aus der Stirn. Irgendwer rief: »Kann sein, es hat sich ausgeweht. Ich war anno '99 auf dem Atlantik in einem noch stärkeren Sturm …« Die Stimme verstummte, als Adam sich gegen die Reling sacken ließ und darauf wartete, daß das Deck sich wieder aufrichtete. Er war naß bis auf die Haut, das Wasser, das ihm über Rücken und Schenkel lief, fühlte sich an wie Eis.

Dunst und zunehmender Regen löschten die Blitze, doch der Donner hallte immer noch in der Luft nach. Und in seinem Kopf.

Er befahl: »Alle Mann an Deck! Und der Erste Offizier zu mir, sofort!«

Er wußte, daß ihn alle anstarrten. Wahrscheinlich dachten sie, er hätte die Nerven verloren.

Nur Fraser sah es so deutlich vor sich, als hätte es jemand schon ins Logbuch geschrieben. Er war ein zu alter Hase, um sich täuschen zu lassen.

Es handelte sich nicht nur um einen Sturm, und wenn ja, so doch um einen vorübergehenden.

Es war Kanonenfeuer.

Der Wachsoldat vor dem Quartier des Admirals schlug scharf die Hacken zusammen, und wie durch Zauberei öffnete sich die Lamellentür, gehalten von einem Diener Bethunes, der Adam mit einer Verneigung einließ. Dabei wurde nicht gesprochen. Vielleicht empfand Bethune Ankündigungen als unnötige Ablenkung.

Nach dem Quietschen der Blöcke und den durchs laut arbeitende Rigg kletternden Toppgasten wirkte das Admiralsquartier wie eine Oase der Ruhe. Unglaublicherweise schienen selbst die Schiffsbewegungen hier weniger heftig und die Geräusche gedämpft zu sein. Als seien sie weit entfernt.

Der Speiseraum lag im Dunkeln, alle Kerzen waren gelöscht, falls sie überhaupt jemals gebrannt hatten.

Adam tastete sich an dem ungewohnten Mobiliar vorbei zur Tageskajüte mit dem Schreibtisch, an dem Bethune vor einigen Schüsseln saß, mit einer in eine halb offene Schublade geklemmten Flasche Wein. Den Rock hatte er über die Stuhllehne gehängt und seine schicke Weste aufgeknöpft. Irgendwie sah er trotzdem elegant und entspannt aus, dachte Adam. Die Heckfenster hinter dem Schreibtisch waren völlig schwarz, doch im reflektierten Licht konnte man Wasser über die dicken Scheiben rinnen sehen, wahrscheinlich ein Gemisch aus Regen und Gischt.

Zwischen seinen Lippen zog Bethune einen Hühnerknochen hervor und warf ihn in eine Schale an seinem Ellbogen. Dann betupfte er sich den Mund mit einer Serviette.

»Gibt's Neuigkeiten, Adam?«

»Der Wind ist mäßig, aber stetig, und Fraser glaubt, er wird die Nacht über durchhalten. Ich bin derselben Ansicht.«

»Danach hab' ich nicht gefragt.« Bethune reichte nach der Flasche und stellte fest, daß sie leer war. »Was, glauben Sie, war dieses Donnern? Offen gesagt?«

Ein Schatten glitt herbei und stellte eine volle Flasche in die Schublade. Das war Tolan, flink und aufmerksam wie immer.

»Kanonenfeuer, Sir Graham. Und danach eine Explosion.« Die Müdigkeit drohte, ihn zu übermannen. Was hatte ihn nur an Deck gelockt, statt daß er darauf wartete, daß der Offizier der Wache ihn rufen ließ? Wind und See waren es nicht gewesen, die hatten innerhalb der Erfahrungswerte gelegen, wie er sie schon in vielen hundert Wachen auf fast jedem Ozean erlebt hatte.

Wieder dachte er an seinen Onkel: Instinkt. Wer ihn besaß, tat gut daran, ihm zu vertrauen. Außerdem war er an das neue Schiff noch immer nicht gewöhnt. Das würde noch einige Zeit brauchen. Bethune beobachtete Tolans Hände, die sein Weinglas nachfüllten. »Ein Piratenüberfall? Denn wer sonst würde bei diesem Wetter kämpfen wollen?« Wortlos probierte er den Wein. »Aber wer sie auch waren, inzwischen sind sie über alle Berge.« Er richtete sich auf. »Wie ich höre, wurde das Kombüsenfeuer nicht gelöscht?«

Das klang wie ein Vorwurf, und Adam mußte seine Verärgerung beherrschen.

»Ich wußte, daß wir nicht klar zum Gefecht machen mußten. Vielleicht morgen?« Er hätte die Schultern gezuckt, aber sie schmerzten zu sehr. »Morgen kann alles anders aussehen. Ich war der Ansicht, die Leute sollten eine warme Mahlzeit bekommen, solange es noch geht.«

Bethune lächelte. »Ich habe Ihre Maßnahmen nicht in Zweifel gezogen, Adam. Ganz im Gegenteil.« Wieder wechselte er das Thema. »Wann, schätzen Sie, werden wir English Harbour erreichen?«

Adam erblickte sein Spiegelbild in den schrägen Heckfenstern, das mit dem Vibrieren des Ruderkopfs leicht zitterte. Wie ein Gespenst, das vom unwirtlichen Ozean hereinspähte.

»Der Nordostpassat kommt uns zustatten. Ich schätze, in ungefähr zwei Wochen.«

»Ungefähr. Das habe ich ebenfalls ausgerechnet. Danach ...« Bethune hob das Glas ans schwache Licht. »Vom Kommodore in Antigua werden wir die neuesten Geheimdienstberichte bekommen und natürlich auch vom Gouverneur. Ich bin sicher, unsere ›Verbündeten‹ werden uns nach Kräften unterstützen.«

Er hob eine Hand lauschend ans Ohr, als draußen wie in einer anderen Welt Pfeifsignale ertönten. »Man kann ihre Bäuche füllen und ihre Gemüter mit Rum wärmen, dennoch macht man sich damit nicht immer beliebt.«

»Sie sind durchgefroren, hungrig und müde, Sir Graham. Das bin ich ihnen schuldig, mindestens.«

»Wie Sie meinen.«

Adam verließ die Kajüte, und die Tür schloß sich hinter ihm so lautlos wie bei seinem Eintritt.

Er rieb sich die müden Augen. Bethune hatte ihm keinen Wein angeboten, und er hatte nicht lange genug gewartet, um das unselige Huhn mit ihm zu teilen.

Er lauschte auf das Zischen der See hinter den verschalkten Stückpforten und stellte sich vor, wie die Wache an Deck in die Dunkelheit spähte, über das Echo des Gefechts sinnierte oder das Ende des bedrängten Schiffes. Das war ihre Welt.

Jago lehnte am Niedergang, richtete sich aber auf, als Adam nach dem Handlauf griff.

»Jetzt ist alles ruhig an Deck, Sir.«

Adam wollte sich an ihm vorbeidrängen. »Ich mache nur noch eine Runde, Luke. Kann nicht schaden.«

Doch Jago wich und wankte nicht. »Sie haben noch keinen Bissen gegessen, Sir.« Er erkannte die Warnung in Bolithos scharfen Augen, ließ sich aber nicht einschüchtern. »Bowles hat's mir verraten. Er macht sich Sorgen.«

Impulsiv griff Adam nach Jagos Arm und schüttelte ihn. »Eines Tages wirst du zu weit gehen, Luke. Bis dahin ... gehe ich nach achtern. Und vielleicht ...«

Grinsend gab Jago den Weg frei. »Aye, Käpt'n. Vielleicht ... Das klingt schon besser.«

Er sah ihm nach, wie er den Niedergang erklomm. Ein tüchtiger Schluck Brandy oder von dem feinen Wein, den die Offiziere tranken, würden ihm jetzt bei seiner Stimmung mehr nützen als schaden.

Er dachte an das Ölgemälde, das so sorgsam verwahrt war, daß ihm nichts passieren konnte, selbst wenn sie auf einen Hurrikan stießen. Nur ein Bild, aber die Frau selbst war real genug. Wie die *Unrivalled*, von keiner zu übertreffen.

Ein Korporal der Seesoldaten marschierte an ihm vorbei, mit einem zweiten Bullen dicht auf den Fersen. Die Posten der Mittelwache wurden abgelöst, für morgen ... nein, heute.

Ihre weißen, gekreuzten Brustriemen leuchteten hell aus dem Schatten des benachbarten Vierundzwanzigpfünders: immer wieder ein Memento für ihn.

Plötzlich fiel ihm der Vizeadmiral ein: Einen guten Ruf sollte er haben, und beliebt war er auch, hieß es. Leise vor sich hin summend, trollte Jago sich davon.

Aber niemand, dem man ungestraft den Rücken zukehren durfte.

Der abgelöste Wachposten und sein Korporal schlossen sich ihren Kameraden in der »Kaserne« an. Eine warme Mahlzeit um diese Zeit und ein Schluck Rum obendrein waren eine unerhörte Vergünstigung, sowohl beim Corps wie anderswo. Die durfte man sich nicht entgehen lassen. Heut' war heut', und morgen konnte warten.

In der kleinen Pantry des Admirals stand George Tolan mit einem Glas in der Hand und balancierte die Schiffsbewegungen aus, während der Lichtschein der einzelnen Laterne über sein Gesicht wischte.

Bedächtig füllte er das Glas mit Wein. Wieder spürte er das Warnsignal, wie von einem Leuchtturm in der Nacht.

Er würde doppelt vorsichtig sein müssen, selbst mit der Portion Wein, die er trank. Ein stärkerer Schluck wäre ihm lieber gewesen, aber das hätte Bethune bemerkt. Und dann wäre alles zunichte gemacht worden, wofür er gekämpft hatte.

In Gedanken zögerte er wie ein Wilderer vor der Falle, bevor er sich nochmals den dummen Seesoldaten vergegenwärtigte, der seine Muskete weggeworfen hatte, um den Küchenhelfer und sein verdammtes Huhn zu beschämen. Die Waffe war nicht gesichert gewesen, weshalb ein unerfahrener Idiot sie vielleicht für ungefährlich hielt. Doch viele waren zu ihrem Leidwesen eines Besseren belehrt worden. Sogar der Kommandant, hatte er gehört, war durch solch einen Schuß verwundet worden.

Irgendwie mußte er momentan nicht auf der Hut gewesen sein, als er die schwere Waffe exakt im Schwerpunkt aufgefangen hatte. Wie sooft schon beim Drill, wenn die Sergeanten brüllten. Es war seine Geschicklichkeit, die ihn mit Stolz erfüllte. Nur eine unachtsame Sekunde, und er hatte sich instinktiv so verhalten, als stünde er wieder in Reih und Glied. Wie an jenem Tag, als er seinen vorgesetzten Offizier erschossen hatte.

Einen Moment lang hatte er befürchtet, das Bolitho seine schnelle Reaktion aufgefallen war, sein Geschick im Umgang mit der Muskete. Deshalb hatte er dessen Gespräch mit dem Admiral belauscht. Zwanzig Jahre war das nun her und hätte doch erst gestern sein können.

Er wischte das Glas sauber und hielt es in den schaukelnden Lichtstrahl.

Bethune würde jetzt bald nach ihm rufen. Seine Koje war bereit, sein schwerer Morgenmantel lag über dem Stuhl. Sie würden ein paar Worte wechseln, während er ihm in die Koje half und vielleicht noch ein Glas Wein brachte. Bethune redete, hörte selbst aber niemals zu, es sei denn, er wollte etwas erfahren.

Tolan hörte die kleine Glocke im Wohnraum des Admirals bimmeln. Nein, er würde sich nicht um alles Erreichte bringen lassen, nicht nach zwanzig Jahren.

Er nahm sein Tablett auf und öffnete die Tür. »Bin schon da, Sir Graham.«

Noch war er hier sicher.

Adam erwachte mit einem Ruck. Seine Augen fühlten sich heiß und wund an, sein Mund staubtrocken. Es war Jago, der sich über die Koje beugte und mit einer Hand die Blendlaterne abschirmte, während er wartete, daß der Kommandant zu sich kam.

Adam kämpfte sich in sitzende Position hoch und versuchte, im Geist Einzelheiten und Geräusche zu ordnen. Ihm kam es so vor, als hätte er nur wenige Minuten geschlafen.

»Was gibt's?«

Jagos gleichmütige Augen beobachteten ihn aus dem Schatten.

»Es dämmert, Käpt'n. Bald wird es hell sein.«

»Schon?« Der Schlafraum war noch so dunkel wie bei Nacht. Dann roch er frisch aufgebrühten Kaffee und glaubte, Bowles in der Pantry rumoren zu hören.

Geduldig fuhr Jago fort: »Heute kann es Ärger geben, das sagten Sie selbst, Sir. Sie werden zu Ihnen aufblicken. Deshalb dachte ich, eine Rasur käme nicht ungelegen, sozusagen.«

Stöhnend schälte sich Adam aus der Koje und spürte das Deck unter seinen Füßen; es lag schräg, aber stabil. »Dafür hab ich keine Zeit, Mann!« Aber der Ärger ließ auf sich warten, deshalb zuckte er schließlich die Schultern und sagte: »Ich schätze, es wäre nicht verkehrt.«

Den gewürfelten Decksbelag überquerend, setzte er sich an seinen Schreibtisch und dachte an Bethune, der irgendwo unter seinen Füßen logierte. Bestimmt so makellos frisch wie immer. Er lächelte. Schließlich war er ja ein Flaggoffizier, stand hoch über den alltäglichen Problemen und Plagen des gewöhnlichen Seemanns. Das Lächeln wurde breiter. Oder des Kapitäns.

Über seinem Kopf polterten Schritte, und jemand stieß einen Ruf aus. Jagos Hand drückte seine Schulter wie ein Knecht, der ein nervöses Pferd beruhigt.

»Immer mit der Ruhe, Käpt'n.« Das Rasiermesser blitzte im Licht. »Es dauert nicht lange. Aber trinken Sie zuerst einen Schluck Kaffee.«

Adam lehnte sich im Stuhl zurück und dachte an das Gemälde in seinem Schlafraum. Er war mit Blick auf das Bild, auf sie, eingeschlafen, während die hin und her schwingende Laterne über sie beide wachte.

Wo war sie jetzt? Was tat sie, was dachte sie gerade?

Nun, da sie Zeit zum Überlegen gehabt hatte, was hielt sie wohl von den Augenblicken, in denen sie eins geworden waren?

Bowles erschien, den Kopf unter die Decksbalken gebeugt. »Ein frisches Hemd, Sir, und ein neuer Rock.« Er warf Jago einen Blick zu und hätte ihm beinahe zugeblinzelt.

Adam erhob sich und betastete sein Gesicht. Wie der heiße Kaffee hatte die Rasur mit seiner Müdigkeit aufgeräumt.

»Wird schon heller, Käpt'n«, meinte Jago.

Adam knöpfte das Hemd zu und zupfte sein Halstuch zurecht. Er war bereit.

»Das Ölbild, Bowles. Verwahren Sie es sicher.«

»Wird gemacht, Sir.«

Adam ging zu seinem Lehnstuhl und strich über das Leder. Den Grund für das Kanonenfeuer und die Blitze in den schwarzen Wolken würden sie nie erfahren. Der Atlantik war ungeheuer groß, und Schiffe waren darauf nicht mehr als treibende Blätter auf einem Mühlenteich.

»Ich gehe an Deck.«

Bowles nickte gravitätisch. Doch Jago wartete, denn er fühlte Adams Unentschlossenheit, seine Zweifel.

Der Kommandant verließ seine Kajüte und trat am Kartenraum vorbei in den schwindenden Schatten. Anonyme Gestalten wichen beiseite, Gesichter und Stimmen wurden zu Menschen, die er inzwischen kannte: die Morgenwache von vier bis acht Uhr, in der das Schiff, jedes Schiff, zum Leben erwachte.

Stirling, der Erste Offizier, hatte die Wache und wartete bereits, das Gesicht nach achtern gewandt, als hätte er gewußt, daß der Kommandant in diesem Augenblick an Deck kommen würde. Instinkt ...

»Eine ruhige Wache, Mr. Stirling«, sagte Adam, trat vors Kompaßhaus und beobachtete die im schwachen Licht hin und her schwingende Kompaßrose. Nach wie vor lag Kurs Südwest an. Danach spähte er hinauf zu den oberen Segeln, die noch blaß und undeutlich zu erkennen waren und sich gelegentlich in einem Windstoß füllten. »Guter Mann im Ausguck?«

»Sir, ich habe zwei Leute nach oben geschickt. Obwohl ...«

Adam wandte sich um und starrte auf die See hinaus. »Obwohl Sie glauben, daß es für sie nichts zu sehen gibt.«

Stirling beharrte auf seinem Standpunkt. »Inzwischen ist viel Zeit vergangen, Sir.«

»Stimmt.« Er hatte recht. Jeder Pirat oder illegale Händler hätte längst jeden Quadratzoll Tuch gesetzt und das Weite gesucht, hätte er geargwöhnt, daß ein Kriegsschiff in der Nähe war.

Adam ging zur Leeseite des Achterdecks und sah eine große Gischtfontäne aus einem Fleck dunklen Wassers aufsteigen. Wie beim Einschlag einer Kugel. Oder von einem großen Fisch.

Die heisere Stimme von Bootsmann Henry Mudge drang an sein Ohr. »Sowie es hell ist, setzen Sie zwei gute Leute an diesen Spleiß, Nr. Quinlan. Daran sollte ich Sie nicht erst erinnern müssen, oder? Wenn Sie eines Tages zum Leutnantsexamen antreten wollen, und Gott helfe uns allen, falls Sie bestehen, dann …«

Der Rest wurde vom Knallen des Besansegels übertönt, daß sich in einer plötzlichen Bö füllte.

Noch ein Gesicht. Quinlan war einer der jüngsten Fähnriche und erst dabei, sich seinen Weg zu ertasten. Wie David Napier.

Die beiden Rudergänger drehten das große Doppelrad, wobei sich der eine vorbeugte, um den Kompaß abzulesen, und der andere nach oben starrte, um am Piek des Besansegels die Windstärke abzuschätzen und gleichzeitig mit den bloßen Füßen den Druck der Seen gegen das Ruderblatt tief unten zu fühlen. An seinem muskulösen Arm fiel eine phantasievolle Tätowierung ins Auge, ein Raubvogel mit weit ausgebreiteten Flügeln und einer Art Totenschädel in den Fängen.

Adam wurde plötzlich hellwach und aufmerksam, denn er machte sich klar, daß der Seemann eben noch von völliger Dunkelheit eingehüllt gewesen war.

Er trat an die Reling und sah die See an Farbe gewinnen, während der weit achteraus liegende Horizont Licht versprühte und die oberen Segel in Sonnenschein tauchte. Bald fielen die Strahlen auch auf die von Gischt gesprenkelten Planken und Seitendecks, auf empor gewandte Gesichter und auf einen Mann mit Schürze, der sorgsam einen Eimer in Lee über die Seite ausgoß.

Adam beschattete seine Augen und blickte zum Wimpel im Masttopp empor, der als leuchtender Farbfleck steif vor dem Himmel stand. Das Kombüsenfeuer wurde wieder entfacht und schickte seine Rauchwolken in die Morgenluft. Die Vormittagswache würde jetzt zum Frühstück gehen, wahrscheinlich Überreste von dem überraschenden Abendessen, das der Kommandant in einem Anfall von Menschenfreundlichkeit – oder Narretei, wie es im Mannschaftslogis hieß – genehmigt hatte.

Adam strich über den Handlauf der Reling und spürte das getrocknete Salz wie Sand unter den Fingern.

Und unten in seinem Quartier würde Bethune jetzt insgeheim lächelnd den Kopf schütteln und sich fragen, ob er den richtigen Mann zu seinem Flaggkapitän gemacht hatte.

»An Deck!«

Alle erstarrten wie ein unvollendetes Stilleben: der leere Eimer des Mannes mit Schürze blieb in der Luft hängen, die zwei Matrosen, lauschend zu dem jungen Fähnrich namens Quinlan hinab gebeugt, andere wie zu Eis gefroren, während sie durchs Gewirr der Takelage zu dem unsichtbaren Ausguck auf der Saling hinauf spähten.

Stirlings Stimme übertönte alle anderen Geräusche. »Ich höre! Welche Peilung?«

Es schien eine Ewigkeit zu dauern, bis die Antwort aus dem Ausguck kam. »Klar an Steuerbord voraus, Sir! Wrackteile!«

Adam riß ein Fernrohr an sich und richtete es übers Vorschiff aus, wo ein widerspenstiger Horizont sich noch nicht von der Nacht trennen wollte.

»Der Mann hat wirklich gute Augen, Mr. Stirling. Bei dieser Beleuchtung hätten wir sie leicht übersehen können.«

Er merkte, daß Troubridge neben ihm stand und die Augen aufriß, als hätte man ihn gerade aus seiner Koje gezerrt.

»Sir Graham hat den Lärm gehört«, sagte er wie zur Entschuldigung. »Er läßt sich empfehlen und …«

»Sagen Sie Sir Graham, daß wir auf Wrackteile gestoßen sind. Also hatten wir recht.«

Troubridge verhielt am obersten Absatz des Niedergangs und wandte sich nach ihm um. Wieder wirkte er so jung wie an dem Abend, als sie gemeinsam in das Atelier eingedrungen waren.

»Sie hatten recht, Sir.« Damit verschwand er.

Adam sah Jago ihn vom Niedergang her beobachten. Er wirkte entspannt, wohl weil die Lage nun seine Kompetenzen überstieg.

Mit jeder Minute wurde das Licht jetzt stärker. Aus Gesichtern wurden Individuen, und die See erstreckte sich auf beiden Seiten weit bis zum Horizont. Gruppenweise tauchten Matrosen auf, noch an den Resten ihres Frühstücks kauend, während sie die Mahlzeit sonst bis zum letzten Moment ausdehnten. Diesmal gab es Interessanteres. Hauptsache, es unterbrach den monotonen Dienstbetrieb.

Die See ging immer noch hoch, was man auf *Athena*s Hüttendeck berücksichtigen mußte, das im Vergleich zu einer Fregatte so viel höher überm Wasser lag.

Wieder hob er das Teleskop. Diesmal war das Bild schon klarer. War das alles, was von einem Schiff voll Arbeit und Leben übriggeblieben war?

»Jolle klar zum Aussetzen, Mr. Stirling. Bemannt mit Freiwilligen.«

Seine Finger krampften sich um das Fernrohr. Wie Staub, den man über den blaugrauen Ozean verstreut hatte: viele hundert Bruchstücke, verteilt über eine Meile und mehr.

Er hatte Jago nicht nähertreten gesehen, hörte ihn aber jetzt murmeln: »Ich übernehme die Jolle, Käpt'n.« Ruhig, fast wie eine Tatsachenfeststellung.

Bootsmann Mudge rief seinen Leuten auf dem Batteriedeck Befehle zu, sie klangen in der feuchten Luft lauter als sonst.

Stirling meldete: »Die Bootsgasten sind bereit, Sir.«

Diesmal schwang in seiner Stimme kein Zweifel mit. Befehl war schließlich Befehl und wurde nicht hinterfragt.

Adam hörte den jungen Fähnrich Vicary erschreckt Luft holen und sah ihn weit die Augen aufreißen, wie gebannt aufs Wasser stierend. Kein Wunder.

»Wozu all die Aufregung?« Das war Bethune, der sich auf dem Achterdeck umblickte und dann hinunter in die Jolle, die bereits abgefiert wurde. »Ich sehe keinen Grund, sich weiter damit zu beschäftigen.« Wieder das Lächeln. »Wir haben beide weitaus Schlimmeres abgewettert, nicht wahr. Adam?«

Einige der Umstehenden grinsten verschwörerisch. Sie hatten ihren Admiral nicht mehr gesehen, seit er in Plymouth an Bord gekommen war.

Jedes verfügbare Teleskop war auf die armseligen Wrackteile gerichtet, welche die See zu beiden Seiten bedeckten und jetzt Gestalt und Form annahmen: ein Mast oder Teile davon, mit vollgesaugten Leinwandfetzen daran und wie Tang nachgeschlepptem Leinengewirr, dazu eine noch intakte Gräting, so sauber wie gerade eben geschrubbt.

»Also, falls Sie das noch weiter diskutieren wollen ...« Bethune unterbrach sich, seine Hand auf der Reling, und wandte den Kopf, als eine Stimme gellte: »An Deck! An Backbord voraus!« Und nach einer ungläubigen Pause: »Leichen, Sir!«

Adam drückte sich an die Finknetze und fokussierte das Teleskop mit großer Sorgfalt. Das gab ihm Zeit, seinen Ärger hinunter zu schlucken. Er hörte sich sagen: »Ich setze ein Boot aus, Sir Graham.« Das Teleskop richtete sich jetzt auf einen langen Wellentrog, in dem ein großes Stück Holz trieb, wahrscheinlich eine Sektion des von der Explosion auseinander gerissenen Decks. Zwei Gestalten lagen halb darauf und klammerten sich daran.

Eine war fast nackt, die andere trug die gleiche Uniform wie seine Männer.

Scollay, der Waffenmeister, rief entsetzt: »Gütiger Jesus, das sind Unsrige!«

Adams Blick suchte den Ersten. »Drehen Sie bei, Mr. Stirling. Setzen Sie die Jolle ins Wasser, sowie wir gewendet haben.«

Aus dem Boot starrte Jago zu ihm herauf, dann sank er außer Sicht. Bethune neben ihm hatte sich noch nicht gerührt, ließ die Hand immer noch auf der Reling liegen und sein Haar vom Wind zerzausen, als überforderten die Ereignisse sein Fassungsvermögen.

Mühsam richtete Adam das Glas aus, als die *Athena* mit stärkerem Krängen und donnernden Segeln in den Wind drehte. Pfeifen schrillten, Befehle gellten, doch Stirlings dröhnende Stimme übertönte sie alle. Adam sah die Bootsgasten mit aller Kraft vom Schiff weg pullen, auf das Treibgut und die beiden Schiffbrüchigen zu.

»Da sind noch mehr Leichen in der Nähe.« Er preßte das Teleskop mit aller Kraft ans Auge, damit er den Anblick nie vergessen würde. Leichen und Leichenteile trieben im Wasser, hoben und senkten sich wie in einem obszönen Tanz. »Holt den Schiffsarzt!«

Adam richtete das Glas auf die Jolle, bis Jagos Gesicht die Linse füllte, die Augen gegen die tiefstehende Morgensonne fast zugekniffen. Er wartete darauf, daß das Schiff sich wieder auf ebenen Kiel legte.

»Bin schon hier, Sir.«

Ohne sich umzublicken, wußte er, das war Crawford.

»Halten Sie sich bereit mit Ihren Leuten.« Er ließ das Glas sinken und reichte es Fähnrich Vicary zurück, denn er konnte Jago jetzt mit bloßem Auge erkennen. Der balancierte in dem dümpelnden Boot, schaffte es aber, beide Hände zu heben und über dem Kopf zu kreuzen. »Rechnen Sie mit einem Überlebenden. Sie können mein Quartier benutzen, falls Sie es brauchen. Das spart Zeit und rettet vielleicht ein Leben.«

Bethune sagte: »Ich hätte Ihre Entscheidung nicht in Frage stellen sollen, Adam.«

Adam zuckte die Schultern. »Ich hatte so ein Gefühl. Hätte es selbst nicht erklären können.« Er sah, wie das Selbstbewußtsein in Bethunes Blick zurückkehrte, das einen Moment daraus gewichen war, als hätte er die Kontrolle verloren.

Nun blickte er zu seiner Flagge hoch, die steif vom Vormasttopp auswehte.

»Rufen Sie mich, falls Sie etwas entdecken. Aber nehmen Sie so bald wie möglich wieder Fahrt auf.« Wieder das leichte Zögern. »Sobald Sie es für angebracht halten.«

Er schritt zum Niedergang, ohne noch einen Blick auf die See hinaus zu werfen oder auf die hart arbeitende Jolle zwischen dem jetzt schon dünneren Teppich aus Treibgut.

Leutnant Francis Troubridge hielt ihm die Tür auf und versuchte, zur Begrüßung ein Lächeln zustande zu bringen, als *Athena*s Kommandant die Admiralskajüte betrat. Als sich die Tür wieder schloß, hörte er kurz und wie aus einer anderen Welt die Schiffsglocke läuten.

»Sir Graham erwartet Sie, Sir.« Gern hätte er noch viel mehr gesagt und vor allem über die jüngsten Ereignisse gesprochen: über das beigedrehte Schiff, die Spannung an Deck und den Bericht des Bootsteurers, der mit dem einzigen Überlebenden zurückgekehrt war.

Und die ganze Zeit war Kapitän Bolitho an Deck geblieben, alles beaufsichtigend und seine Befehle erteilend, während er das Schiff wieder unter Kontrolle brachte. Der Ausdruck seiner Augen strafte dabei die Gelassenheit seines Tons Lügen.

Jetzt sah sich Adam in der Admiralskajüte um, die eleganten Möbel und Einbauten musternd. Das schien ihm alles so unwirklich zu sein, trug jedoch seltsamerweise dazu bei, seine Nerven zu beruhigen. Er rieb sich die Stirn. War es wirklich erst gestern gewesen, daß der Admiral um diese Zeit sein Huhn verspeist hatte?

Der Diener Tolan trat aus dem Schatten, ein Tablett mit einem Schwenker balancierend. »Cognac, Sir.«

Hastig sagte Troubridge: »Hoffentlich mögen Sie Cognac, Sir. Ich dachte, den können Sie jetzt brauchen.«

Adam spürte, daß der Druck von ihm wich wie Sand aus einem Stundenglas. »Ja, danke.« Und zu Tolan: »Auch Ihnen vielen Dank.«

Dann ließ er sich in einen Stuhl fallen, der schon für ihn bereitstand. Draußen senkte sich die Dunkelheit bereits auf die bewegte See, und ein paar Sterne blinzelten blaß, aber klar vom jetzt wolkenlosen Himmel. Die *Athena* war wieder auf Kurs und bestrebt, die mit ihrer Rettungsaktion verlorene Zeit aufzuholen.

Der Cognac war gut. Sehr gut. Wahrscheinlich aus jenem Geschäft in der Londoner St. James Street, wo sein Onkel seinen Wein gekauft und Catherine oft Nachschub bestellt hatte, wenn er draußen auf See war. *Und für mich* ... Wieder rieb er sich die Augen, um seine Gedanken zu ordnen und die Ereignisse in die richtige Reihenfolge zu bringen. Schmerzhaft grinste er mit aufgesprungenen Lippen: Wie Frasers Logbuch und seine sorgfältigen Anmerkungen. Tag um Tag, Stunde um Stunde.

Das Schiff war die *Celeste* gewesen, eine Kurierbrigg der Marine und eine von den vielen, die in jeder Flotte und Basis dienten, wo der Union Jack wehte. Ständig überlastet und für selbstverständlich gehalten, bildeten diese kleinen Schiffe das entscheidende Glied zwischen der Admiralität und praktisch jedem im Einsatz befindlichen Kommandanten.

Adam hatte von *Celeste* mehrfach gelesen, in Depeschen und ein- oder zweimal in der *Gazette*. An den Schürzenbändern der Flotte hängend, aber niemals im Zentrum der Schlacht, wo Ruhm und Ehre winkten.

Der Überlebende war der amtierende Segelmeister, ein erstklassiger Seemann namens William Rose, der ursprünglich aus dem Seehafen Hull stammte. Nicht mehr ganz jung, hatte er praktisch sein Lebtag lang auf See gedient, zuerst in der Handels-, aber hauptsächlich in der Kriegsmarine.

Immer noch hatte Adam seine heisere Stimme im Ohr, mit der er vage Angaben über seine Person machte. Oben in der Kapitänskajüte, während Adam beobachtete und zuhörte. Der Schiffsarzt gab Rose kaum eine Chance, er hatte schon zu viele solcher Opfer erlöschen sehen. Doch Rose besaß erstaunliche Kraft und die dazu passende Willensstärke.

Adam wußte, daß verwundete Matrosen manchmal darum flehten, man möge sie in Ruhe sterben lassen, statt sie im gefürchteten Orlopdeck der Säge und dem Skalpell des Chirurgen auszuliefern. Er selbst hatte allein schon den Geruch das Lazaretts hassen gelernt und die Schrecken, die es selbst für die Tapfersten bereit hielt. Deshalb hatte er Rose in sein eigenes Quartier bringen lassen.

Er hob den Cognacschwenker ans Licht. Daß er wieder gefüllt worden war, hatte er gar nicht bemerkt.

Die *Celeste* war auf dem gleichen Kurs unterwegs gewesen wie die *Athena*, nach Antigua, und zwei Tage vor ihr aus Plymouth ausgelaufen. Kein Wunder, daß Bethune so erregt reagiert hatte, als er den Namen der Brigg erfuhr. Sie war unter seinem Befehl gesegelt und zuversichtlich gewesen, daß sie English Harbour lange vor jedem Zweidecker erreichen würde.

Ihm war, als hörte er Rose wieder sprechen, während

er mit einer starken, rauhen Hand seine eigene umklammerte. Die Ereignisse beschreibend, sie noch einmal erlebend, Schritt für Schritt. Nur gelegentlich brachte er die Reihenfolge durcheinander und erzählte von seiner Heimatstadt Hull oder von seinem Vater, einem Segelmacher. Dann verkrampfte sich die Hand, als er die plötzlich und ohne Vorwarnung über sie hereinbrechende Bö schilderte. *Ich hab' dem Käpt'n gesagt, was ich davon hielt, aber er hat nicht auf mich gehört. Wußte alles besser. Außerdem hatte er strengen Befehl, sich nicht aufhalten zu lassen.* Adam glaubte, eine Träne in Roses Augenwinkel zu erkennen, ob nun aus Schmerz oder Verzweiflung, das wußte er nicht. *Sie müssen wissen, unsere alte* Celeste *war immer noch schneller als jeder andere Kurier.*

Also auch Stolz.

Sie hatten die Fockmaststenge verloren und waren Wind und Seegang ausgeliefert, während sie zu reparieren versuchten. Und dann war ein fremdes Segel in Sicht gekommen, eine große Bark. Sie näherte sich der waidwunden *Celeste*, bis sie zum Signalisieren dicht genug heran war. *Sie war'n Yankee. Unser Käpt'n fragte, ob sie 'nen Doktor an Bord hatte, weil einer von uns durch eine fallende Spiere schwer verletzt worden war.*

Adam starrte durch die salzverkrusteten Heckfenster. Kurierbriggs waren gehalten, niemals beizudrehen oder mit einem Fremden zu sprechen. Die Sache sah also nach einer geplanten Falle aus.

Die Bark verringerte den Abstand zu *Celeste* und ließ die Maske fallen. Der Griff der rauhen Finger verlor seine Kraft, als Rose keuchend fortfuhr. *Sie fuhren ihre Kanonen aus und feuerten aus nächster Nähe auf uns, mit doppelten Ladungen, so fühlte es sich an.* Vor Unglauben versagte ihm jetzt noch die Stimme.

Unser Käpt'n war der erste, der fiel, verflucht soll er sein! Aber es war nicht seine Schuld. Sie enterten uns und hieben jeden nieder, der sich wehrte. Die anderen wurden unter Deck getrieben, während die Hunde die Kapitänskajüte plünderten.

Rose machte eine lange Pause, in der nur sein pfeifender Atem die Stille unterbrach.

Crawford flüsterte: »Mehrere tiefe Stichwunden. Schon infiziert, ich kann nichts mehr dagegen tun. Er liegt im Sterben.«

Rose sprach noch einmal, diesmal mit klarer Stimme, als spüre er keine Schmerzen mehr.

Dann kam die Explosion. Das Magazin. Mehr weiß ich nicht mehr. Bis ... Plötzlich starrte er Adam beschwörend an. *Sagen Sie ihnen ...*

Und damit verschied auch der letzte Überlebende der *Celeste*. Adam sah auf, als Bethune die Kajüte betrat und vor ihm stehen blieb, ihn aufmerksam beobachtend.

»Sie müssen wissen, Adam, das war kein zufälliges Scharmützel. Es war beabsichtigt. Jemand wußte ganz genau, was die *Celeste* beförderte: meine Befehle und die Anweisungen der Admiralität, nach denen schleunigst gehandelt werden sollte. Ihr Kommandant hätte Bescheid wissen müssen, dieser Versager!« Wieder schlug seine Stimmung um, er lächelte. »Aber Sie wissen ja, was man über die Leute sagt, die ihre Briggs so führen, als wären es Fregatten, nicht wahr? Schneller als alle größeren. Größer als alle schnelleren.« Er blickte sich in der Kajüte um, als suche er etwas. »Wir wollen gleich zusammen speisen, nur wir beide. Das Schiff wird eine Weile auf Sie verzichten können.« Er schien einen Entschluß zu fassen. »Ich habe mir diesen Auftrag gewünscht, und ich werde ihn erfolgreich zu Ende bringen, komme was da mag.« Ruhig musterte er Adam. »Ich habe nicht vor, mich zum Sündenbock für andere machen zu lassen, nicht in meinem Alter. Wir haben uns festgelegt, Adam. Wir beide gemeinsam, denken Sie daran!«

Tolan und zwei andere Diener zogen einen Paravent

beiseite, worauf ein Tisch mit brennenden Kerzenleuchtern und zwei Stühle sichtbar wurden.

Bethune unterhielt sich jetzt lächelnd und gestenreich mit Tolan, doch seine Worte hingen immer noch im Raum.

Wie eine Warnung.

IX Ein Todesfall in der Familie

Nancy, Lady Roxby, beugte sich im Sitz vor und tippte mit ihrem Sonnenschirm ans Kutschenfenster.

»Das ist weit genug, Francis, du kannst hier auf uns warten.« Sie vermied einen Blickwechsel mit dem Mädchen neben sich. »Etwas Bewegung wird uns gut tun, jetzt, da der Regen aufgehört hat.« Nur eine beiläufige Bemerkung, um die Spannung zu mildern. Über Unkraut und verwilderte Büsche hinweg musterte sie das alte Glebe-Haus jenseits der Straße, das Sir Gregory Montagu, der berühmte Maler, zeitweise bewohnt hatte. Dann ließ sie eine Hand auf dem Wagenschlag ruhen. »Falls du dir's anders überlegst, Lowenna, können wir jederzeit zurückfahren. Zurück nach Falmouth …« Weil sie die Unsicherheit, die plötzliche Verlegenheit ihrer Begleiterin spürte, wandte sie sich ihr zu. »Hauptsache, du fühlst dich wohl bei mir.«

Lowenna starrte an ihr vorbei. Es war Monate her, aber sie empfand es immer noch wie gestern: das durchs Haus rasende Feuer, angefacht vom Wind und brüllend wie ein lebendes Wesen mit einem eigenen bösartigen Willen.

Sie kletterte aus dem Landauer und musterte die verkrautete Straße. Da war die Mauer, wo sie Adam in seinem Blut liegend gefunden hatte, nachdem sein Pferd ihn abgeworfen hatte und seine Wunde wieder aufgeplatzt war. Und sie war die einzige gewesen, die ihm zu Hilfe kommen konnte.

Langsam schritt sie auf das Haus zu. Noch immer roch sie die verkohlten Balken, die jetzt nach dem kurzen heftigen Regenguß naß glänzten. Dazwischen zerbrochene Ziegel, Mörtelbrocken und das Schimmern von Glasscherben im wieder erwachten Sonnenschein. Alles wie beim letztenmal, als sie hier gewesen war. Die Dörfler mieden das Anwesen, in dem es angeblich spukte, wie manche meinten. Oder wo Schmuggler hausten, wie andere behaupteten.

Sie hatten Montagu für verrückt gehalten, als er es kaufte und darin mehrere Ateliers einrichten ließ, in denen er arbeitete oder Schüler ausbildete, die von seinem Ruhm und seinem Genie inspiriert wurden. Und jetzt war er tot, hatte vom Tag des Brandes an zu sterben begonnen.

Die angekohlten Türen standen offen oder hingen schief in den Angeln. Sonnenlicht fiel durch ein großes Loch im Dach auf die alte Treppe, wo ihre Schuhe über Glassplitter und Asche knirschten.

Sie wußte, daß Lady Roxby ihr folgte, hilfsbereit wie immer. Wie damals, als sie sich zum erstenmal hier getroffen hatten, weil sie gekommen war, um Adams Porträt zu begutachten.

Sie hörte einen Vogel im großen Atelier aufflattern, vielleicht von seinem Nest. Es war derselbe Raum, in dem Adam sie wie gebannt betrachtet hatte. *Andromeda* ... Bei der Erinnerung durchzuckte sie ein Schmerz. Er war so weit weg ... Alles andere war wie ein Traum, dessen Verblassen sie fürchtete.

Deshalb bin ich hierher zurückgekehrt.

Sie beschleunigte den Schritt, bis sie in dem alten Garten stand. Überwuchert wie eine Wüstenei, aber die Rosen blühten noch, klammerten sich an die Mauer und den Sonnenschein, so frisch und strahlend gelb wie damals. Wie die Rose an seinem Rock auf dem vollendeten Porträt.

Sie bückte sich, um eine zu pflücken, und sah einen Blutstropfen aus ihrem Finger quellen. Fast konnte sie wieder seine Stimme hören.

Nancy beobachtete sie, reglos und stumm: diese Gestalt in fließendem blaugrauem Gewand, mit einem breitkrempigen Strohhut, der ihr von den Schultern hing. Lowenna, das bedeutete »Freude« in der alten Sprache Cornwalls. Nach allem, was dieses dunkeläugige Mädchen mitgemacht hatte, schickten sich die Götter jetzt vielleicht an, sie zu entschädigen.

Sie überquerte die vermoosten Fliesen. »Hier, laß mich das machen. Ich bin eher daran gewöhnt als du.« Sie merkte, daß Lowenna sich versteifte, daß die alte Schranke wieder zwischen ihnen stand wie damals bei ihren ersten Begegnungen. Sie war ihre einzige Verteidigung. Erklärend fügte sie hinzu: »Für mich gibt's dieser Tage nicht viel anderes zu tun, mußt du wissen.«

Da spürte sie Lowennas Arm um ihre Schultern, ihr dunkles Haar an ihrer Wange.

»Sag das nicht, Tante Nancy. Du bist immer fleißig, immer bemüht, anderen zu helfen. Deshalb liebe ich dich so.«

Schweigend sammelten sie Rosen für einen Strauß. Dann sagte Lowenna: »Den Rest lassen wir hier stehen. Zur Erinnerung.«

Langsam kehrten sie auf die Straße zurück, wo Francis in der Kutsche auf sie wartete, deren Verdeck er inzwischen zurückgeklappt hatte. Es bestand aus geöltem Leder, das immer wieder eingerieben werden mußte, damit es weich und wasserdicht blieb. Lowenna bemerkte, daß der Kutscher, ein ehemaliger Kavallerist, fleckenlose weiße Handschuhe trug.

»Ich dachte, im offenen Wagen wird der Rückweg für Sie angenehmer, Mylady.«

Lächelnd berührte Nancy seinen Arm. »Was würde ich nur ohne dich anfangen, Francis?«

Lowenna kletterte in den Landauer und band die Hutbänder unter ihrem Kinn zur Schleife. Als junges Mädchen mußte Nancy eine Augenweide gewesen sein. Nun war Roxby, ihr Ehemann, der »König von Cornwall«, schon lange tot. Lowenna erinnerte sich an ihr erstes Treffen, bei dem Nancy offen bekannt hatte, daß sie in ihrem Leben zwei Liebhaber gehabt hatte. Jetzt war sie fast sechzig, aber noch nicht erloschen. Das Feuer schimmerte immer noch durch, in ihren Augen und in der Art, wie sie sich gab.

Sie hatte sie nicht ausgefragt: Warum war sie gekommen? Wie lange wollte sie bleiben? Doch dies war der Westen Englands, und hier verbreiteten sich Neuigkeiten auf schnellen Flügeln. Nancy mußte über ihren kurzen Aufenthalt im Haus des Bootsbauers längst Bescheid wissen. Nur einmal hatte sie nach dem Bild gefragt und ob es beim Brand stark beschädigt worden war.

Lowenna hatte ihr erzählt, daß sie es zu Adams Schiff hinaus gesandt hatte, bevor er ausgelaufen war.

»Ich werde dich nicht fragen, ob du ihm nur das Bild geschenkt hast, liebste Lowenna. Ich sehe es in deinen Augen.«

Keine Vorwürfe, keine Warnungen. Das war Nancy.

Die Kutsche ratterte munter auf der Landstraße dahin, denn die Pferde waren froh, den Brandgeruch hinter sich zu lassen und wieder ausgreifen zu können. Fingerhut und Heckenrosen in bunter Fülle verschönerten die rasch vorbeigleitende Brachlandschaft.

Einmal kamen sie an Arbeitern vorbei, die für eine neue Straße das Gelände rodeten. Meist waren es junge Männer mit nackten Oberkörpern, die nur kurz aufblickten, als die Kutsche vorbeirollte. Es war ein Zeichen der Zeit: Diese Männer hatten vor kurzem noch Uniform getragen und als Soldaten oder Matrosen gedient. Das neue Leben war noch fremd für sie, aber zumindest hatten sie Arbeit gefunden, um ihren Lebensunterhalt zu bestreiten. Lowenna hatte viele gesehen, die weniger glücklich waren – Männer, die auf dem Pier oder der Hafenmauer herumlungerten und die Schiffe beobachteten, selbst wenn sie ausgemustert waren. Wie Adams *Unrivalled.* Starren Blicks hingen sie ihren Erinnerungen nach, aber niemals den schlechten, der strengen Disziplin und der ständigen Bedrohung, sondern immer nur der guten Kameradschaft. Das war etwas, das sie gefühlsmäßig verstanden hatte, wie auch die Liebe selbst.

»Ich muß bald nach Bodmin fahren.« Nancy griff nach Lowennas Hand und barg sie in ihrer eigenen. »Die Anwälte haben eine Zusammenkunft angesetzt. Wirst du bleiben, bis ich zurückkomme? Auch länger, wenn es dir paßt?« Beruhigend tätschelte sie Lowennas Hand, als sei sie ein furchtsames Tierchen. »Ich frage dich gar nicht erst, ob du mich begleiten willst, meine Liebe.«

In Bodmin hätten sie auch zu viele bittere Erinnerungen erwartet. Vor allem die Familienmitglieder, die sich von ihr abgewandt hatten, als sie ihre Hilfe und Unterstützung am nötigsten gebraucht hätte. *Kein Rauch ohne Feuer ...* Wie konnten sie nur so denken?

»Anwälte? Bedeutet das Ärger, Nancy?«

»Wie immer, meine Liebe.« Sie zuckte die Schultern, erleichtert, daß die Hürde genommen war. »Aber es geht nicht ohne sie. Schwierige Pächter, Reparaturen an den Katen und Scheunen – es hört niemals auf. Ich hatte gehofft ...«

Sie vollendete den Satz nicht.

Lowenna fiel ein, daß Nancy zwei erwachsene Kinder hatte, die es vorzogen, in London zu leben statt in Cornwall.

Nancy beschattete ihre Augen, als das Dach ihres eigenen Hauses über der vertrauten Baumreihe in Sicht kam.

»Es geht um Elizabeth, mußt du wissen. Sie hat natürlich ihre eigene Erzieherin, aber sie wird so schnell erwachsen. Zu schnell, denke ich manchmal. Sie mag und bewundert dich. Ich müßte mir weniger Sorgen machen, wenn du auf sie aufpassen würdest.«

»Ich habe wenig Erfahrung, aber ich werde mein Bestes tun.« Der Griff um ihre Hand verstärkte sich. »Sei einfach du selbst. Das wird ihr gut tun.«

Francis lenkte die Pferde durchs Tor und hörte beide Frauen auflachen, als Lowenna erwiderte: »Das wird uns *beiden* gut tun.« Ein Stallbursche kam herbei gelaufen, und Francis zog im genau richtigen Moment die Bremse an.

Doch in Gedanken war er immer noch hinten bei der neuen Straße und den Männern, die mit ihrer Arbeit innegehalten hatten, um die elegante Kutsche vorbeirollen zu sehen. Froh über die Arbeit, die sie gefunden hatten, während so viele Kriegsheimkehrer vor dem Nichts standen. Vielleicht hatte der Anblick des hübschen Mädchens mit dem Strohhut sie auch neidisch gemacht.

Seine Stiefel knallten auf die Erde, er riß den Wagenschlag auf und stellte den kleinen Tritt bereit, ohne zu merken, was er tat.

Natürlich ließ sich das alles nicht so leicht vergessen. In vorderster Reihe, die Sporen eingegraben, die Front der gezogenen Säbel wie eine silberne Welle aufblitzend, während der Kornett sein gellendes Signal blies. Attacke! Natürlich ließ sich das nicht vergessen.

»Ich bin jederzeit bereit, wenn Sie mich brauchen, Mylady.«

Doch Nancy starrte an ihm vorbei, als hätte sie etwas erschreckt.

»Nimm die Rosen, Lowenna.«

»Was ist los, Nancy?«

Sie schüttelte den Kopf. »Das frage ich mich auch.« Vorsichtig stieg sie aus, eine Hand auf dem Unterarm ihres Kutschers. »Irgend etwas ist geschehen. Wenn nur Lewis noch hier wäre ...«

Es war das erste Mal, daß sie ihren verstorbenen Ehemann erwähnte.

Vorsichtig ging John Allday über den Salonboden, wobei er die Stellen vermied, die kürzlich gewachst und gebohnert worden waren. Als eine Bohle unter seinem schweren Tritt knarrte, blickte er hinunter. Das konnte er selbst reparieren, es zählte zu seinen Aufgaben als Hausherr. Hier gehörte er hin, hier konnte er sich nützlich machen. Das hübsche Kneipenschild The Old Hyperion schaukelte schon lange quietschend in der frischen Brise, die vom Helford River herauf wehte. Auch das brauchte ein bißchen Pflege, Schmierfett, mehr nicht. Er war im Hof gewesen und hatte seinem Freund Bryan Ferguson zugesehen, wie der sein dickes kleines Pony so anband, daß es sich wohl fühlte, solange er hier zu Besuch war. Allday runzelte die Stirn. Fergusons Besuche waren in den letzten Monaten seltener geworden. Dies war sein erster, seit der junge Käpt'n Adam wieder nach See ausgelaufen war, in einem anderen Schiff. Immerhin in einem dritter Kategorie und mit einer Admiralsflagge zu Häupten. Als ob er nicht schon genug Probleme gehabt hätte …

Wieder musterte er seinen Freund, der mit aufgestütztem Kopf am Tisch saß. Er wirkte gealtert und überanstrengt. Diese Veränderung schien über Nacht gekommen zu sein. Allday versuchte, nicht zu oft daran zu denken. Sie wurden eben wirklich älter. Vor fünfunddreißig Jahren waren sie beide gemeinsam in den Dienst gepreßt worden und mit der Fregatte *Phalarope* in den Krieg gezogen. Ihr Kommandant war Richard Bolitho, in Cornwall schon damals fast eine Legende. In der Schlacht bei den Saintes hatte Ferguson dann einen Arm verloren und war als Invalide nach Falmouth zurückgekehrt. Seine Frau Grace hatte ihr Möglichstes getan, um ihn wieder aufzupeppeln, seine Gesundheit ebenso wie sein Selbstvertrauen. So war er Verwalter auf dem Gut der Bolithos geworden, das seinem Kommandanten gehörte, dem späteren Ritter des Bathordens und Admiral von England. *Aber ich war sein Bootsführer. Und sein Freund.* Mit einigen anderen hatte Sir Richard sie »seine kleine Crew« genannt. Und jetzt war er von ihnen gegangen, genau wie die vielen anderen, schon verschwommenen Gesichter.

Allday füllte zwei Gläser. »Trink einen Schluck, Bryan«, sagte er, »und erzähl, was es Neues gibt. Du bist hier ja fast schon ein Fremder geworden.«

Bryan blickte zu ihm auf. »Tut mir leid, alter Freund. Aber es wird mir allmählich zuviel. Neuerdings verstreicht die Zeit schneller als sonst.«

Grinsend widersprach Allday: »Quatsch! Ohne dich würde das ganze Gut den Bach runtergehen.« Er zwinkerte ihm zu. »Und ohne deine Grace natürlich. Gesunde Kost, ein weiches Bett und Personal, das dich hinten und vorne bedient – du solltest dich fühlen wie Gott in Frankreich.«

Er setzte sich und sah sich um im Salon, dem Heim, das seine Frau Unis für sie beide und ihre Tochter Katie geschaffen hatte. Das frühere Leben konnte er nicht vergessen, auch nicht seine Sehnsucht nach der See, aber er war dankbar für die Gegenwart, und es beunruhigte ihn, seinen Freund so deprimiert zu sehen.

Ferguson fuhr fort: »Alles war einfacher – als *er* noch lebte. Jetzt wächst es mir langsam über den Kopf. Grace arbeitet tüchtig mit, wie schon immer – das weißt du ja. Aber es fehlt die Hand am Ruder. Ich muß mich um zu viele Außenseiter kümmern.« Er zählte sie an den Fingern ab. »Ständig wollen die Pächter etwas von mir, und das Land wirft nicht den nötigen Gewinn ab. Die neue Straße ist auch keine Hilfe, jedenfalls nicht für uns. Die Schafe brauchen einen neuen Pferch, neue Mauern müssen gebaut werden, sobald der Schiefer gebrochen werden kann. Ich brauche jetzt zehnmal so lange wie bisher für meine Kontrollrunden durchs Gut.« Er zögerte.

»Ich werde einfach zu alt dafür, daran gibt's nichts zu rütteln.«

Um Zeit zu gewinnen, nahm Allday einen Schluck Rum. Das Gut und – wichtiger noch – das Haus der Bolithos waren schon immer dagewesen. Ein Bolitho folgte dem anderen, ebenso wie die Schiffe und die Feldzüge. Das stellte niemand in Frage, es war Teil ihrer Existenz. Allday lebte mit Unis hier, in dem kleinen Dorf Fallowfield am Ufer des Helford River, aber sein Herz hing immer noch an Falmouth. *Bootsführer des Admirals.*

Noch einmal versuchte er, seinen Freund aufzuheitern. »Und was ist mit Dan Yovell? Er hat dir doch mit dem Schriftkram geholfen. Als er damals an Land kam, sagte er, es sei endgültig.«

Ferguson lächelte betrübt. »Das hast du früher auch gesagt, alter Freund, weißt du noch?«

Allday knallte sein Glas auf den Tisch. »Das war was anderes. Zu der Zeit war ich noch *jemand*, das steht fest.«

Ferguson griff nach seinem eigenen Glas, als hätte er es gerade erst bemerkt.

»War schon 'ne tolle Zeit, alter Freund.« Er trank langsam.

Im Nachbarzimmer erklangen Stimmen. Dort saßen zwei Händler fast schon den ganzen Vormittag bei Bier, Cognac und Unis' Rindsgulasch. Geld genug hatten sie offenbar. Allday mußte nicht erst auf die Uhr sehen, um zu wissen, daß einige der Straßenbauarbeiter bald eintreffen würden. Sie aßen wie die Scheunendrescher, aber ihr Geld war nicht zu verachten, wie Unis ihn oft erinnerte.

Die gute Unis, so zierlich und hübsch. Manche Gäste kamen ihr frech, wenn sie ein paar Gläser zuviel intus hatten, aber das probierten sie nur einmal und nie wieder.

Er seufzte. »Unser Käpt'n Adams muß inzwischen

schon auf halbem Weg nach Westindien sein, wie, Bryan? Das weckt Erinnerungen, stimmt's? Nicht einfach für ihn, mit einem Vizeadmiral auf dem Hals, das wette ich.« Er hörte draußen Unis' Stimme, hatte aber nicht bemerkt, daß sie mit ihrem Karren schon vom Markt zurück war. Dann wirbelte er herum und rief: »Willst du etwa schon gehen, Mann? Du bist doch gerade erst gekommen!«

Ferguson trank seinen Rum aus.

»Auf mich wartet Arbeit, die sich nicht aufschieben läßt. Richte Unis meine herzlichsten Grüße aus, sie wird's schon verstehen. Läßt sich einfach nicht aufschieben.«

Er hastete zur Tür und zog sie mit Schwung weit auf, damit sie nicht gegen seinen leeren Ärmel prallte. Schon hundertmal hatte Allday ihn das tun gesehen.

Unis kam in den Salon, hinter sich die kleine Katie mit einem riesigen Korb, den sie kaum tragen konnte. Aber sie wollte immer mitmachen.

»Onkel Bryan«, rief das Kind. »Wo steckt er?«

Allday hielt Unis an der Schulter zurück, so vorsichtig, als sei sie zerbrechlich. »Er mußte heim. Ich glaube, er ackert zu hart.«

Sie strich sich das Haar aus der Stirn und ging zur anderen Tür.

»Die Straßenbauer müssen jeden Moment eintreffen.« Damit zog sie ihre Schürze über. »Ist ihr Mittagessen fertig? Ich habe Nessa gebeten, sich um das Brot zu kümmern. Und noch etwas ...« Sie wandte sich um. »Was ist los, John? Ich dachte gerade ...«

Der Dorfkärner Dick trat ein, die Arme voller Pakete und in der Hand einen Sack Steckrüben. Er grinste. »Redet ihr Leute über Mr. Ferguson? Er ist noch nicht weit – ich glaube, sein Pony hat angehalten, um 'n bißchen Gras zu zupfen.«

Die kleine Katie rief: »Onkel Bryan! Ich will ihm guten Tag sagen!«

Unis lächelte. »Wahrscheinlich hat er was vergessen.« Allday hörte sie kaum. Zwar war Poppy, das kleine Pony, immer verfressen, aber ...

»Ihr bleibt hier«, sagte er harsch und befehlend. Der Fuhrmann ließ eines seiner Pakete fallen, und die Kleine starrte ihn so perplex an, als wolle sie gleich in Tränen ausbrechen.

Nur Unis blieb ruhig, zu ruhig.

»Was ist los, John? Sag's mir endlich!«

Allday warf ihr einen Blick zu. »Bleibt hier«, wiederholte er. »Bitte.«

Sie nickte. Alles andere war nebensächlich. Sie hatte seinen Gesichtsausdruck gesehen und seine Hand, als er sich an die Brust faßte und die schreckliche Wunde von dem spanischen Säbelhieb betastete.

Die Tür fiel zu, während sie verwirrt ans Fenster trat. Die beiden Händler waren im Begriff zu gehen, und ein Trupp Straßenbauarbeiter wusch sich an der Pumpe. Alles ganz alltäglich.

Fergusons kleiner Zweisitzer stand draußen auf der Straße, während das Pony die langen Grashalme abweidete. Alles wie immer.

Dann sah sie Allday, ihren John, langsam zum Zweisitzer gehen und hinein spähen. Seinen Ruf hörte sie nicht, aber zwei der Straßenbauarbeiter rannten zu ihm hin und blickten sich dabei ratlos an. Allday durfte wegen seiner Wunde nichts Schweres tragen, mußte aber oft vergeblich daran erinnert werden.

Sie wollte aufschreien und zu ihm laufen. Doch sie konnte sich nicht rühren.

Der große, ungeschlachte Mann, den sie mehr als alles liebte, beugte sich in den kleinen Zweisitzer und hob Bryan Ferguson so vorsichtig heraus, als sei er allein auf der Welt.

Überrascht hörte sie ihre Stimme ganz ruhig sagen:

»Holt meinen Bruder. Bryan Ferguson ist tot.« Und mit einem Blick auf die beiden leeren Gläser: »Wir müssen sofort im Haus Bescheid sagen.« In Gedanken bei Grace Ferguson, berührte sie das eine Glas und murmelte: »Armer John.«

Lowenna blieb auf der Treppe stehen, wo sie sich nach rechts wandte, dem oberen Korridor und den herrschaftlichen Schlafzimmern zu, die alle auf die See hinaus gingen, wie sie instinktiv wußte. Sie fragte sich, was sie zögern ließ, obwohl Nancy doch immer wieder versichert hatte, daß sie hier willkommen war.

Sie lehnte sich ans Geländer und betrachte das ihr gegenüber hängende Porträt. Es wirkte dunkel, teilweise deshalb, weil es im Schatten hing, aber auch vor Alter. Sir Gregory Montagu hatte ihr auf seine ungezwungene Art eine Menge beigebracht. Auf dem Bild hob sich nur das Hauptmotiv vom dunklen Hintergrund ab, mit einem Teleskop in der Armbeuge und brennenden Schiffen im Hintergrund. Nancy hatte ihr erklärt, daß dies Konteradmiral Denziel Bolitho war, der einzige in der Familie bis zu Sir Richard, der den Stabsrang erreicht hatte. Das Bild zeigte ihn mit Wolfe bei Quebec. Fast hätte sie es berührt. Er trug darauf dasselbe Schwert, das sie schon auf den anderen Porträts gesehen und das sie an Adams Gürtel befestigt hatte, bevor er sie verließ. An jenem Tag ...

Lowenna kannte andere Häuser, größer und pompöser als dieses. Eines davon war Montagus Residenz in London, das die Anwälte nach seinem Tod versiegelt hatten.

Sie wandte sich um und blickte hinab in die Eingangshalle, wo der Rosenstrauß lag und das jüngste Porträt neben dem Fenster hing: Adam mit seiner gelben Rose. Es schien nicht ganz hierher zu gehören und strahlte auch nicht dieses Flair alter Familientradition aus. Das Haus lag völlig still da, als lausche es mit angehaltenem Atem.

Sie war durch den Sattelhof gekommen, wo die Pferde erschreckt den Kopf warfen, als sie an ihnen vorbei ging.

Nancy hatte gesagt: »Wenn du etwas brauchst – die Köchin wird dir helfen.«

Bryan Ferguson war sie nur zwei-, höchstens dreimal begegnet. Ein ruhiges, ernstes Gesicht. Er hatte sie als dazugehörig behandelt, nicht als Fremde.

Seine Frau Grace hatte sie gesehen, bevor diese zum Begräbnis aufgebrochen war. Das mußte inzwischen vorbei sein, und bald würde das Leben in das alte Haus zurückkehren. Sie strich über den hölzernen Handlauf. Was machte dieses Haus nur so einmalig, anders als alle, die sie kannte?

Bryan Ferguson hatte angeblich keine Kinder gehabt und zusammen mit Grace sein halbes Leben lang den Bewohnern gedient. *Sie* waren seine Familie.

Aber nun würde noch mehr Verantwortung auf Nancy lasten. Seit sie vom alten Glebe-Haus zurückgekehrt waren und die Nachricht von Fergusons überraschendem Tod erhalten hatten, war sie nicht mehr zur Ruhe gekommen. Und jetzt nahm sie an seiner Beerdigung teil, getrennt von den anderen, aber doch zu ihnen gehörig und zu ihrer gemeinsamen Welt.

Wie dieses Haus. Sechs Generationen lang in derselben Familie, deren Porträts in der Stille zum Leben erwachten. Die auf dieser Treppe gestanden hatten oder unten in der Bibliothek mit ihren abgegriffenen Büchern und alten, geschnitzten Paneelen. Und Adam ... Blicklos starrte sie in den Schatten. Würde er jemals heimkehren von der See? Wann konnten sie wieder beisammen sein? Beieinander liegen?

»Kümmert sich jemand um Sie?«

Lowenna fuhr zu der Frau herum, die schon auf halber Treppe stand. Sie hatte sie nur einmal von weitem gesehen. Wie Nancy ihr erklärt hatte, handelte es sich um Beatrix Tresidder, die Gouvernante der jungen Elizabeth. Ihr Vater war ein verarmter Geistlicher aus Redruth, hatte ihr aber eine gute Erziehung angedeihen lassen. Nun war sie froh über die Chance, diese sinnvoll zu nutzen.

Sie war ganz in Grau gekleidet und trug das Haar mit einem schwarzen Band streng zurückgebunden. Etwa genauso alt wie sie selbst, dachte Lowenna.

»Nancy sagte, ich solle hier warten«, antwortete sie und war überrascht, daß sie sich fast schuldig fühlte. »Und Sie sind Elizabeths Erzieherin.«

»Ja, jetzt erinnere ich mich – Lady Roxby hat Sie erwähnt. Aber in den letzten Tagen gab es so viel zu tun ... Miss Elizabeth ist ebenfalls hier.«

»Sie hat Nancy nicht begleitet?«

»Sie war zu durcheinander. Morgen hat sie Geburtstag.«

»Ich weiß.« Lowenna faßte einen Entschluß. »Darf ich Sie Beatrix nennen? Damit würden wir uns schneller näherkommen.« Sie lächelte. »Mein Name ist Lowenna.«

»Ganz wie Sie meinen.« Doch sie schien sich überfahren zu fühlen. »Werden Sie lange bleiben? Wie ich hörte, wollen Sie bald nach London zurück?«

Lowenna stieg die Stufen hinab und merkte, daß die andere Frau jede ihrer Bewegungen beobachtete. Sie hatte blaue Augen und einen klaren, hellen Teint. Damit wäre sie hübsch gewesen, hätte sie es nur zugelassen.

Lowenna spürte eine Schranke zwischen sich und Beatrix. Vielleicht empfand diese sie als Eindringling. Auch andere würden so reagieren, falls sie länger in diesem Haus blieb. Hinter ihrem Rücken ballte sie die Fäuste. *In dem Haus, an dem ihr Herz hing.*

Beatrix fragte: »Gibt es irgend etwas, das ich Ihnen zeigen kann? Ich komme oft hierher, denn Miss Elizabeth macht hier gern Besuch. Schließlich ist es das Haus ihres Vaters, und sie hat jedes Recht dazu.«

Sie hatten die Bibliothek erreicht, und Lowenna blieb stehen, um noch einen Blick auf das Porträt zu werfen. Auf das heimliche Lächeln. Den darin versteckten kleinen Jungen, wie Nancy es ausdrückte, und die mußte es besser wissen als jeder andere.

»Ach ja, Sie waren bei dem verstorbenen Sir Gregory Montagu angestellt, als er dieses Porträt von Kapitän Bolitho malte, nicht wahr?«

»Ich war seine Assistentin, ja. Sein Mündel.« Lowenna unterdrückte ihre plötzliche Abneigung, ihre Verärgerung über diese Bemerkung. Die Feindseligkeit. *Kein Rauch ohne Feuer.* Eigentlich sollte sie daran gewöhnt und darüber hinausgewachsen sein. »Er war ein großartiger Mann und hat mir das Leben gerettet. Ich werde niemals vergessen, was er für mich getan hat.«

Beatrix nickte langsam, wie tief in Gedanken. »Verstehe. Ich war ebenfalls sehr dankbar, als ich diese Stellung bekam. Auch mein Vater freute sich für mich.« Für einen Moment verdunkelte sich ihr Blick. »Er könnte heute Pfarrer in Falmouth sein, mit einem guten Auskommen und dem Respekt, der ihm gebührt.« Doch ihre Verbitterung schwand so schnell, wie sie aufgeflammt war. »Es werden eben nicht immer diejenigen belohnt, die es verdient hätten.«

Lowenna entspannte sich bewußt – wie beim Modellstehen. »Kannten Sie Elizabeths Mutter?« fragte sie.

»Ich habe viel von ihr gehört. Sie muß eine großartige Frau gewesen sein. Sie starb nach einem Sturz vom Pferd. Ich habe versucht, das Kind vor diesen Erinnerungen und anderen Andeutungen abzuschirmen.«

Vom Hof her erklang das Rattern einer vorfahrenden Kutsche und Hundegebell. Nancy kehrte zurück. Bald würden sie nun abreisen. Schmerzhaft gruben sich ihre

Nägel in die Handfläche. *Ich war mit Adam hier. Ich habe dazugehört. Zu ihm.*

Die Tür öffnete sich, und der Luftzug betätigte den Glockenzug neben dem großen Kamin, als hätte eine Geisterhand um Bedienung gebeten. Mit lautem Klicken ihrer Reitstiefel schritt Elizabeth über den gebohnerten Boden.

»Wenn jetzt alle wieder da sind, gehe ich ausreiten«, verkündete sie und blickte Lowenna auffordernd an. »Kommen Sie mit?«

»Ich fürchte, ich kann nicht reiten.« Sie merkte, daß die andere Frau sie abschätzig musterte. »Aber vielleicht lerne ich es noch.«

Elizabeth lächelte zum erstenmal seit ihrem Eintritt.

Lowenna hatte ihren Geburtsvermerk in der Familienbibel gesehen. Morgen würde sie fünfzehn Jahre alt werden. War das etwa niemand aufgefallen? Daß Elizabeth kein Kind mehr war, sondern eine junge Frau?

»Ich glaube, wir sollten erst mit Lady Roxby sprechen, meine Liebe«, warf Beatrix hastig ein.

Elizabeth beachtete sie nicht. »Ich kann dich reiten lehren, Lowenna«, sagte sie und lächelte noch breiter. »Was für ein hübscher Name! Die Regeln kann ich dir schnell beibringen.« Und mit einem Blick zu ihrer Erzieherin: »Im Handumdrehen.«

Beatrix beharrte: »Ich denke, wir sollten warten, bis Lady Roxby ...«

»Ich lasse mir meinen Geburtstag nicht von dieser Beerdigung verderben, Miss! Ich bin eine Bolitho – mich kann man nicht behandeln wie die Leute da draußen!«

Nancy kam die Eingangsstufen herauf. »Das reicht jetzt, *Miss* Elizabeth«, sagte sie streng. »Ich dulde keine Großtuerei, schon gar nicht heute.«

Ihren Gesichtsausdruck konnte Lowenna nicht erkennen, weil sie die Sonne im Rücken hatte. Aber ihr Ton war unmißverständlich. Plötzlich tat Nancy ihr leid: Ihre längst erwachsenen Kinder wohnten in London, und sie hatte niemand, der ihr bei den Entscheidungen helfen konnte. Dabei besaß sie eines der größten Güter des Landes.

Beherrscht und gelassen stand sie im Sonnenschein. »Außerdem, mein Kind, höre ich mit Freuden, daß du dich an deine Abstammung von den Bolithos erinnerst. Nun versuche aber auch, dich wie eine Bolitho zu benehmen!« Damit wandte sie sich an Lowenna, wobei ihr auffiel, was die meisten übersehen hätten. »Das war hart für dich, nicht wahr?« Sie hängte sich bei ihr ein. »Die anderen werden übrigens gleich hier sein. Ich will, daß du bleibst.«

Lowenna dachte an die neugierigen Blicke und die unausgesprochenen Kommentare.

»Du meinst das wirklich ernst, wie?« Nancys Griff verstärkte sich. »Dann werde ich bleiben.«

Nancy drehte sie zu dem jüngsten Familienporträt um. »Ich erkenne Liebe, wenn ich sie sehe, Lowenna. Hege und pflege sie, dann werden die kleinlichen Sorgen bald vergessen sein.«

Die Halle füllte sich jetzt mit Gästen. Da waren Daniel Yovell, die runden Schultern gebeugt, die goldene Brille hoch auf die Stirn geschoben. Und Kutscher Matthew der Jüngere, ernst und schockiert durch den Tod seines Freundes. Dazu Diener und Landarbeiter, fremd wirkend in ihren besten Kleidern. Und schließlich der alte Jeb Trinnick, sein einziges Auge beharrlich abgewandt, um jede Konversation zu vermeiden. Nancy machte Lowenna mit nur wenigen von ihnen bekannt. Der Rest konnte seine eigenen Schlüsse ziehen.

Ein großer, vierschrötiger Mann mit zerzausten Haaren überragte alle anderen. Leise stellte Nancy ihn als John Allday vor, Sir Richards Freund und Kamerad aus

Marinezeiten. Lowenna erinnerte sich an ihre Begegnung an dem Tag, als Adam zum Dienst beordert worden war.

Allday ergriff ihre Hand, die in seiner kräftigen Pranke fast verschwand. Unter seinem forschenden Blick fühlte sie sich hilflos.

»Ich bin auch mit Käpt'n Adam gefahren, Missy, als er noch ein junger Bursche war. Und natürlich habe ich von Ihnen beiden gehört.«

Leicht berührte er ihre Wange mit einem rauhen Finger, wobei sie die Stärke des Mannes fühlte und noch etwas mehr. Sie schauderte zusammen, als würde sie von einer kalten Brise erfaßt, stand aber völlig still, ihre Hand in seiner, ihre Wange von seiner rauhen Zärtlichkeit berührt, und ahnte die vielen Jahre, über die sich die Treue dieses Mannes erhalten hatte.

Sie hörte sich leise fragen: »Wie steht's, John Allday? Hab' ich bestanden?«

Im ersten Augenblick glaubte sie, er hätte sie nicht gehört oder sei verärgert über ihren Freimut.

Dann nickte er langsam. »Wenn ich viel jünger wäre, hätte Käpt'n Adam bei Ihnen nicht die geringste Chance, Missy.« Unwillkürlich grinste er breit. »Aber wie die Dinge liegen, werden Sie mit geschwellten Segeln davonziehen, bevor Sie wissen, wie Ihnen geschieht. Das steht fest.«

Er blickte sich nach der offenen Tür um. »Der alte Bryan, Gott segne ihn, hat das ebenfalls gesagt. Und er hatte recht.«

Sie küßte seine Wange. »Und Gott segne auch Sie, John.«

Sie merkte, daß Nancy neben ihr lächelnd etwas sagte, das sie nicht verstand. Die allgemeine Unterhaltung nahm an Lautstärke zu.

Mitten unter den Gästen stand Grace Ferguson sehr aufrecht, sehr beherrscht. Sie unterdrückte offenbar ihre

Gefühle, bis sie allein war und begriff, daß dies für immer so sein würde.

Als Lowenna sie umarmte, wehrte sie sich nicht, sondern sagte mit fester Stimme: »John sagt die Wahrheit – wie immer. Sie sind die Richtige für den jungen Käpt'n Adam. Kommen Sie später wieder zu uns zurück. Sie gehören hierher, das ist nicht zu übersehen.« Sie erwiderte die Umarmung und konnte plötzlich nicht weitersprechen. »Passen Sie gut auf sich auf, ja?«

Fast graute schon der Morgen, als Lowenna in dem fremden Bett endlich einschlafen konnte.

Vielleicht, in ihren Träumen, würde er wieder bei ihr sein.

X   Schattenjagd

Adam Bolitho bewegte leicht die Schultern und verzog schmerzlich das Gesicht, als die Hitze auf seiner Haut brannte, als sei er nackt oder hätte seinen Rock aus einem Backofen geholt. Er war seit dem ersten Tageslicht an Deck, seit die Sonne das Schiff festgenagelt hatte, als läge es reglos auf der Stelle. Jetzt war fast Mittag, und ihm kam es so vor, als hätte er sich von seinem Platz an der Achterdecksreling keinen Schritt fortbewegt, während er das Land beobachtete, das immer gleich fern zu bleiben schien.

Ein Landfall war stets aufregend, für Landlubber und alte Salzbuckel gleichermaßen. Doch nur wenige Seeleute kümmerte es, wie und warum sie das Land oder den Zielhafen erreichten.

Adam blickte zu den oberen Segeln auf, die sich kaum mit Wind füllten, sondern meist kraftlos und flach gegen Stage und Wanten drückten, während die Flaggen sich kaum bewegten. English Harbour auf Antigua war die wichtigste Basis für die Flotte der Karibik, ein schöner, geschützter Hafen mit einer Werft, die selbst größte Schiffe wie die *Athena* aufnehmen konnte.

Adam beschattete die Augen und studierte die weißen, in der Hitze wabernden Gebäude unterhalb des Monk's Hill und die kleinen einheimischen Fahrzeuge, die wie Insekten über das milchig blaue Wasser krochen.

Jetzt, Ende Juni, war Hurrikansaison, wie die alten Karibikfahrer nur zu gut wußten: Flaute in der einen Minute und brüllender Sturm in der nächsten, mit Brechern so hoch, daß sie jedes kleinere Fahrzeug kentern oder stranden ließen.

Beide Kutter der *Athena* lagen im Wasser, je einer an Back- und einer Steuerbord, um ihr Mutterschiff in Schlepp zu nehmen oder wenigstens für Ruderfahrt zu sorgen, sollte der Wind ganz einschlafen. Aber noch bewegte es sich, wenn auch fast unmerklich.

Adam zupfte an seinem Hemd, das ihm wie eine zweite Haut anlag. Dennoch war es ein guter Landfall gewesen.

Der Offizier im Steuerbordkutter stand aufrecht und sah dem Land entgegen, das sich zu beiden Seiten vor ihnen öffnete. Es war Tarrant, der Dritte Offizier, abkommandiert von Stirling für den Fall, daß bei ihrer endgültigen Annäherung etwas schief ging. Aus dem gleichen Grund hatte er einen erfahrenen Lotgasten in die Rüsten beordert, denn eine launische Bö mochte die *Athena* an eine Engstelle vertreiben, wo sie nicht mehr manövrieren konnte. Es wäre keine Empfehlung gewesen, falls Bethunes Flaggschiff in Sichtweite der Reede auf Grund gelaufen wäre.

Noch bevor sich der Horizont in der Morgendämmerung herausschälte, war jede Flagge von Stirling kritisch überprüft und ausgetauscht worden, falls sie im Wetter seit Plymouth gelitten hatte. Aus solchen Details, wichtig oder nebensächlich, bestand das Leben eines Ersten Offiziers, dessen erste Pflicht Voraussicht war.

Adam sagte: »Eine Empfehlung an Sir Graham, und informieren Sie ihn bitte, daß wir gleich mit dem Salut beginnen.«

Etwas wie eine Bestätigung murmelnd, eilte der Fähnrich zum Niedergang, wo Troubridge seinem Herrn und Meister die Nachricht überbringen würde. Wieder wandte sich Adam zum Land und sah dort kleine Lichter blinken – wie der grellen Sonne trotzende Glühwürmchen: Lichtreflexe von gut einem Dutzend Teleskopen. Das Einlaufen der *Athena* kam nicht überraschend, aber ihr Timing mußte einige Verwirrung stiften. Darüber fiel ihm wieder die in die Luft geflogene Kurierbrigg *Celeste* ein und ihr amtierender Segelmeister Rose aus Hull. Sie hatten ihn draußen auf See bestattet. Eine nie gekannte Stille hatte damals über der *Athena* gelegen, obwohl die gesamte Besatzung zugegen war. Auf dem Seiten- und dem Batteriedeck standen sie Schulter an Schulter, ebenso in den Wanten, zum erstenmal geeint durch eine gemeinsame Empfindung.

Die *Celeste* mußte alle Einzelheiten über Bethunes Mission an Bord gehabt haben, sowohl für den Gouverneur als auch für den Kommodore.

Adam berührte den Handlauf, der so heiß war wie eine erhitzte Kugel, und blieb in Gedanken noch bei der Seebestattung. Warum, so fragte er sich, konnte er sich an derlei Vorgänge nie gewöhnen? Warum war er nicht abgehärtet? Er hatte Dutzende Bestattungen erlebt und als Kommandant mehr Kameraden der See übergeben, als er benennen oder erinnern konnte. Aber immer fühlte er sich dabei tief bewegt, und zwar durch den Gemeinschaftssinn, das Gefühl, eins zu sein mit der Besatzung.

»Alles klar, Sir!«

Die Meldung riß ihn aus seinen Gedanken und irritierte ihn, weil sie ihn überrascht hatte. Den ganzen Vormittag waren sie auf diese Stelle in Frasers Karte zugekrochen, und dann, wenn er am aufmerksamsten hätte sein sollen, hatte er sich ablenken lassen. Aber er hatte eben schlecht oder fast gar nicht geschlafen.

Er merkte, daß Sam Petch, der Stückmeister, mit schmalen Augen zu ihm empor spähte.

Ein Stimme murmelte: »Sir Graham kommt an Deck, Sir!«

Adam wandte sich um und berührte grüßend seinen Hut.

Leutselig blickte Bethune sich um. »Hier hat sich nichts verändert, wie?« Er ging zur anderen Deckseite. »Dann machen Sie eben weiter, Kapitän Bolitho«, sagte er, und es klang wie: Wenn's denn unbedingt sein muß.

Adam wandte sich dem geduldigen Stückmeister zu und gab ihm einen Wink.

Der erste Schuß rollte wie Donner durch den weiten Hafen. Möwen und andere Vögel stoben kreischend und flügelschlagend über das glatte Wasser davon, und der Pulverdampf blieb fast reglos unterhalb des Seitendecks hängen. Er stellte sich vor, wie die Leute an Land dieses Schiff, *sein* Schiff, musterten und sich wahrscheinlich fragten, was es nach Antigua führte. Ärger mit Sklavenhändlern oder Piraten ... Vielleicht war auch wieder Krieg ausgebrochen, und sie erfuhren erst jetzt davon. Oder, viel wahrscheinlicher, sie betrachteten das Schiff mit einer Anwandlung von Sentimentalität und Trauer. *Ein Schiff aus England.* England – einigen mußte es inzwischen fast wie ein fremdes Land vorkommen. Andere ...

Langsam schritt Petch an den Kanonen entlang und blieb hinter jeder kurz stehen, um die Pausen zwischen den Salutschüssen exakt abzumessen. »Kanone Nr. drei, Feuer!« Dabei murmelte er zweifellos, dem alten Trick seines Gewerbes gemäß, die Worte: *Wäre ich kein Kanonier, wäre ich nicht hier.* »Kanone Nr. vier, Feuer!« *Wäre ich kein Kanonier, wäre ich nicht hier.* »Kanone Nr. fünf, Feuer!«

Jeder Schuß widerhallte im ruhigen Hafen, bis es fast unmöglich war, zwischen *Athena*s Salut und den Antwortschüssen der Landbatterie zu unterscheiden.

Wieder dachte Adam an die *Celeste*. Bethune hatte seinen Bericht über den Angriff auf die Brigg ganz genau gelesen und danach bemerkt: »Sie müssen noch betonen, daß wir jede Anstrengung unternommen haben, den vom einzigen Überlebenden beschriebenen Angreifer aufzuspüren. Aber wir hatten dafür eben nur seine Aussage.«

Adam erinnerte sich an den harten Griff des Mannes

und seinen beschwörenden Blick, als er starb. Vor allem aber an seine letzten Worte: *Sagen Sie ihnen, wie es war.*

Trotzdem hatte er die Logbucheintragung nicht korrigiert und fragte sich jetzt, warum Bethune das nicht erwähnte.

Gefaßt und offenbar unbesorgt stand er nun neben ihm und schien weder unter der Hitze zu leiden noch die blendenden Reflexe im Hafen zu bemerken.

»Was heute hier liegt, ist nicht gerade eine Demonstration der Stärke, wie? Insgesamt nur drei Fregatten und ein Haufen Kleinzeug. Na ja, das werden wir bald geändert haben.« Sein Ton wurde schärfer. »Ausreden werde ich nicht gelten lassen.«

Er schritt auf den Niedergang zu. »Sobald wir geankert haben, brauche ich die Gig.« Ein Rundblick auf dem Achterdeck. »Mit Ihrem Burschen – Jago, heißt er, nicht wahr?« Eine Antwort wartete er nicht ab.

Adam sah, daß Stirling ihn beobachtete. »Wir werden gleich ankern. Rufen Sie die Kutter zurück, aber lassen Sie sie längsseits. Sowie das Schiff eingetört hat, können wir Windhutzen aufriggen.« Stirling schien ihm widersprechen zu wollen. »Bei dieser Hitze muß es unter Deck unerträglich sein, Mr. Stirling. Unsere Leute brauchen etwas frische Luft zum Atmen.« Dabei lächelte er, doch der Schranke zwischen ihnen tat das keinen Abbruch.

Stirling zog ab, mit seiner groben Stimme Befehle und Namen rufend. Matrosen und Seesoldaten standen wartend da, als würde das Schiff selbsttätig entscheiden, wann und wo der Anker fallen sollte.

Der Steuerbordanker schaukelte schon leise an seinem Kranbalken, klar zum Fallen, während die Vorschiffsgasten scheinbar ein patrouillierendes Wachboot beobachteten, in Wirklichkeit aber keinen Blick vom Land wandten: neuartige Farben und Gerüche, dazu unbekannte

Gesichter, nicht solche, in die man jeden Tag, jede Wache blicken mußte. Und Frauen obendrein.

Adam versuchte sich vorzustellen, wie es für seinen Onkel gewesen war, als er mit seiner alten *Hyperion* hier geankert hatte. Auch sie hatte eine Admiralsflagge geführt, genau wie dieses Schiff jetzt. Aber es war Sir Richards eigene.

Damals hatte er Catherine wiedergefunden, nachdem er sie schon verloren geglaubt hatte. Vermutlich hatte Antigua damals, im Jahr vor Trafalgar, nicht viel anders ausgesehen als jetzt. Wo war nur die Zeit geblieben?

»Alles klar, Sir!«

Adam blickte zu den lose schlagenden Tüchern hoch und dann nach vorn zu den Stagsegeln, wo Leutnant Barclays Ankergasten, auf ihren Kommandanten wartend, nach achtern blickten.

Er dachte an die Medaille seines Onkels, mit der er für die Teilnahme an der Schlacht von Abukir ausgezeichnet worden war. Catherine hatte sie ihm geschickt, als Geschenk, und weil sie ihn vielleicht zu sehr an den Mann erinnerte, den sie geliebt und für immer verloren hatte.

Noch einmal blickte er hinüber zu dem ihm am nächsten stehenden Rudergänger, dem mit der auffallenden Tätowierung. Nur nicht zurückschauen, hieß es immer, doch das mutete ihn seltsam an. Wenn er jetzt an all die Gesichter auf der *Unrivalled* dachte, die er so gut gekannt hatte, dann schienen sie ihm alle schon an Substanz verloren zu haben. Bis auf einige wenige, aber die würden ihm ohnehin unvergeßlich bleiben.

Er spähte durchs Rigg zum sich ringelnden Wimpel empor.

»Gehen Sie über Stag, Mr. Stirling.«

Pfeifen schrillten und bloße Füße polterten über die heißen Planken, zwischen denen der Teer schmolz. Quietschend wurde Ruder gelegt, wobei der Rudergänger keinen Moment vergaß, daß sein Kommandant nur einige Fuß entfernt stand. Der Mann, dem es an nichts fehlte ...

Landfall. Wäre doch nur auch sie hier, um mich zu begrüßen.

Eine Sonnenbahn wanderte über sein Gesicht, seine Schulter.

»Laß fallen Anker!«

Von Land stießen Boote ab mit Besuchern, Neugierigen und Händlern. Jetzt begann alles von vorne.

Adam nickte dem Segelmeister zu und schritt nach achtern zur Poop. Kurz blieb er noch einmal stehen und starrte zur Landzunge hinüber. Einen Horizont sah er nicht, See und Himmel verschwammen in hellblauem Dunst.

England schien unendlich weit achteraus zu liegen.

Jago steuerte die Gig geschickt an die ausgetretenen Steinstufen des Anlegestegs und beobachtete, wie der Buggast an Land sprang, um das Boot abzufendern und festzumachen. Nicht schlecht, diese Bootscrew, dachte er, obwohl er das niemals laut ausgesprochen hätte. Jedenfalls noch nicht jetzt.

Am Steg warteten Soldaten und ein hochgewachsener Major, um den Vizeadmiral und seinen Adjutanten zu begrüßen. Hinter den Soldaten und einer Art Schranke drängten sich Neugierige wie in jedem Hafen.

Der Fähnrich, Mister Nixnutz-Vincent, hatte sich erhoben und lüftete katzbuckelnd seinen Hut, während Admiral und Flaggleutnant an Land gingen. Zu Jago sagte Bethune: »Das Boot kann hier warten. Es dauert nicht lange.«

Jago runzelte die Stirn. Käpt'n Adam gab ihm nie solche Anweisungen, er vertraute ihm. Kein guter Offizier hätte eine schwitzende Bootscrew hier in der Hitze sitzen lassen, während er sich mit dem Gouverneur oder sonst wem ein paar Erfrischungen genehmigte.

Der Major salutierte, und Bethune schüttelte ihm leutselig die Hand. Jago fluchte in sich hinein. *Melde dich niemals freiwillig.* Doch dazu war es jetzt zu spät.

Wie ertappt fuhr er herum, denn er hatte den anderen Passagier vergessen, Tolan, den Diener des Admirals. Einen Mann, bei dem man zweimal hinsehen mußte, hellwach und stets Herr der Lage. Jago hatte versucht, mit ihm zu plaudern, war aber abgeblitzt. Bowles war es genauso ergangen, und der konnte sonst einem Maultier die Hinterhand abschwätzen, wenn er es darauf anlegte.

»Machst ein paar Besorgungen, wie?«

Tolan trat übers Dollbord auf die abgewetzten Steine und widmete Jago einen kurzen scharfen Blick.

»Könnte man sagen, ja.«

»Ruhe im Boot!« bellte Vincent.

Jago beherrschte seinen Ärger, sah jedoch mit Genugtuung, daß der Buggast hinter Vincents Rücken ein lautloses Schimpfwort formte.

Am Kopf der Treppe drehte sich Tolan um und blickte in die Gig zurück. Damit gewann er Zeit, um seine Nerven zu beruhigen. Was war nur in letzter Zeit in ihn gefahren? Seit dem Zwischenfall mit der Muskete erregte auch die harmloseste Bemerkung sein Mißtrauen. *Akzeptiere endlich, daß das alles hinter dir liegt.* Außerdem mochte er den Bootsführer des Käpt'n und billigte alles, was er von ihm sah oder hörte: zäh, tüchtig, zuverlässig, war Jago ein Mann mit Vergangenheit. Als sie sich unter der Pumpe gewaschen hatten, waren ihm die tiefen Narben auf dessen Rücken aufgefallen. Kein Wunder, daß er Offiziere haßte – offenbar mit Ausnahme seines Kommandanten.

Einige Kinder rannten mit ausgestreckten Händen auf ihn zu, die Gesichter anscheinend nur aus weit aufgerissenen Augen und grinsendem Gebiß bestehend. Es war immer das gleiche, überall. Er ignorierte sie. Nur das kleinste Zeichen von Schwäche, und über deinen Kopf brach eine Lawine herein.

Im Schatten des ersten Gebäudes war es fast kühl nach dem Hafen und dem offenen Boot. Beim Weitergehen blickte sich Tolan um. Die Stadt hatte sich kaum verändert, nur weniger Schiffe lagen auf Reede und weniger Matrosen waren zu sehen als letztes Mal. Das war mit der Fregatte *Skirmisher* gewesen, Bethunes letztem Schiff, bevor er in den Stabsrang befördert wurde.

Eine Frau mit frischen Fischen in ihrem Korb schlenderte an Tolan vorbei. Hochgewachsen, dunkelhäutig, eine Mestizin, wahrscheinlich die Tochter einer Sklavin. Einige Händler und Pflanzer hier waren auf die richtige Idee gekommen, dachte er: besser Sklaven zu zeugen und aufzuziehen, als das Risiko einzugehen und sie von der anderen Seite des Atlantiks einzuschmuggeln.

Er musterte das letzte Haus, weißgestrichen wie die anderen, mit einer kurzen Treppe zum Balkon, der auf den Hafen hinaus ging.

Dann holte er den Brief aus seiner adretten Jacke und las noch einmal die Adresse. Bethune war ein mächtiger Mann und guter Dienstherr. Im Laufe der Jahre hatte er ihn beobachtet, wie er immer mehr Autorität gewann und sie ohne sichtbare Anstrengung oder Mühe ausübte. Aber manchmal ließ er die Rüstung fallen und wurde verwundbar für seine Feinde, an denen es in der Admiralität nicht mangelte. Tolan wußte von Catherine Sommervell, war sogar Zeuge ihres Treffens im Park gewesen, so nahe bei seinem eleganten Amtssitz. Schön war sie. Schwer vorstellbar, daß man sich früher in ganz England das Maul über sie zerrissen hatte, weil sie Sir Richards Geliebte war. Doch die Leute hatten ein kurzes Gedächtnis, wenn es ihnen paßte. Eine der großen Tageszeitungen hatte eine bösartige Karikatur von ihr gebracht, nachdem Sir Richard im Kampf gefallen war: Nackt hatte sie einlaufenden Schiffen entgegen gestarrt und auf den nächsten Bettgenossen gewartet. Tolan erinnerte sich an Bethunes Zorn und Empörung darüber, als wäre es gestern gewesen.

Doch die Post brauchte oft lange. Es gab Irrläufer, Verluste wie die versenkte Brigg *Celeste* – tausenderlei Gründe. Dies war nicht der erste Brief, den er für Bethune austrug, aber vielleicht hatte er diesmal einen Fehler gemacht.

Tolan erklomm die Treppe und fühlte die Sonne im Gesicht brennen, als er den Balkon erreichte. Auf einem Stativ war ein Teleskop montiert, und ein offener Fächer lag auf einem Rohrstuhl. Also hatte Sir Graham sich doch nicht geirrt.

Sie stand in der offenen Tür, und das lose Haar hing ihr auf die Schultern, als hätte sie es soeben gebürstet. Ihr elfenbeinfarbener Morgenmantel ließ Hals und Arme frei. Sie wirkte nicht überrascht, ließ sich keinerlei Gefühlsregung anmerken.

»Ich kenne Sie«, sagte sie. »Mr. Tolan, hab' ich recht?«

Genau wie er sie im Gedächtnis hatte: selbstsicher, beherrscht, elegant und noch mehr. Überwältigend. Sie schritt ihm voraus in ein großes Zimmer, dessen Fensterläden in der Hitze geschlossen waren und wo ein Deckenfächer lautlos hin und her schwang, den Eindruck der Abgeschiedenheit noch verstärkend. Dabei zeigte sie auf das Teleskop.

»Ich sah das Schiff einlaufen. Ich kann mich nie satt daran sehen, wenn sie vor Anker gehen.« Ihr Blick fiel auf den Brief in seiner Hand. »Von Sir Graham, nehme ich an?«

Tolan sah schnell zur Zimmerdecke, wo der Fächer kurz ausgesetzt hatte, wie von einer unsichtbaren Hand angehalten.

»Den soll ich Ihnen persönlich aushändigen«, sagte er, »niemandem sonst. Nur für den Fall, daß er verlegt wird.«

Doch sie rührte sich nicht. »Ich habe die anderen vernichtet. Bitte bringen Sie diesen Ihrem Herrn zurück. Ich habe keine Zeit für ...«

Doch Tolan wich keinen Zoll breit. Wie beim Drill. Er verstand genug von Frauen, um ihre geheuchelte Fassung zu durchschauen. Sie hatte die langsame Annäherung der *Athena* beobachtet und Zeit genug gefunden, um sich vorzubereiten. Vielleicht hatte sie Bethune selbst erwartet. Aber das wäre zu gefährlich gewesen, gefährlich für sie beide.

Also beharrte er: »Ich habe Anweisung, nicht an Bord zurückzukehren, ehe der Brief nicht in Ihren Händen ist, Mylady.«

»Und da müssen Sie wohl gehorchen, wie?« Sie faßte sich an die Hüfte, als wolle sie ihre Robe glatt streichen. »Ich bin gar nicht sicher, daß ich ...«

Knarrend öffnete sich eine Tür, und Tolan erstarrte. Aber es war nur ein junges Mädchen, eine Dienerin spanischer Herkunft.

Sein Atem beruhigte sich wieder. Eine Sekunde lang hatte er mit einem Mann gerechnet, Catherines Beschützer, von dem er munkeln gehört hatte.

Sie sagte: »Später, Marquita. Es dauert nicht lange.« Als sie sich ihm wieder zuwandte, hatte sich ihr Ausdruck verändert; ihre Selbstsicherheit begann zu wanken.

»Lassen Sie den Brief hier, wenn Sie unbedingt wollen. Aber ich verspreche nicht, daß ich ihn lese.« Alsbald bereute sie ihre Worte. »Das war unfair von mir. Es ist nicht Ihre Aufgabe zu vermitteln. Wie ein Sekundant beim Duell.«

Tolan wußte, daß sie an die Gruppe abgestorbener Bäume im Park dachte, wo so viele Duelle ausgetragen wurden, meist von Offizieren der benachbarten Garnison. Dabei ging es um Geld, um eine Beleidigung oder um eine Frau wie diese.

Unvermittelt fragte sie: »Sind Sie verheiratet, Mr. Tolan?«

Er schüttelte den Kopf. »Das Glück hatte ich nicht, Mylady.«

Nach fast unmerklichem Zögern nahm sie ihm den Brief aus der Hand, wobei ihre Finger kurz die seinen streiften. »Vielleicht ist es noch nicht zu spät.« Sie lächelte. »Für keinen von uns.«

Als er sich zum Gehen wandte, sagte sie: »Also bleibt es ein Geheimnis zwischen uns?«

Unwillkürlich bewegt, nickte er. »Es ist bei mir gut aufgehoben, Mylady.«

Erst am Fuß der Treppe fiel Tolan auf, daß sie *Athena*s Kapitän nicht einmal erwähnt hatte, der doch denselben Namen trug wie ihr berühmter Liebhaber.

Er blickte auf, doch sie war schon verschwunden. Vielleicht stand ja alles im Brief.

Als er die enge Straße hinunter ging, sagte er sich, daß sie ihn bestimmt nicht verbrennen würde. Wie sie auch die anderen nicht vernichtet hatte.

Das war eine Frau, für die es sich zu sterben lohnte. Oder für die man eines anderen Mannes Blut vergoß. Und sie hatte ihn mit Respekt behandelt, hatte ihn »Mister« genannt, nicht wie die meisten anderen, die glatt durch ihn hindurch sahen.

Am Anlegesteg, wo die Crew der Gig in der Hitze schmorte, lungerte immer noch ein kleiner Trupp Neugieriger herum, die das Treiben der vielen Hafenfahrzeuge rund um den verankerten Zweidecker beobachteten.

An der Wand hielt Tolan inne, weil ihm das Mädchen mit dem Korb Fische eingefallen war, das Mädchen mit dem stolzen Gang. Vor der Abenddämmerung wurde er nicht an Bord gebraucht, erst dann erwartete Bethune Gäste.

Er erinnerte sich an ein Haus, das er früher schon besucht hatte, wenn er seine falsche Identität zu vergessen trachtete und die Furcht, sich durch eine unvorsichtige Bemerkung oder Tat zu verraten.

Eine Frau wie diese Mestizin würde ihm viel mehr geben als ihren Körper.

Als ein Trupp Soldaten vorbeikam, wandte er sich ab. Einige musterten seine Uniform, rätselten wohl über seinen Rang, seinen Status, und ein vierschrötiger, sonnverbrannter Korporal nickte ihm grinsend zu.

Tolan fiel das Atmen schwer. Mit schwimmendem Kopf lehnte er sich an die aufgeheizte Wand und lauschte dem Tritt der Soldatenstiefel, bis sie im Lärm von English Harbour untergingen.

Das war doch nicht möglich! Wie der Albtraum, den er zu vergessen suchte. Doch er hatte die polierten Helmplaketten, das vertraute Lamm-und-Stern-Emblem des 70. Regiments zu Fuß gesehen, besser bekannt als die Surreys. Sein altes Regiment.

Von Sicherheit für ihn konnte keine Rede sein.

Kommodore Sir Baldwin Swinburne, ranghöchster Offizier auf den westindischen Inseln, nahm ein Glas von dem angebotenen Tablett und hielt es gegen das Licht. Sein Stirnrunzeln schwand, als er den ersten Schluck schlürfte.

»Ein exzellenter Madeira, Sir Graham. Ein Zungenschmeichler, in der Tat.« Lächelnd sah er zu, wie Tolan sein Glas nachfüllte. »Aber Sie hatten ja schon immer ein Gespür für ausgezeichnete Weine.«

Adam Bolitho stand an den Heckfenstern, etwas abseits vom Kommodore und dem eleganten Vizeadmiral. Swinburne hatte einen schweren Körperbau und war fast beleibt zu nennen, mit einem Gesicht, das scheinbar niemals jung gewesen war. Von Troubridge wußte Adam, daß Bethune und der Kommodore irgendwann in ihrer Karriere gemeinsam als Leutnants gedient hatten. Das konnte er nur schwer glauben, doch Troubridge irrte sich nie in derlei Dingen. Obwohl er erst seit kurzem Bethunes Flaggleutnant war, hatte er über seinen Vorgesetzten schon eine Menge aufgeschnappt.

Als er an Bord zurückgekehrt war, hatte Bethune schlechte Laune gehabt. Der Gouverneur war zu seinem Empfang nicht erschienen, und ein Untergebener erklärte ihm, daß er zu einem Treffen mit seinem Kollegen in Jamaika abgerufen worden war. Die Depesche mit Bethunes voraussichtlicher Ankunftszeit mußte mit der unseligen *Celeste* untergegangen sein oder befand sich jetzt in unbefugten Händen. Bethune glaubte offenbar an das letztere.

Adam beobachtete die lautlos durch die Schatten gleitenden Kajütstewards und ließ sein Glas nie unbeaufsichtigt, damit es nicht ohne sein Wissen nachgefüllt werden konnte. Bethune blieb ebenso enthaltsam. Er und Swinburne waren anscheinend gleichaltrig, was eine Menge erklärte.

Bethune sagte: »Drei Fregatten und eine davon zur Überholung aufgelegt, das reicht einfach nicht. Ich will, daß alle Patrouillengebiete abgesegelt werden, selbst wenn dazu einheimische Fahrzeuge vorübergehend zum Dienst requiriert werden müssen. Es heißt, den Sklavenhandel könnten wir nie unterbinden, tja – aber ich habe vor, das Gegenteil zu beweisen. Es ist jetzt zehn Jahre her, seit Britannien das Abolition-Gesetz verabschiedet hat, wodurch Sklavenhandel zum Verbrechen wurde. Andere Nationen sind, wenn auch widerwillig, unserem Beispiel gefolgt. So hat zwar unser neuer Verbündeter Spanien den Sklavenhandel verboten, ihm aber ein Schlupfloch gelassen, indem er nur nördlich des Äquators geächtet wurde. Und Portugal verfährt ebenso.«

Adam lauschte ihm mit frisch erwachtem Interesse. Das war ein ganz neuer Bethune, gut informiert und fast leidenschaftlich befaßt mit jeder Einzelheit. All diese Stunden und Tage der Isolation in seiner Kajüte hatten ihn anscheinend hervorragend gerüstet. Swinburne wirkte überrascht und aus dem Konzept gebracht, sogar leicht beunruhigt.

Bethune nahm einen kleinen Schluck Wein. »Und wo sind heute die größten Sklavenmärkte?« Er stellte sein Glas ab. »In Kuba und Brasilien, unter der Flagge und dem Schutz ebendieser beiden Länder.«

Swinburne sagte: »Unsere Patrouillen stehen alle unter dem strengsten Befehl, Sir Graham. Und sie haben auch schon mehrere Sklavenschiffe aufgebracht, manche leer, andere nicht. Unsere befehlshabenden Offiziere sind sich sehr wohl bewußt, wie wichtig ständige Wachsamkeit ist.«

Bethune lächelte. »Das sei ihnen auch angeraten. Da die Navyliste nach letzter Zählung an die achthundertfünfzig Kapitäne anführt, sollte jeder an sein Überleben denken und erst recht an seine Beförderungschancen.«

Adam sah ein Boot langsam am Heck der *Athena* vorbeiziehen. Phosphoreszierendes Wasser tropfte von den Ruderblättern und wirkte in dem ruhigen Wasser, als würde es von Schlangen begleitet.

Er hatte genug Admiralitätsberichte gelesen um zu wissen, wie hoffnungslos jeder Versuch war, den Sklavenhandel ganz auszurotten. Swinburne hatte die Erfolge der patrouillierenden Schiffe erwähnt, aber in Wirklichkeit wurde kaum einer von zwanzig Händlern jemals geschnappt. Kein Wunder, daß es immer genug harte und verzweifelte Männer gab, um dieses Risiko einzugehen. Ein Sklave, der in Afrika für unter zwanzig Dollar eingekauft worden war, brachte in Kuba über dreihundert Dollar. Außerdem mußte Großkapital hinter diesem Handel stecken, um größere und schnellere Schiffe zu bauen und auszurüsten und einen Markt zu bedienen, der niemals versiegte. Verordnungen und Gesetze des Parlaments waren für die namenlosen Hintermänner nicht mehr als wertlose Fetzen Papier.

Am liebsten hätte er sich gekniffen, um wach zu bleiben. Jenseits der hohen Fenster war es dunkel, nur Lichter von den Häusern und den nahebei liegenden Schiffen blinkten von der Küste herüber. Fast so dunkel wie am Morgen, als er an Deck gerufen worden war ...

Bethune mußte irgendwie signalisiert haben. Die Kajütstewards und Tolan waren verschwunden, und Troubridge stand wie ein Wachtposten vor der Lamellentür.

Da sagte Bethune leise: »Lord Sillitoe ist hier in Westindien. Baron Sillitoe von Chiswick. Warum hat man mir das nicht gesagt?«

Swinburne starrte ihn an, als hätte er eine Fremdsprache benutzt.

»Dazu hatte ich keine Anweisung, Sir Graham. Er ist ein einflußreicher Mann, der frühere Generalinspekteur des Prinzregenten.«

Bethune bemühte sich gar nicht erst, seinen Sarkasmus zu verbergen. »Und außerdem sein guter Freund, wie ich erinnere.«

Swinburne machte noch einen Versuch. »Er stellt hier Nachforschungen an, die sein Geschäft betreffen und die City of London. Der Gouverneur hat mir keine Instruktionen hinterlassen«, schloß er lahm.

Bethune stieß nach: »Er ist ein sehr gefährlicher Mann, und sein Vater war der erfolgreichste Sklavenhändler aller Zeiten.«

Swinburne griff nach seinem leeren Glas. »Ich weiß nur, daß Lady Somervell ihn begleitet. Aber ich dachte ...«

Gezwungen lächelnd, sagte Bethune: »Sie sitzen hier auf einem sehr angenehmen Posten. Andere könnten Sie darum beneiden. Denken Sie darüber nach, ja?« Er schnippte mit den Fingern. »Und nun wollen wir in Ruhe essen.«

Troubridge hatte von der Lamellentür nach achtern zu den Heckfenstern gewechselt. »Der Erste Offizier möchte Sie sprechen, Sir.« Er beobachtete, wie die Diener Stühle arrangierten und Kerzen anzündeten. In ihrem flackernden Licht wirkte sein junges Gesicht auf einmal ernst und zornig. »Und nein, Sir«, sagte er. »Ich wußte nicht, daß Lady Somervell hier in Antigua ist.«

Adam blickte an ihm vorbei. »Ich bin gleich wieder da, Sir Graham.« Doch Bethune hob schon die silberne Haube von einer Schüssel und schien ihn nicht gehört zu haben. Dann berührte er seinen Adjutanten am Arm. »Das weiß ich zu schätzen, danke.« Tolan brachte mehr Wein aus der Pantry. »Ich dachte schon, ich sei der einzige, der das nicht wußte.«

Adam fand Stirling am Niedergang, den Kopf unter die Decksbalken gebeugt. Im Grunde gab es genug Stehhöhe für ihn, aber nach lebenslangem Dienst auf den verschiedensten Schiffen war er es nicht anders gewohnt.

»Tut mir leid, Sie zu stören, Sir.« Seine Augen glitzerten in dem unsteten Licht, als er die Tür und den Wachtposten davor mit einem Blick streifte. »Aber die Slup *Lotus* ist vor etwa einer Stunde eingelaufen, Sir. Ihr Kommandant ist an Bord gekommen, um von einem Zwischenfall mit einem Sklavenhändler zu berichten.«

»Warum erst jetzt?« Das gab ihm Zeit, sich die Slup ins Gedächtnis zu rufen. Sie gehörte zu den Patrouillen des Kommodore. Aber mehr fiel ihm nicht ein.

»Er versuchte es erst in der Residenz des Kommodore. Sagte, er hätte nichts davon gewußt, daß die *Athena* eintreffen sollte. War ganz überrascht.« Stirling wandte sich um, als der Wachtposten mit den Stiefeln scharrte. »Ich habe ihn in den Kartenraum gesetzt und gebeten zu warten.«

»Das war richtig. Ich gehe jetzt zu ihm.« Er glaubte, hinter der Tür ein zersplitterndes Glas und Gelächter zu hören. Das klang nach Swinburne.

Gemeinsam erklommen sie die Niedergangsleiter, und Stirling wirkte erleichtert, die Verantwortung los zu sein.

Nach der Admiralskajüte war die frische Luft auf dem Achterdeck angenehm kühl. Einige Gestalten standen bei den Steuerbordnetzen, und tief unter ihnen konnte Adam ein fast regloses Boot erkennen, das an den Großrüsten festgemacht hatte.

Vor dem Kartenraum blieb Stirling stehen, eine Hand am Türgriff.

»Sein Name ist Pointer, Sir. Die *Lotus* ist offenbar sein erstes Kommando, und er ist seit sechs Monaten hier stationiert.«

»Danke. Das ist eine große Hilfe.«

»Sir?« Fragend spähte Stirling in Adams Gesicht, als erwarte oder suche er eine Falle.

Nach dem dunklen Achterdeck und seinen schweigenden Wachgängern wirkte der Kartenraum ungewöhnlich hell. Der Kommandant der *Lotus* war ein hochgewachsener, überschlanker Mann mit schmalem, knochigem Gesicht und klaren, intelligenten Augen. Immer noch Leutnant, strahlte er jedoch schon nach so kurzer Zeit als Befehlshaber eine ruhige Autorität aus.

Adam streckte die Hand aus und registrierte, daß sein Gegenüber darauf überrascht reagierte. »Ich bin Bolitho. Der Flaggkapitän hier.«

Pointers Händedruck war fest und ebenfalls knochig. »Jawohl, Sir, das habe ich gerade gehört.« Sein Blick wanderte zu dem steinernen Gesicht des Ersten Offiziers. »Ebenso von Sir Graham Bethunes Eintreffen. Sie müssen wissen, wir hatten längere Zeit keinen Kontakt mit dem Kommodore, deshalb war ich nicht im Bilde.«

Ungeduldig warf Stirling ein: »Der Kurier wurde in die Luft gesprengt.«

Adam deutete auf das Regal mit ordentlich gefalteten Seekarten. »Zeigen Sie's mir.«

Pointer breitete eine Karte auf dem Tisch aus und strich sie glatt.

»Das war vor zwei Wochen, Sir.« Sein Zeigefinger tippte auf die Karte. »Ich befand mich in dem mir zugeteilten Sektor. Dort patrouilliere ich, seit ich die *Lotus* übernahm, deshalb kenne ich mich inzwischen recht gut aus.« Der Finger wanderte weiter. »Mein Gebiet reicht von der Bahama-Bank westwärts bis zur Straße von Florida. Eine beliebte Route der Sklavenhändler, falls sie an uns vorbeischlüpfen können.« Adam spürte Pointers Stolz auf seine Arbeit und mehr noch auf sein Schiff. Er konnte sich leicht vorstellen, wie einsam und verloren die kleine Slup in dem riesigen Labyrinth aus Inseln und zahllosen Kanälen patrouillierte. Darin hätte man eine ganze Flotte verstecken können, falls es notwendig wurde.

Pointer fuhr fort: »Wir hatten schon eine ganze Weile in den Gewässern der Straße gesucht. Die größeren Sklavenhändler kreuzen von Kuba nach Florida, um dort ihre Ladung zu löschen, bevor sie wieder auf den Atlantik hinaus halten. Manche von ihnen sind ganz neu, sehr groß und schnell. Unseren Patrouillen können sie oft entkommen. Aber nicht der *Lotus*.« Da war der Stolz wieder.

Er zog ein abgegriffenes Notizbuch aus der Tasche und legte es auf die Karte. Es war vollgekritzelt mit Berechnungen und Kompaßpeilungen, doch Adam interessierte vor allem das Datum: der 6. Juni. Das war der Tag, an dem sie die erbarmungswürdigen Überreste der *Celeste* gesichtet und ihren einzigen Überlebenden gefunden hatten.

Während er auf die Karte starrte, sah er sekundenlang

Falmouth vor sich. Der 6. Juni war außerdem sein Geburtstag, aber das hatte er völlig vergessen.

Pointer hatte seine kurze Zerstreutheit nicht bemerkt. »Sie war eine große Bark und kam aus Havanna, hielt unter Vollzeug auf Florida zu. Als sie uns sichtete, setzte sie die amerikanische Flagge, deshalb befahl ich ihr, beizudrehen und unsere Entermannschaft zu erwarten.« Als er lächelte, verriet sich zum erstenmal seine Anspannung. Er sprach wie zu sich selbst, erlebte den Zwischenfall im Geiste wohl noch einmal.

»Sie geben sich oft als Amerikaner aus. Die Yankees machen meist soviel Aufhebens um ausländische Offiziere, die eines ihrer Schiffe kontrollieren wollen, daß sie damit durchkommen, auch wenn es Sklavenhändler sind.« Wieder blickte er auf die Karte. »Deshalb habe ich die Kanonen ausgefahren und ein paar Warnschüsse abgegeben, um zu zeigen, daß ich es ernst meinte.« Er nickte bedächtig. »Wir waren bereit für ihn. Ich hatte von den schweren Kalibern gehört, mit denen manche Sklavenhändler bewaffnet sind. Er ging über Stag und floh in Richtung Küste, zurück nach Havanna. Dabei hatte er den Wind unter seinen Rockschößen, und ich konnte kaum mit ihm mithalten, diesem raffinierten Bastard.« Erschrocken blickte er hoch und wäre errötet, hätte seine Sonnenbräune das gestattet. »Bitte um Vergebung, Sir.«

Die Tür öffnete sich einen Spalt: Troubridge. »Tut mir leid, Sir, aber Sir Graham hat mich aufgefordert …« Er verstummte, als er die Spannung in dem engen Raum spürte.

Pointer fuhr fort: »Ich folgte ihm in den Hafen, wo ich ankerte und von einer ganzen Armee Offizieller geentert wurde. Ich bestand darauf, daß die Bark ein Sklavenhändler war und daß mir unser Vertrag gestattete, sie zu durchsuchen. Es ist bekannt, daß der spanische Generalkapitän in Havanna bereitwillig falsche Papiere akzeptiert und jedes Schiff einklarieren läßt, auch wenn es sich um einen notorischen Sklavenhändler handelt. Dabei muß eine Menge Geld den Besitzer wechseln.«

»Aber Sie haben nichts gefunden?«

Er zuckte die Schultern. »Ich wurde mit großer Höflichkeit behandelt, durfte die Bark aber nicht durchsuchen. Der Adjutant des Generalkapitäns war höchst erstaunt über meine Unterstellung, in einer so zivilisierten Stadt wie Havanna könnten ohne ihr Wissen Sklaven angelandet und verladen werden. Einen Tag später durften meine Leute an Bord gehen. Sie fanden natürlich nichts, und ihre Flagge war mittlerweile die Spaniens. Ich habe immer noch das höhnische Gelächter im Ohr, als wir ankerauf gingen und nach See ausliefen.«

»Vielleicht hatten Sie damit noch Glück. Man hätte für Sie und die *Lotus* auch einen ›Unfall‹ arrangieren können.«

Gemeinsam verließen sie den Kartenraum und gingen in die Dunkelheit hinaus. Pointer blieb kurz stehen und blickte ins Gewirr der Takelage hinauf.

»Wenn dieses Schiff dabei gewesen wäre, hätten sie ein anderes Liedchen gesungen!« Doch das sagte er ohne Verbitterung, eher so, als gäbe er sich selbst die Schuld für den Mißerfolg.

Zum Abschluß zog er einen Leinenumschlag aus dem Rock. »Mein ausführlicher Bericht, Sir.« Wieder lächelte er. »Natürlich an den Kommodore adressiert.« Er schien im Stehen einzuschlafen. Ohne Pause mußte er sein Schiff über die Strecke von 1400 Meilen angetrieben haben. Adam konnte sich noch gut daran erinnern, wie er selbst ein Schiff dieser Größe und Leistung befehligt hatte, wo der Kommandant immer als letzter in die Koje ging.

Troubridge übernahm den Bericht. »Ich werde Sir Graham informieren, Sir.« Dabei beäugte er den knochigen Leutnant mit etwas wie Ehrfurcht.

Nach wenigen Minuten war er wieder da. »Eine Empfehlung von Sir Graham, und Sie möchten auf Ihr Schiff zurückkehren und sich für ein baldiges Auslaufen bereit halten ...« Angesichts von Pointers Erschöpfung fiel ihm das Weitersprechen schwer. »Morgen, vor Sonnenuntergang, unter dem Befehl des Admirals.«

Adam begleitete Pointer zur Eingangspforte. Unten machte sich sein Boot schon bereit zum Abstoßen.

»Ich bin froh, daß wir uns kennengelernt haben. Wenigstens kann ich Sie jetzt vor mir sehen, wenn der Name Ihres Schiffes fällt.«

Sie wechselten einen Händedruck.

Zum Abschied sagte Pointer: »Ich weiß noch, wie ich vor Monaten einen Sklavenhändler jagte, kurz bevor die neuen Vorschriften in Kraft traten. Ich hatte ihn fast eingeholt, da begann er, seine Sklaven über Bord zu werfen. Viele hatte er nicht mehr übrig, aber es waren noch genug. Die Haie gerieten in einen Freßrausch. Nie werde ich diese Todesschreie vergessen – und die Stille danach.«

Adam tippte an seinen Hut und sah ihm nach, wie er in sein Boot hinunter kletterte. Dann begab er sich wieder nach achtern, vorbei an den undeutlichen Gestalten der Wachgänger, die ihm nachsahen. Er spürte den Blick des Wachtpostens, als die Tür für ihn geöffnet wurde.

Bethune saß am Tisch und hatte Pointers Bericht nachlässig auf dem Schoß liegen. Er wedelte mit einem Messer. »Wir haben mit dem Essen nicht auf Sie gewartet, denn Sir Baldwin muß bald an Land zurückkehren. Dies hier –«, sein Ton wurde härter, »bedeutet eine Menge Arbeit für ihn, wovon einiges nicht bis morgen warten kann.«

Adam musterte die leeren Schüsseln und die Flecken verschütteten Rotweins. Wie Blut. Darüber fielen ihm die *Unrivalled* und ihre langen Patrouillen vor den Sklavenküsten Afrikas ein. Freetown ... In den Laderäumen der beschlagnahmten Schiffe waren die Körper so dicht gepackt gewesen, daß sie sich kaum bewegen oder atmen konnten. Menschliche Fracht. Wie Pointer würde auch er dies niemals vergessen.

Der Kommodore trat durch die andere Tür, mit Tolan und einem zweiten Diener hinter sich.

Bethune lächelte, ohne sich zu erheben. »Begleiten Sie Sir Baldwin, ja, Adam? Erklären Sie seinem Offizier vom Dienst, was morgen getan werden muß.«

Troubridge schnappte sich seinen Hut und folgte dem schwankenden Trio an Deck hinaus.

Jago stand schon bereit. Ein Bootsmannstuhl war aufgeriggt, um den Kommodore in die längsseits liegende Gig abzufieren. Jagos forschender Blick galt Adam.

»Fühlen Sie sich wohl, Sir?«

Doch Adam meinte nur: »Sobald Sie wieder an Bord sind, kommen Sie nach achtern und trinken Sie einen Schluck mit Ihrem Käpt'n.«

Jagos Gebiß blitzte, doch er lächelte nicht. »Na klar, Käpt'n. Und wenn die Talje aus'm Block springen würde, wenn wir den Kommodore außenbords befördern, wäre ich noch früher bei Ihnen.«

Warnend packte Adam seinen Arm. Das war hart an der Grenze gewesen.

»So etwas zu akzeptieren, haben wir weder gelernt, Luke, noch sind wir ausgebildet, es zu bekämpfen. Es ist, als würde man Schatten jagen.« Er lauschte dem Riemenschlag, als Pointers Boot davonzog. »Fast beneide ich diesen jungen Offizier um seine Freiheit. Er kann handeln, wie er es für richtig hält.«

Jago entspannte sich etwas, weil Adams Stimmung schon wieder umschlug.

Grinsend unterdrückte dieser ein Gähnen. »Na ja, fast.«

XI Trick um Trick

Leutnant Roger Pointer, der schlaksige Kommandant der *Lotus*, stieß sich von der Reling ab. Ein breites Grinsen verdrängte seine Müdigkeit, als Flaggkapitän Bolitho an Deck erschien. Es war erstaunlich, wie schnell sich Seeleute einer überraschenden Entwicklung der Ereignisse anpassen konnten.

Etwa Vizeadmiral Bethunes Befehl, wonach er am Tag nach seiner schnellen Überfahrt von Havanna, den gellenden Spott der Spanier noch im Ohr, wieder seeklar zu machen hatte. Damit blieb ihm kaum Zeit, Frischwasser zu übernehmen und ein paar Körbe Obst vom Markt. Überdies mußte er schon mittags auslaufen, nicht erst bei Sonnenuntergang.

Die zweite Überraschung war das Eintreffen von Bethunes Flaggkapitän auf der *Lotus*. Adam Bolitho kam an Bord, um Havannas Generalkapitän einen Protest oder eine Warnung zu überbringen. Eigentlich hätte Pointer darüber verärgert sein müssen, aber bei näherer Überlegung erkannte er den Sinn von Bethunes Maßnahme. Was Bolitho selbst davon hielt, blieb ihm allerdings verborgen.

Vor drei Tagen hatten sie English Harbour mit günstigem Wind verlassen. Seither bolzte die *Lotus* wie ein Vollblut durch das klare blaue Wasser.

Pointer kannte Bolithos Ruf fast so gut wie den seines berühmten Onkels. Der Kommandant der *Athena* fühlte sich auf der *Lotus* wahrscheinlich völlig fehl am Platz, doch Dienstrang blieb Dienstrang, und die Navy hatte nun mal ihre festen Regeln, auf einem Zweidecker ebenso wie auf einer bescheidenen Slup.

Es hatte ihn überrascht, daß Bolitho die Rolle eines Passagiers zu akzeptieren schien, unabhängig vom Wachsystem an Bord, dabei jedoch so aufgeschlossen und zugänglich blieb, wie Pointer es niemals erwartet hätte.

Adam begab sich auf die Luvseite, wo ihm die übers Vorschiff prasselnde Gischt im Gesicht brannte und er das Heben und Senken des temperamentvollen Rumpfes, das Brausen im Rigg und in den Segeln stärker wahrnahm.

Er war sich völlig klar gewesen über Pointers Reaktion, als ihn die überraschenden Befehle des Admirals erreichten. Er selbst hatte das Gleiche erlebt, als er die Brigg *Firefly* übernommen hatte. Doch nach drei Tagen auf hoher See waren die Barrieren gefallen. Sein täglicher Spaziergang an Deck rief immer noch neugieriges Starren und heimliche Ellbogenstöße hervor, doch er kannte die Vorzüge und die Kameradschaft eines kleineren Schiffes, und die spontane Bereitschaft zu Gesprächen, zum ungezwungenen Plaudern über Privatleben und Heimat, ließ ihm das Herz aufgehen.

Allmählich beschlich ihn sogar Neid auf Pointer und sein Kommando. Die *Lotus* glich der verkleinerten Ausgabe einer Fregatte und war stark bewaffnet für ihre Größe: mit sechzehn Zwölfpfündern und einem Paar Karonaden; bemannt war sie mit einer Besatzung von hundertfünfzehn, ihren Kommandanten mit eingeschlossen. Und ohne Seesoldaten, welche die unsichtbare Grenze zwischen Achterdeck und Mannschaftslogis markiert hätten.

Pointer beschattete die Augen und spähte querab nach dem verschwommenen Schatten am Horizont aus. Das war Haiti, eine von den Seeleuten gehaßte und gemiedene Insel, selbst wenn sie auf der Suche nach Frischwasser waren. Um den Aberglauben dort, um die befremdlichen, grausamen Rituale wurde manches Garn gesponnen, das Neulinge auf ihrer ersten Fahrt erschreckte. Unter dem französischen Regime war es schlimm genug gewesen, doch seit dem Sklavenaufstand und dem Rückzug der Kolonialarmee war Haiti noch viel gefährlicher geworden.

Adam fragte sich, ob der Generalkapitän auf dem nahen Kuba die veränderten Eigentumsverhältnisse auf Haiti als grimmige Warnung auffaßte, als Drohung gegen sich und die spanische Oberhoheit. Oder wünschte er sich wie Kommodore Swinburne nur einen ereignislosen Posten zum Ende seiner Karriere?

Er blickte sich auf der *Lotus* um. Ein kleines Schiff von hundertzehn Fuß Länge und nicht viel mehr als vierhundert Tonnen. Kein Wunder, daß er sich an seinem ersten Morgen an Bord unsicher auf den Beinen gefühlt hatte, fremd nach den schwerfälligen Bewegungen und der starken Bewaffnung der *Athena*.

Adam lächelte in sich hinein. Jetzt, nach nur drei Tagen, hatte sich das völlig gegeben.

»Guten Morgen, Roger«, rief er. »Sie haben den Wind nach wie vor auf Ihrer Seite, Sie Glückspilz!«

Grüßend tippte Pointer an seinen zerbeulten Hut. Soviel Ungezwungenheit war er immer noch nicht gewohnt, ganz gleich, wie sehr er sich auch bemühte. Eine jugendlich anmutende Gestalt ohne Hut, das dunkle Haar vom Wind zerzaust, in einem Uniformrock, der seine ursprüngliche Farbe fast ganz verloren hatte: Das war der Flaggkapitän, dem der Admiral vertraute und der vielleicht schon vor der nächsten Sprosse auf der Karriereleiter stand. *Wie wir alle.*

»Morgen vormittag sollten wir auf Höhe der Iguanas sein, Sir«, sagte er. »Bei Dunkelheit möchte ich mich dort nicht durchfädeln müssen.«

Adam nickte zustimmend und strich sich das Haar aus den Augen. »Und dann Kuba. Wirklich eine schnelle Überfahrt.« In Pointers Gesicht erkannte er die stumme Frage: Was bedeutete das für sein Schiff und für seine

Reputation? »Ich werde Sir Grahams Depesche wie befohlen übergeben, damit der Generalkapitän oder sein Repräsentant über den hiesigen Wechsel in der Befehlsgewalt informiert wird.« Der treibende Trümmerteppich fiel ihm wieder ein, und er schloß verbittert: »Falls er sich dessen nicht längst bewußt ist.«

Pointer berichtete: »Ich habe gehört, natürlich inoffiziell, daß der Generalkapitän stets durch einen Dolmetscher spricht.« Er spreizte die großen, knochigen Hände. »Aber daß er unsere Sprache perfekt beherrscht, wenn es ihm paßt.«

Adam lächelte. »Danke, Roger. Auf diesen Trick bin ich schon mal hereingefallen.«

Er erinnerte sich an Bethunes letzte Anweisungen, bevor man ihn zur *Lotus* übergesetzt hatte.

»Ich habe beschlossen, daß Sie mich bei diesen Verhandlungen vertreten und unser Recht auf eine Durchsuchung verdächtiger Schiffe durchsetzen. Eine Demonstration der Stärke wäre sinnlos, selbst wenn ich die Schiffe dafür hätte. Aber ich werde nach Verstärkung schicken, um die Patrouillen zu intensivieren. Ein paar Beschlagnahmen, ein paar fette Prisen, und wir werden bei den Geldgebern bald ein Umdenken feststellen.« Im letzten Moment hatte er Adam vertraulich am Arm gepackt. »Und nehmen Sie sich in acht vor Sillitoe. Ich glaube, er ist verzweifelt. Deshalb seien Sie auf der Hut.«

Troubridge hatte er vor dem Verlassen des Flaggschiffs nicht mehr gesprochen. War das ein Zufall gewesen? Oder hatte auch er seine strengen Richtlinien?

Pointer entschuldigte sich und verschwand, um mit seinem Ersten Offizier zu sprechen, der sich schon eine Weile in der Nähe herumgedrückt hatte.

Wieder spürte Adam eine Anwandlung von Neid. Einfach das Kommando auszuüben, ohne anderweitige Verpflichtungen ...

Sein Blick wanderte zu Jago, der sich am Hauptniedergang mit einem der Unteroffiziere unterhielt. Lachend schlug er ihm auf den Rücken. Adam hatte von Jago erfahren, daß einer aus der Zimmermannsgang die Geburt seines ersten Kindes gefeiert hatte. Ein Mädchen. *Kein Pökelfleisch und kein Schiffszwieback für sie!* Jago war nicht aufgefallen, daß sich seines Käpt'ns Miene kurz verdunkelt hatte.

In jener ersten Nacht auf See, als er wegen der ungewohnten Bewegungen und Geräusche nicht schlafen konnte, hatte er Zeit zum Nachdenken und für Selbstvorwürfe gehabt.

Angenommen, diese eine kostbare Stunde hatte Elizabeths ganzes Leben ruiniert? Angenommen, sie trug jetzt ein Kind unter dem Herzen, weil er sich nicht beherrscht hatte? Stand ihr die gleiche Verzweiflung und Schande bevor wie damals seiner eigenen Mutter? Dann würde sie ganz allein dastehen, mit nichts als mit einem schrecklichen Haß in der Brust. So schrecklich wie ihre Erinnerungen, die zu überwinden sie mühsam gelernt hatte. Aber Sir Gregory Montagu war tot, und sie hatte niemand anderen.

Ihm fiel die Steintafel in der alten Kirche ein, die er viele Jahre nach dem Tod seiner Mutter hatte errichten lassen: *In liebendem Gedenken an Kerenza Pascoe, verstorben 1793. In Erwartung seines Schiffes.*

Schließlich war er eingeschlafen, während die in Stein gehauenen Worte immer noch durch seinem Kopf spukten.

Dir darf das niemals zustoßen, Lowenna ...

Etwas riß ihn aus seinen Gedanken, als hätte jemand seinen Namen gerufen. Doch es war nur Pointer mit einer Meldung.

»Mr. Ellis sagt, daß wir nach Ansicht des Ausguckpostens beobachtet werden. Von einem fremden Schiff, in

Nordost.« Und als Antwort auf Adams unausgesprochene Frage: »Sie werden uns längst als Kriegsschiff identifiziert haben. Nicht nötig, sie auf Distanz zu halten.«

Adam blickte zum blendend hellen Himmel auf. »Ist er gut, Ihr Ausguckposten?«

Verdutzt nickte Pointer. »Mein bester. Ihn und einen ebenso guten setze ich auf dieser Etappe immer in den Mast.«

An Land hätte das niemand verstanden, dachte Adam, aber auch er hatte auf der *Unrivalled* solch einen Matrosen gehabt. Sofort sah er wieder dessen wettergegerbtes Gesicht mit den hellen, klaren Augen vor sich: Sullivan. Der hatte sich niemals geirrt.

»Was halten Sie davon?« fragte er und sah, daß Pointer sich etwas entspannte.

»Wenn ich wenden lasse, um ihn zu verfolgen, könnten wir ihn zwischen den Inseln leicht verlieren. Binnen kurzem erreichen wir wieder das Hauptfahrwasser, aber nicht vor der Abenddämmerung. Dann wäre es zu riskant.« Stirnrunzelnd blickte er Adam an. »Es sei denn, Sie glauben …«

»Lassen Sie ihn einstweilen in Ruhe, Roger. Vorhin haben Sie die Iguanas erwähnt.« Er sah, wie Pointers müdes Gesicht auflebte. »Wir warten auf das erste Tageslicht, dann nehmen wir ihn uns vor.«

»Und Ihre Befehle, Sir?«

Adam kannte das Gefühl. Jagdfieber ohne Maß oder Kontrolle. Gefährlich.

»Unser alter Feind John Paul Jones«, erwiderte er, »kannte die richtige Antwort, Roger. Wer nichts riskiert, kann nicht gewinnen!«

Jago war bei den Besanwanten stehen geblieben. Von dem Gespräch hatte er nichts verstanden, aber die Anzeichen kannte er nur zu gut. Es verstieß gegen alle seine Grundsätze, dennoch fühlte er sich fast erleichtert.

»Schiff ist gefechtsklar, Sir, und das Kombüsenfeuer gelöscht.«

Das war Ellis, der Erste Offizier, knapp und formell. Für Adam hob er sich kaum von den anderen schattenhaften Figuren ab, die sich nach dem vertrauten Muster bewegten, nach dem Drill, an dem er anderswo schon oft beteiligt gewesen war.

Auf einem so kleinen Schiff jedoch wirkte das fast unheimlich. Die Matrosen ertasteten sich ihren Weg über oder unter Deck mit einer traumwandlerischen Sicherheit, die kein Landlubber jemals verstanden hätte. Sie sahen nicht die Hand vor Augen, nur das aufgewühlte Wasser, das vom Steven nach achtern schoß und als leuchtendes Kielwasser ihren Kurs verriet. Die *Lotus* segelte dichtgeholt über Backbordbug, während ihr Klüverbaum wie ein Zeigestock vor dem unsichtbaren Horizont hin und her schwang, auf der Suche nach dem fremden Schiff. Adam konnte die Spannung spüren, die ihn umgab. Ob der Fremde noch da war, wenn das Tageslicht sie fand? Er konnte auch ein harmloser Handelsfahrer sein, der sich aus Sicherheitsgründen in der Nähe eines Kriegsschiffes hielt. Das war in diesen umstrittenen Gewässern wahrscheinlich gängige Praxis und ein krasser Unterschied zu den Kriegszeiten. Damals hatte jeder Handelsschiffskapitän Kriegsschiffe gemieden wie die Pest – aus Angst, geentert zu werden und seine besten Leute abgepreßt zu bekommen.

Allmählich nahmen die Schemen Konturen an: hier ein Gesicht, dort ein Arm, der zu den Wanten hinauf winkte, oder ein anderer Schatten, der leise an einem Backstag herab glitt und mit bloßen Füßen lautlos an Deck sprang.

Der Erste Offizier unterhielt sich gedämpft mit Pointer, während des Segelmeisters Gebiß weiß grinsend durchs Dämmerlicht leuchtete, als jemand etwas Amüsantes zu ihm sagte. Die *Lotus* verfügte nur noch über einen weiteren Leutnant, ansonsten bestand das Rückgrat des Schiffes aus Unteroffizieren und einem einsamen Fähnrich: eine kleine, eng zusammengeschweißte Besatzung.

Adam dachte an David Napier, der sich jetzt mit der Fregatte *Audacity* irgendwo auf See befand. Würde er mit dem brutalen Humor fertig werden, der in der Regel an Bord herrschte?

Jago mußte die ganze Zeit dicht neben ihm gestanden haben. Jetzt machte er ihn flüsternd auf den Masttopp aufmerksam. Adam blickte hoch und stellte fest, daß er schon das gereffte Bramsegel erkennen konnte und darüber den langen, rot-weißen Wimpel, steif auswehend im Wind und das erste Licht einfangend, als sei er ein Ding für sich und nicht mit der Slup verbunden.

Pointer sagte: »Vielleicht ist ja nichts dran. Aber wir werden trotzdem in aller Ruhe die Kanonen laden.« Niemand antwortete ihm, als hätte er mit sich selbst gesprochen. Oder mit der *Lotus*.

Adam hörte den Bootsmann Namen aufrufen und jemanden anblaffen, *er solle sich nicht anstellen wie ein altes Weib*. Dem folgte ein anderes Geräusch, welches ihn daran erinnerte, daß die meisten Slups lange Riemen besaßen, die ausgefahren und mit überzähligen Kräften bemannt werden konnten. Sie mochten das Schiff in einer Totenflaute um ein oder zwei Knoten beschleunigen, jedenfalls genug, um sich im Notfall zu retten.

Neben jeder Kanone wies der Rumpf ein kleines Dollbord auf, was Adam an die Galeeren erinnerte, gegen die sie vor Algiers gekämpft hatten. Er merkte, daß er die Wunde in seiner Seite betastete, die Wunde, die Elizabeth nach seinem Sturz vom Pferd versorgt hatte – und geküßt bei jener letzten Umarmung.

Pointer trat neben ihn. »Die Riemen könnten uns helfen, wenn wir sein Heck queren wollen.« Damit entfernte er sich wieder, offenbar ohne jeden Zweifel über das Ergebnis dieses Tages.

Der einzige Fähnrich der *Lotus* kam nach achtern geeilt, seine Kragenspiegel leuchteten weiß vor dem dunklen Hintergrund der See. Er hielt Adam ein Teleskop hin. »Mit einer Empfehlung vom Ersten Offizier, Sir«, sagte er.

Adam spürte den bohrenden Blick des Jungen. Wahrscheinlich würde er diese Begebenheit im nächsten Brief an seine Eltern erwähnen. Die Offiziersanwärter schrieben bekanntlich lange Briefe nach Hause, obwohl sie nie wußten, wann sie die einem passierenden Kurier mitgeben konnten.

Leise fragte er: »Wann werden Sie sich zum Leutnantsexamen melden? Bald, wie ich hoffe?«

Überrascht holte der Junge Luft. *Heute hat der Flaggkapitän des Admirals mit mir gesprochen.*

»In spätestens zwei Jahren, Sir.« Verlegen blickte er sich um. »Aber ich möchte dieses Schiff nicht verlassen.«

Adam legte ihm die Hand auf den Arm und spürte, daß er zusammenzuckte. »Das Gefühl kenne ich. Aber blicken Sie nach vorn. Wenn sich die Chance bietet, packen Sie zu!«

Die Augen des Fähnrichs leuchteten weiß, als er zum noch unsichtbaren Ausguckposten hinauf blickte.

»An Deck! Fremdes Segel an Steuerbord voraus!«

»Bei Gott, da ist er! Immer noch auf dem alten Kurs!« rief Pointer. Er fuhr herum und befahl in schärferem Ton: »Mehr Tuch, Mr. Ellis. Setzen Sie die Royals, falls sie's verträgt!«

Pfiffe schrillten, Helfer stürzten sich auf Fallen und Brassen, während die Toppgasten wie fliehende Affen in den Wanten nach oben flitzten, gerade noch sichtbar in dem ersten gelblichen Schein, der den Horizont säumte.

Wieder erklang die Stimme aus dem Ausguck und

übertönte mühelos das Knattern der Leinwand und Quietschen der Blöcke.

»An Deck! Es ist eine Bark!«

»Kurs liegt an, Sir. Nordost zu Nord, voll und bei!«

Adam entspannte sich Muskel um Muskel. Also auf konvergierendem Kurs. Pointer hatte gut daran getan, sich Zeit zu lassen. Falls der Fremde jetzt über Stag ging und floh, konnten sie ihn immer noch einholen.

»Der Name Ihres Ausguckpostens, Roger?«

Verblüfft starrte Pointer ihn an, offenbar mit mehreren Problemen gleichzeitig beschäftigt.

»Äh – Jenkins, Sir.« Das klang wie eine Frage.

Adam warf sich den Teleskopriemen über die Schulter. »Ich gehe nach oben.« Unwillkürlich lächelte er. »Aber ich komme Ihnen bestimmt nicht in die Quere.«

Jago folgte ihm zu den Luvwanten. »Wollen Sie das wirklich tun, Sir?«

Kalte Gischt im Gesicht und auf den Händen, packte Adam die Webeleinen.

»Sie brauchen Beweise – ich werde sie ihnen liefern.«

Jago war nicht so leicht umzustimmen. »Tja, es ist Ihr Hals, Käpt'n.«

Versuchsweise stellte Adam den Fuß auf die nächste Webeleine. Es war viele Jahre her, seit er mit den »jungen Herrchen«, manchmal barfuß, immer aber ohne Angst vor der Höhe oder der Gefahr, die Wanten hinauf geflitzt war.

Er erinnerte sich an Pointers Gesichtsausdruck, als er John Paul Jones' Worte zitiert hatte; sie galten nach wie vor.

Jago mißverstand sein Schweigen. »Wir haben noch viele Meilen zusammen zu segeln, Sir.«

Adam blickte auf ihn hinunter. Sein Gesicht lag noch im Schatten, aber er brauchte es auch nicht zu sehen. »Ich habe genug Männer für eine Flagge sterben gesehen, Luke«, sagte er. »Ich werde nicht tatenlos dabeistehen, wenn noch mehr sterben, nur aus Habgier.«

Ellis, der Erste Offizier, bemerkte zum Bootsmann: »Ein Mann mit festen Überzeugungen.«

Resigniert schüttelte Jago den Kopf. »Wie kein zweiter, Sir«, sagte er.

Dann spähte er wieder nach oben und sah Bolithos Schatten sich über die Püttingswanten auf die Plattform schwingen. Wie ein echter Seemann. Nicht viele Offiziere hätten das gewagt oder geschafft. Warum riskierte er sein Leben für ein paar mickrige Sklaven?

Eine Stimme rief: »Alle Kanonen laden, aber noch nicht ausfahren!« *Vermaledeite Offiziere.*

Als Jago abermals den Blick hob, war Adam verschwunden. Vorbei am Mars und höher hinauf zur Bramsaling. Falls das Schiff jetzt wendete oder falls er auch nur ausglitt, mußte in Sekunden alles vorbei sein.

Er rückte das schwere Entermesser im Gürtel zurecht und hielt Ausschau nach der Morgendämmerung. Also warum das Risiko?

Eine Stimme schien ihm zu antworten: *Weil wir sind, was wir sind.*

In schwindelerregender Höhe hakte Adam ein Bein über die Saling und griff haltsuchend nach einem Stag. Vom Deck der *Lotus* war es eine lange Klettertour gewesen, und er spürte sein Herz wie einen Hammer gegen seine Rippen schlagen. Aber er war nicht völlig außer Atem, und das freute ihn.

Die Aussicht von so hoch oben hatte ihn schon immer beeindruckt, ob nun als Kadett oder Vollkapitän, das machte keinen Unterschied. Der unter dem Druck von Mars- und Bramsegeln weit überliegende Rumpf, die unter dem Ansturm von Wind und Wellen vibrierenden Maststengen ... Hier oben, am höchsten Punkt des Schiffes, hatte er die See tief unter seinen baumelnden Beinen und sah, wie ihr glasklares Blau das Weiß der Segel reflektierte.

Er wischte sich die salzig schmeckende Gischt aus dem Gesicht und spürte ein Brennen auf der Haut. Trocken schluckend, warf er dem Ausguckposten einen Blick zu und stellte überrascht fest, daß dieser viel jünger war als erwartet. Seine kräftige Stimme übertönte wie bei Sullivan von der *Unrivalled* mühelos die Bordgeräusche, dabei war er höchstens Ende zwanzig, schmächtig gebaut und hatte ein offenes Gesicht, dessen Sonnenbräune fast so dunkel war wie die hölzerne Maststenge.

Gespannt und nicht wenig neugierig hatte er zugesehen, wie Adam zu ihm herauf kletterte, genau wie einige Seeleute im Großmars, an denen er vorbeikam. Sie waren dabei, an der Brüstung eine Drehbasse zu montieren, hielten aber verblüfft inne, während einer von ihnen rief: »Bißchen gefährlich hier oben, Sir!« Allgemeines Gelächter war die Antwort.

Adam holte tief Atem. »Guten Morgen – Jenkins, nicht wahr?«

»Richtig, Sir.« Er musterte Adams flatterndes Hemd und die abgewetzten, ausgeblichenen Epauletten auf seinem Alltagsrock.

Adam hob das Teleskop ans Auge und richtete es über den Bug nach vorn, gerade als der Mast sich unter dem Knattern des schlagenden Großsegels wieder hart überlegte.

Und dann fand er das fremde Schiff, das sich wie ein zierliches Modell scharf von einem Horizont abhob, der so schräg wegkippte, als wolle er es und die *Lotus* gemeinsam abschütteln.

»Ist das dieselbe Bark, die ihr nach Havanna zurück gejagt habt?«

Jenkins runzelte die Stirn, was ihn noch jünger aussehen ließ. »Nein, Sir, eine andere.« Das kam ohne Zögern. »Es gibt einen Unterschied, wissen Sie?«

Adam registrierte einen Waliser Akzent. Wieder fokussierte er das Glas oder versuchte es wenigstens, denn die *Lotus* hatte den Kurs etwas geändert. Jetzt sah es so aus, als sei die Bark das einzige Schiff, das sich bewegte.

Er wartete, bis der Mast wieder ruhig stand, und konzentrierte sich auf das Rigg des Fremden. Es war eine mächtige Bark, die wie üblich auf diesem Kurs unordentlich wirkte, mit Rahsegeln an Fock- und Großmast und mit Schratsegeln am Besan. Ihr Umriß sah so unharmonisch aus, als fehlten einige Spieren. Groß und stark. Aber wie konnte Jenkins so sicher sein, daß es sich nicht um die von Pointer beschriebene Bark handelte?

Die fremden Ausguckposten mußten die *Lotus* inzwischen bemerkt haben. Auch wenn sie den Nachthimmel im Rücken hatte, mußte sie sich allmählich abzeichnen, weil das Tageslicht die Schatten vertrieb und die See wie Kupfer schimmern ließ.

Geschickt wickelte sich der Ausguckposten ein Tuch um den Kopf und meinte wie beiläufig: »Hier wird's bald so heiß wie im Backofen, Sir. An Ihrer Stelle würde ich nicht lange bleiben.«

Lächelnd reichte Adam ihm das Fernrohr. »Hier – und sagen Sie mir, was Sie sehen.«

Jenkins setzte das Teleskop so unbeholfen ans Auge, als hätte er noch nie eins benutzt, richtete es aber mit viel Sorgfalt aus. »Es ist ihr Besansegel, Sir«, sagte er. »Wenn es sich mit Wind füllt, dann ...« Er zögerte. »Na ja, der Baum sitzt höher als sonst.« Fast erleichtert reichte er das Teleskop zurück. »Als hätte er für etwas Platz machen müssen. Aber andererseits ...«, schloß er unsicher und starrte Adam an, der abermals das Teleskop hob.

»Jenkins, woher haben Sie diese Augen?« Selbst der erfahrenste Seemann hätte ihn übersehen können. *Den*

Fehler im Bild. Es war nur eine Kleinigkeit, doch als geschickter Ausguck kannte Jenkins die Wirkung von Tide und Strömung und die Befindlichkeit jeder Spiere, jedes Segels auf dem passierenden Schiff.

»Mein Dad war Schäfer, und ein guter dazu«, erzählte er. »Als ich klein war, mußte ich ihm helfen, wissen Sie? Meine Augen haben sich daran gewöhnt, versprengte Schafe aufzuspüren. War aber kein Leben für mich.« Er zuckte die Schultern. »Deshalb hab' ich mich freiwillig gemeldet. Nicht gepreßt, verstehen Sie?«

Adam beugte sich so weit vor, wie er es wagte, und sah zwischen seinen Füßen die kleinen Gestalten sich auf dem hellen Deck bewegen. Das Besansegel der Bark saß höher als normal, als sei das Poopdeck darunter aus irgendeinem Grund erhöht worden. Noch ein Blick auf ihren eigenen Wimpel, der am Masttopp steif auf das fremde Schiff zu auswehte. Fast ohne es zu merken, hatte er im Geist schon Peilung und Distanz berechnet. *Falls ich mich irre ...* Er dachte an die winzigen Gestalten tief unten an Deck. *Aber falls ich recht habe, bleibt ihnen nicht die geringste Chance.* Er schwang sich über die Saling. »Danke, Jenkins. Ich sorge dafür, daß dies im Logbuch festgehalten wird.« Eitle Worte, damit er in seiner Überzeugung nicht wankend wurde.

Mit einem Fuß nach der ersten Webeleine tastend, blickte er überrascht auf, als Jenkins sagte: »Ich bin auf der *Frobisher* gefahren, Sir. Ich war dort, als ...« Er wandte den Blick ab. »Als man mir Ihren Namen sagte, war ich so stolz ...« Weitersprechen konnte er nicht.

»Als Sir Richard fiel. Mein Onkel«, ergänzte Adam.

Plötzlich klaren Kopfes, alle Zweifel überwunden, begann er, die schwankenden, vibrierenden Wanten hinab zu klettern.

Als er wieder an Deck stand, schienen alle nur auf ihn gewartet zu haben.

»Ihr Mann Jenkins«, begann er, »ist wirklich gut.« Eine Pause, um wieder zu Atem zu kommen. »Diese Bark ist nicht das, was sie zu sein scheint, Roger. Ich glaube, sie führt Artillerie von größerem Kaliber als für einen ehrlichen Händler üblich.«

Sie drängten sich um ihn, um besser zu hören und über ihr eigenes Schicksal Klarheit zu gewinnen. Die Reaktionen waren Erregung, Zweifel und Besorgnis, als sei plötzlich etwas Unmenschliches zwischen ihnen aufgetaucht. Nur Jago wirkte nicht anders als sonst. Mit verschränkten Armen stand er da, die Finger locker auf den Griff der schweren Waffe gelegt, die er stets im Gürtel trug.

Pointer rieb sich das Kinn und lauschte mit dem gewohnten Stirnrunzeln Adams Beschreibung. Er war der Kommandant der *Lotus*. Falls sich das fremde Schiff als Feind entpuppte, ganz egal in welcher Tarnung, dann würde er verantwortlich gemacht werden, wenn etwas schief ging. Adam Bolitho war zwar der Flaggkapitän des Admirals und Teil einer Legende, aber trotzdem nur ein Passagier.

Binnen weniger Monate stand Pointers Beförderung an: zum Kapitänleutnant und Commander, als erster konkreter Schritt zum Vollkapitän. Unterlief ihm jedoch nur ein einziger Fehler, dann mußte er sich in die nach Tausenden zählende Gruppe unbeschäftigter Offiziere auf Halbsold einreihen.

Mit einem Blick umfaßte er sein Schiff und die Besatzung, die er in den sechs Monaten als Kommandant so gründlich kennengelernt hatte: die Tüchtigen und die Unzuverlässigen, die harten Kerle und die gewöhnlichen Jan Maaten, die keine andere Wahl hatten, als ihrem Kommandanten zu vertrauen. Er wandte sich Bolitho zu, und seine fragenden Augen nahmen den ausgeblichenen Rock und die fleckigen Epauletten wahr. Frischer Teer aus dem Rigg klebte jetzt an seinen Händen und

Hosen, aber auf jedem Schiff hätte man ihn sofort als den Ranghöchsten erkannt.

Pointer sagte: »Ich vertraue Ihrem Urteil, Sir.« Dabei sah er, daß sein Erster Offizier nickte und einen Nebenmann anstieß.

Adam berührte Pointers Arm und musterte dabei seine Hand: ruhig und fest, keine Unsicherheit. Wie eine Droge oder ein Anfall von Wahnsinn.

»Ich werde das im Logbuch festhalten, Roger.« Er dachte an Jagos Warnung. »Dann geht alles auf meine Kappe.«

Ein Blick in die Takelage, und er stellte sich den scharfäugigen Waliser vor, der einst verirrte Schafe gesucht hatte. Und der an jenem schrecklichen, unvergessenen Tag zugegen gewesen war, als Richard Bolitho an Bord seines eigenen Flaggschiffs gefallen war.

Doch das war Vergangenheit. Jetzt zählte nur die Gegenwart.

»Also packen wir's an. Einverstanden?«

Ellis, der Erste Offizier, ließ sein Teleskop sinken und rief: »Spanische Farben, Sir! Und kein Trick diesmal.« Niemand hätte aus seinem Ton schließen können, ob er enttäuscht oder erleichtert war.

Adam blickte zu den oberen Segeln auf; sie killten, weil die Rahen so hart angebraßt waren, daß sie für jeden Fremden längsschiff zu stehen schienen.

Er biß die Zähne zusammen. Der einzige Fremde weit und breit war die Bark, die jetzt viel größer wirkte und quer vor dem Bugspriet der *Lotus* zu liegen schien. In zwei Meilen Abstand? Mehr waren es keinesfalls.

Er hörte den Ruf eines Rudergängers und die Antwort des Segelmeisters, der Pointer warnte: »Wir sind zu hoch am Wind, Sir, mehr geht nicht. Falls er schralt, segeln wir uns fest.«

Mit einem kurzen Seitenblick zu Adam befahl Pointer: »Dann laßt uns einen Strich abfallen.«

Adam schritt zu den Finknetzen und hielt sich an einer Lasching fest, weil das Deck wieder krängte. Das dauerte alles viel zu lange. Falls der Spanier seinen Kurs beibehielt, lief er bald keine Gefahr mehr. Dann mußte jede Gegenmaßnahme ihrerseits, in Havanna und später in Madrid kolportiert, als schwere Aggression aufgefaßt werden. Die »Allianz« zwischen den beiden alten Feinden war schon jetzt brüchig genug.

Er musterte das Deck. Die Steuerbordbatterie war bemannt und geladen, ihre Kanoniere duckten sich hinter die Bordwand. Einer der Kutter war schon von seinem Lager geschwungen, die Crew holte unter Aufsicht des Bootsmanns an den Taljen und ließ erkennen, daß man sich auf ein Entern des Fremdlings vorbereitete. Adam mußte nicht erst auf die Karte blicken. Binnen kurzem würden sie auf Legerwall geraten, mit einigen Sandbänken als zusätzlicher Gefahr.

Er spürte die Besorgnis des Segelmasters wie etwas Physisches und wußte, daß Pointer ebenso nervös war.

Noch einen Blick zu Jago, der jetzt mit verschränkten Armen neben den Rudergängern stand, die Beine gespreizt, um die Schräglage des Decks auszubalancieren.

Dann: »Signalisieren Sie ihnen: *Beidrehen!*«

Ihm war, als hätte ein anderer gesprochen. Er studierte Peilung und Distanz, bis seine Augen brannten. Und doch erkannte er jedes Detail drüben in der Takelage, deren Segel sich im raumen Wind prächtig füllten. Einige winzige Gestalten standen in den unteren Wanten, Lichtblitze reflektierten von einer Teleskoplinse. Adam wischte sich die Augen und setzte sein Glas wieder an. An Deck des Spaniers waren jetzt mehr Leute zu erkennen. Aber niemand rannte herum oder deutete auf die nahe Slup, wie zu erwarten gewesen wäre. Es war, als ob ... Das

Bild in der Linse schien zu erstarren. Ein Schwenk vorbei an den Bootslagern und dem Ruderrad ... Allerdings gab es drüben kein Ruderrad, und die hohe Poop wirkte verlassen.

»Sie nehmen keine Segel weg, Sir!«

»Einen Warnschuß vor ihren Bug!« Adam hob eine Hand und fühlte, wie Pointer ihn beobachtete. »Dann gehen wir über Stag.« Sie mußten rechtzeitig wissen, was er plante, denn eine zweite Chance würde es nicht geben.

Das Knattern der Leinwand über ihren Köpfen schien das Krachen der vordersten Kanone zu dämpfen. Die Stückgasten wischten das Rohr aus und rammten die nächste Kugel hinein. Wie beim Drill.

»Jetzt nehmen sie Segel weg, Sir.« Jemand gestattete sich ein Auflachen.

In Adams Fingern pulsierte das Blut, so fest umklammerte er das Glas. Seine Beine glichen automatisch das Heben und Senken des Rumpfes aus, während die killenden Segel ihm zu Häupten knatterten, als breiteten riesige Vögel ihre Schwingen aus.

Er blinzelte, aber es war kein Irrtum oder die Wirkung der Anstrengung. Die Poop der Bark bewegte sich, und während er noch hinsah, faltete sie sich zusammen wie bemalte Leinwand, gesteuert von einer einzigen Hand.

Jetzt waren drüben viele Leute zu sehen, aufgeteilt in Arbeitstrupps, die an unsichtbaren Taljen hievten. Drei Stückpforten öffneten sich unterhalb des Besanmasts und des hochsitzenden Baums, der den Argwohn des scharfäugigen Ausgucks erregt hatte.

»Jetzt, Roger!« gellte Adams Befehl. »Zeigt ihnen die Zähne!«

Mit hart übergelegtem Ruder und allen verfügbaren Leuten an Brassen und Schoten hievend, begann die *Lotus* scharf nach Backbord zu drehen. Gischt spritzte über die schuftenden Kanoniere, als sich alle ihre Stückpforten gleichzeitig hoben und die komplette Breitseite aus acht Zwölfpfündern knirschend ins Sonnenlicht vorstieß.

»Kurs halten! West zu Süd!«

Adam beobachtete das andere Schiff, das ihnen jetzt fast die Breitseite zukehrte, nahe genug, um jedes Detail erkennen zu lassen. Rauch fächelte quer über die Stückpforten der Bark, und aus zwei davon schossen orangerote Feuerzungen. Er hörte eine Kugel mit trockenem Knall ihr Großbramsegel durchschlagen, nur wenige Fuß von der Kampfplattform entfernt, auf der die Drehbasse stand. Einen Sekundenbruchteil später spürte er die krachende Erschütterung, als eine zweite Kugel tief unten in den Rumpf einschlug. Gleichzeitig hörte er im Geist wieder die Stimme des einzigen Überlebenden von der *Celeste* kurz vor seinem Tod.

Feuerten auf uns aus Kernschußdistanz, mit doppelter Ladung, dem Gefühl nach.

Dieses Gefühl kannten jetzt alle auf der *Lotus*.

Pointer umklammerte die Reling, den verbeulten Hut noch auf dem Kopf, die Stimme seltsam ruhig.

»Ziel auffassen, Leute! In der Aufwärtsbewegung!« Nur kurz blickte er zwei zu den Pumpen rennenden Matrosen nach. »Feuer!« Die gut vorbereitete Breitseite krachte in die Poop der Bark, mit doppelten Ladungen und Kartätschen als Dreingabe. Pointers Stückführer verstanden ihre Arbeit, wie auf kleinen Schiffen üblich. Adam sah dünne rote Fäden aus den Speigatten der Bark rinnen, als verblute sie selbst und nicht ihre Mannschaft.

Die Luft war jetzt voller Rauch. Unter Deck erscholl Geschrei, Axthiebe dröhnten und Pumpen klapperten. Aber an den Kanonen standen alle reglos bereit. Jeder Zwölfpfünder war geladen und ausgerannt, jeder Stückführer wartete mit erhobener Hand, fragend nach achtern gewandt.

»Feuerbereit, Sir!«

Adam beobachtete das andere Fahrzeug. Vielleicht hatte ihre sorgsam gezielte Breitseite sein Ruder beschädigt. Seine Segel standen jedenfalls kreuz und quer, und es trieb langsam nach Lee.

Immer noch rätselte er über das Kaliber der schweren Kugel, die den Rumpf der *Lotus* getroffen hatte. Wie die anderen, die die *Celeste* vernichtet hatten, als sie um ärztliche Hilfe bat.

Andere Bilder drängten sich ihm auf. Bei Patrouillen in Afrika hatten sie schon einmal einen Mann aufgefischt, den einzigen Überlebenden einer englischen Prisencrew auf einem Sklavenschiff. Die Sklavenhändler hatten es irgendwie geschafft, die Prisencrew zu überwältigen, und sie den Haien vorgeworfen, während die Sklaven noch an Bord waren. Pointer hatte ähnliches gesehen. Ein Meer aus Blut.

Was hatte ihn diesmal gewarnt? Sein Instinkt? Er zwang sich, wieder das Teleskop ans Auge zu heben.

Darin erkannte er gesplitterte Planken, zerfetzte Segel und mehrere Leichen, die noch so dalagen, wie sie gefallen waren. Doch die dritte Kanone ragte weiterhin aus ihrer Pforte, ob bemannt oder nicht, das konnte er nicht sagen. Ein großes Kaliber, vielleicht ein 32-Pfünder. Nicht einmal die *Athena* war so schwer bewaffnet.

Pointer an der Reling wartete ab. »Ihre Flagge hat sie noch nicht gestrichen, Sir«, sagte er.

Er wandte sich um, als sein Erster Offizier aus dem Niedergang kletterte. »Die Pumpen schaffen es, Sir. Die *Lotus* kann weiter kämpfen!« Sein prüfender Blick galt den schweigenden Stückmannschaften.

Scharf fragte Pointer: »Wie hoch sind unsere Verluste?«

Ellis spreizte die Hände. »Ein Mann gefallen, Sir.« Adam schien er gar nicht wahrzunehmen. »Mr. Bellamy,

Sir.« Das war ihr einziger Fähnrich, der das Schiff nie hatte verlassen wollen.

Adam rief: »Noch eine Breitseite!«

Diesmal klang sie lauter als zuvor, und der Pulverdampf schien sich nicht heben zu wollen. Adams Hände verkrampften sich auf dem Rücken, mühsam verbarg er seine Wut und seine Erschütterung. Drüben war die ganze Poop verschwunden, als hätte eine Riesenfaust sie weggefegt.

»Jetzt ist ihre Flagge unten, Roger.« Jago stand neben ihm, obwohl er ihn nicht kommen gesehen hatte. »Machen Sie klar zum Entern, aber lassen Sie die Kanonen nachladen, und bleiben Sie wachsam. Falls er es mit Gegenwehr versucht oder wieder mit einem Trick, dann wird er in einem Meer seines eigenen Blutes ertrinken.«

Jago folgte Adam auf das Batteriedeck, wo die Boote schon zum Aussetzen klariert wurden. Er wußte, sein Platz war jetzt dicht beim Kommandanten. Gemeinsam hatten sie schon Schlimmeres erlebt, doch er hatte ihn noch nie so bewegt gesehen. Unvermittelt fiel ihm die Frau auf dem Ölbild ein, und er fragte sich, was sie wohl jetzt von ihrem Geliebten halten würde, könnte sie ihn so sehen.

»Boote längsseits, Sir!«

Pointers Blick hing an den Stückmannschaften der Steuerbord-Batterie. Ohne Bolithos Instinkt oder Hellsicht wären sie und die *Lotus* jetzt vernichtet, dachte er. Statt dessen konnte er nun in einem seiner Boote zum Feind übersetzen. Wieder kam er sich so vor, als würde er von einer fremden Kraft angetrieben.

Er merkte, daß Bolitho innehielt, ein Bein schon über der Reling, und ihn anblickte.

»Sie werden eine Prisencrew brauchen, Roger. Und in Zukunft dürfte man uns hier ernster nehmen.«

»Geben Sie gut acht auf sich, Sir.«

»Vorne loswerfen! Stoßt ab!« Die Boote pullten von der

Bordwand weg, wobei einige Insassen besorgt ihr Schiff musterten, vor allem das Leck, wo die Kugel den Rumpf durchschlagen und einem der Ihren den Tod gebracht hatte. Andere packten die Entermesser und -beile fester und wappneten sich zum Nahkampf oder zum Töten, falls sie auf Gegenwehr stießen.

Der Segelmeister murmelte: »Das war knapp, Sir.«

Pointer riß sich zusammen. »Aber wir waren bereit für die Hunde.« Er winkte dem Nachbarboot, sich zu beeilen, und hörte dabei eine innere Stimme: *Nur ich war es nicht.*

Beide Bootscrews pullten mit ganzer Kraft, so daß binnen weniger Minuten die Bordwand der treibenden Bark turmhoch über ihnen aufragte. Adam saß geduckt neben Jago und dem Bootsführer, den Säbel zwischen die Knie geklemmt. Zwei Matrosen waren mit Musketen bewaffnet, mit denen sie auf die Bark zielten, jederzeit zu einem letzten Gewaltakt bereit. Es mutete Adam seltsam an, daß keine Seesoldaten mit im Boot saßen, doch offenbar hatten die Leute der *Lotus* genug Erfahrung. Im Lauf der Monate mußten sie viele Sklavenhändler angehalten und durchsucht haben, manche mit Erfolg und andere vergeblich, weil die hastig formulierten Gesetze lückenhaft waren. Adam hatte von einem Fall gehört, in dem ein Schiff aufgebracht worden war, das noch einen einzigen Sklaven an Bord hatte. Genug der Beweise, hätte jeder vernünftige Mensch gedacht, doch das Gesetz sprach von *Sklaven*, Plural, deshalb mußten die Verdächtigen unbehelligt bleiben. Wenigstens dieser Lapsus war inzwischen bereinigt worden.

Adams Blick suchte das andere Boot, das vom Zweiten Offizier Jack Grimes befehligt wurde. Der war ein alter Hase bei dieser Arbeit und auf die harte Tour zum Offizier aufgestiegen, nämlich aus dem Mannschaftsquartier. Über die so Beförderten hieß es: Wenn sie gut sind, gibt's keine Besseren. *Aber wenn nicht, dann nimm dich in acht!*

Über der Reling der Bark erschienen jetzt Gesichter. Das Quietschen der Riemen und Gurgeln des Wassers übertönend, wurden Schmerzensschreie hörbar.

Jago lockerte seine Waffe und knurrte: »Auf geht's, Leute!«

»Draggen!«

Das Boot schor an die Bordwand heran, und die Riemen verschwanden wie durch Zauberei. Ungeduldige Fäuste griffen nach ihren Waffen. Todd, der die Aufsicht führende Bootsmannsgehilfe, rief gellend: »Alles klar, Sir!«

Adam spürte Jagos Hand auf seinem Arm. »Sir Graham wird es mir nicht danken, wenn ich zulasse, daß Sie unter den ersten fallen, Käpt'n.«

Er drängte sich an ihm vorbei und sprang in die Fockrüsten, bevor ihn jemand aufhalten konnte. Das zweite Boot hatte bereits an den Großrüsten festgemacht, und Adam sah Leutnant Grimes, den Säbel in der Rechten, seinen Leuten etwas zurufen. Wie er selbst hinauf und über die Reling gelangt war, wußte er später nicht mehr. Ein Schuß fiel, und irgendwo schrie ein Mann in Todesnot. Dann plötzlich gehörte das geräumige Deck ihnen. Einzelne Matrosen rannten auf die ihnen zugewiesenen Stationen, als sei ihnen das Schiff seit Jahren vertraut. Einer stand an der Drehbasse und richtete sie nach achtern auf die Poop und das blutige Werk von *Lotus'* zweiter Breitseite, andere trieben die Mannschaft zusammen. Waffen klirrten an Deck oder wurden über Bord geworfen. Die Leute der *Lotus* waren nicht in der Stimmung für Verhandlungen, und wer von ihnen die Poop und die halb unter Trümmern begrabenen schweren Kanonen gefunden hatte, brauchte keine Befehle, um die wenigen Überlebenden zu entwaffnen. Jeder wußte: Hätten sie den Trick mit der Tarnung nicht durchschaut, läge ihre kleine Slup jetzt auf dem Meeresboden.

Die Bark hatte durch die beiden Breitseiten sieben Mann verloren und mehrere Schwerverwundete durch Splitter. Und Leutnant Grimes machte die erste Entdeckung: Mit einem seiner Leute hatte er den in der Schnappslast versteckten Kapitän aufgespürt und brachte ihn nun zu Adam.

Heiser sagte er: »Wir müssen dort unten eine Wache aufstellen, Sir. Sie haben so viel Rum gehortet, daß man das Flaggschiff drin versenken könnte.« Er stieß den gefangenen Kapitän nach vorn. »Sein Name ist Cousens, Sir. Ein Engländer, Gott sei's geklagt!«

Adam sagte: »Wir sind uns schon begegnet, *Mister* Cousens, nicht wahr?« Auch der Name des damaligen Schiffes stand ihm glasklar vor Augen: *Albatroz*. Dazu das hitzige Gefecht, mörderisch, aber kurz. Jederzeit gefaßt auf den reißenden Schmerz einer Schußwunde oder den Hieb eines Entermessers – und dann Stille. Eine plötzliche Stille, die fast noch schwerer zu ertragen war.

Das war vor Jahresfrist gewesen. Die *Unrivalled* hatte einen Entertrupp auf den vermutlichen Sklavenhändler geschickt. Sklaven wurden nicht gefunden, wohl aber Ketten und Fußeisen, raffiniert versteckt in einem Faß mit heißem Teer. Als Beweis würde das reichen, hatten sie gedacht.

Sie eskortierten das Schiff in den Hafen, wo sich der Kapitän einer Anklage stellen sollte. Aber er hatte sie nur ausgelacht und war als freier Mann davonspaziert.

Nun musterte Cousens ihn von oben bis unten. »Sie sehen so aus, als hätten Sie eine Pechsträhne gehabt, Käpt'n. Und wie damals werden Sie auch diesmal nichts finden.«

Obwohl es ihn innerlich drängte, diesen Mann hier und jetzt niederzuhauen, wahrte Adam die Beherrschung und sagte: »Sie wollten, daß wir Havanna vor Ihnen erreichen. Dort wären wir so lange festgehalten worden, bis Sie Ihre Fracht anlanden konnten.«

»Ich sage überhaupt nichts, bis ...«

Er schnappte nach Luft, als Jago ihm grob den Arm auf den Rücken drehte. »Du sagst ›Sir‹, du Abschaum, wenn du mit einem Offizier des Königs sprichst!«

Bootsmannsmaat Todd kam nach achtern geeilt, trotz des Blutes und der Leichen über das ganze Gesicht grinsend. »Käpt'n, Sir! Wir haben die Fracht gefunden!« Zwei ausgeschlagene Schneidezähne entstellten sein Grinsen. »Noch kommen wir nicht ran, es hat da mehr Schlösser und Riegel als in einem Hurenhaus in Chatham. Aber es ist Gold, reines Gold, viele Tonnen davon!«

Grimes runzelte die Brauen. »Noch ein Raum, vor den wir eine Wache stellen müssen.«

»Nicht meine Schuld!« rief Cousens aus. »Ich habe nur Befehle befolgt!«

Adam wandte sich ab und sah die *Lotus* mit wieder geschlossenen Stückpforten langsam über Stag gehen. Aus diesem Blickwinkel verriet nur der wachsende Riß in ihrem Großbramsegel, was geschehen war.

Aber der junge Fähnrich – *ich will dieses Schiff nie mehr verlassen* – war jetzt tot.

»Legt diesen Mann in Ketten«, befahl er. »Und bringt die Bark wieder in Fahrt. Dazu werden wir Verstärkung von der *Lotus* brauchen.«

Grimes kehrte dem Mann namens Cousens den Rücken. »Das Ruder ist unbeschädigt, Sir. Aber was haben Sie vor?«

Adam warf einen Blick auf das Schnitzwerk am Heck, wo in Goldbuchstaben der Schiffsname prangte: *Villa de Bilbao*. Auch er war blutbespritzt.

»Wir kehren nach English Harbour zurück. Ich halte die Beweise hier für ausreichend. Sir Grahams Botschaft an den Generalkapitän wird eben noch warten müssen.«

Grimes nahm von einem seiner Männer eine Meldung entgegen. »Sie ist ein Sklavenschiff, Sir, das steht fest«, sagte er. »Wir finden überall die üblichen Vorrichtungen. Und die Luken haben keine Deckel, nur Eisenstäbe, um die armen Teufel für die Dauer der Reise unten einzusperren. Garantiert die letzte Reise für viele von ihnen.«

»Und das Gold?«

Grimes blieb reserviert, denn er war noch unsicher, ob sich schon ein Vertrauensverhältnis zwischen ihnen aufgebaut hatte. Dann platzte er heraus: »Der Kaufpreis für die letzten paar Transporte, nehme ich an.« Er schien überrascht, als Adam seinen Arm packte und ihm bestätigte: »Davon bin ich überzeugt.«

Cousens versuchte, sich an Jago vorbeizudrängen. »Und was wird aus mir, verdammt noch mal?« rief er.

Adam blickte sich auf dem mit Müll und Narben übersäten Deck um, wo sich die Männer der *Lotus* auf ihre Waffen stützten oder einander die Wunden verbanden. Die entsetzten Gesichter fielen ihm wieder ein, die er auf einem Sklavenschiff gesehen hatte, darunter auch Frauen in Elizabeths Alter. Für Leute wie Cousens verkörperten sie Goldstücke, sonst nichts. Er wandte sich ihm wieder zu.

»Sie, Cousens, werden an Land gesetzt und gehängt. Sie haben auf ein Schiff des Königs gefeuert, das gesetzlich dazu ermächtigt ist, jedes verdächtige Fahrzeug anzuhalten und zu durchsuchen, wie Sie sehr wohl wissen. Ihre Geldgeber werden Sie nicht retten.«

Ihm war übel, außerdem ärgerte es ihn, daß ihm das alles so nahe ging. Ob Cousens lebte oder starb – der Sklavenhandel würde überdauern. Aber wenigstens dieses eine Mal hatten sie ein Zeichen gesetzt. Sie hatten eine Prise erbeutet, und aus der würden sich mit der Zeit Namen und Umschlagplätze ableiten lassen.

Er trat an die Reling und beobachtete, wie die Jolle der *Lotus* mit der Verstärkung auf die *Villa de Bilbao* zuhielt. Dabei fiel ihm auf, daß seine Hand immer noch den Griff des alten Familiensäbels umklammert hielt. Er konnte sich nicht erinnern, ihn gezogen zu haben. Aber er wußte: Noch eine Minute, und Cousens hätte nicht auf den Henkerstrick warten müssen.

Doch jetzt war Hilfe unterwegs. Bedächtig ließ er den Säbel der Bolithos in die Scheide gleiten.

Keine Sekunde zu früh.

XII Catherine

Vizeadmiral Sir Graham Bethune blieb unter einem niedrigen Torbogen stehen und blickte zum Haus auf.

»Ist es das?« Er sah Tolan nicken, brauchte aber nochmals eine Bestätigung. »Bist du sicher?«

Es war ein warmer Abend, und Bethune litt unter der Schwüle. Er trug einen Bootsmantel über seiner goldbetreßten Uniform und hielt auch seinen Hut darunter verborgen. Das Atmen fiel ihm schwer. Vielleicht war ja ein Gewitter im Anzug, sagte er sich, wußte aber insgeheim, daß ihm bereits die regelmäßigen Ausritte und Spaziergänge in dem Londoner Park fehlten.

»Es ist so verdammt ruhig ...« Wieder blieb sein Diener stumm, und Bethune machte sich klar, daß er seit Ankunft der *Lotus* mit ihrer stolzen Prise für Tolan und alle anderen nur gereizte Worte übrig gehabt hatte. Selbst die Bootsgasten, die ihn an Land gepullt hatten, waren von ihm angeblafft worden.

Jetzt stand er hier, und seine ganze gewohnte Selbstsicherheit hatte ihn verlassen. Er kam sich vor wie beim ersten Mal. Genausogut hätte es niemals geschehen sein können – außer in seiner Phantasie. Die schmale Straße lag verlassen da. Offenbar hielten sich alle immer noch unten beim Hafen auf, wo die Schaulustigen an Land und die Neugierigen in ihren kleinen Booten von den Wachen zurückgehalten oder verscheucht wurden.

Darüber fiel ihm Adam Bolitho ein, und er vergegenwärtigte sich wieder dessen Gesicht, als das Temperament mit ihm durchgegangen war. Dabei hatte er ganz vergessen, daß sein Adjutant und sein Sekretär sich in Hörweite befanden. Und Tolan.

Das Unwetter hatte sich inzwischen zwar verzogen, aber Bethune fragte sich immer noch, ob sich die Luft zwischen ihnen jemals wieder aufklaren würde.

Denn Bolitho hatte sich korrekt verhalten. Wie Nelson oft genug betont hatte, durfte ein schriftlicher Befehl nie die Initiative eines Kommandanten einschränken. Und damit hatte er recht.

Mit Mühe zwang sich Bethune zur Ruhe und knöpfte seinen Mantel auf.

Sein Blick wanderte über den Balkon hinauf zu den am Monk's Hill vorbei treibenden Wolken, bis zu der Ausguckstation, die als erste die Annäherung der beiden so unterschiedlichen Schiffe gemeldet hatte. Das mochte zehn Stunden her sein, und seither hatten sich die Ereignisse fast überschlagen.

Sir Graham entspannte sich bewußt und befahl: »Ich will nicht gestört werden. Von niemandem.« Und etwas versöhnlicher: »Gute Arbeit, Tolan.«

Catherine erwartete ihn am Kopf der Treppe, womit er auch gerechnet hatte. Sie wirkte genauso, wie er sie immer in seinen Träumen sah: gefaßt, wunderschön und irgendwie unzugänglich. Ihr grünes Kleid ließ Hals und Schultern frei, die von der Sonne gebräunt waren und von dem losen dunklen Haar gestreichelt wurden.

»Ich habe Ihre Nachricht erhalten«, begrüßte sie ihn. »Aber Sie hätten nicht kommen sollen. Antigua ist ein Dorf und kennt keine Geheimnisse.«

Sein Blick glitt über das Teleskop auf seinem Stativ hinaus zum ruhigen Wasser von English Harbour. Immer noch umrundeten kleine Fahrzeuge die Bark, Boote lagen längsseits, und mit Taljen wurden eifrig Ausrüstung oder Vorräte verladen.

Ein großartiger Fang, so hatte der Kommodore gelobt. Inzwischen mußte man in der ganzen Karibik davon gehört haben.

Nach kurzem Zögern streckte sie die Hand aus. »Aber Sie sind hier willkommen, Graham.« Sie sah auf ihn herab, als er den Kopf zum Handkuß beugte. »Was geschehen ist, läßt sich nicht mehr ändern.«

»Diese Bark«, sagte er, »ist die *Villa de Bilbao*, erstmals registriert in Vigo.« Dabei ließ er ihre Hand nicht los, was ihr nicht entging.

»Ich weiß.« Sie sah ihn auffahren. »Ich war dabei, als sie vor etwa einem Jahr fertig ausgebaut wurde.« Damit entzog sie ihm ihre Hand und ging zur anderen Seite des Balkons. »Ich war dort.« Sie zuckte mit den Schultern. »Dort und anderswo in Spanien, weil ich Lord Sillitoe bei einigen seiner Geschäfte half. Ich spreche perfekt Spanisch, müssen Sie wissen.«

Unvermittelt fuhr sie herum und stand mit blitzenden Augen da, den Rücken dem Wasser zugekehrt. »Aber warum erzähle ich Ihnen das alles? Sie wissen es doch längst! Überall, wo wir auftauchten, in Spanien, Jamaika, selbst hier in Antigua, gab es Fragen und Verdächtigungen!«

»Und was ist mit Kuba ... mit Havanna?«

Langsam wandte sie sich ab, als hätte ihr zorniges Aufbegehren sie erschöpft. »Ich habe von dem Sklavenhändler gehört und von dem Angriff auf eines Ihrer Schiffe.« Noch einmal zuckte sie die Schultern, und das ging Bethune durch und durch. In dem gleichen sachlichen Ton fuhr sie fort: »Bald werde ich nach England zurückkehren. Aber auch das wissen Sie längst, nehme ich an?«

Er trat so nahe zu ihr, daß er ihren Jasminduft roch. »Kapitän Adam Bolitho begleitet mich. Er weiß, daß Sie sich hier aufhalten, Catherine.«

»Kate«, korrigierte sie.

»Sehen Sie dort die kleine Slup, die *Lotus*?« fragte er.

»Ich sah sie reinkommen. Genau wie ich sie auslaufen sah, vor neun oder zehn Tagen. Genau weiß ich's nicht mehr.«

Er deutete über das Balkongeländer. »Mein erstes Schiff glich ihr aufs Haar. Kanonenslups wurden sie damals genannt. Meine hieß *Sparrow*.«

Nickend murmelte sie heiser: »Richards erstes Kommando. Er hat oft von ihr gesprochen.«

»Wir sind hier nicht auf einer Hintertreppe der Admiralität, Kate«, mahnte er.

Sie mied seinen Blick. »Oder bei den toten Bäumen im Park, wo dumme junge Männer sich um eine Frau duellieren und oft dabei sterben.«

»Sie haben es nicht vergessen.«

»Dachten Sie, das könnte ich?« Jetzt hob sie den Blick. »Aber ich bin kein junges Mädchen mehr, das nichts anderes will, als zu lieben und geliebt zu werden. Eine *Affäre* – so heißt es doch? – ist etwas, das kaltherzige Menschen nicht verstehen. Wie in jener Nacht, in der ich fast getötet wurde und er der einzige war, der mir half und mich beschützte, der einzige, der sich sorgte ...«

»Ich tat das auch, Kate, das wissen Sie doch. Ich habe mich tausendmal dafür verflucht, daß ich Sie allein nach Hause gehen ließ.«

Er beobachtete sie erstaunt, weil sie ihre Beherrschung so schnell wiedergefunden hatte. Nur ihr heftiger Atem verriet sie.

»Was wollen Sie mir sagen, Graham? Daß Ihr Privatleben Sie langweilt? Daß Ihre Frau und Ihre Kinder – zwei, nicht wahr? – nicht mehr Ihre ganze Aufmerksamkeit und Energie beanspruchen?« Sie hob die Hand und berührte seine Lippen. »Nein, hören Sie mir zu. Den Liebling der Nation, so hat man mich einst genannt. Die Liebste des Volkshelden. Das hat sich nach Richards Tod schnell geändert. Haben Sie die Karikaturen gesehen? Die raffinierte Grausamkeit der neuen Zeitungen?«

Er packte ihre Hand und hielt sie fest, auch als sie versuchte, sie ihm zu entziehen.

»Ich will dich, Kate. Seit unserer ersten Begegnung habe ich nie aufgehört, dich zu begehren.«

Er spürte, daß sich ihre Finger entspannten. »Ich erinnere mich.«

Dicht nebeneinander wandten sie sich wieder dem Hafen zu. Schließlich sagte er: »Ich werde die Navy bald verlassen. Der Rang eines Vizeadmirals ist mehr, als ich jemals erwarten konnte.« Er lachte freudlos. »Aber auch unser Nel ist nicht höher gestiegen, also beklage ich mich nicht. Vielleicht bietet man mir anderswo einen Posten an, etwa bei der Ostindischen Kompanie – der Vater meines Adjutanten scheint das passend zu finden.«

Er wandte sich von der See ab und ihr zu. »Aber ich will das alles nicht ohne dich.«

Weil ihre Fassung wankte, trat sie zum Teleskop und strich unsicher darüber. »Und ich dachte, du wolltest etwas anderes von mir. Deine Briefe enthielten keinen Hinweis ... ich hatte ja keine Ahnung ...«

Bethune lächelte. »Also hast du sie doch gelesen.«

Sie wandte den Blick ab, eine Hand spielte verlegen mit ihrem Haar. »Und vernichtet.«

Nach kurzem Schweigen wechselte er das Thema. »Dein Freund Sillitoe ... Kann gut sein, daß er tief in der Klemme sitzt.«

Mit einer wegwerfenden Handbewegung erwiderte sie: »Ich kenne die Firma, mit der er in London zu tun hat. Daraus macht er vor mir kein Geheimnis. Wie du nur zu gut weißt, war er Generalinspekteur des Prinzregenten.« Schneidend fügte sie hinzu: »Wie auch mein verstorbener Mann. Daran wolltest du mich doch gerade erinnern?«

»Es ist viel ernster.« Etwas trieb ihn, ihre Schultern zu packen und sie nahe heran zu ziehen; er spürte ihre Überraschung, ihre Irritation. »Ich will, daß du bis zu deiner Abreise nach England hier bleibst. Ganz gleich, was man

dir vorschlägt, bleib hier. Ich kümmere mich um alles.«
Jetzt würde sie sich gleich losreißen und ihn anschreien, dachte er. Er fühlte ihre warme Haut wie Seide unter seinen Fingern. Wieder einmal hatte er alles verdorben. Wie der dumme Fähnrich, den sie gerade erwähnt hatte.

Ohne ihn anzublicken, die dunklen Augen unter dem Schleier ihrer Wimpern verborgen, fragte sie: »Weißt du, was du damit angerichtet hast, Graham?« Sie schüttelte den Kopf, und er sah die goldenen Filigran-Ohrringe, die ihr Richard geschenkt hatte und die sie immer trug, zwischen den dunklen Haarsträhnen blitzen. »Du hast dich damit gefährlich exponiert. Du riskierst öffentliche Kritik und Schlimmeres, wenn bekannt wird, daß du mich gewarnt hast. Ist dir das denn gleichgültig?«

Gelassen antwortete er: »Wenn du einem Feind gegenüberstehst, dessen offene Stückpforten dich anstarren wie erbarmungslose Augen, dann ist es zu spät zum Feilschen, zu spät für eine Kostenrechnung.« Das Lächeln fiel ihm leicht. »Ich will dich, Kate. Ohne Wenn und Aber. Ich habe dich schon immer geliebt.«

Eine Tür schlug knallend zu. »Mein Mädchen«, erläuterte sie, »Marquita. Sie soll uns Wein bringen. Es spricht doch nichts dagegen, daß wir uns wie gute Freunde auf einen Schluck zusammensetzen, bevor du aufbrichst?«

Später brachte die zierliche Marquita Tolan eine Nachricht hinunter: Es war nicht länger nötig, daß er unten Wache schob.

Doch zum Schiff kehrte er trotzdem nicht zurück. Weder er noch sein Admiral.

Steward John Bowles hielt den abgelegten Rock seines Kommandanten auf Armeslänge von sich ab und rief: »Viele Tage auf See hält der aber nicht mehr aus, Sir! Ein Glück, daß Sie wenigstens nicht in Ihrer Paradeuniform ins Rigg geklettert sind!«

Adam lehnte sich im Sessel zurück und ließ die Gedanken wandern. Seit seinem Aufenthalt auf der *Lotus* schien sich alles verändert zu haben. Es kam ihm so vor, als sei er dem Flaggschiff nicht seit Tagen, sondern seit Monaten ferngeblieben. Oder als hätte er ein so schweres und sicheres Schiff wie die *Athena* nie befehligt. Wären da nicht die wandernden Sonnenreflexe gewesen, hätte sie auch gestrandet sein können, so ruhig lag sie.

Troubridge stand an den Heckfenstern und blickte auf den Hafen mit der verankerten Bark hinaus. Nichts an ihm erinnerte mehr an den Troubridge von vorhin in der Admiralskajüte, als Bethune die Beherrschung verloren hatte. Aber auch das war vergessen, seit der Vizeadmiral von der Ladung Gold erfahren und die Frachtdokumente für ihre Verschiffung nach Havanna gelesen hatte.

Überrascht stellte Adam fest, daß er nicht so erschöpft war wie erwartet. An Bord der Bark hatte er fast kein Auge zugetan, obwohl der zähe und erfahrene Zweite Offizier der *Lotus* die Überfahrt nach Antigua glänzend bewältigte.

Sein Abschied von der kleinen Slup hatte ihn gerührt. Spontan und ohne Befehl hatte die Besatzung ein Ehrenspalier gebildet und ihm zugejubelt, als er von Bord ging.

»Aber das Verdienst gebührt Ihrem Ausguckposten«, hatte er Pointer versichert. »Er hatte von Anfang an Verdacht geschöpft. Seinesgleichen gibt es bestimmt nicht viele.«

Pointer hatte übers ganze Gesicht gegrinst und mit Mühe den Jubel übertönt. »Nichts für ungut, Sir, aber ich kenne außer Ihnen keinen Vollkapitän, der die Wanten hochgeflitzt wäre, um einen anderen nach seiner Meinung zu fragen.«

Jetzt meldete sich Troubridge: »Vielleicht ist es Ihnen

entgangen, Sir, aber die Fregatte *Audacity* ist eine Stunde vor Ihnen hier eingelaufen.«

Adam starrte ihn an. »Irgendeine Nachricht für mich?«

Jago stand neben der Tür und polierte mit gerunzelter Stirn den alten Familiensäbel. »Der junge Mister Napier wird sich nach der langen Überfahrt von Plymouth erst zurechtfinden müssen.«

Troubridge schlug sich an die Stirn. »Das habe ich ganz vergessen, Sir. Mit den Depeschen wurde ein Brief für Sie abgegeben. Man hat mich so in Trab gehalten ...«

Adam erinnerte sich an Bethunes Temperamentsausbruch. »Das überrascht mich nicht«, antwortete er trokken.

Bowles sammelte ein paar geleerte Teller ein und sagte, den teerfleckigen Rock weit von sich abhaltend: »Ich kümmere mich um ein paar frische Hemden, Sir.«

Troubridge murmelte: »Und ich muß etwas mit Paget besprechen, Sir, für den Fall ...«

Adam hielt den Brief in beiden Händen. »Aber du bleibst, Luke. Nimm dir noch einen Schluck. Der Admiral ist an Land, keine Sorge.«

Jago öffnete den Mund, überlegte es sich aber anders. Der Brief stammte wahrscheinlich von ihr. Sie mußte ihn schon geschrieben haben, noch bevor die Bramrahen der *Athena* unter die Kimm gesunken waren.

Er dachte an Bethune und das Zwischendecksgerücht, das ihm seit dessen unbegleitetem Landausflug zu Ohren gekommen war. Das hieß: unbegleitet bis auf den zuverlässigen Tolan. Doch von dem etwas erfahren zu wollen, war so aussichtslos, als wollte man eine Auster mit einer Feder öffnen.

Adam hielt den Brief in den Schein einer Laterne. Draußen vor den Fenstern war die Dunkelheit hereingebrochen. Schon tanzten Lichter auf der Strömung, und irgendwo auf dem Batteriedeck wurde Wasser in die aufgepallten Boote gepumpt. Ohne regelmäßiges Wässern dörrten Hitze und Sonne ein Boot hier so lange aus, bis es leckte wie ein Korb.

Der Hafen, die unerwartete Prise, das kurze, hitzige Gefecht und der Tod des jungen Fähnrichs schienen vor ihm zu verblassen. Ihm war, als sei er wieder mit ihr zusammen.

Er erkannte das Briefpapier als das von Nancy, und das alte Wappen der Bolithos versetzte ihm einen Stich.

Liebster Adam, mein Geliebter ...

Jago goß sich noch einen Schluck Cognac ein. In mancher Hinsicht war Cognac sogar besser als Grog, überlegte er. Von seinem Stuhl aus musterte er den alten Säbel, der jetzt wieder an seinem Platz hing. Er selbst hatte so viele Seeschlachten erlebt, daß die Namen und Orte in seiner Erinnerung durcheinander gerieten; aber der alte Säbel mußte zehnmal so viele gesehen haben.

Er dachte an das Sklavenschiff, dessen jammernde Matrosen jetzt vor Gericht standen und größtenteils einem Tanz mit des Henkers Tochter entgegensahen. Die waren Abschaum und es nicht wert, daß man für sie starb. Sein Blick wanderte zu dem hochlehnigen Sessel mit dem phantasievollen ausländischen Namen, in dem der Kommandant saß und zum zweitenmal seinen Brief las. Jago lächelte in sich hinein. *Für den Fall, daß ihm beim erstenmal etwas entgangen war.*

»Gute Neuigkeiten, Käpt'n?« Ihm kam es immer noch unglaublich vor, daß er einen Offizier, sogar einen Kapitän, so vertraulich ansprechen durfte. Das erfüllte ihn mit Stolz, auch wenn er das Wort Stolz nicht so schnell in den Mund nahm.

Adam berichtete: »Sie schreibt aus Falmouth, wird aber bald nach London aufbrechen. Inzwischen ist sie wahrscheinlich schon dort. Irgendwelche Rechtshändel.« Er strich sich durch das widerspenstige Haar. »Uns wünscht sie alles Gute.«

Fast konnte er ihre Stimme hören: *Ich brauche dich. Ich kann dich fühlen. Ich sehne mich nach dir ...*

Jago fragte: »Was, glauben Sie, wird mit dem vielen Gold geschehen?«

Sorgfältig faltete Adam den Brief zusammen. »So viele Sklaven, die man hierher verschifft hat, Hunderte, vielleicht Tausende ... Bei Händlern wie Cousens liegt das ganze Risiko, aber ihr Gewinn ist auch viel höher als alles, was sie mit ehrlichem Handel verdienen könnten. Und jetzt lassen wir dieses Gold hinter Schloß und Riegel, wegen der Habgier oder dem Mißtrauen anderer.« Ihm fiel wieder ein, wie der Bootsmann Todd es zusammengefaßt hatte: *wie in einem Chathamer Hurenhaus*. Er stellte fest, daß er wieder lächeln konnte, die Müdigkeit war verflogen. Er tastete nach ihrem Brief.

Und ich sehne mich nach dir.

Die eroberte Bark und andere Schiffe, die man ihnen gemeldet hatte, waren schnell und gut bewaffnet, aber um sie zu bemannen und in Fahrt zu halten, brauchte es die Aussicht auf reichen Gewinn. Bethune und seine Berater in der fernen Admiralität waren überzeugt, daß ohne hohen Lohn bei dieser wachsenden Gegnerschaft niemand das Risiko einer Gefangennahme auf sich genommen hätte. Den wichtigsten Abnehmern der Sklaven, den Vereinigten Staaten, Kuba und Brasilien, mußte es allmählich immer schwerer fallen, Männer wie Cousens und andere zu verführen, damit sie den Tod am Strick riskierten.

Draußen vor der Lamellentür, wie in einer anderen Welt, schlug der Wachtposten klickend die Hacken zusammen.

»Der Erste Offizier, *Sah!*«

Adam wandte sich der Tür zu. Wahrscheinlich ging

es um eine Beförderung oder um eine Prügelstrafe, um Proviantübernahme oder das Kalfatern des Decks. Jedenfalls um dienstliche Routine. Vielleicht hatten die Stirlings dieser Welt ja auch ganz recht: Führe Befehle aus, tue deine Pflicht und überlasse anderen die Risiken und gefährlichen Entscheidungen. Vielleicht hatte er diese Lektion auf die harte Tour gelernt und konnte sie jetzt nicht mehr vergessen.

Adam erinnerte sich an Bethunes beiläufigen Kommentar, nachdem der einzige Überlebende der *Celeste*, der einzige Augenzeuge des Massenmordes, gestorben war.

»Wahren Sie den inneren Abstand. Sie führen, die anderen folgen – darüber hinaus bleibt kein Raum für Gefühle.«

Er überprüfte seine eigene spontane Reaktion – wie ein Zeuge bei einer Schwurgerichtsverhandlung. Pointer mochte es vermutet haben. Jago hatte es gewußt, als er seinen Kommandanten beim Entern der Bark beiseite gestoßen hatte. Die Pflicht spielte dabei keine Rolle. *Ich bin gefühlsmäßig beteiligt. Ich wollte Rache.*

Er merkte, daß Bowles leise wieder eingetreten war und die Lamellentür geöffnet hatte. Wie dem Flaggleutnant war es ihm wichtig gewesen, daß der Kommandant in Ruhe seinen Brief lesen konnte.

Stirling wartete, bis die Tür sich wieder schloß.

»Die Offiziersmesse bittet Sie, morgen abend zum Dinner ihr Gast zu sein. Da die Garnison so nahe ist, sollte das Essen besser sein als gewöhnlich.« Er sprach so ernst und konzentriert, als fürchte er, etwas zu vergessen. Daß er die »Offiziersmesse« erwähnte, machte die Einladung unpersönlicher.

»Mit größtem Vergnügen. Bitte danken Sie den Kameraden.«

Stirling nickte und holte ein Blatt Papier heraus. »Und jetzt zur Beförderung von Midshipman Vincent ...«

Adam spürte, wie die Spannung nachließ.
Näher würden sie einander niemals kommen.

Sich im Stuhl aufrichtend, betastete Bethune seine Wangen.

»Eine gründliche Rasur, Tolan, wie immer.«

Auch der Nachgeschmack des guten Kaffees konnte seine innere Erregung nicht besänftigen.

Seine morgendliche Rückkehr hatte an Deck des Flaggschiffs einige Verwirrung ausgelöst. Die Seesoldaten bildeten hastig ein Spalier an der Pforte, und die Bootsmannsgehilfen befeuchteten schnell ihre silbernen Pfeifen, damit sie den Salut nicht vermasselten, mit dem der Vizeadmiral an Bord begrüßt werden mußte.

Mit Kapitän Adam Bolitho, der ihn erwartete, hatte er nur kurz gesprochen. Er wirkte hellwach und ausgeschlafen, keine Nachwirkung des Seegefechts war ihm mehr anzumerken.

Inzwischen war auch das Schiff endgültig erwacht. Irgendwo dröhnten Hammerschläge, und der Segelmacher saß mit seinen Gehilfen auf dem Batteriedeck, dem »Marktplatz«, wie es an Arbeitstagen hieß, und hantierte so eifrig mit Nadel und Faden wie ein Malteser Schneider.

Tolan meldete: »Mr. Paget möchte Sie sprechen, Sir Graham.« Wieder dachte er an das stille Haus über dem Hafen und an seine Bewohnerin; er fragte sich, wieviel Mister Froschmaul Paget von der Sache wußte.

Bethune griff nach seiner Kaffeetasse. Aber sie war schon wieder leer.

Er erinnerte sich an den Wein und den Ausblick auf den abendlichen Hafen mit seinen funkelnden Lichtern. Sie mußte es von Anfang an gewußt haben, sagte ihm sein Gefühl. Als hätte sie einen Kampf ausgefochten, vielleicht gegen sich selbst. Und gegen wen noch?

Ernsthaft hatte er niemals daran geglaubt, daß es geschehen würde. Was hatte es ausgelöst – ein Wort, ein Blick? Er konnte sich nicht daran erinnern.

»Du mußt jetzt gehen, Graham«, hatte sie gemahnt. Aber selbst sein Name auf ihren Lippen hatte ihn erregt. Er hatte sie in seinen Armen gehalten: wie ein Paar beim Walzer, nur ohne Musik. Dann hatte er versucht, sie zu küssen, doch sie hatte den Kopf abgewandt und ihn an den Schultern von sich weggeschoben. Das Gesicht in ihr Haar vergraben, hatte er erstickte Worte gemurmelt und sie an seinen erregten Körper gepreßt. Doch sie schüttelte den Kopf und ließ die Arme sinken. »Ich liebe dich nicht, Graham. Denk an meine Worte.«

»Und ich habe nie aufgehört, dich zu lieben, Kate.«

Er umfaßte ihre Taille, ihren Rücken, ihre Schultern und spürte, wie ihr Körper zu zittern begann, als wolle sie sich jeden Augenblick losreißen und vor ihm fliehen.

Das Zimmer lag fast im Dunkeln, doch er konnte ihre Augen sehen und ihren Mund, dessen Lippen sich öffneten, als wolle sie noch etwas sagen, erläuternd oder protestierend. Da wartete er nicht länger.

Ihr Mund wich ihm nicht aus, anscheinend hatte sie jeden Widerstand aufgegeben. Die Zeit schien still zu stehen, während er sie entkleidete, ihren Körper berührte, ihre Haut streichelte und sie schließlich fand und in Besitz nahm.

Er fragte sich immer noch, ob er zurückgewichen wäre, wenn sie ihn aufzuhalten versucht hätte.

Danach lagen sie beisammen in der Schwüle, denn der Fächer an der Decke rührte sich nicht mehr. Kein Wort fiel zwischen ihnen, als fürchteten sie beide, etwas Falsches zu sagen.

Jetzt meldete Tolan: »Ihr Flaggleutnant wartet ebenfalls, Sir Graham.«

Bethune erhob sich. »Lassen Sie beide vor.« Sekundenlang sah er Tolan an, ausnahmsweise um Worte verlegen. Dann sagte er: »Vielen Dank, Tolan.«

»Sir Graham?«

»Das werde ich Ihnen nie vergessen.«

Er trat zum Fenster und beschattete seine Augen vor den grellen Lichtreflexen des Hafenwassers.

Dort drüben saß sie nun. Und er hatte Adam Bolitho einst skrupellos genannt.

Mit großer Sorgfalt faltete Catherine den Brief, zögerte jedoch noch mit dem Versiegeln.

Das Haus kam ihr sehr still vor, nur der Fächer an der Decke schwang hin und her, um die drückende Luft zu bewegen. Die Fensterläden waren geschlossen und ließen das Sonnenlicht nur in feurigen Streifen durch.

Wahrscheinlich war es Mittag, dachte sie. Sie lehnte den Brief ans Tintenfaß und zupfte an der lockeren Robe, die ihren Körper von Kopf bis Fuß einhüllte. Darunter war sie nackt, immer noch feucht vom Bad und dem Versuch, das Gefühl der Nacht abzuwaschen.

Sie konnte die Läden öffnen, auf den Balkon hinaus treten und würde die Aussicht unverändert finden. Die Schiffe, das Hafenpanorama und das Gewirr der einheimischen Fahrzeuge würden immer noch das gleiche sein wie bisher.

Und doch hatte sich alles verändert, auch wenn sie es noch nicht glauben konnte.

Unter der Seide streichelte sie ihre Schulter, dann ihre Brüste. Zwang sich, alles noch einmal zu erleben und sich dem zu stellen, was sie zugelassen hatte.

Aber ich liebe ihn nicht. Sie wußte selbst nicht, ob sie laut gesprochen hatte, und es war ihr auch gleichgültig. Vielleicht war es unvermeidbar gewesen, obwohl sie sich das niemals zugetraut hätte. Inzwischen hatte sie sich an das Anstarren, die Andeutungen, die hartnäckigen Berührungen gewöhnt und gedacht, sie würde als die Stärkere damit fertig werden. Ein Irrtum.

Ihre Gedanken wanderten zu Adam dort draußen auf seinem Flaggschiff, wo er zweifellos der verlorenen Freiheit als Fregattenkapitän nachtrauerte. Genau wie Richard es getan und mit ihr besprochen hatte.

Wie würde Adam es aufnehmen, wenn er von Bethune und ihrer Liaison erfuhr?

Plötzlich spürte sie die kühlen Fliesen unter ihren nackten Sohlen. Ohne es zu merken, war sie aufgesprungen. *Liaison – das stimmte doch gar nicht!* Sie griff nach dem Ring, der vor ihr auf dem Tisch lag und mit seinen Rubinen und Brillanten selbst noch im schattigen Zimmer funkelte. Obwohl seither soviel Zeit vergangen war, sah sie immer noch die kleine Kirche in Cornwall vor sich, wo Richard ihr den Ring an den Finger gesteckt hatte, damals, als Valentine Keen seine Zenoria heiratete. Immer noch hörte sie seine Stimme: *Vor Gott sind wir jetzt ein Ehepaar.* Dazu die Erinnerung an Adams Verzweiflung, als er zusehen mußte, wie seine geliebte Zenoria mit einem anderen die Ehe einging.

Das hatte Adam damals das Herz gebrochen. Er hätte besser als jeder andere das Geschehen der letzten Nacht verstanden, nur eine Meile entfernt von diesem anderen, prächtigeren Haus, von dem aus sie damals Richards Schiff einlaufen gesehen hatte; als sie entgegen aller Wahrscheinlichkeit wieder vereint worden waren.

Den Ring hatte sie vom Finger gezogen, bevor Graham Bethune eingetroffen war. Schämte sie sich? Fühlte sie sich schuldig? *Ich liebe ihn doch nicht.*

Sie wußte, es war unmöglich und bedeutete Bethunes Ruin. Für seinen Rang als Admiral war er noch ziemlich jung, und Neider konnten gefährlich werden, auch das wußte sie. Seine Ehefrau würde dann den Rest besorgen.

Sie betrachtete sich in dem hohen Spiegel und erkannte selbst bei dem schwachen Licht den Abdruck auf ihrer Schulter, wo er sich an sie gepreßt hatte. Und sie hatte nachgegeben. Ihre Augen blitzten. Aus freiem Willen ...

Die Tür öffnete sich: Marquita.

»Sie haben geläutet, Mylady?«

Das war Catherine schon wieder entfallen.

»Ja. Bring diesen Brief einem Mr. Jacob unten am Pier.« Sie drückte dem Mädchen den Umschlag in die Hand. »Auf keinen Fall gibst du ihn jemand anderem, Marquita. Verstanden?«

Langsam nickte Marquita. »Nur Mister Jacob, Mylady.« Sie sah sich im Zimmer um. »Sie nicht gegessen?«

Catherine legte dem Mädchen einen Arm um die schmalen Schultern. »Sag der Köchin, sie kann heimgehen. Ich brauche nichts mehr.«

Sie fuhr zusammen, als der Knall der Mittagskanone über den Hafen hallte.

»Großen Kummer, Mylady?« Das Mädchen, dessen Eltern Sklaven gewesen waren, musterte sie mit ängstlichem Blick. Das erinnerte sie an Sillitoe und an Bethunes Warnung. Sillitoe, dieser mächtige Mann, den fast alle fürchteten, hatte sie seit jener schrecklichen Nacht in Chelsea verwöhnt und beschützt, aber sie niemals angerührt. Auf keinen Fall würde sie ihn jetzt verlassen.

Vielleicht wenn sie nach England zurückgekehrt waren ... Doch dazu wollte sich vor ihrem inneren Auge kein Bild einstellen.

Alles, was sie sehen konnte, war die Tür des Hauses in Chelsea, und das, was jemand darin eingeritzt hatte: *Hure!*

Ein Aufschrei entrang sich ihr, doch das Zimmer war leer.

XIII Der einzige Verbündete

Nach der drückenden Hitze im Hafen wirkte das Hauptquartier des Kommodore mit seinen dicken, weiß gekalkten Mauern vergleichsweise kühl; und die Aussicht über Reede, Hauptfahrwasser und weiter bis zum dunstigen blauen Horizont war spektakulär. Auf der Bastion standen über hundert Jahre alte Kanonen, wahrscheinlich spanischen Ursprungs, über denen Kommodore Swinburnes breiter Wimpel schlaff herabhing.

Als die Gig aus dem mächtigen Schatten der *Athena* pullte, spürte Adam die Sonne auf seinen Schultern wie eine glühende Pranke. Stirling stand auf dem Vorschiff und sah zu, wie der zweite Anker an seinem Kranbalken hin und her schwang, jederzeit bereit für ein sofortiges Fallen, sollte ein Sturm über die Insel hereinbrechen.

Fraser, der Segelmeister, hatte bemerkt: »Das Barometer steht zwar fest wie angenagelt, Sir, aber hier draußen … Sie wissen ja.«

Troubridge begleitete Adam und schien froh zu sein, Bethune und seiner wachsenden Ungeduld zu entkommen.

Die Gig passierte die eroberte Bark, an der keine Spuren von den Breitseiten der *Lotus* mehr zu erkennen waren, so gute Arbeit hatten die Werftarbeiter geleistet. Adam kam es vor, als wiese die *Villa de Bilbao* keine Stelle auf, die er nicht inspiziert hatte. Vor allem die Metallstäbe, hinter denen die Sklaven eingesperrt gewesen waren, und die langen Planken in den Laderäumen, auf denen die Körper wie in Regalen einer über dem anderen verstaut werden konnten, fast ohne Raum, um sich zu bewegen oder zu atmen. Ein Albtraum.

Cousens hatte geschwiegen und saß jetzt unter militärischer Bewachung in Einzelhaft. Schweigend würde er wahrscheinlich auch unter den Galgen treten, denn er fürchtete seine Auftraggeber mehr als den Henker. Andererseits hegte er immer noch die Hoffnung, seinem verdienten Schicksal zu entkommen. Denn er hatte keine Sklaven an Bord gehabt und konnte behaupten, seine Kanonen irrtümlich zur Selbstverteidigung abgefeuert zu haben, weil er glaubte, die *Lotus* sei ein Pirat oder ein Freibeuter unter falscher Flagge. So etwas war schon vorgekommen.

Minuten, bevor sein Schiff geentert worden war, hatte er seine Karten vernichtet oder mit anderen Beweisen in einem beschwerten Sack über Bord geworfen.

Bethune hatte seine Depeschen durch Kurier an die Admiralität gesandt und um mehr Schiffe gebeten, besonders um Fregatten. Es war immer dasselbe: Nie gab es genug Fregatten, weder im Krieg noch im Frieden. Adam konnte nicht vergessen, wie Lord Exmouth seine Fregatte *Unrivalled* für den Angriff auf Algiers in die Vorhut geschickt hatte.

Jetzt wurden sie in ein großes Zimmer geführt, an dessen Decke mehrere Fächer eifrig hin und her schwangen; vor den Fenstern waren lange Sonnenblenden ausgebracht, um die gleißende Helle und die Hitze auszusperren.

Unter den anwesenden Kommandanten war auch Pointer. Seine *Lotus* befand sich zur Reparatur in der Werft. Ein anderer Kapitän kam von der Fregatte *Hostile*, die eine Generalüberholung hinter sich hatte und nun bald zu dem zerstreuten Geschwader zurückkehren sollte.

Und da war auch Kapitän Ian Munro von der Fregatte *Audacity*, dem neuesten Ankömmling. Adam hatte ihn schon kennengelernt, als er auf die *Athena* gekommen war, um sich bei Bethune zu melden: ein junges rundes Gesicht, mehr verbrannt als gebräunt von der karibischen Sonne, und darüber ein rotblonder Haarschopf. Adam fiel wieder ein, wie sarkastisch sich Bethune über das Alter der kleinen Fregatte geäußert hatte. *Ich dachte, sie wäre schon in der Abwrackwerft.*

Offenbar war Munro solche Bemerkungen gewohnt. »Sie lief im selben Jahr von Stapel, in dem ich geboren wurde«, hatte er heiter geantwortet. »Damit passen wir prächtig zusammen, meinen Sie nicht auch?«

Er war achtundzwanzig Jahre alt und würde noch vor Jahresende zum Vollkapitän befördert werden. *Vorausgesetzt ...* Doch wie jeder Fregattenkapitän mußte er an die ständig lauernden Schicksalsschläge nicht erst erinnert werden.

Adam bemerkte die schnellen Seitenblicke und das vereinzelte Lächeln. Doch selbst nach einem Monat in English Harbour, wo die *Athena* nach Jagos Worten Wurzeln zu schlagen drohte, waren ihm die meisten hier noch fremd.

Eine Tür ging auf, und Kommodore Sir Baldwin Swinburne betrat den Raum. Trotz des Luftzugs der Fächer wirkte er verschwitzt und unbehaglich, aber sehr selbstsicher: In Bethunes Abwesenheit schien er ein anderer Mensch zu sein.

Adam warf Troubridge einen Blick zu und fragte sich, wieviel dieser von den Gerüchten wußte. Es ging niemanden etwas an, falls Bethune seinen Rang und seine Autorität riskiert hatte, um Catherine zu besuchen. Sie war eine schöne Frau und gleichzeitig weit mehr als das. Nach Zenorias Freitod hatte sie Adam unglaublich viel geholfen und Verständnis bewiesen, obwohl seine Liebe zu Zenoria geheim bleiben mußte. Und sie hatte ihn getröstet, damals und nach Richards Tod an Bord der *Frobisher*. Adam verdrängte diese Gedanken. Es brachte nichts, sich an alte Zeiten zu erinnern.

Laut und klar begann Swinburne: »Nun, da wir alle

hier versammelt sind«, er strahlte Adam an, »kann ich die Früchte unserer Strategie bis heute erläutern.« Offenbar genoß er seine Rolle.

»Als meine Slup *Lotus* die jetzt unter unseren Kanonen liegende Bark stoppte und überwältigte, geschah es in der Annahme, daß sie unterwegs sei nach Havanna. Schließlich haben wir einige Erfahrung mit der Taktik des spanischen Generalkapitäns dort, nicht wahr?« Mehrere der Anwesenden schmunzelten. »Doch diese Annahme war falsch.« Wieder wanderte sein Blick kurz zu Adam und dem Flaggleutnant. »Die *Villa de Bilbao* hatte in Wahrheit niemals vor, Havanna anzulaufen. Ihr Skipper Cousens hätte es vielmehr zugelassen, daß die *Lotus* diesen Hafen ansteuerte.« Wie ein Zauberer mit einem Trick im Ärmel blickte er von einem Gesicht zum anderen. »Daß die *Lotus* im Schutz der Dunkelheit den Kurs wechselte, machte Cousens einen Strich durch die Rechnung.«

Adam beherrschte seine Ungeduld. Der Fehler im Bild. Jemand hatte etwas entdeckt. Oder den fehlenden Mosaikstein im Austausch für sein eigenes Leben beigesteuert.

Troubridge beugte sich vor und flüsterte: »Hoffentlich haben die Wände hier keine Ohren, Sir.«

Swinburne fuhr fort: »Aber San José, das dieser glückhaften Konfrontation 400 Meilen östlich von Havanna so nahe liegt – San José, meine Herren, ist der Schlüssel!«

Während rund um ihn ungläubige Erregung ausbrach, versuchte Adam, sich die Lage zu vergegenwärtigen. All die Monate unnützer Patrouillenfahrten und abgewehrter Angriffe, bei denen unter jeder Flagge ein Feind lauerte, all die Monate voller Schmerz, Fieber und Leid durch den brutalsten Menschenhandel – und die ganze Zeit hatte des Rätsels Lösung vor ihrer Nase gelegen! Seine Entdeckung würde keine Wunder bewirken. Aber sie war ein Anfang.

»Mein Schreiber wird Ihnen die Details darlegen, alle,

die wir bisher kennen. Morgen werde ich dem Rest des Geschwaders meine Anweisungen geben.«

Pointer kam und setzte sich neben Adam. »Es fällt mir schwer, das zu akzeptieren, Sir.« Er wischte sich die schweißnasse Stirn. »Jeder meidet San José, wenn er kann. Die Annäherung ist problematisch und die Reede nur klein. Außerdem ist der Hafen befestigt – seit einer Sklavenrevolte vor drei Jahren, vor meiner Zeit. Soll ein furchtbares Gemetzel gewesen sein.«

»Trotzdem geräumig genug, um Sklaven anzulanden?«

Jemand klopfte auf den Tisch. »Bitte um Aufmerksamkeit!«

Adam drückte sich fest gegen die Rückenlehne. *Eine Reise in die Hölle.*

Diese Sklaven waren zusammengetrieben, geschlagen, gefesselt und durch ihre eigenen Leute oder rivalisierende Stämme verkauft worden, an waghalsige, skrupellose Händler wie Cousens. Danach wurden sie in kleine Fahrzeuge gestopft und schließlich auf die neuen Schiffe transferiert. Sie waren größer, schneller und oft besser bewaffnet als die Patrouillen, die den Ozean in der Hoffnung auf Prisen absuchten.

Er tastete in seinem Rock nach dem Brief, der mit dem anderen in seiner Innentasche steckte. In Cornwall war jetzt Hochsommer, und Catherines Rosen in dem alten Garten mußten immer noch blühen. Blühen wie die Lowennas – und warten wie das alte Haus hoch über der Bucht.

Der Schreiber des Kommodore ließ sich wortreich über spanische Behörden aus, ob nun zivil oder militärisch. Ebenso über Bevölkerung und den örtlichen Handelsverkehr. Für jeden Kommandanten stellte er baldigst weitere Einzelheiten in Aussicht.

Swinburne wischte sich das schweißglänzende Gesicht

und schien sich wie ein Schausteller verbeugen zu wollen.

Abrupt fragte Adam: »Weiß Sir Graham über das alles Bescheid?«

Troubridge warf ihm einen scharfen Blick zu, ungewöhnlich intelligent für einen so jungen Mann.

»Sir Baldwin hat sich bereit erklärt, den ersten Teil dieses Feldzugs zu übernehmen, falls es dazu kommt.« Er dämpfte die Stimme. »Wenn also etwas schiefgeht, wird er und nicht Bethune dafür verantwortlich gemacht.«

Kapitän Munro drängte sich durch die anderen und streckte die Hand aus.

»Ich muß zurück an Bord.« Neugierig musterte er Adam. »Hier ist ein Brief für Sie. Von einem meiner Offiziersanwärter.«

»Wie geht's ihm? Oder sollte ich das nicht fragen?«

Munro wandte sich um, weil jemand seinen Namen rief. »Napier ist ein guter Junge.« Er nickte. »Bißchen still, aber nett.« Grinsend schloß er: »Paßt mir ganz gut.«

Und damit verschwand er.

Adam trat auf die steinerne Terrasse hinaus, wo ihn die Hitze wie heißer Dampf einhüllte. Immer noch hörte er die Stimme des Kommodore und sein kehliges Gelächter.

Plötzlich tat der Mann ihm leid, und er machte sich Sorgen. Als sei er gewarnt worden.

Sieben Tage nach English Harbour stand die Fregatte Seiner Britannischen Majestät *Audacity*, vierundzwanzig Kanonen, weit draußen in der Karibik, wo kaum Land in Sicht kam und nur einmal ein anderes Schiff – so nahe, daß sie Grüße austauschen konnten. Das war eine kleine Brigantine gewesen, zu den weit verstreuten Patrouillen des Geschwaders gehörig und auf dem Rückweg nach Antigua, um Vorräte zu ergänzen.

Kapitän Ian Munro war stolz auf sein Schiff und legte Wert darauf, dies seinen Leuten, ob in der Offiziersmesse oder im Mannschaftslogis, auch zu zeigen. In der Karibik war er erst einmal stationiert gewesen, und zwar als ganz junger Leutnant. Meistens hatte er in heimischen Gewässern und im Mittelmeer gedient und einmal sogar im Zweiten Amerikanischen Krieg.

Wenn er auf dem Achterdeck hin und her ging oder bei den Finknetzen einen Schattenplatz fand, dachte er oft an die Kommandanten, die ihm an Bord vorausgegangen und so unterschiedlich waren wie die Feldzüge, an denen die *Audacity* teilgenommen hatte. Toulon, St. Vincent, Abukir und Kopenhagen waren nur einige der Schauplätze.

Er hatte gehört, wie der Bootsmann, einer der Ältesten an Bord, dem in Plymouth angemusterten neuen Fähnrich einen Vortrag gehalten hatte.

»Also hören Sie mir gut zu. Sie haben Glück, daß Sie auf diesem Schiff dienen können, aber Sie müssen sich auch gewaltig anstrengen, um meinen Ansprüchen zu genügen. Die *Audacity* ist zu einer Zeit entstanden, als man einem Schiff noch Leben einzuhauchen verstand. Zu Wasser gelassen am Medway und gebaut aus bester Kent-Eiche, als dort noch 'n paar erstklassige Bäume standen.« Mit seinen großen roten Händen bildete er die Form des Rumpfes nach. »Für die Spanten verwendete man damals noch gewachsenes Holz, nicht aus den verschiedensten Bohlen zurechtgesägtes. Deshalb ist sie auch doppelt so stark wie manche dieser neuen Zicken.« Seine Verachtung für die jüngeren Fünftkläßler in der Flotte war offensichtlich.

Mit Augen und Ohren beim frühmorgendlichen Dienstbetrieb, lehnte Munro an der Achterdecksreling. Im ersten Morgengrauen war das Deck geschrubbt worden und jetzt im heißen Südostwind schon wieder knochentrokken. Es war ein frischer Wind, der meistens ausreichte, um die Segel zu füllen. Die *Audacity* segelte dichtgeholt über Backbordbug und lag dabei weit über. Der Segelmeister stand mit einem seiner Gehilfen neben dem Kompaßhaus, äußerlich völlig gelassen, aber noch heftig an einem Stück Schweinefleisch vom Frühstück kauend.

Munro lächelte, denn er verspürte die gleiche Spannung. Seit einer Woche hatten sie den Hafen verlassen und seither ständig das Log, die Gezeiten, den Kompaß und den Sextanten überprüft – alles nur, um das eine kleine Kreuz auf der Seekarte zu finden.

Die beiden neuen Fähnriche standen jetzt bei einem Bootsmannsgehilfen und bekamen zweifellos noch mehr Lektionen zu hören. Munro sah zu und erinnerte sich an seine eigenen Anfänge.

Bei einem Ohr rein und beim andern raus, das traf es recht gut.

Der Jüngere der beiden, David Napier, wirkte stiller als die meisten Fähnriche, doch selbst in der kurzen Zeit hatte er nur Gutes über ihn gehört. Lernbegierig und nicht zu entmutigen, falls mal etwas schief ging. Gefördert von seinem früheren Kommandanten, einem Bolitho. Vor dem Treffen in English Harbour war er dem zwar noch nie begegnet, kannte seine Geschichte jedoch fast so gut wie die seiner *Audacity*. Auf Wunsch seiner Mutter, inzwischen wiederverheiratet und nach Amerika ausgewandert, war Napier »freiwillig« zur Marine gegangen. Kein Einzelfall, aber was dahintersteckte, mochte interessant sein. Ein weithin bekannter Fregattenkapitän als Gönner und Englands Volksheld als Onkel. Seltsam, daß sich Adam Bolitho so um ihn sorgte.

Der zweite Neuling war ihm von einem anderen Kommandanten aufgedrängt worden, weil dieser jemand Wichtigem einen Gefallen tun wollte. Wahrscheinlich war er froh, ihn los zu sein. Seine Vorbehalte konnte sich Munro nicht erklären, denn er wollte sich in die Routine seiner Offiziere nicht offen einmischen. Wieder lächelte er in sich hinein. Und nicht zu vergessen den Bootsmann!

Fähnrich Paul Boyce war mit seinen siebzehn Jahren stämmig und sogar dicklich, eine Ausnahme unter seinen stets hungrigen Altersgenossen, deren anstrengender Dienst gewöhnlich jedes Übergewicht verhinderte.

In den Monaten, seit er an Bord gekommen war, hatte Munro über seine Arbeit oder sein Benehmen nichts Nachteiliges gehört. Er kam nie zu spät zum Wachantritt oder zur Ablösung. Im Atlantik war keine Zeit geblieben für das Exerzieren an Kanonen oder Handwaffen, aber alle Mann hatten tüchtig zu tun gehabt im Rigg und an Deck mit dem Setzen und Trimmen der Segel, mit Spleißen und all den anderen Reparaturen, die zum Alltag eines Seemanns gehörten.

Insgesamt fuhren auf der *Audacity* sechs Offiziersanwärter. Da die Flotte so ausgedünnt worden war und in jedem größeren Hafen ausgemusterte Schiffe lagen, konnten sie sich glücklich schätzen, überhaupt eine Koje ergattert zu haben.

Sein Blick fiel auf die längsseits vorbeiströmende, mäßig bewegte See und die Spiegelungen der weißen Bramsegel, mit dem winzigen Farbfleck des Wimpels hoch oben im Masttopp.

Wieder dachte er an den Flaggkapitän, den er bei der Konferenz kennengelernt hatte: die rechte Hand des Vizeadmirals und ein sicherer Kandidat für eine glänzende Karriere. Mit einem Gesicht, das man nicht so schnell vergaß. Und doch hatte er während ihres kurzen Gesprächs den Eindruck gehabt, daß es eher Bolitho war, der ihn beneidete.

Auf dem Batteriedeck sah er Fähnrich Boyce einen Mastersgehilfen nach achtern begleiten, wahrscheinlich um in der Seekarte zu arbeiten. Da fiel ihm ein, daß sich Boyce das Handgelenk verletzt und Anweisung hatte, praktische Arbeit zu vermeiden. An die Einzelheiten konnte er sich nicht erinnern; dazu mußte er gelegentlich den Ersten Offizier befragen.

»An Deck!«

Alle blickten auf, und ein Matrose, der ein Fall gerade mit dem nächsten Törn belegen wollte, beschattete mit dem Unterarm die Augen, um besser nach oben spähen zu können.

Selbst der Segelmeister hörte auf zu kauen.

»Land in Luv voraus!«

Auf dem Vordeck erschollen Jubelrufe, und die älteren Matrosen setzten ein wissendes Grinsen auf.

Munro packte die Reling. *Das Kreuzchen auf der Karte.* Nach so vielen Meilen.

Im Geiste sah er sie vor sich, die Windward Passage, diese fünfzig Meilen breite Wasserstraße, die Haiti von Kuba trennte. Viele fürchteten ihre heimtückischen Strömungen und lückenhaft kartographierten Wassertiefen.

Noch einen oder zwei Tage, dann würden sie die Stelle erreichen, wo die *Lotus* ihre Prise erbeutet hatte.

Die Spannung hatte sich auch auf ihn übertragen. Ein perfekter Landfall.

»Mr. Napier zu mir!«

Der Junge baute sich vor ihm auf: ein offenes Hemd, nicht allzu sauber, die weiße Hose schon fleckig von Farbe oder Teer. Gebräunte Haut, ein Erbe anderer Ozeane und von Bolithos letztem Schiff.

Der Bordarzt hatte Munro von der Narbe auf Napiers Bein berichtet. »Ein Wunder, daß er's nicht verloren hat, Sir. Ich kenne manchen Schlächter, der es ohne weiteres abgesäbelt hätte.«

Dahinter steckte also noch eine interessante Geschichte.

»Sir?«

»Können Sie für mich aufentern?«

»Aye, Sir.« Er rieb einen nackten Fuß am anderen, während er zum Masttopp hinauf spähte.

»Richten Sie dem Ausguckposten aus, daß er sich einen Schluck Rum verdient hat.«

Napier zögerte bei den Finknetzen. »Es heißt, Haiti sei ein schlimmer Ort, Sir?«

Munro grinste. »Hören Sie nicht auf dieses Alte-Weiber-Geschwätz im Zwischendeck! Hinauf mit Ihnen!«

Napier packte die rauhen Wanten, ihre Spannung testend. Seine Hände waren immer noch nicht daran gewöhnt. Er glaubte, Fähnrich Boyce vom Poopdeck zu ihm hinauf starren zu sehen. Nur eine Sekunde, dann war er verschwunden.

Einstweilen.

Den Blick auf die vibrierenden Webeleinen fixiert, begann Napier zu klettern. Das Aufentern war für ihn etwas Alltägliches. Selbst bei seinem ersten Mal auf der *Unrivalled*, zusammen mit anderen Kadetten, hatte ihn die Höhe nicht eingeschüchtert.

So vieles war in kürzester Zeit geschehen. Er hatte Angst kennengelernt und den Schmerz. Sein verwundetes Bein behinderte ihn immer noch, aber er weigerte sich, das zuzugeben. Endlich hatte er etwas gefunden, das einer Heimat sehr nahekam, und auch so etwas wie Liebe. Nie hätte er das für möglich gehalten.

Außerdem hatte er zum erstenmal in seinem 15jährigen Leben hassen gelernt.

Auf der *Audacity* war das Logis der Offiziersanwärter weder besser noch schlechter als auf anderen Schiffen ihrer Größe. Es lag im Orlopdeck unterhalb der Wasserlinie, und außer dem bißchen Licht, das durch die Grätings im Deck darüber sickerte, besaß es keinerlei natürliche Beleuchtung.

Vielerlei Gerüche erfüllten den Raum, nach verdorbenem oder gehortetem Essen und vor allem nach der Bilge darunter. Unterteilt wurde er durch die Seekisten der Bewohner und einen geschrubbten Holztisch; überall, wo es Platz gab, waren Hängematten angebracht.

Napier begab sich hinunter in sein Quartier, das »Cockpit«, um für den Rest des Tages seine Alltagsuniform anzuziehen. Nur an den Uniformen waren Rang und Status der zweihundert Besatzungsmitglieder zu erkennen.

Er drehte die einzige Laterne heller und öffnete seine Seekiste. Oben auf der Kleidung und den Büchern, seinem Nähzeug und seinem besten Hut lag sein Fähnrichsdolch. Den hatte ihm Kapitän Bolitho an seinem fünfzehnten Geburtstag als Symbol seines neuen Lebensabschnitts geschenkt, und er konnte es immer noch nicht fassen, wie selbstverständlich das vonstatten gegangen war.

Er nahm ihn hoch und drehte ihn im schwankenden Licht hin und her. Alles hatte damit begonnen, daß er den Dolch kurz nach dem Auslaufen aus Plymouth auf dem Messetisch liegen gelassen hatte.

An jenem Tag waren noch zwei Offiziersanwärter anwesend gewesen, die sich den Neulingen ziemlich überlegen fühlten, obwohl sie alle im gleichen Alter waren. Und dann war da noch Paul Boyce.

Es wurde eine Art Kräftemessen, eine Herausforderung, und die hätte er akzeptieren oder ignorieren sollen.

Boyce griff nach dem Dolch und rief: »Jetzt schaut euch das mal an! So ein feines Stück Handarbeit und noch dazu von Salters am Strand in London! Welch mickriger Fähnrich kann sich solchen Luxus leisten? Dieser hier muß einen reichen Gönner haben. He, du, verrat' mir dein Geheimnis!«

In plötzlich aufflammendem Ärger hatte Napier Boyce den Dolch entrissen.

Einer der Älteren blaffte: »He, keine Waffen in der Messe, das solltet ihr wissen!«

Gravitätisch hatte Boyce sich verbeugt. »War keine böse Absicht. Ich hab mich nur gefragt, wie die Gegenleistung dafür ausgesehen hat.«

Bei einer anderen Gelegenheit, als sie mit einem Trupp Matrosen die Boote für die lange Atlantiküberfahrt aufpallten, hatte Boyce versucht, ihm ein Bein zu stellen. Doch Napier war flink auf den Füßen und ihm ausgewichen. Boyce aber war gestürzt und hatte sich das Handgelenk verletzt.

Das vergesse ich dir nicht! So war es immer weiter gegangen, obwohl Boyce klug genug war, in Gegenwart eines Leutnants oder Unteroffiziers seine Feindseligkeit zu unterdrücken.

Aber früher oder später ... Napier erstarrte, als er Stimmen hörte. Die eine gehörte Boyce, und der andere war Scully, ein kleiner Schiffsjunge, der ihr Quartier sauber hielt und immer in Besorgungen unterwegs war.

Boyce schien sich mühelos in Wut zu steigern.

»Und wie nennst du das? Ich hab dir doch gesagt, ich brauche zwei frische Hemden. Keine Ahnung, in welchem Saustall du aufgewachsen bist, aber du kotzt mich an!«

Darauf Scully, nervös, schlimmer noch, zitternd vor Angst: »Ich hab sie gebügelt, wie Sie's verlangt haben.«

Ein Schlag auf den Tisch. »*Sir!* Du sagst *Sir* zu mir, verstanden?«

Napiers Seekiste stand noch offen, ihr aufgeklappter Deckel verbarg ihn. Keiner der beiden konnte ihn sehen.

Boyce schien ein Liedchen zu summen.

Dann sagte er ganz gelassen: »Weißt du noch, was ich dir gesagt habe?« Wieder das Summen. »Beug dich über diese Kiste. Los, mach schon!«

Napier erhob sich auf ein Knie und sah die Szene vor sich wie in seine Netzhaut eingebrannt. Als befände sich keine andere Menschenseele an Bord.

Der Schiffsjunge beugte sich über die Seekiste und zerrte schluchzend an seiner Hose, bis sie unten hing.

Napier sagte: »Steh auf, Scully. Zieh dich wieder an!« Er sah den Rohrstock in Boyces Hand – und auch die roten Striemen auf dem Hinterteil des Jungen, bevor dieser sie verbergen konnte.

Boyce starrte ihn an, seine groben Züge waren so verzerrt, als sei er am Ersticken. »Spionierst mir nach, wie? Aber ich sorge dafür, daß du den Tag bereust, an dem du ...« Er fuhr zusammen, als Napier ihm den Rohrstock entriß. »He, was machst du da?«

»Wir gehen jetzt an Deck zum Ersten Offizier.« Ohne den Blick von Boyce zu wenden, sagte er zu dem kauernden Schiffsjungen: »Und du erzählst ihm, was passiert ist, heute und die anderen Male. Ich werde dir beistehen.«

Er fühlte sich wie betäubt, merkte jedoch, daß seine Stimme fest und entschlossen klang. Wie die eines anderen. Aber die Sache war ihm wichtig. Vielleicht zu wichtig. Wieder sah er den Laden in Plymouth vor sich und den Schneider, der über seine Brille schielte. Strahlend hatte er den Kapitän gefragt: »Oh, nicht für Sie, Sir? Diesmal für den jungen Herrn hier?« Doch, es war wichtig. Er hatte selber im Cockpit der *Unrivalled* gearbeitet und die andere Seite ihrer »jungen Herrchen« kennengelernt. Bald hatte er erfahren, daß es in jedem Deck Leuteschinder gab, aber auf einem kleinen Schiff wurden sie nicht lange geduldet.

Boyce zuckte die Schultern. »Ich kann's erklären.«

Alle drei blickten auf, als in den Decks über ihren Köpfen die Bootsmannspfeifen trillerten.

»Alle Mann! Alle Mann an Deck! Schiff klar zum Gefecht!«

Napier schloß seine Seekiste ab und konnte immer noch nicht glauben, daß er so ruhig war. Als er den Dolch an seinen Gürtel knöpfte, erhaschte er im schwachen Licht kurz einen Blick auf Boyces Gesicht.

Ein Sanitäter hastete vorbei, was Napier daran erinnerte, daß Lazarett und Arztquartier unmittelbar hinter dem Fähnrichslogis lagen.

Als er sich wieder umdrehte, war Boyce verschwunden. Der Schiffsjunge drückte die anstößigen Hemden mit beiden Händen an sich.

Er bettelte: »Erzählen Sie's niemandem, Sir. Ich will nicht noch mehr Ärger.«

Wie oft schon hatte er das gesagt?

Hoch über ihnen trampelten Füße über die Planken, und Trennwände wurden umgelegt. Eine Übung oder falscher Alarm? Ihm war's egal. Er kam sich plötzlich sehr erwachsen vor.

Und dann rannte er mit all den anderen nach oben.

Kapitän Adam Bolitho saß in dem hochlehnigen Sessel und faltete den Brief zusammen, den er gerade zum zweitenmal gelesen hatte. Er stammte von Nancy, und ihm war, als hätte er ihre Stimme gehört.

Der Kurier, eine Brigg aus Plymouth, hatte Depeschen für Bethune gebracht. Nancys Brief hatte Antigua auf Umwegen erreicht, auf zwei verschiedenen Schiffen. Der letzte Postsack war mit »Gibraltar« gestempelt gewesen und hatte auch noch zwei Briefe von Lowenna enthalten.

Lautes Gepolter hallte durchs Schiff: Vorräte wurden verladen, und vielleicht hatte der Zahlmeister noch mehr Früchte besorgen können.

Adam starrte durch die Heckfenster. Einige einheimische Fahrzeuge flitzten über das glatte Wasser, also mußte es draußen doch etwas Wind geben. Doch hier in der

Kajüte stand die Luft, obwohl Oberlicht und Seitenfenster weit geöffnet waren. Die *Athena* lag immer noch vor Anker, als wolle sie sich nie mehr bewegen. Wie belastend das für die Besatzung war, zeigte sich im Strafregister, dem ersten Indikator in jedem Schiff. Aber Prügelstrafen waren niemals ein Heilmittel, am wenigsten gegen Langeweile.

Er warf einen Blick zum Himmel, der bedrohlich aussah. Aber dies war ja auch die Hurrikansaison, und der September trieb es stets am ärgsten. Doch wie *konnte* es schon September sein?

Noch einmal öffnete er Lowennas Brief. Sie hatte eine Zeichnung seiner Kusine Elizabeth beigelegt. Die beiden verbrachten viel Zeit miteinander, und das erleichterte ihn nicht nur, er war sogar dankbar dafür.

Geschrei draußen – und ein längsseits gehendes Boot. Aber immer noch trafen keine Fregatten ein, um das Geschwader zu verstärken und den Kommodore mit den Extra-Kräften zu versorgen, die er brauchte, wenn er das Netz um den Sklavenhandel zuziehen wollte.

Die Tür ging, und Jago erschien; er mußte vom Wachtposten schon lange nicht mehr angekündigt werden, nützte dieses Privileg aber nie aus.

»Sie haben nach mir gefragt, Käpt'n?« Mit einem Blick erfaßte er die offenen Briefe.

»Bryan Ferguson – du erinnerst dich doch an ihn?«

Jago nickte und sah wieder das Verwalterbüro vor sich, den Pferdestall und Grace, die ständig plante und organisierte.

»Bei unserem letzten Besuch sind wir gut miteinander ausgekommen.«

»Er ist gestorben. Sein Herz hat versagt. Er war nie besonders kräftig, obwohl er das nicht zugeben wollte.«

Jago seufzte. »Bestimmt wird er schmerzlich vermißt.«

»Ich hörte ein Boot längsseits kommen?«

Jago trat vor ein Seitenfenster und zog dem Himmel eine Grimasse.

»Sieht so aus, als gäb's Sturm.« Dann erinnerte er sich an Adams Frage. »Das war Sir Grahams Diener, Sir.«

»Er war mehrere Stunden an Land?«

»Mit einem Auftrag, glaube ich.« Um Jagos Augen zeigten sich Lachfältchen. Dem Käpt'n entging kaum etwas, auch wenn er höllisch viel zu tun hatte.

Adam betrachtete die kleine Zeichnung. Diesmal waren es zwei Meerjungfrauen, die einem einlaufenden Schiff zuwinkten. *Wenn es nur endlich wahr würde.*

Den Augenblick der Vertraulichkeit nutzend, meinte Jago: »Ist schon komisch, wenn man's recht bedenkt, Käpt'n. Da sitzen wir hier im Hafen fest, während uns der junge Mister Napier da draußen vormacht, was wir eigentlich tun sollten.«

Geräuschlos war Bowles aus der Pantry gekommen.

»Darf ich Ihnen etwas eingießen, Sir?«

Adam schüttelte den Kopf. »Noch nicht. Sir Graham hat eine Menge dienstliche Post erhalten. Ich sollte mich wohl besser bereit halten.«

Irgendwo wurde eine Tür zugezogen, und Bowles nickte ernsthaft, denn er kannte jedes Geräusch im Achterschiff wie seine eigene Hand.

»Ich denke, das ist eine kluge Entscheidung, Sir.«

Adam sah zu seinem Uniformrock hinüber, der an der Tür hing. Er schaukelte kaum. Lowenna hatte in London einen Anwalt besucht, der Montagus Nachlaß betreute. Das Wetter war regnerisch gewesen, und sie war bald nach Falmouth zurückgekehrt, zu Nancy. Er dachte an Ferguson, der bei den Saintes vor einer halben Ewigkeit einen Arm verloren hatte. Nancy würde er bitter fehlen. Und der armen Grace ebenfalls.

»Flaggleutnant, *Sah!*«

Troubridge betrat die Kajüte, schüttelte jedoch den

Kopf, als Bowles ihm den Hut abnehmen wollte. Er wirkte überanstrengt, sogar gereizt. »Ich kann nicht bleiben.« Kurz musterte er die Briefe auf dem Tisch. »Sir Graham schickt nach dem Kommodore, ich soll ihn holen. Darf ich die Gig nehmen?«

Jago stand schon an der Tür. »Verfügen Sie über mich, Sir.«

Leise fragte Adam: »Bedeutet das Ärger?«

Troubridge vermied eine direkte Antwort. »Wie bald können Sie das Schiff in Fahrt bringen, Sir? Es heißt, ein Sturm ist im Anzug.« Er machte einen jugendlichen, sogar verwundbaren Eindruck.

Adam sah, daß Bowles bereits nach seinem Uniformrock griff. »Sagen Sie's mir.« Schon begannen sich Rädchen in seinem Kopf zu drehen: Wie viele Offiziere waren an Land? Wie viele Arbeitstrupps konnten zurückgerufen werden? Wie lange würde das dauern?

Troubridge seufzte. »Die Admiralität hat Sir Graham geantwortet. Keine zusätzlichen Fregatten, jedenfalls noch nicht. Später wird eine direkt aus Freetown eintreffen, ansonsten …« Er zuckte die Schultern. »Außerdem haben wir ein Memorandum über San José erhalten. Der größte Teil dort gehört einem abtrünnigen Portugiesen namens Miguel Carneiro. Kam aus Brasilien nach Kuba, nachdem er der brasilianischen Regierung einige Ungelegenheiten bereitet hatte, und davor höheren Instanzen in Lissabon. Er behauptet, Verbindungen zum portugiesischen Hof zu haben. Das alles geht ziemlich über meinen Horizont.«

Adam blickte über seine Schulter auf den Hafen hinaus. »Ist er das fehlende Glied, Francis? Der Zahlmeister der Sklavenhändler?« Er trat ans Fenster, um die verankerte Bark zu mustern.

Schließlich sagte er: »Die *Athena* kann English Harbour noch vor Anbruch der Nacht verlassen haben.« Und um Troubridge aufzumuntern, fügte er hinzu: »Ich werde froh sein, etwas Abstand zu gewinnen, selbst bei schwerem Sturm.«

Troubridge wandte sich zur Tür. »Sir Graham ist sicher, daß sich mindestens drei der großen Sklavenschiffe in San José aufhalten, vielleicht um auf ihre Entlohnung zu warten. Auf das Gold der *Villa de Bilbao*.«

»Dann werden sie sich Zeit lassen. Und das Wetter gibt ihnen noch mehr Anlaß zum Warten.«

Der junge Leutnant befand sich offenbar in einem inneren Konflikt zwischen Loyalität und Vertrauen, Freundschaft und Zuneigung.

Schließlich sagte er heiser: »Dieser Mann, Carneiro, hat eine Warnung erhalten. Oder er wird bald gewarnt werden.«

»Die Gig ist längsseits, Sir!«

»Wie kann Sir Graham dessen so sicher sein?« Ihm fiel der Diener Tolan ein, sein Aufenthalt an Land und Bethunes Zorn nach seiner Rückkehr. Er hatte seinen Ausbruch noch hier oben in seiner Kajüte gehört, bis jemand die Tür geschlossen hatte.

Troubridge zögerte und traf schließlich eine Entscheidung. »Es ging um eine Dame, Sir. Sir Graham hatte vor, sie zu besuchen.« Er schluckte trocken. »Wieder zu besuchen. Aber das Haus war leer. Alles ausgeräumt.« Ein halbherziger Versuch zu lächeln. »Verstehen Sie jetzt?«

Adam begleitete ihn hinaus in den Sonnenschein an Deck, in die Hitze und die hektische Normalität. Troubridge lüftete den Hut und hastete zur Pforte.

Adam sah die Gig zügig von der Bordwand abstoßen und Jago seine Augen beschatten, um nach oben zur Poop zu starren. *Mich* anzustarren.

Es war also Catherine. Das erklärte vielleicht, warum sie seine Briefe nicht beantwortet hatte, während er an Irrläufer gedacht hatte wie bei Nancys Briefen. Den Rest konnte er sich ausmalen.

Er sah Stirling mit grimmigem Gesicht am Achterdecks-Niedergang warten. Ein Mann, der sich niemals ändern würde.

»Lassen Sie alle Arbeitstrupps von Land zurückrufen. Wie viele sind noch unterwegs?«

Die Antwort kam sofort. »Nur zwei, Sir. Die Gang des Zimmermanns und der Schreiber des Zahlmeisters mit fünf Mann.«

Adam blickte zum Wimpel hoch. Er bewegte sich kaum, trotzdem konnte binnen weniger Minuten ein Höllensturm losbrechen.

»Sowie ich vom Admiral komme«, sagte er, »will ich den Segelmacher sprechen.« Er sah jedes Wort bei Stirling Wirkung erzielen. »Und keine Besucher mehr an Bord, ausgenommen natürlich den Kommodore.«

Stirling tippte ernst an seinen Hut.

Während er zur Treppe ging, dachte Adam an den Abend, als er in der Offiziersmesse gespeist hatte. Fremde hätten niemals verstanden, wie ein Kommandant Gast seines eigenen Offizierskorps sein konnte. Aber vielleicht zählte das zur Stärke des Schiffes – wie der Kiel und seine Planken.

Er verdrängte alle anderen Überlegungen außer der Vorahnung, die ihn wie eine warnende Hand zu berühren schien.

Tolan öffnete ihm die Tür gesenkten Blicks, alle Gedanken und Gefühle verbergend.

Bethune wartete schon, unbeweglich der Tür zugekehrt, als wäre er in dieser Haltung erstarrt, seit er Troubridge um den Kommodore geschickt hatte. Er war formell gekleidet, mit frischem Hemd und Weste, und wirkte ganz ruhig. Perfekt bis in den kleinen Finger, hätte Yovell das wohl genannt.

Er winkte Adam in einen Stuhl, und selbst diese Geste wirkte einstudiert.

»Mein Adjutant hat Sie über die neueste Entwicklung informiert, nehme ich an?« Eine Antwort wartete er nicht ab. »Meine Quelle ist absolut zuverlässig. Dieser Bursche Carneiro hat Kontakt aufgenommen zu bestimmten Schiffseignern, potentiellen Sklavenhändlern, und ebenso zu wichtigen Geschäftsleuten und Politikern.« Kurz verzog er den Mund. »Auch auf unserer Seite, wage ich zu behaupten.«

Er wartete, während Tolan zwei Gläser Wein einschenkte.

»Ein einheimischer Händler ist kürzlich nach Kingston gesegelt oder behauptete es jedenfalls. Der Mann heißt Jacob und ist ein guter Bekannter des Kommodore.« Er nahm einen Schluck Wein.

Adam tat es ihm nach, schmeckte jedoch nichts. Im Geiste hörte er wieder Troubridges Frage bei der Konferenz, wer wohl dafür verantwortlich gemacht würde, wenn der Feldzug mißglückte.

Er sah Tolan neben dem Wandspiegel stehen und ihn beobachten. Er überbrachte Bethunes Botschaften, erledigte alles, was dieser ihm auftrug, aber nie kam ein Wort über seine Lippen. Es war Tolan gewesen, der das mit dem Händler namens Jacob erfahren hatte. Das erklärte weit mehr als den Zornausbruch seines Herrn.

Bethune fragte: »Sie sind doch klar zum Auslaufen, falls es nötig wird?«

»Bis zur Hundewache, Sir Graham. Ich habe das Schiff vorbereitet.«

Bethune musterte ihn aufmerksam. »Es war doch richtig, Sie zu meinem Flaggkapitän zu erwählen.« Er hielt inne, als sei er schon zu weit gegangen. »Haben Sie irgendwelche Vorschläge?«

Eine scheinbar beiläufige Frage. Doch die Erkenntnis traf Adam wie ein Faustschlag: Bethune war verzweifelt.

»Die Zeit arbeitet gegen uns, Sir Graham«, sagte er.

Bethune ballte die Faust, als könne er kaum seinen Ärger zügeln – oder vielleicht seine Angst. »Ich meine, wir sollten direkt nach San José segeln. Falls die Habgier diese drei Schiffe nicht im Hafen festhält, was dann?«

Bethune trat zu den Heckfenstern und beugte sich über die Bank, um hinaus auf den Hafen zu blicken. Über seine glänzenden Epauletten hinweg sagte er: »Die Wetterberichte sind nicht ermutigend.« Er wandte sich nicht um, und Adam konnte seine Anspannung fast spüren.

»Das Wetter ist vielleicht unser einziger Verbündeter, Sir.« Adam grübelte über den Namen des Segelmachers nach, bis er ihm einfiel: Cruikshank. Ein Mann aus Dorset.

Laut sagte er: »Ich denke, wir sollten uns von der *Villa de Bilbao* begleiten lassen.« Er wartete, registrierte bei Bethune Zweifel, vielleicht Enttäuschung. »Als Lockvogel.«

Langsam nickend, richtete Bethune sich gerade auf, bis sein Haar die Decksbalken berührte.

»Damit könnten wir uns einen knappen Vorteil verschaffen. Die alte Gleichung, wie, Adam? Zeit, Geschwindigkeit und Distanz ...«

Adam wollte sich schon entfernen, um etwas zu unternehmen, das er für den Rest seines Lebens bereuen würde. Doch er fühlte sich dazu getrieben.

Da sagte Bethune ruhig: »Die Vorbereitungen überlasse ich Ihnen. Ich habe jedes Vertrauen zu Ihnen. In der Zwischenzeit nehme ich mir den Kommodore vor.«

Als Adam zur Tür ging, sah er Bethune zum erstenmal lächeln.

»Gut gemacht, Adam.«

Neben dem Wandspiegel packte Tolan die Sessellehne, um sich zu beruhigen. Die gleichen Worte hatte Bethune an jenem Tag auch zu ihm gesagt, als er die Frau namens Catherine besucht hatte.

Er sah wieder das verlassene Haus vor sich, die kleine

Dienerin, die angeblich nichts wußte, und das Bett, in dem die beiden gelegen hatten.

Bitter lächelnd dachte er: Und jetzt einer des anderen Feind.

Er lauschte auf die neuen Geräusche im Schiff. Die *Athena* erwachte wieder zum Leben.

XIV Loyalität oder Dankbarkeit?

Kapitän Ian Munro packte ein Besanstag und spürte, wie die Gewalt des Windes sich auf jede Faser des Schiffes übertrug, vom Topp bis zum Kiel. Noch immer, selbst nach den unzähligen Wachen auf See bei jedem Wetter, erregte ihn diese Kraft. Nur wenige aus der Besatzung hätten das verstanden, überlegte er.

Er hob sein Teleskop und wartete, bis der Bug sich in der Aufwärtsbewegung stabilisierte, während die vom Halbwind empor gerissene Gischt wie Hagel aufs Deck prasselte. Das andere Fahrzeug lief parallel mit gleichem Kurs, seine hellbraunen Segel zeichneten sich scharf von den niedrigen Wolkenbänken ab. Es war ein großer Toppsegelschoner ohne Flagge und mit einem Rumpf, der die Spuren harter Einsätze trug.

Munro hatte die üblichen Vorbereitungen befohlen und gefechtsklar machen lassen. Unwahrscheinlich, daß ein Handelsfahrer, ob Sklavenschiff oder nicht, aufs Kräftemessen mit einer Fregatte erpicht war. Doch nach allem, was er gehört und gelernt hatte, seit er Sir Graham Bethune unterstand, hielt er es für klüger, keine Risiken einzugehen. Er merkte, daß der Segelmeister ihn beobachtete. Der Wind wurde mit jeder Stunde stärker, behielt aber die Richtung Südost bei. Das Barometer war schnell gefallen. Die See brach zwar noch nicht, baute sich aber zu langen Wellenzügen auf, die bis zum Horizont zu reichen schienen.

Er ließ das Glas sinken und wischte sich die Augen. Groß- und Besansegel waren geborgen, Fock und Bramsegel gerefft. Er hatte drei Mann ans große Doppelrad gestellt, um die Kraft des Ruders aufzufangen.

Der Segelmeister sprach mit seinem ältesten Gehilfen, der mit einer erfahrenen Entermannschaft auf den Schoner übersetzen sollte, unterstützt von den beiden neuen Fähnrichen. Falls sich der Schoner als Sklavenhändler entpuppte, würde er als Prise beschlagnahmt werden. Kein Wunder, daß der Gehilfe übers ganze Gesicht grinste. Der Auftrag bedeutete ein eigenes Kommando, den Löwenanteil des Kopfgeldes und obendrein ein anständiges Prisengeld.

Munro spähte das schräg liegende Deck entlang zu den Männern, die hinüber gehen würden und schon die Boote klarierten. Die *Audacity* fuhr auf dieser Station zum erstenmal eine Patrouille. Der Vorfall würde die anderen Kommandanten aufmerken lassen, bis sie den betagten Neuling mit anderen Augen betrachteten. Er sagte: »Das ist nahe genug. Signalkanone – Feuer!«

Der Stückführer mußte schon auf den Befehl gewartet haben. Sein Warnschuß knallte dumpf und wurde sofort vom Wind verweht.

Munro trat zur Achterdecksreling und rief dem Enterkommando zu: »Gehen Sie kein Risiko ein, Mr. Mowbray. Bleiben Sie in unserem Lee, bis Sie alles unter Kontrolle haben.«

»Sie nimmt Segel weg, Sir!«

Munro sah den Segelmeister an. »Bedenken?«

Der Mann rieb sich das Kinn. »Wenn schwerer Sturm aufzieht, Sir, sollten wir ihm hier ausweichen oder vor den härtesten Böen ablaufen können. Zum Glück sind wir nicht in die Windward Passage gegangen – dort hätten wir weniger Manövrierraum.«

Munro blickte zu den Wolken auf und entdeckte hier und da immer noch einen Fleck klaren blauen Himmels. Jetzt oder nie.

»Also drehen Sie bitte bei. Klar zum Aussetzen der Boote!«

Kutter und Jolle wurden übers Seitendeck geschwungen und lagen im nächsten Moment heftig dümpelnd längsseits, während die Bootsgasten mit schwach schimmernden Waffen hinab kletterten. Munro sah zu und erinnerte sich: Als Leutnant, auch schon als Fähnrich, hatte er manches Enterkommando angeführt. Der Augenblick, in dem man vom eigenen Schiff abstieß, war immer der schlimmste. Er bedeutete, Zuflucht, Heim, ja das Leben selbst aufzugeben. Später ging es dann nur um das Hauen und Stechen im Nahkampf.

Irgend jemand meldete: »Riemen ausgefahren, Sir! Die Boote sind unterwegs.«

Über ihren Köpfen schlugen knallend die Segel, weil die *Audacity* kurz außer Kontrolle geriet.

»Bringt das Schiff wieder in Fahrt! An die Brassen! Kurs nach wie vor Nordnordwest!«

Als er das nächste Mal nach ihnen ausspähte, schienen die beiden Boote schon zwischen den Wellenbergen verschwunden zu sein, vertrieben wie Blätter auf einer Stromschnelle.

Er trat neben das Kompaßhaus. Dies war der schlimmste Teil.

Der Bootsmannsgehilfe Mowbray lehnte sich im Heck der Jolle zurück und starrte an den Rudergasten mit ihren stetigen, nur scheinbar langsamen Riemenschlägen vorbei nach vorn. Mit seiner Extrabesatzung und den vielen Waffen fühlte sich das hart arbeitende Boot schwer und unhandlich an. Überkommende Gischt durchnäßte die Männer, die sich bewußt nicht nach den Segeln der *Audacity* umblickten.

Er wandte sich halb um und suchte mit Blicken den fast querab laufenden Kutter, den ein zweiter Bootsmannsgehilfe befehligte. Sie hatten schon öfter zusammengearbeitet und auch manchen Landausflug gemeinsam genossen. Als zuverlässige Berufsseeleute, die sie waren, kehrten sie nach einer Nacht, die sie später meist bereuten, stets pünktlich an Bord zurück.

Die beiden Fähnriche hockten geduckt neben der Pinne. Eines Tages würden sie Offiziere sein, dachte Mowbray, die das Leben eines Matrosen je nach Lust und Laune zur Hölle machen konnten. Wenn sie einst auf ihrem eigenen Achterdeck standen, würden sie sich dann noch an die alten Salzbuckel erinnern, die ihnen alles beigebracht hatten?

Er blickte zur Poop des Schoners auf. Schon waren sie nahe genug, um die Narben und provisorischen Reparaturstellen zu erkennen. Ein hart arbeitendes Fahrzeug. Selbst die Segel waren Flickwerk.

Der jüngere Fähnrich fragte: »Ist das nun ein Sklavenhändler oder nicht, Mr. Mowbray?«

Während Mowbray die Frage bedachte und dabei überlegte, woher dieser Fähnrich wohl stammte, wandte er keine Sekunde den Blick von ihrem Gegner. Dort klammerten sich einige Gestalten an die Wanten und beobachteten die näherkommenden Boote.

»Das werden wir bald wissen. Wenn wir in seinem Lee stünden, könnten wir's schon riechen. Ich bin 'ner Menge davon begegnet – zu meiner Zeit, als das alles noch legal war.«

Der andere Fähnrich murmelte mit grünlichem Gesicht: »Alle großen Reiche wurden auf dem Sklavenhandel aufgebaut ...« Weiter kam er nicht.

Mowbray fuhr ihn an: »Über Bord und nach Lee! Kotz mir ja nicht das Boot voll!«

Doch es war zu spät.

Der Bootssteurer stützte sich auf seinen Riemen und hob den Blick zu den Wolken. »Allmächtiger!«

Napier schluckte trocken und versuchte zu überhören, wie Boyce würgte und sich übers Dollbord erbrach.

Die Bordwand des fremden Fahrzeugs dräute jetzt direkt über ihnen. Ohne hinzusehen, wußte Napier, daß der Schlagmann seinen Draggen über die Reling geschleudert hatte und daß plötzlich alle Riemen eingeklappt waren. Waffen erschienen, und von den Musketenschlössern verschwanden die schützenden Hüllen. Die Gesichter der Leute waren so ausdruckslos wie beim Exerzieren.

In Gedanken wieder beim Feuer und Rauch der Schlacht von Algiers, tastete Napier unter dem Rock nach seinem Dolch. Damals hatte Jago beim Entern des Feindes das Kommando geführt, mit ruhiger und sachlicher Stimme und Augen, die alles überblickten. Oder jenes andere Mal, als er mit dem Kommandanten an Deck gestanden hatte. *Bleib neben mir, David.*

Der Schuß krachte so laut, daß er einen Augenblick glaubte, im Boot sei eine Muskete vorzeitig abgefeuert worden.

Jemand schrie: »Weg da, stoßt ab! Um Himmels willen – schnell!«

Mit wild klopfendem Herzen blickte Napier sich um. Boyce war getroffen worden; er meinte immer noch, seinen Aufschrei zu hören.

Dann fühlte er einen eisernen Griff um sein Handgelenk und sah in Mowbrays Gesicht. Sein beschwörender Blick brachte ihn wieder zur Besinnung. Erst jetzt erkannte er das Blut, das von Mowbrays Schenkel auf die Planken tropfte.

Mowbray sprach langsam und deutlich, ohne daß sich sein Griff lockerte oder sein Blick wankte.

»Mit geht's gleich wieder besser.« Irgendwo im Hintergrund, wie in einer anderen Welt, gellten Schreie und Flüche. Der Kutter mußte längsseits gegangen sein.

Mowbray starrte ihn an, als wolle er sich vergewissern. Dann sagte er: »Sie kommandieren jetzt, Mister Napier. Führen Sie die Männer!«

Napier spürte das Boot im Schwell am Schiffsrumpf scheuern. Irgendwie kam er auf die Füße, zog den schönen neuen Dolch und ließ ihn über seinem Kopf kreisen.

Eine Stimme rief – war es seine eigene? »Zu mir, Audacity! Folgt mir, Leute!«

Der Rest ging unter in tierischem Gebrüll, als die Matrosen die Bordwand erklommen. Einer von ihnen reichte dem Fähnrich, der sie angespornt hatte, eine helfende Hand.

Oben packte Napier ein Fall und blickte sich auf dem fremden Deck um. Männer wurden in Gruppen zusammengetrieben, Waffen beiseite gekickt. Der andere Bootsmannsgehilfe der *Audacity* schrie: »Gib ihm den Rest, Lacy! Du hast ihn doch schon erwischt!«

Napier blickte über die Seite und sah, daß man Mowbray in sitzende Stellung aufgerichtet hatte. Er lebte noch, schielte über die Schulter eines Helfers nach oben und hob langsam die Hand zu einem ironischen Salut.

Erst nach dreimaligem Versuch fand Napier die Dolchscheide und steckte die Waffe mit zitternder Hand weg. Jemand rannte an ihm vorbei, verhielt aber lange genug, um ihm auf die Schulter zu klopfen.

In einem provisorischen Bootsmannsstuhl und mit schmerzverzerrtem Gesicht wurde Mowbray über das Schanzkleid gehievt.

Sein Blick fand Napier. »Zu mir, *Audacity*!« wiederholte er mit schwachem Grinsen. Dann wurde er bewußtlos.

Ein bulliger Matrose, das blanke Entermesser in den Gürtel gesteckt und ein Enterbeil schwingend, rief der Schonerbesatzung etwas zu und wandte sich dann mit wildem Blick an Napier. »Denen haben wir's gezeigt, bei Gott!« Er rannte hinter dem Bootsmannsgehilfen her, doch Napier hielt ihn auf. »Können Sie Mr. Boyce helfen?« fragte er. »Er ist verwundet.«

Später erinnerte er sich noch lange an das Gesicht des unbekannten Matrosen. Boyce war hinter den anderen irgendwie an Bord gelangt und hockte jetzt auf einer Kiste am Schanzkleid, einen Arm in seinen Rock gewickelt und den Kopf gesenkt. Unfähig sich zu rühren.

Abrupt sagte der Matrose: »Zerbrechen Sie sich über den nicht den Kopf, Sir. Nicht nach dem, was Sie gerade geleistet haben. Er hat nicht den kleinsten Kratzer abgekriegt.« Kurz hob er das Enterbeil an. »Jedenfalls noch nicht!« Dann verschwand er zwischen den vertrauten Kameraden, deren Gesichter er jedesmal sah, wenn alle an Deck gerufen wurden.

Ein Mann in blauem Rock wurde vom Hüttendeck gezerrt. Sein Bart milderte kaum den Ausdruck der Verachtung, mit dem er seine Helfer anfunkelte: der Skipper des Schoners.

Der Bootsmannsmaat berichtete heiser: »Aus dem ist kein Wort herauszubringen, Mr. Napier.« Als sein Blick auf Mowbray fiel, rief er aus: »Biste wieder bei uns, Tom?« Sein Grinsen verriet Erleichterung.

Mowbray atmete schwer. »Öffnet die Luken. Bemannt die Drehbassen und erschießt jeden, der Widerstand leistet.« Er kam auf die Füße, indem er sich gegen die heftigen Schiffsbewegungen mit einer Muskete abstützte.

Napier sah, daß die Lukendeckel weggezerrt wurden, und erinnerte sich an Mowbrays Worte unterwegs. Immer noch kam ihm alles völlig unwirklich vor. Dann roch er den Gestank, der aus den offenen Luken drang, und hörte das Geräusch, ein unartikuliertes, schreckliches Stöhnen, das noch unwirklicher anmutete.

Mowbray legte Napier haltsuchend einen Arm um die Schultern. »Sehen Sie sich das genau an, und vergessen Sie's nicht.« Sein Griff wurde kräftiger. »Vorhin war ich stolz auf Sie, junger Mann, sehr stolz. Und die Kameraden ebenfalls.« Unvermittelt hob er den Kopf und starrte den gefangenen Skipper an. »Merken Sie sich das: *ein* Wort von Ihnen, auch nur *ein* Wort, und Sie werden unten eingesperrt, bei den ›Passagieren‹.«

Napier spähte in die erste Luke und sah darin etwa 30 Sklaven. Nach den leeren Fußeisen und dem Schmutz zu urteilen, waren es ursprünglich viel mehr gewesen. Eng zusammengepfercht und gefüttert, indem ihnen die Nahrung durch die Eisenstäbe zugeworfen wurde, als wären sie Tiere.

Seine Finger krampften sich um den Dolchgriff. Auch Frauen waren darunter, alle jung und manche halbe Kinder.

Ein Matrose berührte seinen Ärmel. »Nicht näher ran, Mr. Napier. Die würden Sie in Stücke reißen.«

Irgend jemand drückte ihm einen vollen Becher Rum in die Hand. »Nelsons Blut«, rief eine Stimme. »Wird Ihnen gut tun.« Sie konnten sogar darüber lachen.

Hustend nahm er einen Schluck. Er konnte ihnen nicht sagen, daß er Rum verabscheute, seit er mit Unmengen davon betäubt worden war, bevor er fast sein Bein verloren hatte.

Das Gedränge wurde immer dichter. Napier hörte rauhe Grußworte und wildes Gelächter, als ein weiteres Boot der *Audacity* heranschor, geführt vom zweiten Mastersgehilfen. Sein Name fiel Napier nicht ein, er schien keine Kontrolle über sein Gedächtnis zu haben. Männer drängten sich um Fallen und Brassen, Befehle wurden gebrüllt und ausgeführt, von Siegern und Besiegten gleichermaßen.

Ein protestierender Mowbray wurde über die Seite gehievt und in ein Boot gesetzt, während sein Ersatzmann ihm grinsend nachrief: »Keine Sorge, Kumpel, ich passe schon auf, daß du deinen Anteil am Prisengeld kriegst.« Er deutete auf Napier. »Oder er hier macht uns die Hölle heiß.«

Erst jetzt begriff Napier, daß er auf die *Audacity* zurück mußte.

Es wurde eine holprige Rückfahrt unter einer Bewölkung, die vor dem kommenden Sturm warnte. Trotzdem schien sie ihm nur halb so lang zu dauern wie die Hinfahrt. Das sei immer so, wurde behauptet – von den Glücklicheren.

Der Bordarzt wartete schon auf Mowbray und einen Matrosen, der sich das Handgelenk gebrochen hatte. Napier sah, daß Fähnrich Boyce, wild um sich blickend und schwitzend, ins Orlopdeck abgeführt wurde. »Das ist ein Mißverständnis!« protestierte er. »Ich habe bloß meine Pflicht getan!«

Doch damit machte er alles nur schlimmer.

Während sich die *Audacity* überlegte und auf einem neuen Kurs stabilisierte, um vor dem Sturm abzulaufen, wurde Napier zu Kapitän Munro gerufen, als hätte er etwas in seinem Bericht zu ergänzen.

Statt dessen sagte Munro nur: »Mr. Mowbray ist voll des Lobs über Sie.« Er wartete, während sein Diener einen Krug Ingwerbier eingoß, wurde aber an Deck gerufen. »Bleiben Sie hier und stillen Sie Ihren Durst«, sagte er lächelnd. An der Tür wandte er sich nochmals um. »Er wird stolz auf Sie sein.«

Das war der Lohn, der wirklich zählte.

Auf der *Athena* waren viele in einem richtigen Hurrikan noch nie auf See gewesen, und die anderen schworen später, das sei der schlimmste gewesen, den sie je erlebt hätten. Selbst wenn ein Schiff vor Anker oder sogar im sicheren Hafen lag, konnte es durch die plötzliche Zunahme oder Richtungsänderung des Sturms auf Grund gesetzt und zerschlagen werden, bis es ein Wrack war – auch unter den erfahrensten Händen.

Adam Bolitho hielt sich an die Regeln und ließ die

Athena unter kleinster Besegelung vor dem Sturm ablaufen, während Böen und Seen auf ihr Steuerbord-Achterschiff eindroschen. Für die meisten an Bord war es eine chaotische Welt mit Brechern, die mit solcher Gewalt und Lautstärke gegen den Rumpf krachten, als sei das Schiff tatsächlich gestrandet. Die Toppgasten kämpften sich ins Rigg, um den ständig vom Achterdeck nach oben gebrüllten Befehlen zu gehorchen. Dazu mußte sogar Stirling gelegentlich einen Sprachtrichter benutzen. Geblendet von Gischt, mit dumpfen Sinnen, rangen sie unaufhörlich mit den geqollenen Leinen, die sich in den Blöcken verklemmten oder unter dem gewaltigen Druck brachen, schmerzhaft emporschnellend wie eine Pferdepeitsche.

Ein kleineres Fahrzeug wäre dem Sturm weit ausgewichen oder untergegangen. Doch die *Athena* wappnete sich, um sich dem Kampf zu stellen.

Die Rudergänger, vier Mann pro Wache, wurden am Rad festgelascht, und kein Matrose wagte sich ohne Sicherungsleine oder zuverlässigen Helfer aufs leewärtige Seitendeck.

Selbst die schweren Kanonen schienen sich losreißen zu wollen. Diese Gefahr war nicht unbekannt. In einem anderen Hurrikan hatte einst ein Vierundzwanzigpfünder seine Laschings zerrissen und war auf dem unteren Deck Amok gelaufen, wobei er alles zermalmte, was ihm in den Weg kam.

Doch Old Sam Petch, der Stückmeister, hatte seine Vorkehrungen getroffen. Von der dickleibigen Karonade bis zum temperamentvollen Neunpfünder blieb alles an seinem Platz. Als ihn jemand dafür lobte, erwiderte er gereizt: »Was hast du denn anderes erwartet, Kumpel?«

Erst am fünften Morgen wurde der Seegang etwas handlicher, blieb aber immer noch rauh.

Der Himmel leuchtete wieder blau, und die letzten

Wolken trieben so schnell davon wie zerfetzte Banner nach einer Schlacht.

Das Kombüsenfeuer brannte wieder, und die Luft war geschwängert mit dem Geruch nach Pech und Teer, neuem Hanf und Rum.

Hämmer und Marlspieker waren ständig im Einsatz, während Ersatzsegel an Deck ausgebreitet wurden, um in der Sonne zu trocknen, die mancher Seemann nie wiederzusehen gefürchtet hatte.

Der Sturm war weitergezogen, wahrscheinlich in großem Bogen vorbei an den Bahamas und hinaus auf den Atlantik.

Adam stand an der Achterdecksreling und schlürfte einen Becher siedend heißen Kaffee, den Bowles irgendwie zustande gebracht hatte. Er war die ganze Zeit achtern unter Deck geblieben, hatte Möbelstücke festgelascht und Taschenflaschen mit lauwarmem, aber belebendem Inhalt durch Boten nach oben geschickt. Bei Gelegenheit hatte er einst bemerkt: »In einem Seegefecht helfe ich den Verwundeten. Im Sturm helfe ich mir selbst.«

Jago kontrollierte zusammen mit einem Bootsmannsgehilfen die aufgepallten Boote. Alle waren eisern festgelascht und bis zum Dollbord voller Spritzwasser. In etwa einer Stunde mußten sie in der Hitze zu dampfen beginnen.

Von der Besatzung waren einige verletzt, entweder weil sie gestürzt oder von einsteigenden Seen gegen die Kanonen geschleudert worden waren.

Wenn Daniel Yovell an Bord gewesen wäre, hätte er jetzt ein Dankgebet gesprochen.

Adam rieb sich das Gesicht. Wann hatte er sich zum letzten Mal rasiert? Er wußte es nicht mehr.

Er trat zum Kompaßhaus und studierte die Karte. Kurs Nordwest und nur mehr zwei Männer am Rad. Er fing den Blick des ersten Rudergängers auf, der sich die aufgesprungenen Lippen leckte. »Gut, daß wir diesen Mist los sind, Sir!« sagte er. Früher hätte er geschwiegen oder den Blick abgewandt.

Vielleicht kam das einem Dankgebet ziemlich nahe.

Aus dem Kombüsenschornstein quoll jetzt eine dicke Säule fettigen Rauchs, und Adam spürte, wie sich sein Magen verkrampfte. Eigentlich hätte er einen Wolfshunger haben müssen, doch beim Gedanken an Essen wurde ihm übel.

Einige Matrosen hielten beim Spleißen inne und grinsten einander an. Jan Maaten konnten alles verspeisen, zu allen Zeiten. Wahrscheinlich bereitete der Smutje sein Standardessen für harte Zeiten vor, Weizengrütze mit gerösteten Zwiebackkrümeln und großen Brocken gekochtem Pökelfleisch. Und dazu eine Portion Rum. Der Zahlmeister würde die Zuteilung mit Argusaugen überwachen.

»Käpt'n, Sir?«

Das war Tolan, frisch rasiert und adrett wie ein Seesoldat, den Blick zum Horizont gerichtet.

»Eine Empfehlung von Sir Graham, und ob Sie ihn in der Kajüte aufsuchen würden, sobald Sie können?«

Adams Rückenmuskeln entspannten sich zum erstenmal seit Stunden. »Das heißt also sofort, stimmt's?«

Jetzt sah Tolan ihn an. »Ich denke schon, Sir.«

Er folgte ihm zum Niedergang, ein Mann, der sich keinem erschloß.

Der Wachtposten der Seesoldaten knallte die Hacken zusammen, und die erste Lamellentür öffnete sich lautlos. Während der ganzen Dauer des Sturms hatte ein Posten das Quartier des Admirals bewacht. Hätte er die Stellung auch gehalten, wenn das Schiff gekentert wäre? Adam schüttelte den Gedanken ab. Er war doch erschöpfter, als ursprünglich gedacht.

Noch nie hatte er Bethune so verstört und unbehaglich gesehen. Sein Blick blieb an dem verrutschten Halstuch und an den Weinflecken auf seinem Ärmel haften: braunrot wie getrocknetes Blut.

Der Admiral starrte ihn an. »Gibt's nichts zu berichten?« Wie stets wartete er die Antwort nicht ab. »Gut, aber ich bin kein Gedankenleser, müssen Sie wissen!«

Erst jetzt merkte Adam, daß auch Troubridge zugegen war, auf den Knien neben einem der exquisiten Lederkoffer des Admirals. Er sah nicht auf.

Ruhig sagte Adam: »Die dringendsten Reparaturen sind in Arbeit, Sir Graham. Ich schicke beide Wachen zum Frühstück. Sie haben sich gut gehalten, sehr gut.«

Bethune musterte ihn, als suche er nach einer anderen Erklärung.

Er sagte: »Ich saß hier unten wie ein Tier im Käfig, bei Gott! Fast habe ich Sie darum beneidet, daß Sie das Schiff führen und die Leute bei der Stange halten konnten.« Er gestattete sich ein kurzes, humorloses Auflachen. »Hätte nie geglaubt, mich jemals so etwas sagen zu hören. Aber wenn man so eingesperrt ist, tja, dann kommen einem die verrücktesten Gedanken.«

Adam sah sich in der Tageskajüte um. Alle Möbelstücke gesichert, der kostbare Schreibtisch mit einem Öltuch abgedeckt für den Fall, daß eine See die Fenster zerschmetterte und alles überschwemmte.

Bethune wußte nicht – oder vielleicht kümmerte es ihn auch nicht –, daß andere Kabinen und die halbe Offiziersmesse während des langen Umbaus geopfert worden waren, um die *Athena* in ein Flaggschiff zu verwandeln, mit genug Platz für den ersten Admiral, den sie jemals beförderte. Von »eingesperrt« konnte also kaum die Rede sein.

Bethune schnippte mit den Fingern, und ein Diener eilte herbei, um einen Stuhl abzudecken.

»Wie stehen unsere Chancen für ein Rendezvous mit

der ...« Wieder schnippte er mit den Fingern, und Troubridge rief vom offenen Koffer her: »Mit der *Villa de Bilbao*, Sir Graham.«

Bethune lehnte sich so langsam zurück, als schmerze ihn die Stuhllehne. »Also, wie stehen unsere Chancen, ganz allgemein gesagt?«

»Sie ist ein gesundes Schiff, Sir Graham, und mit erfahrenen Seeleuten bemannt. Lauter Freiwillige. Pointer hat das Kommando und seinen Zweiten von der *Lotus* als Unterstützung. Grimes gehörte zur ursprünglichen Prisenbesatzung und ist mehr als tüchtig.«

Bethune beugte sich vor, als wolle er Troubridge beobachten. »Ja, richtig, Kapitänleutnant Pointer, muß es jetzt wohl heißen.« Das klang wie ein Vorwurf.

Adam fuhr fort: »Er muß bald in Sicht kommen, Sir Graham. Schließlich ist die Taktik, die wir ausgearbeitet haben, alles andere als einfach.«

Bethune rieb sich das Kinn. »Pointer wird sich nach San José hinein flüchten, als würde er von der *Audacity* verfolgt. Oder von der *Hostile*, falls Kapitän Munro durch den Sturm oder sonst etwas aufgehalten wurde. Wir bleiben jedenfalls in der Nähe für den Fall, daß die Sklavenhändler einen Ausbruch versuchen.« Langsam trommelten seine Finger auf der Armlehne. »Also? Wie stehen unsere Chancen, Ihrer Ansicht nach?«

»Ich bezweifle, daß es im Gebiet von San José rege Küstenschiffahrt gibt. Es ist eine gefährliche Küste, und die Sklavenhändler gehen kein unnötiges Risiko ein.« Aus dem Augenwinkel sah er, daß Troubridge eine Kofferecke umklammerte. Als Warnung? »Es sei denn, sie seien schon alarmiert worden, natürlich.«

Bethune ging nicht darauf ein.

»Das Wetter ist unser Verbündeter, sagten Sie? Vielleicht stimmt das ... Aber ich will Sie nicht aufhalten, Adam. Ich habe nicht vergessen, was es heißt, an Deck zu stehen und sich nur auf sich selbst verlassen zu können.« Jetzt gab er sich fast leutselig. »Wenn Ihre Pflichten es erlauben, essen Sie heute mit mir zu Abend, ja?« Und an die Kajüte im allgemeinen: »Nur wir beide.«

Langsam erklomm Adam den Niedergang zum Achterdeck.

Der Himmel hatte sich weiter aufgeklart, der Horizont schimmerte wie Kupfer. Weit und breit war kein Lebenszeichen zu sehen.

Durch die Wanten und Stage und vorbei an den kaum gefüllten Toppsegeln blickte er zum Admiralswimpel im Fockmast empor.

Als sei es gestern gewesen, erinnerte er sich an den Aufruhr, den Richard Bolitho in der Admiralität und der ganzen Flotte mit seiner Behauptung verursacht hatte, daß die Tage der Schlachtlinie, dieses Machtsymbols, gezählt seien. Vielleicht begann Bethune, der so lange Jahre im Windschatten der Admiralität gelebt hatte, erst jetzt die Richtigkeit dieses Arguments einzusehen. Bei den Saintes-Inseln, bei Abukir und schließlich bei Trafalgar hatte man zum letzten Mal die großen Geschwader Breitseite gegen Breitseite kämpfen gesehen. Lord Exmouth, insgeheim immer noch ein typischer Fregattenkapitän, mußte das bei Algiers begriffen haben. Risikobereitschaft, Mut und die Dame Fortuna, wie Thomas Herrick sie nannte, hatten seine wahre Stärke ausgemacht.

Bethunes Worte fielen ihm ein: *Das Wetter ist unser Verbündeter, sagten Sie?* Plagten ihn etwa schon Bedenken? Oder Zweifel? Angenommen, der vorgetäuschte Angriff schlug fehl? Oder die Sklavenhändler waren verschwunden? Wie würde es dann um seine Entschlußkraft stehen?

Adam blickte abermals nach oben, weil der Admiralswimpel in einer überraschenden Bö knatterte.

Bethune wußte es – und Troubridge ebenfalls: Falls ihr Plan mißglückte, würde nur *einer* dafür verantwortlich gemacht werden.

Als Adam später zurückkehrte, waren im Quartier des Admirals wieder Ruhe und Frieden eingekehrt. Die Sturmlaschings waren verschwunden, jedes Möbelstück schimmerte im Schein der Kerzen und Laternen.

Bethune war wieder er selbst, elegant, selbstsicher und darauf bedacht, daß sein Gast sich behaglich und willkommen fühlte.

»Der Braten ist wahrscheinlich zäh wie Leder, Adam, aber der Wein ist so gut, daß er die Fehler des Kochs vergessen macht.«

Tolan und zwei andere Diener bedienten unauffällig und lautlos bei Tisch. Langsam entspannte sich Adam. In zwei oder drei Tagen würde die *Athena* unter dem Krachen und dem Rückstoß ihrer Kanonen erbeben, und dabei mußte es – selbst bei einem laufenden Scharmützel – Tote und Verwundete geben. Und die kleine Fregatte *Audacity* würde wahrscheinlich hohe Risiken eingehen müssen, ähnlich denen, die er aus eigener Erfahrung kannte, seit er den Rock des Königs trug.

Abrupt sagte Bethune: »Ach ja, Adam, manchmal vergesse ich, daß Sie Lady Catherine kennen. Wie gut eigentlich?«

Adam wich seinem Blick nicht aus, dachte aber an Troubridges unausgesprochene Warnung und an Tolans Zorn nach seiner Besorgung in English Harbour.

»Sie war sehr gut zu mir«, antwortete er, »als ich Hilfe brauchte. Und Verständnis.«

Bethune tippte sich mit dem leeren Glas an die Lippen. »Ich habe davon gehört. Und sie schenkte Ihnen Richards Abukir-Medaille, was ich für eine noble Geste halte. Hätte das Schicksal anders entschieden, hätte ich sein Geschwader früher übernommen. Dann wäre es vielleicht *ich* gewesen, der in der Schlacht fiel.«

Adam bemühte sich, nicht auf die Schiffsgeräusche zu hören. Stirling war an Deck und würde ihn rufen, falls er ihn brauchte.

Nachdenklich sagte er: »Von Zeit zu Zeit sehen wir alle dem Tod ins Auge, Sir Graham.«

Heftig setzte Bethune sein Glas ab. »Das meine ich nicht. Lady Catherine ist in jeder Beziehung eine bemerkenswerte Frau. Tapfer und warmherzig, was sie auch seinerzeit im offenen Rettungsboot mit den Überlebenden dieses Seelenverkäufers bewiesen hat. Damals hätte ihr alles Mögliche zustoßen können.« Er wedelte mit der Hand, wobei Spitze aus seinem Ärmel quoll. »Ehrlich gesagt, bedeutet sie mir sehr viel.« In seinen Augen, die Adam unverwandt anstarrten, spiegelte sich das Kerzenlicht. »Aber warum erzähle ich Ihnen das? Inwiefern betrifft es Sie?« Er zuckte die Schultern. »Vielleicht weil ich glaube, daß ich dazu verpflichtet bin. Wegen Sir Richard.«

Ruhig sagte Adam: »Baron Sillitoe hat irgendwie mit dem Sklavenhandel zu tun, ob direkt oder indirekt, das wissen wir nicht. Und Lady Catherine fühlt sich in seiner Schuld. Er rettete ihr das Leben, bewahrte ihren Ruf vor Schaden.«

Bethunes Faust krachte auf den Tisch nieder. »Niemand weiß das besser als ich, verdammt noch mal!« Mit fast körperlicher Anstrengung riß er sich zusammen. »Aber Dankbarkeit ist nie genug.«

Ein Blick über die Schulter, und er schnippte mit den Fingern. »Cognac, Tolan«, sagte er. »Und danach lassen Sie uns allein.«

Adam starrte auf seinen Teller nieder. Er hatte gegessen, erinnerte sich aber nicht an den Geschmack oder ob das Fleisch ledrig gewesen war. Nur der Cognac schien ihm real.

»Lady Catherine hat Ihnen gesagt, daß sie nach England zurückkehren will?« fragte er.

»Schließlich und endlich wird sie das wohl tun. Ich hatte gehofft, sie wiederzusehen, wenn dieser sogenannte Feldzug vorbei ist.« Sein Blick wich dem Adams nicht aus. »Unter welchen Umständen, könnte sie selbst bestimmen, aber das war ihr schon immer klar. Ich werde sie niemals verraten, da können Sie sicher sein.«

Adam fragte sich, ob jemals ein Dritter diese Seite Bethunes kennengelernt hatte, geschweige denn Zeuge geworden war, wie er etwas so Wichtiges und Gefährliches äußerte.

Jetzt fuhr er fort: »Wenn Sie diese Kajüte verlassen, wird die Angelegenheit nie mehr erwähnt. Sie sind mein Flaggkapitän – und das ist eigentlich genug. Übergenug, würden manche sagen.« Er machte einen schwachen Versuch zu lächeln. »Aber als *Freund* wüßte ich gern Ihre Meinung.«

Adam glaubte, eine Tür knarren zu hören. Vielleicht lauschte Tolan dahinter und schmiedete eigene Zukunftspläne. Bethunes Ehefrau stammte aus einer reichen und einflußreichen Familie. Falls er eine Affäre hatte, würde sie das nicht auf sich beruhen lassen.

Er hörte sich selbst sagen: »Ich glaube, Catherine wird versucht haben, Sillitoe zu warnen. Obwohl man damit rechnen muß, daß gerade er ständig auf der Hut ist.«

»Warnen? Weil ich ihr die Gefahr vor Augen geführt habe, falls sie auf Antigua bleibt?«

»Es gibt gespaltene Loyalitäten, Sir Graham. Das mußte ich selbst schon erfahren.«

Bethune sprang auf. »Dann habe ich sie in Gefahr gebracht, wollen Sie mir *das* beibringen?« Er trat um den Tisch herum auf Adam zu, wobei sein Rockschoß das Glas zu Boden riß, wo es zersplitterte. »Sagen Sie mir das, Adam – nichts ist mir wichtiger.«

Adam überlegte sich jedes Wort.

»Falls die Schiffe verschwunden sind, wenn wir San José erreichen, ist weiter kein Schaden entstanden – nur unser Ruf und unser Stolz sind beschädigt.«

Bethune umklammerte seine Schulter und stieß ein einziges Wort hervor: »*Meiner!*«

Adam fuhr fort: »Falls nicht, können wir wie geplant vorgehen. Dieser Carneiro wird eine Ausweisung von Kuba nicht riskieren, wenn er es sich in den Kopf gesetzt hat, Brasilien von Portugal, seinem Heimatland, zu trennen. Ob er ein Freiheitskämpfer oder ein Rebell ist, das hängt davon ab, an welchem Ende der Kanone man steht.«

Langsam stieß Bethune die Luft aus.

»Einen alten Kopf auf jungen Schultern haben Sie, Adam. Das sollte mich eigentlich nicht überraschen.«

Er fuhr herum und schenkte Cognac in zwei frische Schwenker ein.

Als er sich Adam wieder zuwandte, blitzten seine Augen vor Erregung, ob wegen des Alkohols oder wegen starker Emotionen, ließ sich nicht sagen.

Auffordernd stieß er sein Glas vor.

»Na denn: auf uns! Auf alle Kommandanten!«

Adam wußte, daß er diesen Moment niemals vergessen würde.

XV Sehnsucht

Das Mädchen namens Lowenna verhielt auf dem steil abfallenden Pfad, der von dem schmalen Küstenweg abwärts führte, und starrte hinaus auf die Falmouth Bay. Man hatte sie vor losen Steinen auf diesem unebenen Weg gewarnt, und bei schlechtem Wetter mochte er tatsächlich heimtückisch sein.

Den kleinen dreieckigen Strand tief unten hatte sie schon mehrmals besucht. Sie hätte nicht sagen können, warum, aber er war ihr ans Herz gewachsen. Immer um diese Zeit, wenn die Tide wechselte, war der Sand hart und glatt, unberührt von den heißhungrigen Möwen. Bald würde das Wasser noch weiter ablaufen, dann reichte er bis zu den großen Sänden zu Füßen des Landvorsprungs.

Die auflandige Brise war kühl, aber sie spürte sie kaum unter dem dicken Mantel, den sie sich von Nancy ausgeliehen hatte.

Langsam stieg sie den restlichen Abhang hinunter und trat auf eine Felsplatte, die wahrscheinlich ein längst vergessener Sturm aus der Klippe gewaschen hatte. Mit ihrer fast ebenen Oberfläche war sie geformt wie ein großer Türstein.

Eine rebellische Haarsträhne unter ihre Kapuze stopfend, blickte sie wieder auf die Bucht hinaus. Um diese Mittagszeit verschwand St. Anthony's Head gegenüber fast im Dunst oder hinter der von See herein wehenden Gischt.

Ein gut geschützter, privater Platz. Sie wußte, wenn sie den Blick hob, konnte sie die Küstenstraße nicht mehr einsehen. Auch der Stallbursche, der ihr Pony und Elizabeths Pferd hielt, würde nicht zu erkennen sein. Doch sie spürte, daß Richards Tochter sie beobachtete. Ob neugierig oder amüsiert, konnte sie nicht sagen, dazu kannte sie Elizabeth noch nicht lange genug.

Bisher waren sie viermal zusammen ausgeritten, und das Pony Jory hatte sich jedesmal vorbildlich benommen. Seit Menschengedenken lebte es bei den Roxbys. »Aber bald brauchst du ein größeres Pferd mit etwas mehr Temperament«, hatte Elizabeth bemerkt. Sie saß im Sattel wie angewachsen und wußte das auch.

Lowenna setzte sich auf einen Felsen und zog ihre Stiefel aus. Sie waren aus weichem spanischem Leder und paßten ihr perfekt. Oft fragte sie sich, woher Nancy sie wohl hatte.

Langsam erhob sie sich. Jory war zwar ein sanftes Tier, trotzdem spürte sie die Anstrengung, es mit ihren Knien zu lenken. Was hatte sie nur bewogen, mit nackten, gespreizten Beinen in diesen alten Sattel zu steigen?

Doch Elizabeth hatte erklärt, ein Damensattel sei viel zu gefährlich für sie. »Besonders auf diesem Terrain.«

Lowenna sah das ein. Man hatte ihr berichtet, daß der Weg, der eigentlich keiner war, bei Sturm unpassierbar und teilweise weggerissen wurde. Sie machte ein paar Schritte auf dem harten nassen Sand und sah Blasen zwischen ihren Zehen emporquellen. Unter dem Druck ihrer Füße wechselte die Farbe des Sandes von Gold zu Silber. Außerdem war er so kalt, daß sie schauderte.

Der Brief fiel ihr wieder ein, der morgens im Roxbyhaus abgegeben worden war, zerknüllt, gestempelt und gegengestempelt. Sie hatte ihn an ihre Wangen, ihre Lippen gepreßt. Er schmeckte sogar nach der See, nach Adam. Doch es war etwas anderes, die Schiffe nach Falmouth oder auf die Reede von Carrick einlaufen zu sehen. Das rief in ihr die Erinnerung wach an jene wenigen, verzweifelt kostbaren Momente.

Der Brief brachte ihr Adam wieder zurück. Sie hatte ihn dreimal gelesen, und Nancy hatte dazu geschwiegen, hatte nicht einmal etwas gesagt, als sie sich ohne zu frühstücken mit Elizabeth bei den Pferden getroffen hatte.

Ihr war, als hörte sie seine Stimme. Als könnte sie dieses leichte Lächeln sehen, seine Hand auf ihrer spüren.

Sie kultivierte förmlich das Andenken an ihre letzte gemeinsame Stunde. An ihre Nervosität, ihre Angst und schließlich an das wilde, nicht zu beherrschende Verlangen, von dem sie geglaubt hatte, daß sie es niemals erleben würde.

Adam schrieb nur wenig über das Schiff oder über seine Beziehung zu dem Vizeadmiral.

Ich wollte, ich könnte dir diesen Brief selbst überbringen, liebste Lowenna.

Sie stolperte, weil ihre Füße in einer Kuhle mit weicherem Sand einsanken.

Wann würde er nach England heimkehren? Sie mußte ihre Ohren vor jenen Stimmen verschließen, die davon sprachen, daß sich solche Einsätze je nach Lust und Laune eines Politikers oder hohen Offiziers endlos verzögern konnten. Für sie war das immer noch eine fremde Welt, über die sie viel zu grübeln und zu lernen hatte.

Sie wandte sich um und blickte am Steilufer hoch. Den Kopf des Burschen konnte sie über einer Schiefermauer gerade noch sehen, aber sonst nichts.

Was sollte sie bloß tun? Wieder fühlte sie die Panik in sich aufsteigen. *Ich kann doch nicht ewig hier bleiben, obwohl Nancy es mir leicht macht. Ich bin und bleibe eine Fremde, und meine Vergangenheit ist allen gegenwärtig.*

Sie dachte an ihren letzten Besuch in London bei Montagus Anwalt. Das Testament wurde angefochten, und abgesehen davon ... Damals hatte sie auch Sir Gregorys engsten Freund getroffen, Mark Fellowes, der für ein Porträt, das er fertiggestellt hatte, demnächst vom Prinzregenten geehrt werden sollte. Über das Motiv wurde nicht gesprochen.

Fellowes hatte gefragt, ob sie während ihres Aufenthalts in der Stadt für ihn Modell sitzen würde: ein naheliegendes Ansinnen, besonders nach all dem, was Sir Gregory sie gelehrt hatte.

Bei ihrer Rückkehr nach Cornwall hatte Elizabeth das Thema unwissentlich angeschnitten, weil sie offenbar gründlich darüber nachgedacht hatte, in Zusammenhang mit ihren Skizzen der Meerjungfrauen. Zu ihrer eigenen Überraschung hatte Lowenna gesagt: Wenn du Modell stehst, bist du kein Körper mehr, sondern ein Motiv.

Seither war ihr der Satz nicht mehr aus dem Sinn gegangen, besonders wenn sie zuließ, daß die Erinnerung sie ungewappnet überfiel.

Das Atelier lag an der Themse und unterschied sich nicht von seinesgleichen. Mark Fellowes und zwei oder drei seiner Schüler waren zugegen, wie viele genau, wußte sie nicht mehr.

Aber es war wie die Rückkehr eines Albtraums gewesen.

Als sie begonnen hatte, sich zu entkleiden, war in ihrem Inneren ein Damm gebrochen. Wie damals in jenem anderen Atelier, wo sie fast den Mann erschlagen hätte, der sie wie eine gemeine Hure erniedrigen wollte.

Ich hätte ihn töten können ...

Deshalb war sie aus dem Atelier geflohen. Später hatte Fellowes ihr geschrieben, aber sie wußte nicht, was sie ihm antworten sollte.

Ich fühlte mich nicht als Motiv. Ich fühlte mich als Frau aus Fleisch und Blut.

Jetzt hörte sie Schritte auf dem nassen Sand und fragte sich, was Elizabeth von ihr halten würde, könnte sie ihre Gedanken lesen.

»Was ist los?«

Elizabeth flüsterte: »Dieser Kerl – ich mag ihn nicht.«

Erst jetzt erkannte Lowenna, daß sich unterhalb des Pfads noch eine dritte Gestalt bewegte.

Bei Bryan Fergusons Begräbnis hatte Nancy den Mann ihr vorgestellt, und danach hatte sie ihn auf dem Gut noch einige Male gesehen. Dieser Harry Flinders war Roxbys Steward gewesen und einige Zeit auch sein dienstältester Büttel, als der »König von Cornwall« noch als Richter fungiert hatte. Er war hochgewachsen, kräftig gebaut und hatte das kurzangebundene, sachbezogene Benehmen eines Soldaten. Doch hatte sie gehört, wie der Kutscher Francis, einst selbst Kavallerist, bei Gelegenheit einmal bemerkt hatte: »Soldat – der? So knapp an Leuten waren wir nicht mal, als Boney auf dem anderen Kanalufer stand.« Offenbar nicht sehr beliebt, dieser Flinders. Aber warum Elizabeth?

»Tja, meine Damen, ein bißchen vom Weg abgekommen, wie?«

Lowenna lächelte kühl. »Beobachten Sie uns etwa, Mr. Flinders?«

Um die vierzig Jahre alt, vielleicht älter. Ein Mann, der für sich selbst zu sorgen verstand, ein Mann mit Ehrgeiz.

Sie stellte fest, daß er ihre Stiefel trug.

»Die würde ich nicht dort liegen lassen, Miss Lowenna. Zu viele Langfinger in der Gegend, sogar hier.« Er lachte. »Sie haben noch viel zu lernen, falls ich das sagen darf.« Wieder dieses Auflachen. »Und dazu noch barfuß!«

Lowenna suchte einen Fels und setzte sich. Der Strand war kein geschützter Privatwinkel mehr.

»Ich komme schon klar, danke.« Absichtlich langsam und sorgfältig zog sie die Stiefel an und fühlte die Brise auf ihren nackten Beinen. Als wäre sie wieder im Atelier. Diese Blicke ... Diese Hintergedanken ...

»Ich begleite Sie zur Straße zurück.« Er gab dem Stallburschen oben einen Wink. »Na los, Junge. Es hat sich ausgeträumt!«

Dann wandte er sich um und kniff eine Auge zu. »Obwohl es eine Menge zu träumen gibt, nicht wahr, Miss Lowenna?«

Sie ging an ihm vorbei, in Gedanken bei Adams Brief. Ihr war, als höre sie seine Stimme: Du sollst meine Frau sein, meine Geliebte, meine Freundin.

Oben auf der Klippe deutete Elizabeth nach See hinaus. »Die Fischerboote kehren zurück«, sagte sie. »Laßt uns hinreiten und nach ihnen sehen.« Sie wandte sich nicht um, als Flinders sein Pferd bestieg und grob umwandte.

Leise wiederholte sie: »Ich mag diesen Mann nicht. Er beobachtet uns.«

Lowenna berührte sie an der Schulter und spürte, wie sie zusammenzuckte.

Ruhig sagte sie: »Wenn irgend etwas ist, Elizabeth – laß es mich wissen.«

Schweigend kehrten sie zum Hafen zurück.

Die Gemeindekirche von König Charles dem Märtyrer war fast leer. Jeder, der nichts zu tun hatte, schien unten am Strand zu sein, um den Fischern beim Entladen ihrer Boote zuzusehen. Händler drängten sich vor, um die Aufmerksamkeit des Ausrufers zu erregen, Gastwirte und Hausfrauen suchten am Kai zwischen den Fischkörben nach Schnäppchen.

In der Kirche war es still und zeitlos. Lowenna saß am äußersten Rand eines Kirchenstuhls, eine Hand auf die Balustrade gestützt, und vergegenwärtigte sich den Tag, an dem sie Adam hier getroffen hatte. Genau wie damals strömte Sonnenlicht durch das große Fenster über dem Hochaltar.

Ihr Blick schweifte über die Bankreihen und blieb an

drei oder vier im Gebet gesenkten Köpfen hängen, die vielleicht auch nur die Abgeschiedenheit genossen. Eine winzige Frau im Chorhemd polierte das große marmorne Taufbecken und seine reich geschnitzte Abdeckung, die beide nicht so aussahen, als hätten sie ihre Pflege nötig.

Sie hörte eine Männerstimme aus der Sakristei und Nancys Antwort. Sie hatte den Pastor wegen irgend etwas sprechen wollen und Lowenna gebeten, sie zu begleiten.

Nachdenklich musterte Lowenna die Gedenktafeln mit ihren Inschriften und die in Stein gehauenen Reliefs und Büsten, angeblich den Söhnen Falmouths wie aus dem Gesicht geschnitten. Sie hielten das Gedenken lebendig an Feldzüge in fremden Ländern, an Seeschlachten und Schiffskatastrophen vor der erbarmungslosen kornischen Küste. So mancher Held war hier verewigt. Nancy würden sie an ihre eigene Familie erinnern, an ihren Vater und ihre Brüder, all jene von den Wänden herab blickenden Gesichter im großen grauen Haus.

Unterwegs in der Kutsche hatte sie Lowenna gefragt: »Wie ich hörte, warst du wieder unten an deinem kleinen Strand?« Auf eine Bestätigung wartete sie erst gar nicht. »Flinders hat's mir erzählt. Ihm entgeht nicht viel, mußt du wissen. Er leistet gute Arbeit, ist ehrlich und verläßlich. Aus diesem Grund hat Roxby ihn auch eingestellt.«

Lowenna mußte lächeln. Von ihrem verstorbenen Gatten sprach Nancy stets als »Roxby«, nannte ihn nie beim Vornamen. Als ob er nach wie vor mit seiner einschüchternden Gegenwart unter ihnen weilte. Und weil sie ihn immer noch vermißte.

Nancy hatte ihr anvertraut, daß ihr die beiden aneinandergrenzenden Landgüter Sorge bereiteten. Daniel Yovell war zwar ein Wunder an Stärke gewesen und hatte Bryan Ferguson bei seiner anstrengenden Büroarbeit und den Verhandlungen mit Pächtern und Farmern geholfen. »Aber ich kann nicht erwarten, daß er die ganze

Arbeit übernimmt.« Sie schloß die Trennscheibe zum Kutscher. »Nicht, seit der arme Bryan von uns gegangen ist.«

Sie spürte, daß Yovell nicht gern mit Flinders zusammenarbeitete. Er hatte schon die Absicht geäußert, in der Gemeinde auszuhelfen, weil die Sonntagsschule ganztags und auch an Wochentagen abgehalten werden sollte, als erste in ganz Cornwall.

Etwas mußte geschehen. Anwälte konnten keine Schafe zusammentreiben lassen oder dafür sorgen, daß Schiefer für Schuppen und Mauern gebrochen wurde.

Lowenna rutschte auf der harten Bank herum, denn die Reitstunden hatten ihre Spuren hinterlassen. Mit Abscheu erinnerte sie sich an Flinders' Bemerkung über ihre nackten Füße im Sand.

Aber dann versuchte sie, den Vorfall zu vergessen. Sie war hier nur zu Besuch und hatte kein Recht, sich kritisch einzumischen.

Wieder vergegenwärtigte sie sich Adams Brief, aus dem eine Sehnsucht sprach, die der ihren glich. Konnte man sich jemals an dieses Sehnen gewöhnen und falls ja, ging dann etwas verlustig an innerer Spannung?

»Ah, da bist du ja, meine Liebe!« Nancy kam zur Tür des Kirchenstuhls und blickte sich nach den Schatten und Farbflecken der Glasfenster um. »Wenn du irgendwann mal Zeit hast, mußt du den Pastor besuchen. Er würde dich gern kennenlernen.« So impulsiv wie ein junges Mädchen – oder wie Adam – berührte sie Lowennas Arm. »Am besten noch bevor Adam heimkehrt.«

Lowenna verließ den Kirchenstuhl. »Wenn er nur …« Dann hielt sie inne und packte Nancys Arm. »Was ist denn, Nancy? Stimmt was nicht?«

Nancy schüttelte nur stumm den Kopf. Eine der vereinzelten Gestalten hatte sich erhoben, um die kleine Seitenkapelle mit ihren alten Flaggen und zerschlissenen

Bannern aufzusuchen. Der dunkel gekleidete Mann ging steifbeinig an einem Büchertisch vorbei, und nur sein graues Haar leuchtete in einem Sonnenstrahl fast weiß.

Über die Bankreihen hinweg schien er sie zu bemerken. Nancys Ruf hallte durch die dämmerige Kirche: »Thomas!« Fast klang es wie ein Aufschluchzen. »Thomas Herrick! Sind Sie's wirklich?«

Herrick schob sich an der letzten Barriere vorbei und blickte von einer zur anderen, bevor er Nancys Hand ergriff und ihr Gesicht musterte. Sein Dreispitz fiel unbeachtet auf die Steinplatten. Erst jetzt sah Lowenna, daß er nur einen Arm besaß.

Mit weicher Stimme stellte Nancy vor. »Das ist Thomas Herrick, der beste Freund meines Bruders Richard, der schon vor langer, langer Zeit zu einem Teil unseres Lebens wurde.« Als er ihre Hand an die Lippen hob, blickte sie in das vertraute Gesicht, das jetzt gealtert und gegerbt war wie Leder, in dem aber immer noch dieselben blauen, klaren Augen leuchteten: als verberge sich dahinter der junge Leutnant. Sie lächelte. »Konteradmiral Herrick, muß es jetzt wohl heißen.«

Herrick verbeugte sich vor Lowenna und sagte: »Zu denken, daß wir uns beinahe verfehlt hätten ... Es muß Schicksal sein.«

»Wir haben gehört, daß Sie nach Afrika zurückkehren?« Nancy zögerte. »Heißt das, Sie wollen nichts mehr zu tun haben mit der See, Thomas?«

Herrick ließ ihre Hand los, das Gesicht im Schatten. »Die See will mit *mir* nichts mehr zu tun haben, Lady Roxby.«

»Für Sie Nancy, Thomas. Zwischen uns gibt's weder Rang noch Titel, hier schon gar nicht.«

Herrick las die Gedenktafel, die ihnen am nächsten hing. *Gefallen in der Schlacht – für König und Vaterland.* »Der Mann hatte Glück«, sagte er ohne Verbitterung.

Gemeinsam gingen sie auf das große Portal zu. Lowenna hatte das Gefühl, daß sie hinter dieser Tür eine Menschenmenge erwartete, feindlich und laut. Doch unbehelligt schritt sie neben dem Mann hinaus, der ein Konteradmiral gewesen war, einer aus Adams Welt. Aus ihrer Welt, falls sie sie festhalten konnte.

Herrick berichtete: »Ich schaute im Haus vorbei und wollte Bryan Ferguson bitten, mich hinüber nach Fallowfield zu fahren, zum Wirtshaus. Ich dachte, dort Freunde anzutreffen.« Er verzog das Gesicht, denn der Phantomschmerz im amputierten Arm quälte ihn immer noch. »Als ich von seinem Tod hörte, war mir, als würde eine Tür zugeschlagen. Eigentlich wollte ich nach Plymouth zurück, aber irgend etwas ließ mich hier eintreten.«

Die klaren blauen Augen blickten sich um. »Diese Mauern beherbergen viele Erinnerungen – Nancy.«

»Sie hätten gleich zu uns kommen sollen, Thomas.« Obwohl sie lächelte, schien sie den Tränen nahe zu sein. »Alldays *Hyperion* ist jetzt wahrscheinlich überfüllt, selbst für Freunde, seit so viele Leute auf der neuen Straße vorbeikommen.«

Sie rief nach dem Kutscher.

Herrick machte eine Bewegung, als wolle er sie aufhalten, doch Lowenna sagte: »Bitte lassen Sie sie. Ich bin hier fremd, habe aber schon oft von Ihnen sprechen gehört, immer mit Wärme.«

Herrick blickte auf ihre Hand nieder, die auf seinem Ärmel lag. »Sie sind ein sehr schönes Mädchen.« Leicht hob er das Kinn. »Freut mich, daß Sie beide befreundet sind.«

Langsam schritten sie durch den grellen Sonnenschein, wobei Herrick seine Augen vor dem Glast beschattete.

»Wie ein Boot, das man abtreiben läßt«, sagte er wie zu sich selbst. »So viele Schiffe, so viele tausend Gesichter, guter Wille oder Haß – alles dahin. Ich wußte ja, daß es eines Tages so kommen würde, wußte es seit Monaten, vielleicht seit Jahren. Aber ich konnte mich nicht damit abfinden.«

Er blickte nach oben, weil die Glocken zu läuten begannen. »Bei Richards Hochzeit war ich auch hier. Ebenso John Allday – Sie werden ihn nicht kennen, den Halunken.« Ein halbes Lächeln. »Er war dabei, als Richard fiel. Sagte, daß er nach mir fragte, selbst am Schluß.« Er riß sich zusammen. »Aber schließlich dürften Sie die Bolitho-Saga kennen?«

Lowenna drückte seinen Arm und meinte leise: »Eines Tages werde ich Adam Bolitho heiraten, so Gott will. Dann werde auch ich zu dieser Saga gehören.«

Am Fuß der Treppe blieb Nancy stehen und blickte zu ihnen hoch. »Kommen Sie mit uns, Thomas. Im Haus ist viel Platz.« Sie erkannte das Widerstreben in seinen blauen Augen. Der gute alte Herrick, er würde sich niemals ändern, und sie war plötzlich dankbar dafür.

»Ich will nichts umsonst ...« Er wandte sich um, als der Kutscher und ein Lastenträger der Poststation um die Ecke der Kirche bogen, eine große schwarze Kiste auf einen Handkarren vor sich her schiebend. Wahrscheinlich enthielt sie seinen ganzen weltlichen Besitz, dachte Nancy.

Sie sagte: »Sie kriegen bestimmt nichts umsonst, Sir!«

Dem Kutscher Francis war weder der einfache, schwere Mantel noch der altmodische Dreispitz entgangen. Der Besucher war jedenfalls ein Offizier des Königs, und mehr brauchte Francis nicht.

Lowenna blickte den Fußgängern nach, hörte einen Straßenmusikanten aufspielen und einen fliegenden Händler seine Ware anpreisen. All das wollte sie Adam in ihrem nächsten Brief schildern. Und Nancys Gesichtsausdruck, traurig, aber wunderschön. Doch der würde sich nicht so leicht beschreiben lassen, das wußte sie.

An der Kutsche klappte Francis den Tritt herunter und schob Lowennas Rock beiseite, damit er sich nicht im Wagenschlag verklemmte. Kurz trafen sich dabei ihre Blicke. »Ist doch noch ein guter Tag geworden, Miss Lowenna«, murmelte er dabei. »Besser, als ich dachte.«

Da wußte Lowenna, daß sie keine Fremde mehr war.

Unis Allday überquerte den Hof des Wirtshauses und blickte dabei zum Himmel auf. Nicht viele Wolken, aber ein hartes Blau ohne jede Wärme. Sie zog den Schal fester um ihre Schultern und hörte das Wirtshausschild quietschen, das im Wind von der Falmouth Bay hin und her schwang. Die Nächte wurden immer länger, und für diesen Abend rechnete sie nicht mit vielen Gästen. Aber sie konnten sich nicht beschweren, ganz im Gegenteil. Wenn das Geschäft weiter so florierte, würden sie mehr Personal einstellen müssen. Die neue Straße, die sie aus ihrem Schlafzimmerfenster sehen konnte, brachte ihnen mehr Kundschaft, als sie erwartet hatten.

Auch jetzt noch saßen mehrere Unentwegte im Schankraum und wollten nicht heim. Einige wetteten auf Hufeisenwürfe, andere spannen einfach ihr Garn. Aber alle nickten Unis respektvoll zu, als sie vorbeiging. Manche Fremde probierten gelegentlich, sich bei der Hausherrin Freiheiten herauszunehmen, brachten es aber nicht weiter als bis zum ersten Versuch.

Sie hörte, daß ein einheimischer Händler, der ihres Apfelkuchens wegen vorbeigekommen war, aus der *Gazette* für einige unbedarfte Bauernknechte vorlas, die selbst nicht lesen konnten. Es war der jüngste Bericht aus Afrika, wo zwei Schiffe des Königs mit Sklavenhändlern ins Gefecht gekommen waren, die die Blockade durchbrechen wollten.

Lange vor ihrer Ehe mit John Allday war Unis mit einem Seemann verheiratet gewesen, deshalb waren ihr solche Nachrichten nicht fremd. Doch sie beunruhigten sie, noch mehr, seit Bryan Ferguson nicht weit von ihrem Haus gestorben war. Wie ihr Bruder, der andere John, einmal bemerkt hatte, waren Allday und Ferguson so unzertrennlich gewesen wie Pech und Schwefel.

Als ihr John nach Sir Richard Bolithos Tod die See aufgeben mußte, hatte er mit Fergusons Hilfe die alten Kontakte und Erinnerungen lebendig erhalten. Wenn ein Kriegsschiff Falmouth anlief, dann standen John und sein Freund am Kai und saugten jedes Detail auf, rekapitulierten alle Namen und Häfen. Einmal hatte eine Fregatte, von Allday beobachtet, auf der Reede geankert. Ihr Kommandant hatte ihn bemerkt und einen Fähnrich mit Boot geschickt, um ihn wie einen hochgeachteten Gast an Bord zu holen. Unis sah immer noch sein Gesicht vor sich, als er ihr von dem Vorfall erzählte und auch, daß der junge Offiziersanwärter ihn »Sir« genannt hatte.

Sie sah Jack, ihre jüngste Neuerwerbung, über den Hof zur Kellertür hasten.

Er rief ihr zu: »Sie haben gesagt, ich soll ein neues Faß Bier holen, wenn das alte leer ist.«

»Du bist ein guter Junge, Jack.« Sie wußte aus Erfahrung, daß ihr Mann, wenn er davon erfuhr, das schwere Faß selbst geholt hätte, trotz seiner tiefen Narbe in der Brust. Aber sie hatte sich geschworen, daß dieser große, ungeschlachte Mann keinen Schaden mehr nehmen sollte. Manche hielten ihn für plump, doch er konnte mit seinen harten, vernarbten Händen die feinsten Schiffsmodelle bauen, bei denen jede winzige Spiere, jeder Miniaturblock an der richtigen Stelle saßen.

Sie wischte eine Spur Mehl von ihrem nackten Ellbogen und lächelte in sich hinein. Und ebendieser Mann hatte ihr die kleine Kate geschenkt. Die inzwischen längst nicht mehr klein war ...

Zwei weitere Handelsreisende ritten lärmend vom Hof.

Mit ihren Hüten winkten sie zum Abschied der zierlichen Frau zu, die das *Hyperion* zum beliebtesten Wirtshaus zwischen Falmouth und Helston gemacht hatte.

Sie dachte an die junge Frau, die bei Lady Roxby wohnte, an Lowenna. Nach Bryans Tod hatte ihr John sie kennengelernt. Wunderschön sei sie, hatte er gesagt und zwei Angetrunkenen mit Rausschmiß gedroht, die irgendeinen alten Skandal über sie breittreten wollten.

Natürlich wurde in einem Wirthaus getratscht. Aber es hieß, Kapitän Adam wollte Lowenna heiraten. Ihr wurde weich ums Herz.

Das wäre genau das, was das alte Haus braucht. Sie wandte sich um, als sie Alldays Stimme aus dem Stall hörte. *Was wir alle brauchen.*

Hände in die Hüften gestemmt, sah Allday zu, wie drei Pferde für die nächsten Aufbrechenden vorgeführt wurden.

»Das sind jetzt alle, Unis. Ich helf' dir gleich in der Küche, bevor der Müllmann kommt.« Er runzelte die Stirn. »Bin nicht böse, wenn ich das Heck von dem da sehe.«

Er meinte Harry Flinders, den Steward von Roxby, der bis vor kurzem ein seltener Besucher in Fallowfield gewesen war: immer höflich und zuvorkommend, aber nicht beliebt bei den Einheimischen.

Geschmeidig drehte er sich im Sattel um und zog den Hut vor Unis.

»Ich erzähle allen meinen Freunden, daß man an der Falmouth Bay nirgendwo besser einkehren kann als bei Ihnen.« Grinsend zeigte er sein starkes Gebiß, stark wie der Mann selbst. Und zu Allday: »Gestern ankerte ein Franzose auf der Reede von Carrick. Ich dachte eigentlich, daß Sie kommen und ihn sich ansehen würden. War 'ne Menge alter Seehunde am Kai.«

»Der Tag, an dem ich 'nem Franzmann die Hand drükke, muß erst noch kommen, Mister Flinders.«

Flinders schüttelte den Kopf. »Der Krieg ist doch aus und vorbei, Mann.«

Allday blieb ruhig. »Das weiß ich selber. Weil nämlich Jan Maaten wie ich ihn gewonnen haben. Punktum.«

Die Pferde klapperten auf die Straße hinaus, und Flinders zog abermals den Hut, diesmal vor dem schwarzhaarigen Mädchen Nessa, die zur Familie gehörte, seit ihre Eltern sie verstoßen hatten. Unis hatte schon bemerkt, daß sie Flinders ignorierte.

Der sollte bei Nessa lieber vorsichtig sein.

Allday brütete immer noch gereizt vor sich hin, aber er mußte ihre Gedanken erraten haben. »Der glaubt wohl, mit seinem guten Aussehen bringt er jede Frau zum Sabbern«, knurrte er.

Unis packte Alldays Arm und sank laut lachend an seine Brust.

Lowenna öffnete weit die Augen und blieb ganz still liegen. Was sie geweckt hatte, wußte sie nicht. Einen Augenblick dachte sie irrtümlich, es sei schon Morgen, und sie hätte verschlafen.

Langsam nahm das große hohe Zimmer um sie herum Konturen an. Im Haus war es totenstill, aber fast taghell. Ein Wunder, daß sie überhaupt eingeschlafen war, doch das gute Essen, der Wein und die fesselnde Unterhaltung hatten ihr Teil dazu beigetragen.

Sie schwang die Beine aus dem Bett und trat ans Fenster. Der Vollmond schien den ganzen Himmel zu füllen und die Sterne fast auszulöschen. Vorsichtig öffnete sie einen Flügel und spürte den Luftzug am Körper, nicht kalt, wie um diese Jahreszeit zu erwarten, aber frisch. Darüber fiel ihr ein, wie vergnügt Nancy Thomas Herricks Erzählungen gelauscht hatte.

Es kam ihr seltsam vor, daß ein Mann, der fast zum Leben der Bolithos gehörte, so zurückhaltend, ja schüchtern blieb, bis Nancy einen Namen oder Vorfall erwähnte, über den sie beide ins Erzählen gerieten.

Durch Montagu hatte Lowenna mehrfach hohe Offiziere kennengelernt, vom Heer wie von der Marine, und den Eindruck gewonnen, daß sie höchst selbstsicher waren, eine Eigenschaft, die sich später auch in ihrem Porträt ausdrückte. Doch Herrick war anders. Bescheiden bis zur Demut, sprach er offen über seine geringe Herkunft und seine Überraschung darüber, daß ihm schließlich doch das Offizierspatent verliehen worden war, die eine große Sehnsucht, die ihn sein ganzes Leben lang nie verlassen hatte. Während die Holzscheite im Kamin verglommen, hatte er von den Schiffen erzählt, auf denen er im Lauf der Jahre gefahren war, und von den Schlachten, an denen er teilgenommen hatte. Alles mit dem Eifer und Geschick eines Malers vor der neuen Leinwand, ohne Pathos oder Bluff. Die Bilder, die er heraufbeschwor, waren so plastisch, daß die Frauen zu sehen glaubten, was er gesehen hatte, und zu hören – wie den Kanonendonner in der Ferne. Aus Namen wurden Gesichter, und Herricks Augen glänzten, wenn er beschrieb, wie ein Admiral oder ein gemeiner Matrose sein Leben beeinflußt hatten. In einem Sturm auf See, beim fröhlichen Entspannen nach der Knochenarbeit und wenn der Grog in Strömen floß, wie er es ausdrückte.

Und immer wieder kam er auf Richard Bolitho zurück, als sei er stets dabeigewesen. *Wie ich und Adam. Bleib bei mir...*

»Ich war auch dabei, drüben im alten Haus«, erzählte er, den Blick auf Nancy gerichtet, »als Ihr Vater den alten Säbel holte und ihn Richard überreichte.« Er senkte den Blick auf seinen leeren Ärmel und fuhr leise fort: »Auf der ganzen weiten Erde gab es keinen besseren Mann.« Dann hielt er inne. »Bitte um Nachsicht, meine Damen. Aber dieser Wein ist schuld an meiner losen Zunge.«

Geschickt hatte Nancy den richtigen Moment abgepaßt. »Sie kehren nach Plymouth zurück, Thomas, schon in den nächsten Tagen?«

Er nickte, offenbar in dem Versuch, sich den Realitäten seines Lebens zu stellen, seiner unmittelbaren Zukunft.

»Ich soll einen Bericht für Ihre Lordschaften verfassen.« Wieder dieses schmerzliche Schulterzucken. »Über den Sklavenhandel und die Schritte, die dagegen unternommen werden müssen. Danach …«

Nancy hob ihr Glas und trank einen Schluck Wein. Dann begann sie, sorgsam die Worte wählend: »Sie haben einiges vom Besitz der Bolithos gesehen, das Wohnhaus, die Ländereien … Dabei können Ihnen die täglichen Schwierigkeiten nicht entgangen sein, mit den Pächtern, dem Vieh, ganz zu schweigen von den Problemen, welche die neue Straße mit sich bringt. Zu viele kräftige Männer mußten in den Krieg ziehen, zu wenige sind zurückgekehrt, um sich des Landes anzunehmen.«

»Die Klagen darüber habe ich oft genug gehört. Ich war zwar mein Lebtag lang Seemann, aber die Probleme sind mir nicht fremd.«

Impulsiv griff Nancy nach seiner Hand.

»Dann bleiben Sie bei uns, Thomas. Helfen Sie uns. Wen gäbe es Besseren als Sie, den Weg für Lowenna und für Adam vorzubereiten, wenn er eines Tages nach Hause kommt?«

Herrick hatte sie angestarrt, als hätte er sich verhört.

»Aber ich habe nicht die richtige Ausbildung, nicht genug Erfahrung!«

Nancy ließ seine Hand nicht los. »Mein Vater hat einmal gesagt – ich weiß nicht mehr, aus welchem Anlaß –, jeder Mann, der ein Schiff des König befehligen kann, jeder Mann mit diesem angestammten Sinn für Ordnung, Disziplin und Loyalität, sollte auch imstande sein, die Welt zu regieren!«

Herricks Blick wanderte von Nancy zu Lowenna, als müsse er sich vergewissern.

»Ich brauche keine Almosen, Mylady«, sagte er, »nichts, was mich aus dem Kurs bringt ...«

Nancy schüttelte den Kopf. »Manchmal treiben Sie mich zur Verzweiflung, Thomas. Wie heißt es bei uns im Norden? Für nichts gibt's nichts – und für einen Penny nicht viel! Nehmen Sie an, Thomas? Bleiben Sie bei uns?«

»Und wenn ich Sie alle enttäusche ...«

Nancy unterbrach ihn. »Die Leute hier vergessen nicht so schnell. Viele kennen und achten Sie. Das Recht auf ein friedliches Leben haben Sie mehr als verdient.« Sie zögerte. »Und auf ein Leben unter Menschen, denen Sie viel bedeuten.«

Mit einer neuen Flasche Wein wurde die Vereinbarung besiegelt.

Lowenna öffnete das Schlafzimmerfenster noch weiter und starrte in den tiefen Schatten unter den Bäumen. In dieser Richtung lag das alte Glebe-Haus. Was würde aus ihm werden? Wenn Sir Gregorys Testament vollstreckt war, wurde die Ruine vielleicht abgerissen. Und vergessen.

Fröstelnd trat sie zu dem kleinen Tisch, auf dem eine Vase mit Rosen stand.

Sie ließ ihr Gesicht von den Blütenblättern streicheln und fühlte Feuchtigkeit auf der Haut. Wie damals ihre Tränen, als sie sich zum letzten Mal liebkost hatten.

Der hohe Spiegel neben dem Fenster zeigte ihr Bild von Kopf bis Fuß. Nein, es würde nicht das letzte Mal sein – irgendwann mußte Adam ja heimkehren. Wie das Schiff und die Meerjungfrauen. Heimkehren ...

Gemeinsam würden sie wieder durch das alte Haus schlendern. Nicht nur im Traum.

Herrick hatte von der Karibik erzählt, hatte Namen,

Orte und Erlebnisse erwähnt, die Adam ein Begriff sein mußten. Die er ihr beschreiben würde.

Langsam wandte sie sich voll dem Spiegel zu, löste das Band, das ihr Nachthemd zusammenhielt, und beobachtete gelassen, wie es zu ihren Füßen niedersank. Im silbernen Mondlicht stand sie da wie eine Statue, und ihre nackten Schultern schimmerten, als sie die Rosen aus der Vase nahm und an ihre Brust drückte.

Wie lange sie so verharrte, konnte sie nicht sagen. Keine Bewegung, kein Geräusch lenkten sie ab. Sie hätte allein im Haus sein können.

Doch dann glaubte sie, einen Schrei zu hören. Jemand hatte einen Namen gerufen. *Seinen* Namen.

Da preßte sie die Rosen fest an ihren Körper und sah das Blut auf ihren Fingern – wie damals.

Die Erkenntnis kam ihr so unvermittelt, daß sie fast aufgeschrien hätte. Sie schlug die Hand vor den Mund und schmeckte das Blut.

Es ging nicht um Zukünftiges. Nein, es geschah jetzt. Adam war in Gefahr.

Wieder starrte sie in den Spiegel und sah eine Hand nach ihrem Körper greifen.

»Adam!«

Da bekam sie Angst.

XVI Keine Trommeln – keine Warnung

»Schiff ist klar zum Gefecht, Sir. Alle Pumpen bemannt, die Boote ausgesetzt und in Schlepp.«

»Danke, Mr. Stirling. Das war flotte Arbeit.« Adams Fäuste unter seinem Rock entspannten sich; erst jetzt merkte er, wie fest er sie geballt hatte. Die hohe Gestalt des Ersten Offiziers war nur ein Schemen an der Achterdecksreling, seine kräftige Stimme klang formell, gelassen, ohne jeden Unterton von Zweifel oder Nervosität. Vielleicht war das seine Stärke.

Adam wandte sich ab und starrte in die Dunkelheit. *Das, was ich brauche.*

Trotz aller Sorgfalt und Kontrolle hatte jedes Geräusch übertrieben laut geklungen, als Matrosen und Seesoldaten an und unter Deck herumgekrochen waren, um das Schiff für alle Fälle gefechtsklar zu machen. Zwischenwände waren abgeschlagen worden, damit vom Bug bis zum Heck ein offener Raum entstand. Überflüssiges Messegerät war über Bord gekippt und jede Kanonenlasching wieder und wieder überprüft worden; Pulversäckchen und Kugeln lagen bereit. Tastgefühl, Vertrautheit, hartes Training, Geschicklichkeit und eine Kopfnuß hie und da hatten dafür gesorgt. Neben einem der langen Achtzehnpfünder hatte jemand eine Handspake an Deck fallen lassen. Außerhalb des sich sanft wiegenden Rumpfes hätte niemand das Poltern gehört, doch für die Männer an Deck klang es wie ein Donnerschlag.

Selbst das Kompaßlicht, das schon wenige Schritte entfernt nicht mehr zu sehen war, schien zu strahlen wie ein Leuchtfeuer, wurde aber nur von den Augen des Gefechts-Rudergängers reflektiert.

Im Geist sah Adam die *Athena* auf ihrem Südwestkurs langsam durch die leere See ziehen. Ihr einziger Begleiter, die Fregatte *Hostile*, hielt sich weit in Luv, jederzeit bereit, hinab zu stoßen und ihrem Flaggschiff zu Hilfe zu kommen, sollte ein fremdes Fahrzeug, ob Freund oder Feind, bei Anbruch der Morgendämmerung in Sicht kommen.

Doch bis dahin konnte es noch Stunden dauern, denn die Mittelwache war erst zur Hälfte vergangen. Es kam Adam unheimlich vor, die Leute um sich herum nur zu spüren, nicht zu sehen. Gesichter, die er kennengelernt hatte – manche besser als andere –, blieben auch im Dunkeln immer auf Distanz. Damit mußte sich ein Kommandant abfinden.

Schwer zu glauben, daß sich über vierhundert Seelen unter und rund um ihn verteilten, von denen jeder auf seine eigene Art die Entfernung zum Land abschätzte, das Stunde um Stunde zu beiden Seiten immer näher kam. Die alten Fahrensleute schworen, daß sie es riechen konnten; die Erfahrenen wie der Segelmeister Fraser und der Bootsmann Mudge registrierten die Gefahrenstellen, als wären es Vermerke auf der Seekarte.

Adam hörte Stiefel auf den feuchten Planken und Leutnant Kirkland von den Royal Marines mit einem seiner Sergeanten flüstern. *Athena*s Seesoldaten waren zur Hälfte auf die *Villa de Bilbao* transferiert worden, um die Angreifer zu unterstützen. Zweifellos fragte sich Kirkland jetzt, was geschehen würde, falls sein Vorgesetzter, der leutselige Hauptmann Souter, nach dem Angriff nicht mehr zurückkehre.

Adam ging die wenigen Schritte zur Luvreling und wieder zurück. Vielleicht hatten die Sklavenhändler San José bereits verlassen; was würde Bethune dann unternehmen? Und wie konnte der Vizeadmiral auf einem derart überfüllten Schiff seine Distanz wahren? Sein Optimismus war verschwunden, sein Benehmen kurzangebunden, vor allem gegenüber seinem jungen Flaggleutnant.

Adam lockerte die Finger, die sich schon wieder zur Faust geballt hatten. Es war ein wilder Angriffsplan, aber ihnen blieb nichts anderes übrig. Er stellte sich das Rendezvous mit dem erbeuteten Schiff und der Fregatte *Audacity* vor: ein wilder Plan in der Tat, aber bisher waren Zeit und Wetter auf ihrer Seite gewesen.

Er fragte sich, was *Audacity*s Kommandant wohl dachte, während er aufs erste Tageslicht wartete. Und was der junge David Napier in seiner neuen Rolle empfand.

War sie das, was sich David gewünscht hatte, oder diente sie nur seiner eigenen Genugtuung?

Adam strich über die Goldlitze auf seinem Ärmel. Es war sein bester Rock, angefertigt vom selben Schneider in Plymouth, der mitgeholfen hatte, einen eifrigen Jungen in einen Offizier des Königs zu verwandeln.

Langsam ging er an Deck hin und her, wobei seine Füße wie aus eigenem Zutun den Taljen und Ringbolzen auswichen.

Eine Schlachtlinie würde es nicht geben, und auch kein langes Kräftemessen Schiff gegen Schiff – wie früher.

Ein Rat seines Onkels fiel ihm wieder ein: »Sie werden dich sehen wollen, Adam. Dich, ihren Kommandanten. Sie wollen sehen, daß du bei ihnen bist, wenn ihnen das Eisen um die Ohren fliegt.«

Wieder berührte er die Litze und spürte, wie seine Kinnbacken sich verkrampften. Stolz oder Eitelkeit? Fast konnte er James Tyackes Stimme hören: *Und wozu das alles?*

Er spürte jemanden an sich vorbeistreichen und wußte, das war Jago.

»Das Warten fällt immer schwer, Luke.«

Jago musterte ihn im Dunkeln. *Also macht es auch ihm zu schaffen.* Die hoch über ihnen aufragende Takelage, das Geklapper der Blöcke und Jungfern, das gelegentliche

Knallen der Segel in einer raumen Bö gaben ihnen die Illusion, ein Geisterschiff ins Nichts zu führen. Doch Jago nutzte seine Freiheit, nach Belieben zu kommen oder zu gehen, um sich der Realität zu vergewissern: mit einer Kurslinie auf der Karte, der leisen Diskussion des Segelmeisters mit einem Gehilfen, mit dem Kommandanten. Wahrscheinlich war alles nur viel Lärm um nichts. Jago widerte es zwar an, wie die Sklaven behandelt wurden. Aber so war das Leben nun mal. Einen Seemann ging das nichts an, und vor allem lohnte es sich nicht, dafür zu sterben. Oder etwa doch?

Er dachte an den jungen Napier, der irgendwo vor ihnen auf der kleinen *Audacity* fuhr. Er hatte sich gut gehalten, in jeder Hinsicht, und dabei war er doch nur eine Hundewache lang an Bord gewesen. Jago lächelte in sich hinein. Mister Napier, wahrhaftig!

Adam rief: »Übernehmen Sie, Mr. Stirling. Ich gehe für eine Weile unter Deck.« Ein kurzes Zögern, dann wandte er sich an Jago. »Begleite mich.«

Jago folgte Adam den Niedergang hinunter. Dasselbe Schiff, und jetzt doch so fremd. Er hätte es eigentlich gewohnt sein müssen. Wie viele Gefechte hatte er schon erlebt? Manchmal brachte er die Schiffe und die Menschen in seiner Erinnerung durcheinander. Schuld daran waren der Lärm und die Erregung der Schlacht und vor allem der Schmerz. Nur für die Angst blieb nie genug Zeit. Er grinste. Dafür sorgten schon die vermaledeiten Offiziere!

Adam schritt vorbei an den Kanonen und hörte das leise Knirschen der Brocktaue, wenn der Rumpf in Wind und See arbeitete und das Wasser unter den dicht verschlossenen Stückpforten dagegen klatschte. Winzige Blendlaternen beleuchteten die ausgestreckten Gestalten der wartenden Stückmannschaften. Die Luft unter Deck war dumpf und feucht, deshalb hatten die meisten ihre Hemden ausgezogen, so daß ihre Oberkörper im Zwielicht wie Skulpturen glänzten.

Füße scharrten und Köpfe hoben sich, als die Männer begriffen, daß ihr Kommandant wieder einmal auf einer seiner unangekündigten Runden war. Manche fragten sich, warum er sich überhaupt die Mühe machte, wenn doch sein Wort sowieso Gesetz war und für jeden Tod oder Leben bedeuten konnte. Und warum er Paradeuniform trug, obwohl sie ihn, wenn es soweit war, für die Scharfschützen zum leichten Ziel machte. Andere hatten das schon erfahren müssen, darunter auch sein berühmter Onkel und sogar Nelson selbst.

Eine Stimme rief: »Werden wir kämpfen, Sir?«

Adam blieb stehen. »Ein Landsmann aus Cornwall, wie?«

Der Mann grinste breit. »Aus Helston, Sir, nicht weit von Ihrem Anteil an Gottes eigenem Land.«

Jago beugte sich vor, um besser zu hören. Er wollte daran teilhaben wie damals vor Algiers, als er Adams Gesichtsausdruck nach dem Gefecht studiert und hinter das geblickt hatte, was man allgemein Mut nannte.

Adams Augen glitten über die schwarzen Lafetten, die Pulverladungen und die Kugeln. Verschwunden waren die Messetische, die normalerweise zwischen den Kanonen standen. Dazu Alltagsgeräte wie die Haken, an denen jedermann seine Hängematte aufhängen konnte: überfüllt – und dennoch eine Summe von Individuen.

Zwar befanden sie sich nicht im Krieg, trotzdem zogen sie gegen einen fremden Feind zu Felde. Und für den gemeinen Matrosen machte das keinen Unterschied, wenn erst die Kanonen ausgefahren waren.

Jago fielen die an Land Gestrandeten ein, die im Frieden von niemandem gebraucht wurden. Am Kai und auf der Pier hatte er so viele von ihnen gesehen, wie sie die Schiffe beobachteten und mit jedem Krug Bier wieder

»die Lampe schwangen«. Hatten sie etwa vergessen, wie sie die Marine verflucht hatten und ihre Vorgesetzten, die in schmucken Uniformen auf dem Achterdeck herumstolziert waren?

Ruhig sagte Adam: »Wir werden kämpfen, denke ich. Der Feind kennt keine Nationalität und auch kein höheres Ziel außer Habgier und Tyrannei auf Kosten der Hilflosen. Denkt immer daran, wenn es soweit ist.«

Der Mann aus Helston rief ihnen nach: »Wir kornischen Jungs werden's denen schon zeigen, Käpt'n!«

Sie brachen in Jubel aus, in den auch die Leute an den Kanonen gegenüber einstimmten, obwohl sie kein Wort von dem verstanden hatten, was ihr Kommandant gesagt hatte.

Ein Fähnrich wand sich zwischen den Kanonen hindurch, und als er Adams Blick aufgefangen hatte, sagte er: »'tschuldigung, Käpt'n, aber Sir Graham läßt sich empfehlen und fragen, ob Sie ihn achtern aufsuchen können?«

»Danke, Mr. Manners. Ich komme sofort.« Ein junges eifriges Gesicht. So animiert, als wäre ihm gerade eine Inspiration zuteil geworden.

Jago begleitete Adam zum Hauptniedergang. Jenseits der schwachen Lichtkreise lag das Deck im Dunkeln. Wartend.

Da merkte er, daß Bolitho sich ihm zugewandt hatte, so nachdenklich, als wären sie allein und das Schiff von allen Leuten verlassen.

»Ist das alles, was sie brauchen, Luke? Manche wissen nicht einmal, warum wir hier sind und warum einige von ihnen sterben müssen, was zweifellos der Fall sein wird.«

Jago stellte sich der Frage, denn er wußte, die Antwort war für sie beide wichtig.

»Sie haben wahr gesprochen, Käpt'n. Jemand muß es tun, und wenn nicht wir, dann irgendein anderer armer

Macker. So ist nun mal der Lauf der Dinge, und nichts kann das ändern.«

Adam ergriff seinen Arm. »Dann wollen wir's anpakken, einverstanden?«

Ob einverstanden oder nicht, das Schiff war kampfbereit.

Schmerzlich verzog Leutnant Francis Troubridge das Gesicht, als er sich das Schienbein an einem Faß stieß, das ans Lukensüll gelascht war. Er hatte gehört, wie der Erste Offizier befahl, für die Brandbekämpfung jedes entbehrliche Faß und jeden Eimer mit Seewasser zu füllen. Selbst die leeren Bootslager waren mit Planen ausgekleidet und voll Wasser gepumpt worden.

Er hatte Stückmeister Petch danach gefragt. Wäre es hell genug gewesen, um den Ausdruck auf seinem wettergegerbten Gesicht zu erkennen, wäre ihm dessen Belustigung aufgefallen. Oder ein gewisses Mitleid. Der alte Petch, der sein Lebtag lang zur See gefahren war – seit seinem neunten Lebensjahr, ging das Gerücht –, hatte an mehreren großen Schlachten teilgenommen und war bei Trafalgar auf der *Bellerophon* Stückführer gewesen, mitten im dicksten Getümmel.

Jetzt würde Petch auf seinen alten Filzlatschen unten durchs Pulvermagazin schlurfen – Filz, damit auch ja kein Funke entstand. Einer hätte schon gereicht, das ganze Schiff in die Luft zu jagen.

»Die Strolche haben vielleicht ihre Essen angeheizt, wenn wir kommen«, hatte er gesagt und den grauen Kopf geschüttelt. »Glühende Kugeln können verdammt gefährlich sein, Sir.«

Troubridge hatte schon auf einem Linienschiff gedient, auf der *Superb* unter dem berühmten Kapitän Keats. Nie hatte er vergessen, wie sie zum erstenmal gefechtsklar gemacht hatten: diese Hochstimmung, diese vibrierenden Nerven, als triebe er auf einer Stromschnelle davon. Männer, die auf ihre Stationen rannten, Befehlsgebrüll von allen Seiten, das Zwitschern der Bootsmannspfeifen – und über allem das drängende, beharrliche Rasseln der Trommeln. Aber diesmal nicht.

Auch Petch und manche seiner Kumpel hatten das viele Male erlebt; hatten gesehen, wie ihre Messekameraden und Kanoniere, wie Matrosen und Seesoldaten zu einer Kampfeinheit verschmolzen, wie zu einer einzigen Waffe. Troubridge war damals auf der *Superb* erst Kadett gewesen, doch die einschüchternde Erregung des Moments hatte sich ihm unauslöschlich eingeprägt.

Er erreichte das Achterdeck und tastete sich nach achtern zur Poop.

Hier war alles anders. So unwirklich. Das Schiff, das durch eine See ohne Horizont oder Sterne preschte. Vorbeihastende Gestalten, gedämpfte Stimmen, keuchend wie alte Männer, die nach Leinen und kaltem Metall grapschten, angespornt durch harte Fäuste und geflüsterte Drohungen.

»Hier entlang, Sir.« Der Kabinensteward Bowles tauchte wie aus dem Nichts auf und zupfte ihn am Ärmel.

Troubridge fand seinen Weg in die Kajüte und sah sich um. Zwei Zwölfpfünder nahmen jetzt den Wohnraum des Kommandanten ein. Die Trennwände waren verschwunden, der Raum, wo sie sich unterhalten, einen Schluck getrunken oder gelegentlich von daheim gesprochen hatten, war nur mehr ein Teil des weiten Rumpfgehäuses. Er dachte an das Porträt, das hier gehangen hatte, an das Gesicht, das er gesehen hatte, als er mit Bolitho in das schäbige Londoner Studio geplatzt war. An den wunderschönen, hilflos angeketteten Körper in Erwartung seines Schicksals. Bowles fuhr herum und sah ihn an, woraus er schloß, daß er ihren Namen laut ausgesprochen hatte: *Andromeda*.

Ob Bolitho in diesem Augenblick wohl an sie dachte? Ob er sich an diese Hoffnung klammerte, obwohl ihm doch nichts anderes aufgegeben war als Pflichterfüllung und Gehorsam?

Bowles sagte sachlich: »Ich gehe gleich hinunter ins Lazarett, Sir. Vielleicht kann ich mich nützlich machen. Darf ich Ihnen vorher noch etwas holen?«

Troubridge schüttelte den Kopf. Wenn er jetzt zu trinken begann, konnte er vielleicht nicht mehr aufhören.

Laut sagte er: »Es kommt einem gar nicht so vor, als gingen wir ins Gefecht, nicht wahr?«

Bowles schien sich zu entspannen. Er hatte seine Ration schon intus. Das war immer hilfreich.

»Ich habe gehört, wie Mr. Fraser jemandem von einer Schlacht erzählte, die er vor einiger Zeit erlebt hat, mit den Spaniern. Die Dons ließen sich den ganzen Tag Zeit, zum Feind aufzuschließen. Den ganzen Tag, man stelle sich vor! Die spanischen Segel krochen so langsam über die See, als würden sie's genießen.«

Eine andere Gestalt schälte sich aus der Dunkelheit. »*Sir Graham, John!*« Ein scharfes Atemholen, dann: »'tschuldigung, Sir, hab Sie nicht gesehen!«

Das half Troubridge, sich zusammenzureißen – mehr, als der unbekannte Sprecher ahnte.

Unter die Deckenbalken geduckt, stürmte Bethune vorbei, und seine Stimme klang scharf und ungeduldig.

»Ich habe gerade nach dem Kommandanten geschickt.«

»Er ist auf dem unteren Batteriedeck, Sir Graham«, sagte Bowles. »Ich ließ ihm ausrichten …«

Bethune knurrte etwas, als das Schiff in einen Wellentrog sackte und sich stärker überlegte. Troubridge hörte Glas gegen die Uniformknöpfe des Admirals klirren und glaubte, Cognac zu riechen.

Er sagte: »Der Wind steht durch, Sir Graham. Wenn

er so bleibt, sollten wir wie geplant unseren Landfall machen.«

Bethune giftete: »Wenn ich einen Rat brauche, frage ich danach, Flags! Und wenn ich den Kommandanten sprechen will, erwarte ich nicht, daß ich ihn suchen muß!«

Troubridge lauschte auf den Gischthagel, der gegen das Oberlicht prasselte. Vielleicht nahm der Wind zu oder sprang um? Das konnte ihre ganze sorgfältige Planung über den Haufen werfen.

Er stellte sich den auf der Karte gekennzeichneten Ankerplatz vor, wie ihn der Segelmeister beschrieben hatte, aber auch der Schiffsarzt George Crawford, ausgerechnet er, der mit seinem ersten Schiff in San José gelegen hatte. Er war klein genug, aber Seeleute waren schon mit weniger ausgekommen.

Der Zeitgewinn hatte Troubridge beruhigt. In dieser Stimmung hatte er Bethune noch nie erlebt. Aus ihm sprach eine Härte, die seine sonstige Umgänglichkeit Lügen strafte.

Kurzangebunden sagte der Admiral: »Ich bin mir der *Audacity* und Kapitän Munros keineswegs sicher. Es ist ziemlich viel von ihm verlangt. So jung und impulsiv ...« Er wandte sich um, als auf dem Achterdeck Stimmen erklangen.

Troubridge erinnerte sich an das Büro in der Admiralität, das mit dem Schlachtengemälde. Seinerzeit war Bethune selber jung gewesen und wahrscheinlich ebenfalls impulsiv.

Jetzt sagte er: »Ah, Adam, nur einige Punkte, die wir noch besprechen müssen. Am besten im Kartenraum, denke ich.« Gefaßt und scheinbar entspannt: wieder ein Stimmungswechsel.

Troubridge tastete nach dem gebogenen Säbel an seiner Hüfte und erinnerte sich plötzlich an Bethunes früheren Flaggleutnant. Außer bei der formellen Übergabe hatten sie kaum miteinander gesprochen. Er war zornig oder eingeschnappt gewesen, genau ließ sich das nicht sagen. Troubridge selbst war durch seinen eigenen unerwarteten Karrieresprung zu verdattert gewesen.

Doch der abgelöste Flaggleutnant hatte den eleganten und gut ausbalancierten Säbel bemerkt, ein Geschenk von Troubridges Vater, und seine Abschiedsworte hallten jetzt noch in Troubridges Kopf wider.

»Den werden Sie nicht brauchen, solange Sie Sir Graham Bethune dienen, mein junger Freund. Dazu müßten Sie nämlich einem Feind nahe kommen, was ich bezweifle!«

Er zögerte, weil ihm die gedämpften Schiffsgeräusche und schattenhaften Bewegungen so kraß vorkamen. Irgend etwas Neues, Unbekanntes nagte an ihm, und schließlich identifizierte er es als Angst.

Der Kartenraum schien voller Menschen zu sein, und seine grelle Beleuchtung blendete ihn nach der vorherigen Dunkelheit. Er erkannte Fraser, den Segelmeister, und Harper, seinen dienstältesten Gehilfen, dazu Vincent, den Signalfähnrich, der sich steif vor Konzentration Notizen machte, wahrscheinlich für den Ersten Offizier. Außerdem zwei Bootsmannsgehilfen und Tarrant, den Dritten Offizier, der ein Teleskop putzte.

Sie alle traten in den Hintergrund, als Bethune sich mit beiden Händen auf den Tisch stützte und auf die oberste Seekarte niederstarrte. Fraser beobachtete ihn gelassen. Niemand, nicht einmal ein Admiral, konnte an seinen ordentlichen Berechnungen und klaren Ziffern etwas auszusetzen haben.

»Zeigen Sie's mir.«

Frasers großer Messingzirkel tippte auf die Karte und die sauber gezogenen, konvergierenden Kurslinien. Seine Spitze verhielt über dem nächsten Breitengrad. »San

José, Sir Graham.« Sein Blick zuckte kurz zu Bethunes Profil, verriet aber keine Gemütsregung. »Zwei Stunden, falls der Wind so bleibt.«

Troubridge merkte, daß er seinen Säbel an sich preßte, als könne er ihm Halt geben. In zwei Stunden also würde die kleine Fregatte *Audacity* ihren vorgetäuschten Angriff starten. Es drängte ihn, etwas zu sagen oder seine tränenden Augen zu wischen. Zwei Stunden. Auf der Karte schien das Land noch viele Meilen entfernt zu sein.

Jemand sagte: »Der Kommandant kommt, Sir.«

Troubridge stellte fest, daß auch der persönliche Diener Bethunes anwesend war, in einer Ecke neben dem Kartenschrank stehend, die Augen von der Hutkrempe beschattet, den Mund eine schmale Linie. Ein Mann, der zu keiner Zeit seine Gefühle verriet. Tüchtig und diskret, stand er Bethune wahrscheinlich näher als jeder andere.

Die Tür öffnete und schloß sich, und dann sah Troubridge den Kommandanten vor dem jetzt leeren Musketengestell stehen. Er kannte Bolitho erst seit kurzem, seit Bethune seine Ernennung zum Flaggkapitän betrieben hatte. Befohlen hatte, war wohl der treffendere Ausdruck.

Seine Entscheidung war niemals angezweifelt worden. Troubridge hatte einen der älteren Schreiber sagen gehört: »Wichtig ist bei der Admiralität nicht, was man weiß, sondern wen man kennt.« Jetzt musterte der Adjutant Bolithos Gesicht: dunkle Augen, manchmal verschlossen, manchmal feindselig, aber ohne die Arroganz, die er bei so vielen bemerkt hatte. Er erinnerte sich an Bethunes Kommentar über den jungen Kommandanten der *Audacity*: impulsiv. Das vielleicht auch, aber keiner, der bedenkenlos die von ihm geführten Männer opfern würde.

Er fuhr zusammen, als Bethune sagte: »Wenn Sie wieder unter uns weilen, Flags, möchte ich einige Punkte abschließend klären.«

Jemand kicherte, aber Adam Bolitho lächelte ihn offen an und bemerkte: »Das Warten fällt oft am schwersten. Aber es ist fast vorbei.« Wie geistesabwesend blickte er auf die Karte nieder. »Ich erinnere mich an einen Bericht über die Eröffnung der Schlacht von Trafalgar. Ein junger Leutnant schrieb an seine Eltern: *Und hiermit begann die Kakophonie des Krieges.*« Seine Finger berührten die Seekarte neben Frasers Zirkel. »Also laßt auch uns beginnen ...«

Später nahm Dugald Fraser sich vor, diese Bemerkung in seinem Logbuch festzuhalten.

Obwohl die meisten Matrosen und Seesoldaten der *Audacity* die ganze Nacht Bereitschaft gehabt oder auf ihren Stationen höchstens kurz gedöst hatten, kam das Krachen ihrer Bugkanone als Schock. Einige rannten zu den Wanten oder erklommen das Seitendeck oberhalb der festgezurrten Kanonen, um Ausschau zu halten. Andere, die schon mehr Erfahrung hatten, tauschten Blicke mit ihren Kameraden, als wollten sie etwas bestätigt haben, was sie bereits wußten.

Nämlich daß es sich nicht um eine Übung handelte; der Plan, den ihnen der Kommandant durch seine Offiziere erklärt hatte, wurde in die Tat umgesetzt. Jetzt.

Vereinzelte Möwen, frühmorgendliche Schmarotzer, die sich im Gleitflug auf das Schiff herab gestürzt hatten, drehten ärgerlich ab, und ihre Schreie klangen wie ein Echo des ersten Schusses. Zweifellos kamen sie von Land her, dem die *Audacity* also schon so nahe war.

Ein Stückführer preßte beide Hände auf den Verschluß seines Zwölfpfünders und murmelte: »So ist's recht, verratet nur der ganzen vermaledeiten Welt, was wir vorhaben!«

Die Luft war so warm, daß ihm das Hemd an der Haut klebte, doch die Kanone fühlte sich eiskalt an. Er hörte in der Nähe jemanden lachen und meinte: »Jetzt dauert's nicht mehr lange, meine Schöne.«

Auf dem Achterdeck, mit einer Hand locker die Reling umfassend, blickte *Audacity*s Kommandant prüfend gen Himmel. Schon kündigte sich der neue Tag an, aber noch so zögerlich, daß ein weniger Erfahrener es kaum bemerkt hätte. In wenigen Augenblicken mußten sie jetzt ihren schweren Begleiter erkennen, dann würde jede Vorsicht über Bord gehen. Der Ernstfall stand kurz bevor.

Munro überblickte sein Schiff der Länge nach, sah im Geiste die wartenden Stückmannschaften, die mit Sand bestreuten Decks, die bei den Kanonen gelagerte Munition, jederzeit bereit, durch die Mündungen in die Rohre gestopft zu werden. In Wirklichkeit lag alles noch im Dunkeln. Doch er war stolz darauf, daß er jeden Kratzer, jede Schweißnaht kannte und alle Gesichter, besonders die der Anführer und ihrer Ersatzleute, welche die Lücken füllen würden, falls die erste Garnitur fiel.

Der Erste Offizier stand neben ihm. Andere hielten sich in der Nähe, Melder und Bootsmannsgehilfen mit ihren Pfeifchen, allesamt bereit, jeden Befehl weiter zu vermitteln bis an sein Ziel, eine Notsituation oder zur Verstärkung. Und alles würde von achtern ausgehen, von ihrem Kommandanten.

Munro hörte den Segelmeister mit einem seiner Leute murmeln. Bestimmt vermißte er seinen dienstältesten Gehilfen Mowbray, der bei der Eroberung des Schoners verwundet worden war. Er lag unten im Lazarett, und der Arzt hatte schon von seinen Versuchen berichtet, aus der Koje zu steigen und an Deck zu hinken, wo er seiner Ansicht nach hingehörte.

Munro blickte zum Masttopp auf, der da oben fast unsichtbar seine Spiralen beschrieb, und befeuchtete sich die trockenen Lippen. Seine besten Ausguckleute saßen jetzt da oben auf ihren luftigen Plätzen, wartend und ins

Dunkel spähend, um als erste die schwere Bark zu sichten.

Er dachte an den Offizier, der die *Villa de Bilbao* befehligte, an Roger Pointer, der Kapitän Adam Bolitho zur Konferenz beim Kommodore begleitet hatte, und wischte sich die Stirn. Das alles schien ewig lange her zu sein, und doch ...

»An Deck!«

Alle Gesichter blickten nach oben, und Munro hörte den Ersten Offizier sagen: »Peters ist wieder der erste! Wahrscheinlich haben sie gewettet.« Er schmunzelte.

»An Backbord voraus, Sir!« scholl es aus dem Ausguck. Mehr nicht, doch Munro verspürte Genugtuung. Es konnte nicht viele Schiffe geben, ob große oder kleine, wo die Kommunikation zwischen Achterdeck und Vorschiff so reibungslos funktionierte.

Er spürte eine Hand auf seinem Ellbogen und sagte leise: »Ich seh' sie, Philip.«

Wie ein bleiches Gespenst oder ein wirbelnder Nebelfleck hob und senkte sich die große Nationalflagge an ihrer Gaffel, und dicht daneben fing ein metallener Block den ersten Strahl des Tageslichts ein.

Die Morgendämmerung. Fast ...

»Noch ein Schuß, Philip. Vielleicht schlafen einige noch!«

Der Stückführer hatte damit gerechnet. Seine Kanone krachte diesmal lauter, hallender, wohl wegen des Echos vom Land.

Der Wind würde den Knall in den Hafen tragen und Männer aufscheuchen, die gerannt kamen, um das Schiff zu identifizieren, das bei ihnen Schutz suchte.

Sobald die *Audacity* zum Rückzug gezwungen wurde, blieben Pointer und seine Leute sich selbst überlassen. Rebellen, Piraten oder Sklavenhändler – es machte wenig Unterschied, wenn erst die Kugeln flogen.

Munro versuchte, alle Bilder aus seinem Kopf zu verdrängen außer dem Bild ihrer letzten Annäherung und dem Eindruck, den sie auf die Verteidiger von San José machen mußten. Die *Audacity* war schnell und wendig, aber kein Linienschiff wie die *Athena*. Er dachte an das Rendezvous und seine eigene Verantwortung. Die große Prise wirkte seltsam verändert, seit der Segelmacher das riesige spanische Kruzifix auf ihre große Breitfock genäht hatte. Selbst ein guter Ausguck sah nur das, was er erwartete. Das Kruzifix mochte helfen, die Augen an Land davon zu überzeugen, daß das offenbar von einer Royal-Navy-Patrouille gejagte Schiff tatsächlich ein Landsmann war.

Andernfalls ...

Er fuhr herum, als hoch über ihnen ein Licht explodierte und wie ein fallender Stern nach Lee trieb: eine Rakete oder Leuchtfackel ...

Er unterdrückte ein Räuspern. Das Licht erlosch genauso plötzlich, wie es aufgestiegen war. Wieder sah er die Seekarte vor sich. Also hinter jenem Landvorsprung, wo die ersten Eindringlinge ihre Verteidigungsstellung eingerichtet hatten.

»Südwest zu West, Sir!«

Einer der Rudergänger griff nach der obersten Speiche, und Munro machte sich zum erstenmal klar, daß er ihn erkennen konnte.

»Also gut, lassen Sie die Bramsegel setzen und die Kanonen laden, wenn Sie soweit sind, Philip.«

Das Gesicht immer noch im Schatten, blickte der Erste ihn fragend an. »Mit doppelter Ladung, Sir?«

Munro nickte und sah Napier, den neuen Fähnrich, an sich vorbeihasten, eine andere Nationale um die Schultern gelegt.

Er war schon in einer größeren Schlacht gewesen, bei Algiers. Manche hielten sie für das letzte Flottengefecht aller Zeiten.

Dann blickte Munro nach Backbord voraus und erkannte die Prise. Wie hatte ein so großes Schiff bis jetzt derart unsichtbar bleiben können?

Er rief: »Geben Sie gut auf sich acht, Mr. Napier. Das wird eine heiße Arbeit heute!«

Napier blieb so unvermittelt stehen, daß ihm der Degen gegen den Schenkel schlug.

Zwei weitere Schüsse krachten, und ihre Mündungsblitze zuckten wie orangerote Zungen über das dunkle Wasser. Die *Villa de Bilbao* spielte ihre Rolle gut, indem sie das Feuer ihres Angreifers erwiderte.

David hörte sich murmeln: »Sie auch, Käpt'n.«

Irgendwer rief nach ihm, deshalb wandte er sich zum Gehen.

Ihm war, als höre er eine Stimme oder spüre eine Hand auf seiner Schulter. Er konnte es sich nicht erklären. Aber Angst hatte er keine.

Trotzdem ... Er schüttelte sich und hastete weiter, die neue Flagge wie eine schwere Schleppe nachziehend.

Im ersten Licht leuchtete das große Kreuz darauf rot wie Blut.

Adam Bolitho kletterte auf die fest ausgestopften Finknetze, die als Splitterschutz oder Kugelfang dienten, und wartete, bis Fähnrich Vincent ihm das große Signalteleskop reichte. Es war erst zwei Stunden her, seit sie sich im Kartenraum versammelt und versucht hatten, eventuelle Fehler im Angriffsplan aufzuspüren. Jetzt sah es aus, als hätte sich ein riesiger Vorhang über der See gehoben, die eine dunkelrote Kimm vom Himmel trennte.

Mit halbem Ohr hörte er die fernen Befehle und das Klappern der Blöcke, als die Männer sich mit ihrem ganzen Gewicht in die Brassen warfen, um die Rahen noch weiter anzuholen und den Wind einzufangen.

Sorgsam stabilisierte er das Fernrohr, die Unterarme

auf die Webeleinen gestützt, und wartete, bis das Schiff sich auf dem neuen Kreuzschlag übergelegt hatte. Er sah zu, wie das Land sich zu beiden Seiten immer weiter ausdehnte, zum Teil noch in Dunst und Schatten gehüllt, zum Teil grell leuchtend in den ersten Sonnenstrahlen. Das Wasser glänzte wieder haifischblau, mit dunkleren und helleren Flecken wie frische Farbe auf einer Leinwand.

Mit angehaltenem Atem studierte er die beiden anderen Schiffe: Die Bark hatte jeden Fetzen Tuch gesetzt und gewann an Farbe, als die Sonne sie jetzt fand und ihre Breitseite anstrahlte. Fast in ihrem Kielwasser und so dicht dahinter, daß sich die beiden zu berühren schienen, folgte die kleine und vergleichsweise grazile Fregatte.

Mehr Mündungsblitze zuckten auf, aber die Detonationen wurden fast übertönt von den Bordgeräuschen und dem Zischen der Gischt in Luv.

Adam richtete das Glas auf die niedrige, zerzauste Landzunge und einige winzige Inseln direkt voraus, die sich scheinbar im Netz der Takelage verfangen hatten. Die Wassertiefen waren auf der Karte angegeben, doch jeder nur halbwegs erfahrene Seemann hätte um diesen Teil der Bucht einen weiten Bogen geschlagen. Trotzdem hatte jemand das Risiko auf sich genommen und hier einen Ankerplatz entdeckt. Adam blinzelte, um wieder klare Sicht zu bekommen. Und wieder andere hatten teuer dafür bezahlt.

Er versuchte, seine Ungeduld zu beherrschen, als der Rumpf im ablandigen Schwell wegsackte. Dann fand er sie erneut: die alten Befestigungen und das ebene Stück Land, wo eine Slipanlage und einige Lagerhäuser erbaut worden waren. Auf der Landzunge hielten Leute nach ihnen Ausschau, ebenso auf der anderen Seite der Bucht, wo die Tiefwasser-Plätze lagen.

*Audacity*s niedriger Rumpf schien länger zu werden, als

sie abermals auf den anderen Bug ging und die gewürfelte Reihe ihrer Stückpforten zeigte. Fast konnte Adam die Rahen übergehen hören, um den Wind wieder einzufangen, und sah Männer in die Wanten klettern, um den Befehlen zu gehorchen. Dies alles hatte er so oft gehört und gesehen, daß es ein Teil seines Lebens geworden war.

Irgend etwas ließ ihn herumfahren und nach unten blicken. Da stand Bethune mit Troubridge neben sich und deutete mit ausgestrecktem Zeigefinger zum Land, so nachdrücklich, als wolle er etwas betonen. Vielleicht wankte er schon in seinem Entschluß und bedachte die Nachwirkungen, falls die Sklavenschiffe verschwunden waren und die ganze Operation ins Leere ging. Es gab genug persönliche Feinde, die ihm daraus schnell einen Strick drehen würden.

Adam griff wieder zum Teleskop. Nach der Diskussion im Kartenraum hatte Bethune sich umgezogen und trug jetzt einen langen dunklen Mantel mit Kapuzenkragen wie beim Ausritt in schlechtem Wetter. Er erinnerte sich, daß Toland ihn über dem Arm getragen hatte.

Er selbst fühlte sich unter seinem Rock erhitzt und schweißfeucht. Mit einem Blick auf seine Goldlitzen erinnerte er sich an die Warnungen, daß er damit ein leichtes Ziel für jeden Scharfschützen abgab. Gingen auch Bethunes Gedanken in diese Richtung?

Jemand sagte: »Der Wind läßt nach, Sir.«

Er hörte Stirling grob erwidern: »Das ist nur die Landabdeckung, Mann. Schau hoch zum Wimpel.«

Wieder spähte Adam durchs Glas. Vor dem Klüverbaum der *Athena* beschrieben die anderen jetzt einen Bogen, und ihre Segel killten unkontrolliert, als sie die endgültige Annäherung einleiteten.

Die Kanonen feuerten jetzt mit geänderter Peilung. Die Ausgucks in den Masttoppen würden jeden Kurswechsel melden. Falls die *Villa de Bilbao* von Land her unter Feuer genommen wurde, würden sie wissen, daß ihre List durchschaut war. Er biß die Zähne zusammen, als scheinbar kleine Gischtfedern hinter der *Audacity* in die Höhe schossen. Aus der Nähe mußten sie mindestens so hoch sein wie ihr Heck.

Plötzlich fiel ihm eine Szene aus seiner Kindheit ein. Er hatte im hohen Gras gelegen, mit seiner Mutter neben sich. An der Grenze einer Farm, wo er sich manchmal ein kleines Taschengeld verdient hatte, stand eine Reihe hoher Bäume, über deren Wipfel mehrere Wölkchen stiegen und auf und ab tanzten. Jemand lachte über seine ängstliche Frage, und seine Mutter sagte beruhigend: »Das liegt an der Jahreszeit, Adam – es sind Insekten, viele tausend davon. Zerbrich dir nicht den Kopf.«

Nun rief er über die Schulter: »Der Erste Offizier zu mir, Mr. Vincent!« Er bemühte sich, die Schärfe in seinem Ton zu unterdrücken. »Beeilen Sie sich!«

Diesmal waren es keine Insekten. Mit dem Handgelenk wischte er sich die tränenden Augen. Diesmal waren es winzige Rauchwölkchen. Er sah sie förmlich vor sich, die bis zur Weißglut erhitzten Essen, wo die Kugeln für die verborgenen Kanonen zum Glühen gebracht wurden.

»Sei vorsichtig, David«, murmelte er. »Um Himmels willen, gib acht auf dich!«

»Sie haben mich rufen lassen, Sir?«

Er sprang aufs Deck hinab und sah Stirling die Teerflecken an seiner Hose mustern.

»Das wird ein Beschuß mit glühenden Kugeln. Sie müssen uns viel früher gesichtet haben, als wir dachten.«

Stirling schien die Schultern zucken zu wollen. »Oder sie sind gewarnt worden, Sir.«

Beim Aufschrei eines Matrosen fuhr Adam herum. »Die *Audacity* ist getroffen!« Zornig schüttelte er beide Fäuste in der Luft.

Wieder hob Adam das schwere Teleskop und sah die

Fockmaststenge der Fregatte langsam nach vorn kippen. Als ihre Verstagung knallend barst, wurde ihr Sturz schneller, bis sie schließlich wie ein gebrochener Flügel über die Seite sank.

Im besten Fall würde das ihre Fahrt bremsen. Im schlimmsten Fall ... Vor seinem inneren Auge sah er über den Bäumen immer noch die Wolke aus Insekten.

Er sagte: »Wir müssen der *Audacity* signalisieren, daß sie sich zurückziehen soll, Sir Graham. Der Feind wird gleich mit glühenden Kugeln schießen.« Aber er sah Bethune am Gesicht an, daß es zwecklos war.

Der Admiral wischte ein Stäubchen von seinem schweren Reitmantel.

»Dann wissen sie sofort, was wir vorhaben. Und der *Villa de Bilbao* bliebe keine Zeit zur Wende. Nein, keine Chance!«

Troubridge sagte etwas, das Adam nicht verstand, aber er hörte Bethunes scharfe Antwort. »Wenn ich es befehle – und keinen Augenblick früher!«

Adam beschattete seine Augen und spähte zur *Audacity* hinüber, deren Umriß sich abermals verkürzte, weil sie um eine vorspringende Felsschulter kreuzte. Mehr Schüsse fielen, aber es gab keine Anzeichen für einen Treffer. Wenn sie jedoch erst im breiteren Teil des Fahrwassers war, kam sie in Reichweite der Hauptbatterie. Adam vermied es, Bethune anzusehen. Es war seine Entscheidung, und die würde er nicht umstoßen. *Seine* Verantwortung. Wieder blickte er hinüber zur Fregatte, die jetzt wieder kleiner wirkte, weil sie in die weite Zufahrt einbog. *Aber mein Vorschlag.*

Bethune meldete sich. »Sie dürfen die Kanonen jetzt laden und ausfahren, Kapitän Bolitho. Signalisieren Sie der *Hostile*: Klar zum Gefecht!«

Die Blöcke der Flaggleine knirschten, und das Signal entfaltete sich an der Rah. Alles wie geplant.

Adam schritt zur Achterdecksreling, die Fäuste unter seinem Rock geballt.

Plötzlich hörte er das Krachen eines schwereren Kalibers und sah das langsam zurückweichende Land den Blick freigeben auf die andere Seite der Bucht und den Ankerplatz, der teilweise von Dunst verhüllt war. Oder von Rauch.

*Audacity*s Silhouette, entstellt von der fehlenden Maststenge, wurde wieder länger. Dort vorn würden Männer fieberhaft arbeiten, um die gebrochenen Leinen und im Wasser treibenden Segel frei zu hacken. Andernfalls hätten sie wie ein Seeanker gewirkt und den Rumpf herum gezogen, direkt vor die wartenden Kanonen.

Kapitän Munro würde das wissen und sich Vorwürfe machen.

Die Kanonen feuerten gleichzeitig. Es war schon zu spät.

XVII Die Abrechnung

Vizeadmiral Sir Graham Bethune trat neben den Niedergang und beschattete seine Augen, um zum Land zu starren. Auf den zerfledderten Hügeln lag wie auf der See ein heller, kupferner Schein, so daß sie zu glühen schienen. Als Ruder gelegt wurde und das Deck sich neigte, griff er haltsuchend nach einer Kanone. Ihr Metall fühlte sich nicht mehr kalt an; vielleicht war sie vor kurzem abgefeuert worden.

Aus dem Ausguck kam wieder die helle Stimme.

»Ein Schiff nimmt Fahrt auf, Sir!«

Bethune knurrte: »Stellen Sie gefälligst fest, was dieser Narr gesehen hat!«

»Entern Sie auf, Mr. Evelyn«, befahl Adam, »und nehmen Sie ein Fernglas mit.«

Er mußte sich anstrengen, um ruhig und neutral zu sprechen.

Evelyn war der Sechste und jüngste Offizier der *Athena*, aber an seiner schnellen Auffassungsgabe und seinem scharfen Sehvermögen gab es nichts zu beanstanden.

Ein Fahrzeug, das groß genug war, um auf diese Entfernung dem Ausguck aufzufallen, konnte nur eines bedeuten: Es war Alarm gegeben worden. Jeder erfahrene Sklavenhändler hätte lieber ein Gefecht mit den auf die Bucht zuhaltenden Schiffen riskiert als unrühmlich zu kapitulieren. Hatte er erst die offene See erreicht, bestand immer die Chance, daß er entkam.

Adam zwang sich zur Ruhe, denn er mußte Herr der Lage bleiben. Immerhin hatte er sich an den Namen des Sechsten erinnert.

Evelyn mußte so flink wie ein Äffchen die Wanten erklettert haben. Nun übertönte seine Stimme klar den Wind und die See. »Zwei Schiffe setzen die Segel, Sir!« Eine kurze Pause, wahrscheinlich um sich mit dem Ausguckposten zu besprechen, der einer der besten an Bord war, ganz gleich, was Bethune von ihm hielt.

Adams Blick fiel auf einen winzigen Landrücken weit voraus an Steuerbord. Wie ein Wal, der sich sonnte. Aber zu gefährlich, um ignoriert zu werden.

Erleichtert atmete er aus, als einer der Lotgasten in den Rüsten sein Senkblei so konzentriert hoch über dem Kopf kreisen ließ, als ob ihn das Schiff in seinem Rücken nichts anginge.

Das schwere Gewicht sauste davon und klatschte weit vor dem Steven der *Athena* ins Wasser.

Nach achtern gellte der Ruf: »*Kein Grund, Sir!*«

Adam hatte schon früher einiges riskiert und war auch bereit, das zuzugeben. Einmal hatte er den kompletten Schatten seines Fahrzeugs auf dem Meeresgrund gesehen und gewußt, daß ihn nur wenige Zoll vom Verlust seines Schiffs und seines Lebens trennten.

Der Lotgast schoß schon wieder seine Leine auf, wobei seine Finger wie von selbst die Lederstreifen, Knoten und Stoffähnchen abtasteten, welche die Wassertiefe bezeichneten. Ein erfahrener Lotgast hätte sie auch noch im Schlaf voneinander unterscheiden können.

»An Deck!« Das war wieder Evelyn, und seine Stimme klang schrill vor Anstrengung. In der nahen Stückmannschaft grinste ein Kanonier seine Kameraden an.

Adam wartete, insgeheim dankbar dafür, daß seine Leute trotz der Gefahr scherzen konnten.

Evelyn rief: »Ein kleines Fahrzeug, Sir. Und das erste ist eine Bark!«

Bethune betupfte sich den Mund mit einem Taschentuch. »Die werden sich in alle Winde zerstreuen, wenn wir's zulassen.«

Ungerührt meldete der Lotgast: »Bei Marke zehn!«

Der Segelmeister warf einen Blick auf seine Notizen. Also noch 60 Fuß Wasser unter dem Kiel.

»Wenn es flacher wird, müssen wir ankern«, sagte Bethune. Überrascht fuhr er herum, als zwei weitere Schüsse übers Wasser hallten. »Wir stellen sie nach ihrem Ausbruchsversuch.«

»Bei Marke sechzehn!«

Mit einem schnellen Blick zu seinem Gehilfen stieß Fraser geräuschvoll die angehaltene Luft aus.

Adam sah im Geiste *Athena*s Schatten vor sich, während sie langsam in tieferes Wasser glitt. Auf dem Steuerbord-Seitendeck stand Leutnant Barclay neben einer der gedrungenen Karonaden. Bestimmt behielt er den Lotgasten im Auge und war jederzeit bereit, das Kommando zum Ankern zu geben.

Noch ein Gesicht, das sich fest in sein Gedächtnis gebrannt hatte. Und dabei hatte er geglaubt, er würde niemals Teil dieses Schiffes werden.

Ein ganzer Chor gestöhnter Ausrufe erhob sich: Die *Audacity* war abermals getroffen worden. Diesmal ging ihr ganzer Fockmast über Bord. Und man sah Rauch aufsteigen.

Adam kletterte in die Wanten und versuchte, das kupferne Glühen auszublenden. Er sah die ausgelaufene Bark wie eine riesige Fledermaus an einigen vermurten Fahrzeugen vorüber gleiten. Doch seine ganze Aufmerksamkeit galt der Fregatte, denn er wußte, sie war von glühenden Kugeln getroffen worden. Wie schwer, konnte er nicht erkennen.

Bethune rief aus: »Wo ist Tolan? Ich brauche ihn!«

Ungerührt meldete der Lotgast: »Kein Grund, Sir!«

»Da bist du ja endlich, Mann!« Bethunes Gesicht glänzte vor Schweiß, als er seinen Mantel aufzuknöpfen begann. Dabei starrte er Tolans Teleskop an. »Was soll das?«

Tolan blickte an ihm vorbei zum Land. Am Strand rannten winzige Figuren entlang, wie Zuschauer bei einem aufregenden Match.

Sachlich antwortete er: »Es ist der Schoner, Sir Graham. Jakobs Boot.«

Mit kalten Augen beobachtete er, wie Bethune dies verarbeitete.

»Bist du sicher? Es könnte sich um jeden beliebigen Schoner handeln.«

»Ich habe Ihre Botschaft überbracht, Sir Graham.« Wieder setzte er das Teleskop an, ruhig und zielbewußt, als hätte er sein Lebtag lang nichts anderes getan.

Mit grimmigem Gesicht fragte Jago neben ihm: »Als du an Land zu tun hattest?«

Tolan nickte. »Ich halte jede Wette, daß sie momentan auf diesem Schoner ist.«

Niemand erwähnte einen Namen. Adam starrte den Admiral an. Ein Name war auch nicht nötig. Hier herrschten nicht die geordneten Verhältnisse wie in English Harbour oder London. Sie befanden sich in einer Weltgegend, die nur wenige seiner Leute jemals besucht hatten. Wo ein Schiff im Sterben lag und seine Besatzung mit ihm.

Irgend jemand hatte die verkrüppelte *Audacity* wieder unter Kontrolle gebracht. Die ihr noch gebliebenen Segel schwangen herum und füllten sich mit dem raumen Wind. Doch immer noch stieg Rauch von ihr auf, weiß wie Dampf, während die Besatzung darum kämpfte, den Schwelbrand zu ersticken, den eine der glühenden Kugeln ausgelöst hatte.

Bethune rief aus: »Signal an die *Hostile* ...« Doch dann zögerte er. »Es hat keinen Sinn mehr, nicht wahr?«

Adam ließ den Rauch nicht aus den Augen. Bethune hatte der *Hostile* befohlen, mit weitem Abstand im Norden zu bleiben, von wo aus sie jedes Sklavenschiff abfangen konnte, das Pointers eventuellem Angriff auf die Reede zu entkommen vermochte.

Catherine mochte an Bord des kleinen Schoners sein – oder auch nicht. Jakob war dafür bekannt, daß er mit der Navy und den Dunkelmännern gleichermaßen handelte. Doch irgendwie wußte Adam, daß Catherine hier war, in San José, und zwar wegen Bethune und dem Mann, der sie bisher immer beschützt hatte: Sillitoe.

Adam zwang sich, wieder das schwere Signalteleskop zu heben und dabei jeden seiner Gedanken, jede Reaktion zu kontrollieren, obwohl sein ganzer Körper vor Zorn zu zittern schien. Und vor Haß.

Inzwischen hatte die *Audacity* einen weiteren Treffer erlitten und trieb jetzt vor dem Wind, während eine Rauchwolke über ihr Großsegel emporstieg.

Adam sagte: »Ich beabsichtige, die Küstenbatterie anzugreifen, Sir Graham. Commander Pointer wird bald in Position sein.« Ohne Jago anzusehen, sagte er zu ihm: »Denk an Algiers. Ein Bootsangriff!«

Kommandos wurden gebellt, barsch rief Jago einige Namen auf. Wie damals, als Lord Exmouths Flotte gegen alle Regeln verstoßen und sich entschieden hatte, gegen befestigte, eingegrabene Kanonen zu kämpfen, für die jedes Schiff ein Ziel war.

Adam wußte, wenn Bethune jetzt seinen Befehl widerrief, würde er auch den Rest an Beherrschung verlieren. Doch der Admiral stand am Kompaßhaus und achtete vorübergehend nicht auf die Rudergänger und die Stückmannschaften zu beiden Seiten des Achterdecks. Er benahm sich, als sei er trotz der ebenfalls anwesenden Bootsmannsgehilfen, Fähnriche und der verbliebenen Abteilung Seesoldaten völlig allein.

Als er schließlich sprach, war seine Stimme kaum hörbar. »Signalisiert der *Hostile*, sie soll zum Flaggschiff aufschließen.« Und mit einem direkten Blick auf seinen

Flaggkapitän: »Gehen Sie auf einen Kurs, der uns um die Landzunge führt. Wir greifen an.«

Adam hörte, wie der Befehl blitzschnell durch die wartenden Matrosen und Seesoldaten weitergegeben wurde. Bethune riß sich den Mantel vom Leibe und warf ihn seinem Diener zu. Doch am lebhaftesten blieben Adam Bethunes Augen und ihr Ausdruck in Erinnerung: wie der eines Fremden. Eines Feindes.

Der schwere Mantel blieb auf den Planken liegen, denn Tolan hastete hinter Jago her, während die Männer ihre Waffen aus den geöffneten Kisten an sich rissen.

»Du meldest dich freiwillig?« fragte Jago rauh.

Tolan nickte und antwortete etwas Unverständliches. Doch Jago blickte schon an ihm vorbei zur Leiter, die aufs Hüttendeck führte. Adam sah ihn und hob die Hand zum Salut. Das war etwas, was nur sie beide verstanden.

Plötzlich gab es eine dumpfe Explosion, Flammen sprühten Funken über die Bucht. Ein Schiff war in die Luft geflogen. Achtundzwanzig Jahre alt, genau wie sein Kommandant. Erledigt.

Wir greifen an.

Der Lotgast rief von den Rüsten herauf: »Kein Grund, Sir!«

Adam lockerte seinen Kragen und tastete nach dem Seidenstrumpf, den sie ihm geschenkt hatte und der jetzt um seinen Hals lag.

Stirling rief: »Alles klar, Sir!« Seine Augen hingen an *Athena*s Kommandant, nicht am Admiral.

Adams Hand packte zu, denn im Geist hörte er ihre Stimme. *Begleite mich.* Alles andere war nur ein Traum gewesen.

»Kurs liegt an, Sir! Westsüdwest!« Der Erste Rudergänger blickte hoch, als die Segel schlugen, weil der Wind in der Landabdeckung aussetzte.

Mit Augen, die vom reflektierten Sonnenglast tränten, stand Adam wieder auf den Finknetzen. Das Wasser in der Bucht leuchtete wie glühendes Metall, als stünde der Meeresboden in Flammen. Auch an Rauch fehlte es nicht, entweder von der brennenden *Audacity* oder von den verborgenen Kanonen an Land. Er war sich jedoch nur des langsamen, zielstrebigen Vorrückens seines Schiffes bewußt. Die Leute, die über Deck eilten oder hoch in der Takelage arbeiteten, schienen ihm nebensächliches Beiwerk zu sein, als wäre die *Athena* ihre eigene Herrin.

Auf den vermurten Schiffen war jetzt mehr Betriebsamkeit ausgebrochen. Hier und da erschienen Segel, doch die meisten Sklavenhändler waren wahrscheinlich an Land. Es sei denn, sie hatten irgendeinen Zwischenfall erwartet ...

Er riß sich los von dem Anblick und folgte mit den Augen Jago, der mit zwei Bootsbesatzungen nach achtern rannte, um ihre Boote längsseits zu holen.

Wieder an Deck springend, rief er: »Einen Strich anluven!« Von der Querreling aus überblickte er die ganze Länge des Decks. Jede Kanone war geladen und von ihrer Stückmannschaft umgeben, die meistens das an Steuerbord vorbeigleitende Land anstarrte. Alle Taljen waren bemannt, zum Teil mit zusätzlichen Leuten von der Batterie gegenüber, für ihre erste, vielleicht entscheidende Demonstration der Stärke. Falls Pointer es nicht schaffte, seine Leute in Position zu bringen, mochten die Sklavenhändler immer noch entkommen und der ganze Angriff fehlschlagen. Schlimmer noch, er konnte jeden Mann das Leben kosten, der in die Hand des Feindes fiel.

Dann sah er die *Audacity* oder vielmehr ihr Wrack. Sie lag auf der Seite, umgeben von versengtem Treibgut und einem wachsenden Teppich aus Asche. In der Nähe stand ein Boot, dessen Riemen sich zwischen den Trümmern nur langsam bewegten. Einige wenige Gestalten klammerten sich an versengte Spieren und einen verbrannten Lukendeckel; andere trieben vorbei, schon jenseits aller Hilfe oder Hoffnung. Das Ende eines Schiffes. Etwas, gegen das er eigentlich abgehärtet sein sollte.

Aber er war es nicht.

Auf *Athenas* Oberdeck herrschte Schweigen. Die Männer standen an ihren Kanonen oder an Brassen und Fallen und starrten das ausgebrannte Schiff an. Eines der Ihren. Worte waren zu schwach dafür.

»Boote an Steuerbord voraus, Sir!«

Adam wischte sich das Gesicht und spähte nach vorn. Der kleine Schoner hatte entweder beigedreht oder das Ruder verloren. Er lag quer zu den Seen, etwa eine halbe Meile hinter dem Wrack der *Audacity*. Die Boote wurden fast verdeckt von Steven und Fock der *Athena*, trotzdem konnte kein Zweifel bestehen: Sie griffen an. Adam sah Stahl schimmern und die kleinen Mündungsblitze von Pistolen oder Musketen.

Vielleicht versuchte der Händler namens Jakob zu entkommen, um sich rechtzeitig vor jeder Verantwortung oder Rache zu drücken.

Stirling wartete neben der mächtigen Säule des Großmasts, mit verschränkten Armen die Kanonen und die Masse der bleichen Segel hoch über ihm musternd. Zwei Fähnriche standen neben ihm, jederzeit bereit, Meldungen oder Befehle zu übermitteln. David hätte einer von ihnen sein können.

Ein scharfer Blick nach achtern zeigte ihm Bethune an den Finknetzen, Troubridge neben sich. Dann beobachtete er wieder das Land, einen kleinen, runden Hügel mit einem Wäldchen an der Seite, dessen einzelne Bäume wie versprengte Flüchtlinge wirkten.

Mit einer Hand verdeckte er seinen Mund. Es hatte

keinen Sinn, Bethune von etwas Bericht zu erstatten, das er bereits wußte. Er, der jedes Risiko scheute. Er verbannte ihn aus seinen Gedanken.

»Stückpforten an Steuerbord – öffnen!« Er zwang sich, die Sekunden zu zählen, während die schweren Lukendeckel auf beiden Batteriedecks vom Bug bis zum Heck quietschend nach oben schwangen.

Wo er mit Jago die Runde gemacht und mit ebendiesen Männern gesprochen hatte, darunter auch dem Landsmann aus Helston. Und sie hatten ihm zugejubelt.

Das war am selben Tag gewesen und erst wenige Stunden her.

Die Pforten in Lee würden geschlossen bleiben, bis es auch für die andere Batterie Zeit wurde, eine Breitseite abzufeuern.

Er blickte auf und in die Bucht hinein. Falls sie jemals so weit kamen.

Fähnrich Manners rief: »Hören Sie nur, Sir! Hören Sie!« Auf seinem Jungengesicht zeichnete sich Unglauben ab. Er riß sich den Hut vom Kopf und schwenkte ihn in wilder Erregung. »Hurra! Hurra!«

Vincent bellte: »Ruhe an Deck!« Aber er wirkte ratlos.

Adam hörte es ebenfalls. Zuerst schwach, dann lauter, von der ablandigen Brise herangetragen: ein Chor von Jubelrufen.

Dugold Fraser sagte: »Sie jubeln *uns* zu! Und ich dachte, mich könnte nichts mehr überraschen.«

Krampfhaft schluckend, sah Adam einige der kleinen Gestalten im Wasser sich umdrehen und nach der langsam näher kommenden *Athena* Ausschau halten. Vielleicht fanden sie jetzt zum erstenmal die Zeit, sie zu betrachten.

»Kanonen ausfahren, Mr. Stirling!« befahl er.

Das Deck erzitterte, als jede Kanone knirschend durch ihre offene Stückpforte ins Sonnenlicht vorstieß, während die Bedienung sich mit ihrem ganzen Gewicht in die Taljen stemmte.

Adam stützte sich auf die Querreling. Ein Fernrohr brauchte er nicht. Vor ihm lag der Landvorsprung mit den weißen Gebäuden, die er im Signalteleskop gesehen hatte. Von dort stiegen Rauchwolken gen Himmel, die längst nicht mehr an Insekten erinnerten. Ein schneller Blick auf die schwankende Kompaßscheibe und auf die Faust des Rudergängers, die sich um eine Speiche schloß und wieder öffnete, als schlüge er den Takt zu einer unhörbaren Melodie.

Er hörte einen Schuß oder zwei, blickte hoch und sah, daß eine Kugel ihr Großbramsegel durchschlagen hatte.

Stirlings Arm schoß vor wie der eines Reiters, der ein durchgehendes Pferd bändigte. »Immer mit der Ruhe, Leute!« Er mußte an jeder Kanone des Oberdecks vorbeigegangen sein, während die Stückmannschaften im Halbdunkel des unteren Batteriedecks gespannt lauschten und auf das Signal vom Achterdeck warteten.

Den Blick aufs Land gerichtet, spürte Adam das Schweigen wie einen körperlichen Druck.

»In der Aufwärtsbewegung!« Ein Ziel zu nennen, erübrigte sich. Auf diese Distanz konnte es niemand verfehlen.

Die eine Seite des Decks hob sich, als der Wind wieder die Segel füllte, und Adam stellte sich vor, wie ihre Doppelreihe von Kanonenrohren, gebleckten Zähnen gleich, mit größter Erhöhung auf den Feind zielte.

»Feuer!«

Die Wirkung war vernichtend, weil jede Kanone der Steuerbordseite gleichzeitig krachte, bevor sie wieder nach innen fuhr. Die Stückmannschaften brüllten und keuchten, als Rauch durch die offenen Pforten strömte. Halb benommen von der gewaltigen Breitseite, säuberten die Auswischer bereits die Rohre und schickten sich schon zum Nachladen an, bevor das Echo der Explosionen ganz verklungen war. Adam schlug die Hand vor den Mund, während sein Kopf dröhnte. Hier oben war es, als läge die *Athena* Bord an Bord mit dem Feind in einer unsichtbaren Schlachtlinie, während es sich im Dämmerlicht und in den Rauchschwaden des unteren Batteriedecks so anfühlen mußte, als sei das Schiff auf Grund gelaufen.

Er spähte hinauf zu den Segeln und dem Wimpel im Masttopp, der wie bisher nach Backbord voraus züngelte, während die restliche Takelage fast ganz von Rauch verhüllt war.

Mit erhobener Faust standen die Stückführer bei ihren Mannschaften, zum Zeichen, daß sie bereit waren für die nächste Salve. Die große Bark, die als erste Segel gesetzt hatte, lag mit konvergierendem Kurs voraus an Backbord und schien verzweifelt darum bemüht, von der Landzunge frei zu kommen und offenes Wasser zu erreichen.

Adam hob den Arm und sah Stirling das Signal bestätigen.

»Die Stückpforten an Backbord – öffnen!«

Stirling fuhr herum, weil der vergessene Lotgast rief: »An der Marke fünf!« Also nur noch 30 Fuß Wasser unter dem Kiel. Unwillkürlich fragte sich Adam, wie der Matrose sich auf die durch seine Finger gleitende Lotleine konzentrieren konnte, obwohl doch das Schiff, seine Welt, rund um ihn in ein Inferno stürzte.

»Fahrt aus die Stücke!«

Diesmal war es einfacher für die erschöpften Kanoniere, weil sich das Deck in einer Bö zu ihren Gunsten neigte.

Adam nahm das Fernrohr eines Mastersgehilfen und richtete es querab. Eines der langgestreckten weißen Gebäude und die primitiv aussehende Pier hatten unter ihrer Breitseite am meisten gelitten. Eine Mauer der alten Befestigungen war komplett eingestürzt, so daß dort jetzt eine Lücke klaffte wie von ausgeschlagenen Zähnen.

Fitzroy, der Vierte Offizier, schritt so gelassen die Reihe seiner Achtzehnpfünder ab, als ginge er auf einer Dorfstraße spazieren.

»In der Aufwärtsbewegung – Einzelfeuer auf den Fockmast!« Es dauerte nur Sekunden, aber manchen kamen sie vor wie eine Ewigkeit. Dann: »*Feuer!*«

Rauchschwaden deckten das Wasser zu, und die Luft vibrierte unter den unregelmäßigen Detonationen, als jeder Stückführer den richtigen Moment abpaßte, um an seiner Zündschnur zu reißen.

Die Bark wurde schwer getroffen. Ihre Fock- und Großmasten neigten sich schwankend einander zu, als die doppelten Ladungen der Backbordbatterie in sie einschlugen.

Ein Schrei gellte: »Diesmal sind's keine Sklaven, du Bastard!«

Als sähe er nur einen einzigen Feind vor sich. Vielleicht hatte er recht.

Adam packte die Reling, als das Deck unter seinen Füßen bockte. Und dann noch ein Treffer, tief unten im Rumpf. Mit glühenden Kugeln? Das würde sich bald herausstellen.

Er versuchte, jeden anderen Gedanken aus seinem Kopf zu verdrängen – bis auf den an das wechselnde Panorama vor dem Klüverbaum der *Athena* und an Bethunes breiten Wimpel, der seinen Schatten auf die bretthart Fock warf.

Die Pumpen arbeiteten bereits, und für den schlimmsten aller Fälle gab es genug Wasser in jeder Art Gefäß.

Ein Stakkato von Schüssen, von der Bark oder einem der in der Nähe treibenden Boote. Ein Matrose, der gerannt kam, um die Leute des Bootsmanns an den Brassen zu unterstützen, schien zu stolpern und blickte sich um, als hätte etwas seine Aufmerksamkeit erregt. Dann brach er zusammen, das Gesicht eine blutige Masse.

Ein Helfer rannte auf ihn zu, blieb aber stehen, als ein Deckoffizier ihn zurückrief.

Clough, der Zimmermann, und seine Gang eilten mit angespannten Mienen nach vorn, zielstrebig wie echte Profis. Nur wenige machten sich klar, daß ein Zimmermann beim Auslaufen seines Schiffs für jede Eventualität gerüstet sein mußte, von einfachen Reparaturen bis zum Bau eines neuen Bootes, und daß er mit jeder Naht, jeder Planke über oder unter Deck vertraut sein mußte.

Eine Hand packte Adams Arm, und im ersten Augenblick glaubte er, er sei von irgendeinem unsichtbaren Scharfschützen getroffen worden.

Doch es war Bethune, der ihn mit vor Anstrengung geröteten Augen durch den treibenden Rauch anstarrte. Anstrengung und etwas mehr: Verzweiflung.

»Dort drüben, Adam – ist das der Schoner?«

Adam hörte einen Aufschrei und sah zwei Seesoldaten eine schlaffe Gestalt vom Steuerbord-Seitendeck zerren.

Einige Boote versuchten offenbar, an dem kleinen Schoner längsseits zu gehen. Zwei andere Boote hielten mit Riemen, die sich wie Flügel hastig hoben und senkten, auf ihn zu: Jago, der seinen Befehlen gehorchte.

»Aye, Sir«, sagte er. »Er ist außer Kontrolle.«

Wieder blickte er zum Land, die Entfernung abschätzend. Gleichzeitig beobachtete er die wechselnden Farben der See, genau wie Fraser und seine Helfer. Stirling stand reglos neben den Kanonen. Er war sich seiner ebenso deutlich bewußt wie all der anderen, die er nicht sehen konnte, die aber seinen Befehlen gehorchten, weil sie keine andere Wahl hatten. Weil es keine andere Wahl gab.

»Ich werde gleich wenden, Sir Graham, und beim Ablaufen ihre Verteidigungsanlagen beschießen. Ohne Unterstützung durch diese Batterie werden sie wanken, und Commander Pointer bekommt seine Chance. Bis dahin ...«

Schmerzlich verzog er das Gesicht, als ein Matrose von der Großrah fiel und an Deck aufschlug, blicklos in den kupferfarbenen Himmel starrend.

»Sir!« Das war Kirkland, Leutnant der Seesoldaten, überrascht und geschockt.

Adam kletterte wieder auf die Finknetze und spürte Hanf in seine Knie schneiden, wo die Breeches zerrissen waren. Sich so zu exponieren, war Wahnsinn. Mehr Blut glänzte neben einer Relingsstütze, wo ein weiterer Seemann niedergeschossen worden war. Doch alles, was er in seinem revoltierenden Geist vor sich sah, war Bowles' entsetztes Gesicht, als er vor dem Gefecht seine beste Uniform angelegt hatte.

Der Rauch über dem niedrigen Vorland war jetzt dünner, deshalb konnte er nahe am Wasser und der Straße eine Reihe umgekippter Boote erkennen. Ohne Pfeifen und Trommeln, ohne Befehlsgebrüll bewegten sich die roten Röcke mit den weißen Brustriemen in perfektem Gleichschritt: die Seesoldaten der *Athena* unter Führung von Hauptmann Souter ohne Hut, aber mit einem Kopfverband und mit dem ganzen Elan einer Parade auf dem Kasernenhof.

Am Scheitel der Bucht leuchteten Flammen: Ein brennendes Schiff oder Pointers spezielles Erfolgssignal.

»Klar zur Wende!«

Er hörte den Lotgast rufen: »Vier Faden Wasser!« Bestimmt fragte er sich, ob ihn jemand gehört und beachtet hatte, während die Kugeln in den Rumpf schlugen und seine Kameraden starben.

Doch der Segelmeister hatte ihn sehr wohl gehört.

»Herrgott, wir segeln gleich über nasses Gras!«

Die *Athena* hatte einen Tiefgang von achtzehn Fuß.

Männer rannten an die Brassen, während irgendwo hoch oben Äxte auf gebrochenes Tauwerk einhieben und die durch Beschuß von Land oder von der Bark zerfetzten Segel weghackten. Die Bark hatte den Großteil von *Athena*s rachsüchtiger Breitseite einstecken müssen. Denn Rache war es gewesen. Adam musterte Bethunes Gesicht. Die vorgetäuschte Gelassenheit war blanker Verzweiflung gewichen.

Die Marschsäule an Land hatte inzwischen Verstärkung bekommen, Seeleute von anderen Schiffen aus English Harbour und Rotröcke aus der Garnison. Er hatte gehört, wie Bethunes Diener von ihnen sprach: ein englisches Grafschaftsregiment. Bestimmt war es nicht das, was sie beim Abschied von daheim erwartet hatten.

Wieder schätzte er die Distanz ab und prüfte den Wind. Es wurde Zeit.

Weitere Kugeln hämmerten in den Rumpf, und Männer brüllten, als verräterischer Rauch durch eine der Lukengratings quoll. Die Stückmannschaften standen mit Handspaken bereit, und in ihren Zubern glühten die Lunten für den Fall, daß die Zündschlösser im entscheidenden Moment versagten.

Kleine Szenen brannten sich in sein Gedächtnis ein, obwohl jede Faser in ihm danach verlangte, endlich den Schritt zu tun, der in dieser Welt sein letzter sein konnte, in der einzigen Welt, die er wirklich verstand. Szenen wie der Fähnrich, der so eifrig auf seiner Schiefertafel kritzelte, als käme alles nur darauf an; oder wie Bethune, der den Kopf schüttelte, als Troubridge ihm den schweren Mantel anbot, vielleicht weil ein großer Splitter nur wenige Meter vor ihm eingeschlagen war und jetzt wie ein Federkiel in den Decksplanken vibrierte.

Adam wußte, daß Stirling ihn beobachtete und den richtigen Moment berechnete sowie die Frist, die der *Athena*, seinem Schiff, noch bis zur Wende blieb.

Flink trat er zur Reling und griff nach dem Arm des Segelmeisters, ohne jedoch den Blick von den oberen Rahen und dem Wimpel im Masttopp zu wenden.

»Erinnern Sie sich an Ihre Worte, als ich auf der *Athena* anfing? Daß sie sogar hoch am Wind ein schneller Segler sei?«

Fraser starrte ihn an und nickte. »So schnell wie 'ne Fregatte, Sir!« Sein Ton verriet Entschlußkraft und vielleicht auch Erleichterung, weil der Kommandant unter der Belastung nicht zusammengebrochen war.

»Klar zur Wende!«

Er sah Bethune das Deck überqueren, den Blick auf das nahe Land gerichtet, von dem noch der Rauch ihrer ersten Breitseite aufstieg.

»Zielt auf die Batterie.« Er stützte sich auf die Reling. »Ruder nach Lee!«

Die Speichen des großen Rads wirbelten herum. Diese Rudergänger mußten nicht erst angespornt werden.

»Ruder ist in Lee, Sir!«

Jemand hatte die Persenning auf dem leeren Bootslager gelockert. Wasser strömte an Deck, wo einige Matrosen bereits eine Eimerkette bildeten.

»Werft los die Halsen und Schoten!«

Immer noch drehte die *Athena* in den Wind, während einige Boote vor ihr flohen, als hielten sie sich selbst für ihr neues Ziel.

Adam sah das Deck krängen, das Land vorbeigleiten und den runden Hügel plötzlich wie eine Landmarke auf der anderen Seite aufragen. Die Rahen wurden so hart angebraßt, wie sie es vertrugen, und die Segel standen fast back, so hoch ging das Schiff an den Wind. Kleinigkeiten fielen Adam auf: Das Loch im Bramsegel hatte sich über die ganze Breite des Tuchs erweitert; gebrochene Leinen hingen aufs Deck herab wie welke Lianen. Und dann die Spitze der Landzunge selbst mit einigen eingestürzten Befestigungen, die sich jetzt klar vom Himmel abzeichneten. Und direkt dahinter, wie von einem großen Damm aufgestautes Wasser, funkelte die offene See.

»Kurs halten!«

Wie weiße Muscheln leuchtete im zunehmenden Sonnenlicht eine kleine Segelpyramide zu ihnen herüber: die Fregatte *Hostile*, die sich bemühte, dem Signal entsprechend zur *Athena* aufzuschließen.

Bethune stand an der Hüttenleiter, über eine unbemannte Drehbasse gebeugt, und starrte zu dem kleinen Schoner hinüber. Adam fragte sich, was Jago wohl dachte, wenn er die *Athena* vorbeiziehen sah, wieder hinaus aufs offene Wasser haltend.

»Ostnordost liegt an, Sir!«

Fraser stand am Kompaßhaus und beobachtete ihn. Er wußte Bescheid. Sie segelten so hoch am Wind, wie die *Athena* jemals segeln würde. Vielleicht sogar höher, als er versprochen hatte.

Jeder Stückmeister hielt sich bereit. Hier rührte sich eine Handspake, um das Kanonenrohr noch höher zu richten, dort knirschte eine Talje, um die Lafette zu verschieben, bis das Auge an der Kimme zufrieden war.

»Feuerklar, Sir!« Abermals Stirling.

Das Schiff lag jetzt auf dem anderen Bug. Der Drill und die sorgfältige Auswahl der für ihre Geschicklichkeit und Zuverlässigkeit bekannten Seeleute, die bei jedem Wetter und selbst angesichts des Todes ihren Mann standen, waren seine wichtigste Aufgabe gewesen, die Aufgabe jedes Ersten Offiziers, ob auf einem Linienschiff oder auf einem kleinen Sechstkläßler wie der *Audacity*.

Adam wußte, daß Bethune zu ihm getreten war. Vielleicht versuchte er schon, im Geiste die Vorwürfe abzuschmettern, wenn die Abrechnung begann. Ob Rebellen oder nicht, dies war Kuba und spanisches Hoheitsgebiet. Da mußten viele Würdenträger das Gesicht wahren – bis zum nächsten Mal.

Bethune wandte den Blick nicht von Adam, der den Arm zum Signal hob.

Er sagte: »Wenn das vorbei ist, Adam, will ich es wissen.« Seine Augen wirkten gefaßt, sogar resigniert. »Dann muß ich es wissen!«

Adam sah, wie der ihm am nächsten stehende Stückführer seine Reißleine testete. Für ihn kam es nur darauf an, und er hatte recht. Die Fragen überließ er den anderen.

Adams Arm fuhr abwärts. »Feuer!«

Diesmal dauerte es noch länger, bis Staub und Rauch sich gesetzt hatten. Das Hügelland sah nicht viel anders aus als vor der Breitseite, aber an seinem Fuß türmten sich die eingestürzten Mauern und Dächer, wo bisher die Batterie gestanden und die Einfahrt beherrscht hatte.

»Nachladen, Sir?«

Adam nickte und beschattete seine Augen, um auf dem Vorland die roten Uniformröcke der Seesoldaten zu erkennen. Sie würden dafür sorgen, daß künftig jeder Widerstand unterblieb, während die Sklavenschiffe von Pointers Prisencrews übernommen oder auf Grund gesetzt wurden.

»Ich glaube, das sollten Sie sich ansehen, Sir.« Das war Troubridge, blaß und schmallippig, aber irgendwie reifer und selbstsicherer.

Adam richtete das Fernrohr auf die Peilung, die Troubridge ihm gezeigt hatte. Gesichter sprangen vor seine Linse, erregt und schmerzverzerrt, aber auch stolz. Das Los der Seeleute.

Der kleine Schoner war immer noch von Booten umgeben, und über ihm wehte eine Flagge. Adams Finger schlossen sich fester um das warme Metall. Es war eine kleinere Ausgabe der Flagge, die seit English Harbour über der *Athena* geweht hatte.

Also hatte Jago es geschafft. Wie sie es vereinbart hatten. Und er mußte wohlauf sein. Adams Blick wanderte über die Bucht, wo sie die Überreste der *Audacity* gesehen hatten. Wenn nur auch er ...

»Ich schlage vor, daß wir gleich ankern, Sir Graham.«
Im ersten Augenblick fürchtete er, nicht gehört worden zu sein, doch dann sagte Bethune: »Tun Sie das. Ich werde dafür sorgen, daß Ihr Anteil an diesem Erfolg nicht unerwähnt bleibt.«

Er wußte, daß Troubridge sie beobachtete und zum erstenmal merkte, daß er seinen Admiral besser kannte als gedacht.

Leise fuhr Bethune fort: »Ich möchte hinübergehen, Adam.«

Das war keine Forderung; wenn überhaupt, dann war es eine flehentliche Bitte.

Befehle wurden gerufen oder durch das grelle Zwitschern der Spithead-Nachtigallen weitergegeben. Die Stückmannschaften traten von ihren Kanonen zurück, während andere sich auf Fallen und Brassen warfen, sich dabei nach überlebenden Freunden umsehend oder den Schaden musternd.

Bowles hastete mit einer Namenliste vorbei: Männer, die gefallen oder verwundet waren und jetzt im Lazarett lagen, manche am Rande des Todes.

Insgesamt kein großes Gefecht, aber immer noch ein zu hoher Preis.

Manche jubelten lauthals, um den Druck abzubauen, und das Blau-weiß der Offiziersuniformen mischte sich dabei mit all den anderen. Mancher Blick ging nach hinten zum Achterdeck, von wo aus ihr Leben ohne weiteres beendet oder verändert werden konnte.

Bethune sagte: »Ich gehe unter Deck. Lassen Sie es mich wissen, wenn …« Er beendete den Satz nicht.

Unten würde er weder Frieden noch Ablenkung finden, dachte Adam. Das Quartier des Admirals war bestimmt immer noch gefechtsklar, genau wie sein eigenes und das ganze Schiff. Er dachte an ihr Porträt. Es wartete auf ihn.

»Ich glaube, Sie sollten noch eine Weile bleiben, Sir Graham«, sagte er und sah in die Gesichter unterhalb der Querreling. »Die Leute blicken zu Ihnen auf. Aus Vertrauen oder Gehorsam, genau weiß man das nie.«

Troubridge trat zu ihm an der Leiter und sah zu, wie Bethune sich aufs Hauptdeck begab, um die Reihe der Kanonen abzuschreiten. Zuerst zögernd, dann immer eifriger drängten sich die Matrosen um ihn. Einige streckten die Hand aus, als wollten sie ihn berühren, andere lachten und riefen seinen Namen.

Adam war froh, daß er sein Gesicht nicht sehen konnte. Er wußte, das seine Offiziere nur darauf warteten, ihn zu sprechen: Stirling wegen der Verluste und Neuaufstellung der Wachliste, deren Lücken gefüllt werden mußten. Der Arzt mit seinen Opfern. Bestattungen mußten arrangiert werden. Und mit den Reparaturen war bereits begonnen worden. Seeleuten blieb nicht viel Zeit für Trauer oder Tränen.

Nur noch eine kleine Weile ... *Sie blicken zu Ihnen auf.*

Troubridge sagte: »Falls Sie einen Leutnant brauchen, Sir, wäre ich Ihnen dankbar, wenn Sie an mich dächten.«

Kalten Blicks wandte Adam sich ihm zu. Doch er besann sich schnell und griff versöhnlich nach seinem Ärmel. »Mein junger Freund, ich werde da oben niemals meine eigene Flagge sehen«, sagte er. Er entdeckte Stirling zwischen den Leuten und ging auf ihn zu. Um Troubridge zu entkommen.

Der lächelte.

Ihnen würde ich immer dienen, egal in welcher Funktion, dachte er.

Eine Stunde später, mit einem anderen Lotgast in den Rüsten, drehte die *Athena* langsam in den Wind und ließ den Anker fallen.

Ihre überzähligen Boote wurden längsseits gewarpt

und Leute an die Taljen gescheucht, um sie aufzuholen und wieder einzusetzen. Das Aufräumen nach der Schlacht. Nach jeder Schlacht. Die Männer brachten das Schiff wieder in Ordnung, um notfalls erneut zu kämpfen, einen Sturm abzuwettern, um zu überleben. Ein Duft nach Grog hing in der Luft, obwohl bisher niemand Zeit gehabt hatte, die Rumlast zu öffnen. Heimlich einen Rumvorrat anzulegen, das verstieß zwar gegen die Vorschriften, trotzdem tranken sich die Leute zu und auch auf Kameraden, die sie nie mehr wiedersehen würden.

Stirling kam nach achtern und salutierte. »Ihr Boot ist klar, Sir. Der zweite Kutter.«

Das klang wie eine Entschuldigung, aber Adam bezweifelte, daß Bethune dies überhaupt bemerkte. Er blickte zur Flagge am Fockmasttopp empor. Vielleicht würde die *Athena* nie wieder erleben, daß eine Admiralsbarkasse an Bord geholt wurde. »Schön. Dann bemannt die Seite.« Er fragte sich, ob etwas diesen unerschütterlichen Mann jemals anrühren konnte. Dann sah er Rauch im Wind verwehen, aber der kam nur aus dem Kombüsenschornstein. Eine Mahlzeit hatte immer erste Priorität nach einem Gefecht. Doch beim Gedanken an Essen wurde ihm fast übel.

Er folgte Stirling zur Eingangspforte, wo bereits ein Trupp Seesoldaten angetreten war und jetzt von ihrem Leutnant inspiziert wurde. Zwei Bootsmannsgehilfen warteten mit ihren silbernen Pfeifen, um Bethune trillernd in sein Boot zu verabschieden.

Die *Athena* schwang an ihrer Trosse so herum, daß das Land für die Versammelten unsichtbar blieb. Vor ihnen dehnte sich nur die See, die jetzt blendend hell in der Sonne glänzte.

Die *Hostile* machte ihre endgültige Annäherung, und selbst ohne Glas sah Adam Männer in ihren Wanten und hoch oben auf ihren Rahen. Auf dem Flaggschiff stand

Vincent mit seinen Signalgasten bereit und beobachtete kritisch, wie die Signalflaggen aus ihrem Schapp geholt wurden.

Vielleicht wäre es wirklich besser und sicherer, so zu sein wie Vincent oder der Leutnant der Seesoldaten. Oder wie Stirling, der in seiner Stärke und Einsamkeit ruhte und nur das Schiff selbst als Stütze hatte.

»Da kommt er, Jungs!«

Das war der Matrose namens Grundy, der einst unter Bethune gedient hatte, als dieser erst Kapitän gewesen war. Den er angeblich erkannt hatte, als er an Bord gekommen war. Noch so eine Lüge …

Grundy brach in Jubelrufe aus, in die andere einstimmten, die noch an Reparaturen arbeiteten. Der Profoß brachte sie schnell zum Schweigen.

Dann erschien Bethune und schob jeden beiseite, der ihm durch die Eingangspforte helfen wollte. Er wirkte angestrengt, nickte aber den Seesoldaten zu, von denen einige noch die Spuren des morgendlichen Gefechts aufwiesen. Im Vergleich dazu war Bethunes Uniform so makellos, als sei er gerade erst an Bord gekommen.

Er sagte: »Ich hätte gern, daß Sie mich begleiten, Kapitän Bolitho.«

Knapp und formell.

Adam war gerührt. Zwar war auch das wieder eine Lüge, doch sie traf ihn unerwartet. Er kletterte in den Kutter hinab, in dessen Heck ihn Leutnant Evelyn erwartete.

Hoch oben hörte er das Klatschen der Musketen und Trillern der Pfeifen, als Bethune ihm folgte.

»Ruder an! Zugleich!«

Unter seiner Hand am Dollbord spürte Adam die Narbe, die eine verirrte Musketenkugel gerissen hatte. Er blickte in die Gesichter der Rudergasten, die ihm einst so anonym vorgekommen waren, und beobachtete, wie ihre

Riemen gleichzeitig eintauchten und sich tropfend wieder hoben, während sich die Furcht und die Spannung mit jedem Schlag mehr abbauten.

Unvermittelt ragte der Schoner hoch über ihnen auf. Mit weiteren Gesichtern, die er wiedererkannte, selbst einige in Hauptmann Souters Landetrupp, deren rote Röcke sich grell von den anderen abhoben. Dazwischen Fremde, wahrscheinlich die ursprüngliche Besatzung des Schoners. Bethune kletterte schon an der Bordwand hoch, kaum daß der Buggast festgemacht hatte.

Und da war ein breit grinsender Jago. Er packte Adams Hände und zog ihn an Bord.

»Hab' so schnell gemacht, wie ich konnte, Käpt'n«, sagte er. »Die Bastarde hatten den Schoner geentert, und die Sache stand auf der Kippe. Ich wollte Ihnen die Gig schicken, aber ...«

Er wandte sich um, als Bethune fragte: »Wo ist sie?«

Adam sah, daß zwei Seesoldaten einen hochgewachsenen Mann herbeiführten, der genau wie Bethune völlig unberührt von den Ereignissen wirkte.

Irgendwie wußte er, daß dies Sillitoe war, die zentrale Figur, deren Name in den meisten Depeschen Bethunes aufgetaucht war.

»In der Kajüte, Sir Graham«, antwortete Hauptmann Souter. »Wir konnten nichts mehr für sie tun.«

Schnell sagte Adam: »Lassen Sie mich ...« Doch Bethune drängte sich schon an ihm vorbei. Nur kurz zuckte sein Blick über die Seite zum abschüssigen Vorland hinüber.

»Warum?«

Leise berichtete Jago: »Wir waren gerade an Bord geklettert, müssen Sie wissen. Die anderen begannen zu schießen, und wir erwiderten das Feuer. Da kam sie plötzlich an Deck. Ich glaube, sie sah das Schiff.« Erinnerungsschwer blickte er aufs Wasser hinaus. »*Unser* Schiff.«

Adam hörte etwas fallen, das Scheuern der Boote an

der Bordwand, die Stimme Bethunes. Jago fuhr fort: »Sie blutete stark, schien aber zu lächeln.« Er schüttelte den Kopf. »Ich bin nicht sicher, Käpt'n.«

Adam packte seinen Arm. »Versuch dich zu erinnern, Luke. Was hat sie gesagt?«

Jago blickte ihn voll an, und sein bärtiges Gesicht wirkte plötzlich ruhig.

»Sie sagte: ›Da kommt Richard!‹« Er blickte weg, auf die See hinaus. »Dann brach sie zusammen.«

Bethune erschien wieder an Deck und blickte sich zwischen den Trümmern um, schien aber nichts zu sehen. Dann wurde er sich der Gegenwart Adams bewußt. »Ich habe sie verloren, Adam«, sagte er gebrochen. »Verloren ...«

Voll tiefer Verachtung zischte Sillitoe: »Da gab's nichts zu verlieren. Sie hat Ihnen nie gehört, Sie verdammter Narr!«

Hauptmann Souter befahl: »Schaffen Sie diesen Mann hinüber auf die *Athena*, Korporal. Und zwar in Eisen, wenn's sein muß.«

Adam sah, daß Bethune einen grünen Schal bei sich trug, und hörte ihn murmeln: »Diese Farbe hat sie immer geliebt.« Damit trat er ans Schanzkleid und starrte in den Kutter hinab. »Ich will, daß sie nach English Harbour gebracht wird, Adam«, sagte er schließlich. »Dort war sie glücklich, glaube ich.« Er schien zum erstenmal zu merken, daß Jago neben ihm stand.

»Ich nehme den Kutter«, sagte er. »Sie bleiben bei meinem Flaggkapitän.«

Jago sah zu, wie das Boot von der Bordwand abstieß, und runzelte die Stirn über den unregelmäßigen Riemenschlag. »Ich habe die Gig jederzeit klar für Sie, Käpt'n«, versprach er. »Sie brauchen's nur zu sagen.«

Adam sah, daß Tolan, Bethunes bisher so treuer Diener, noch an Bord geblieben war, und machte sich erst jetzt klar, daß die beiden einander ignoriert hatten. Dann fiel ihm Jagos Miene auf.

»Was gibt's?«

Jago schob einige Matrosen beiseite und beugte sich wieder über das Schanzkleid. Unten zerrte die Gig der *Athena* an ihrem Festmacher, und zwei verletzte Seeleute kauerten auf ihren Planken.

»Wie kommt er hierher?« Kaum brachte er die Worte heraus.

»Die verdammten Soldaten haben ihn gefunden, ob man's glaubt oder nicht.« Jago konnte seine Genugtuung nicht verbergen.

Adam starrte die schmächtige Gestalt an, die im Heck der Gig lehnte, halb zugedeckt mit einem roten Rock, dessen weiße Kragenaufschläge grell in der Sonne leuchteten. Darunter sahen die nackten Beine hervor, und die schlimme Narbe wirkte so frisch wie eben erst entstanden.

Jago berichtete: »Es waren zwei Fähnriche, auf die sie stießen. Aber der andere war schon tot. Anscheinend ist der junge David mit ihm an Land geschwommen, nachdem die *Audacity* in die Luft geflogen war.«

Adam sah, wie der Junge aufblickte und ihn anlächelte. Die beiden Verletzten im Boot wandten sich neugierig nach ihm um.

Jago fuhr fort: »Er ist noch ein bißchen schwach, aber über das Schlimmste schon hinweg.«

»Was hast du ihm erzählt?« Adam dachte an Bethunes Verzweiflung und an die Frau, die leblos in der Kajüte zu ihren Füßen lag.

Jago lächelte zum erstenmal spitzbübisch.

»Ich habe ihm nur gesagt, daß Sie kommen und ihn heimholen werden, Käpt'n.«

Ein Kapitän würde er bald wieder sein, dachte Adam. Aber noch fehlten ihm die Worte.

Jago hatte irgendwo zwei Becher aufgetrieben und drückte ihm einen davon in die Hand.

Sein Blick wanderte hinüber zu Athenas lose aufgegeiten Bramsegeln und zu etwas Glänzendem auf ihrer Poop, das die Sonne reflektierte.

Dann sah er wieder Adam an. »Gar kein so schlechtes Schiff«, meinte er fröhlich. »Jedenfalls auf seine Art. Stimmt's, Käpt'n?«

Ein Kriegsschiff eben.

Alexander Kent - Die legendäre Blackwood-Saga

»Grandios und spannend wie Kent seine Helden durch die Geschichte führt.«

THE TIMES

Bei den Royal Marines zu dienen gehört über Generationen zur eisernen Familientradition. Packende marinehistorische Seekriegsromane um wagemutige Marineinfanteristen, die von den Landungsschiffen stets als Erste an Land und als Letzte wieder an Bord gingen

Die Ersten an Land, die Letzten zurück -
Hauptmann Blackwood und die Royal Marines
(Schauplatz: Westafrika, Malta / 1850)
3-548-24058-5

Die Faust der Marine
Hauptmann Blackwood im Boxeraufstand
(Schauplatz: China / 1900)
3-548-20715-4

In vorderster Linie
Oberstleutnant Blackwood und die Royal Marines in Flandern
(Schauplatz: Mittelmeer, Atlantik / 1. Weltkrieg)
3-548-23391-0

Nebel über der See
Hauptmann Blackwood und das Unternehmen Lucifer
(Schauplatz: Mittelmeer / 2. Weltkrieg)
3-548-24764-4

ULLSTEIN TASCHENBUCH